HEYNE <

Das Buch

Von der Donau bis zur Adria, vom Nil bis zum Indus: Dies ist das Reich, das Alexander der Große bei seinem Tod hinterläßt – aber wem? Seine Verwandten, die hohen Offiziere, die Provinzverwalter beginnen einen tödlichen Reigen wechselnder Kriege und Bündnisse. Einige möchten das Reich bewahren, die übrigen haben eigene Ziele: Ptolemaios will Pharao werden, Seleukos Nachfolger der persischen Großkönige, andere wollen Vorderasien, Griechenland, die Inseln ...
Alexanders letzte Frau Roxane und seine Geliebte Barsine bringen Thronfolger zur Welt, seine immer noch machtgierige Mutter Olympias ist die Fürstin aller Niedertracht. Schlachten und Feste, ungeheure Schätze und düsterstes Elend, Liebschaften und Giftmorde, Treue und Tücke, nichts fehlt im Ringen der Diadochen. Schwer genug, in dieser Zeit zu überleben, noch schwerer, wenn man daneben Träume hat. Der junge Offizier Peukestas sucht seinen Vater und will die Geschichte Alexanders und der anderen niederschreiben; der Sänger und Musiker Dymas möchte die Rückseite des Windes und den Rand der Welt sehen; Kassandra will eigentlich nur mit dem Boot ihres ermordeten Vaters zum Fischen ausfahren; die Steppenkriegerin Tomyris sucht den heiligen Dolch, den einer von Alexanders Männern erbeutet hatte und der sie zur Fürstin machen kann. Sie alle bringt der Zufall zusammen und trennt sie immer wieder.

Der Autor

Gisbert Haefs, 1950 in Wachtendonk am Niederrhein geboren, lebt und schreibt in Bonn. Als Übersetzer und Herausgeber ist er unter anderem für die neuen Werkausgaben von Ambrose Bierce, Rudyard Kipling, Jorge Luis Borges und zuletzt Bob Dylan zuständig.
Zu schriftstellerischem Ruhm gelangte er nicht nur durch seine Kriminalromane, sondern auch durch seine farbenprächtigen historischen Werke *Hannibal*, *Alexander*, *Troja* und *Caesar*. Im Heyne Verlag erschien zuletzt *Die Dirnen von Karthago*.

GISBERT HAEFS

ALEXANDERS ERBEN

Roman

WILHELM HEYNE VERLAG
MÜNCHEN

MIX
Papier aus verantwortungsvollen Quellen
FSC® C014496
FSC www.fsc.org

Verlagsgruppe Random House FSC® N001957

2. Auflage
Vollständige Taschenbuchausgabe 09/2014

Printed in Germany
Umschlaggestaltung: © Nele Schütz Design, München
Satz: Schaber Datentechnik, Wels
Druck und Bindung: GGP Media GmbH, Pößneck

ISBN 978-3-453-47129-0

www.heyne.de

§ 2038 Gemeinschaftliche Verwaltung des Nachlasses
(1) Die Verwaltung des Nachlasses steht den Erben gemeinschaftlich zu. Jeder Miterbe ist den anderen gegenüber verpflichtet, zu Maßregeln mitzuwirken, die zur ordnungsmäßigen Verwaltung erforderlich sind; die zur Erhaltung notwendigen Maßregeln kann jeder Miterbe ohne Mitwirkung der anderen treffen.
(2) Die Vorschriften der §§ 743, 745, 746, 748 finden Anwendung. Die Teilung der Früchte erfolgt erst bei der Auseinandersetzung. Ist die Auseinandersetzung auf längere Zeit als ein Jahr ausgeschlossen, so kann jeder Miterbe am Schluß jedes Jahres die Teilung des Reinertrags verlangen.

§ 2042 Auseinandersetzung
(1) Jeder Miterbe kann jederzeit die Auseinandersetzung verlangen, soweit sich nicht aus den §§ 2043 bis 2045 ein anderes ergibt.

Bürgerliches Gesetzbuch

Die Eltern erbauen's,
die Kinder beschauen's,
die Enkel versauen's.

Volksmund

KAPITEL I

Babylon

Man sagt, sie hätten – den Göttern trotzend –
einen Turm in den Himmel gereckt,
die Götter hätten den Bau zerschmettert
und alles durch tausend Sprachen verwirrt.
Hat der Baumeister falsch gerechnet?
Wer hat seine Berechnung geprüft?
Vielfalt der Dinge, der Menschen und Zungen
ist Reichtum, nicht Plage; kostet sie aus.
Und du, von eigenen Worten und Schritten
hierher gebracht ans Ende des Wegs,
schmäh nun nicht andre, den Zufall, die Götter,
koste den dunklen Reichtum, den Tod.

DYMAS

Langsam, langsam, als müsse er unendliche Widerstände überwinden, hauchte Alexander etwas; die Lippen bewegten sich kaum.

KRA. Oder GRA. Oder so ähnlich. Alle hatten es gehört, keiner mehr als dies; sie fragten, wollten ihn schütteln, aber er regte sich nicht mehr, und schließlich trieb Philippos alle vor sich her, zurück ins Gesprächszimmer.

»Kra, kra, kra«, sagte Meleagros, als sie berichtet hatten. »Krateros? Nachfolger Parmenions als Oberbefehlshaber nach Alexander, jetzt Nachfolger von Antipatros als Statthalter in Europa – Stellvertreter des Königs, auch Nachfolger?«

»Krateros ist nicht hier«, sagte Perdikkas schneidend. »Vergeßt ihn.«

»Ob er sich nicht in Erinnerung bringen wird?« murmelte Eumenes. »Denkt an Susa, an die Vermählung und die Ehren. Er stand als Dritter da, vor ihm nur Alexander und Hephaistion. Wir alle nach ihm …«

»Vergeßt ihn«, sagte nun auch Ptolemaios; er wechselte einen Blick mit Perdikkas und nickte kaum merklich. Perdikkas zwinkerte.

Philippos schwor, es sei nicht kra, sondern gra gewesen. Vielleicht graia, die Alte – Olympias; damit erntete er Hohn und Empörung. Oder graikos, bei Sophokles ein Begriff für alle Hellenen? »Irgendwas mit gramma- oder graph-; vielleicht hat er doch etwas über die Nachfolge geschrieben?«

»Bah. Wie wär's mit grammatephoros *– irgendeinen tüchtigen Briefträger werden wir doch finden, oder?« sagte Leonnatos wütend.*

»Kra«, sagte Perdikkas nachdrücklich. »Bloß was – krabatos? *Ein Ruhebett für den Herrscher, oder ›laßt mich schlafen‹?* Krama *– das Gemischte, wir alle zusammen?* Kranioleios *– der ›Kahlkopf‹ Antipatros?* Kratistos *– der Stärkste, der Beste, der Tapferste?«*

»Krateros der Tapfere«, sagte Meleagros.

»Vergiß ihn!« brüllte Perdikkas. »Kra, kra, kra – kratistos. *Das ist es. Ich bin jetzt ganz sicher, daß er* kratistos *gesagt hat.«*

»Ist es dir gelungen, dich dazu zu überreden?« sagte Eumenes mit einer Grimasse. »Und wer soll das sein – der Beste, Tapferste, Stärkste?«

»Das werden wir nach und nach feststellen.«

»Außer mir noch jemand für Krateros?« sagte Meleagros, der sich durch Perdikkas' Gebrüll nicht einschüchtern ließ.

Keiner antwortete.

Nearchos wanderte durch die Schlieren der Schlaflosigkeit im Gewölbe der Nacht umher. Er durchquerte ganz Babylon, oder jedenfalls den größten Teil der Stadt. Kein Stern war zu sehen; die dichten Wolken hatten sich immer noch nicht aufgelöst, sie brüteten über allem wie eine Glucke. Zahllose Menschen waren auf den Straßen und Plätzen, hockten leise murmelnd irgendwo zusammen oder warteten stumm auf etwas, das ebenso gewiß war wie unfaßlich.

Im Morgengrauen kehrte er in den Palast zurück. Etwas zog ihn in den leeren Thronsaal. Es gab keine Wachen; nichts außer dem Thron der Großkönige, von Susa hergebracht, war dort zu stehlen. Er hörte ein fernes, fast unheimliches Ge-

räusch, konnte aber im Zwielicht nichts erkennen. Es klang wie ein Schaben, dann ein Kichern. Er ging dem Ton nach.

Erst als er vor den Stufen des Throns stand, im Schatten zwischen zwei halbhellen Fensteröffnungen, sah er Arridaios, Alexanders Halbbruder, Sohn von Philipp und Philinna. Er trug einen makedonischen Reisemantel. Auf dem Kopf hatte er die doppelte Krone des Pharaos, in der einen Hand das Königsschwert Makedoniens, in der anderen Hand des Großkönigs Diadem. Die kalten Augen glitzerten. Nearchos seufzte und winkte; langsam stieg der Mann, den alle für schwachsinnig hielten, vom Thron. Er murmelte etwas wie: »Bist du so sicher?« Nearchos nahm ihm die Herrschersymbole ab und trug sie zurück in den kleinen Rüstraum neben Alexanders Schlafgemach.

Auf dem Gang, der zum größten Innenhof führte, sah er Ptolemaios, im Gespräch mit Simmias, der seinen Horchposten beim Ammoneion in Siwah verlassen hatte, um dem König wichtige Dinge aus der libyschen Wüste und Karchedons Gebiet zu erzählen. Nearchos nickte den beiden zu; im Vorübergehen hörte er Simmias sagen, Ägypten enthalte gewisse Verheißungen, und er hörte Ptolemaios ächzen.

Der 28. Tag des makedonischen Daisios-Mondes wollte nicht richtig hell werden. Schwere dunkle Wolken trieben träge über die Stadt und das Land. Es war schwül, drückend schwül; Nearchos sprach leise mit einigen Offizieren und Hopliten im Hof. Bedeutungslose Worte; alle warteten nur auf eines. Und auf Regen. Dichtgedrängt standen, hockten und saßen sie da, mehrere tausend Männer; in den übrigen Höfen und in den Gärten noch mehr.

Das Murmeln, Raunen, Seufzen endete plötzlich, als Gestalten zwischen den Säulen vor dem Thronsaal erschienen.

Hetairen, in voller Rüstung, bildeten rechts und links des Eingangs Reihen. Wie die anderen stand Nearchos auf; irgendwo hörte er Männer schluchzen.

Die angesehensten der in Asien weilenden Männer des Heers erschienen: Perdikkas, rechts von ihm Ptolemaios, links Lysimachos. Sie hatten Rüstungen angelegt, trugen aber keine Helme. Lysimachos hielt auf den ausgestreckten Armen ein Kissen mit der Doppelkrone der Pharaonen. Ptolemaios trug Krummstab und Dreschflegel. Perdikkas hielt mit beiden Händen das große Schwert der makedonischen Könige. Vom Schwertgriff hing das Diadem der Achaimeniden.

Perdikkas blieb auf der obersten Stufe zum Hof stehen. Er starrte auf den Boden, nickte und rammte das Schwert in die Fuge zwischen zwei Quadern. Es schwankte, bebte, verhielt.

Der Chiliarch trat einen kleinen Schritt zurück, betrachtete wie blind das Schwert, hob den Blick, sah den übervollen Hof, die unzähligen Köpfe. Dann reckte er die Arme, mit geballten Fäusten, stieß einen langen, qualvollen Schrei aus und wandte das tränenüberströmte Gesicht zum Himmel.

Niemand spürte die ersten dicken Tropfen.

Dymas legte den Halm beiseite und überflog, was er für Aristoteles geschrieben hatte. »Als ob ich alles gesehen hätte«, murmelte er. »Aber wie, wenn nicht ›als ob‹, soll ich so etwas aufzeichnen? Ich kenne mich nur mit Versen aus. Und mit Musik.«

Seine geheimen Berichte hatte er früher so aufgezeichnet, und er nahm an, daß die Empfänger sie gelesen hatten, als ob sie ihm und ihnen glauben und zugleich mißtrauen sollten. Wie, außer durch Zweifel, kann denn Gewißheit entstehen? Was, außer dem gründlichen Zweifel, ist schon gewiß?

Zweifellos war er selbst im Hof gewesen, als Perdikkas jenen Schrei ausstieß, und ohne jeden Zweifel hatte Nearchos ihm von der Begegnung mit Arridaios erzählt.

Vielleicht hatte Nearchos diese aber auch nur geträumt. Andererseits neigte der Kreter weder zum Träumen noch zu poetischen Lügen. Lügen konnte er trefflich, wie alle Kreter, aber solche Nachtpoesie war ihm fremd.

Arridaios auf dem Thron ... Warum nicht? Philipp hatte das Schwert, das unvergleichliche Heer geschmiedet, Alexander hatte es geführt und verwandelt und die halbe Welt erobert. Parmenion hätte das Schwert ergreifen können, aber er war tot. Vielleicht könnte Antipatros es, aber Antipatros war alt und in Makedonien, nicht hier, nicht in Babylon, und für den Thron kam er nicht in Frage.

Dymas erhob sich vom Tisch, an dem er gesessen und geschrieben hatte. Er dehnte sich, gähnte und ging zur Fensteröffnung. Unter dem Bogengang davor staute sich die Hitze. Palmen im Hof und ein Brunnen, der mehrere Becken speiste, milderten sie nur mäßig. So, wie im Hof die Schatten fielen, mußte es mittlerer Nachmittag sein. Drüben, im großen Beratungsraum, schwollen die Stimmen wieder an. Noch kein Gebrüll, aber beinahe, und bald würde der nächste Stimmenschwall durch den Hof brausen, eine Klangbö, die nichts klärte und niemanden erfrischte.

Der Perser – ein Sklave, den sie ihm zugeteilt hatten – schob den Türvorhang beiseite und blickte ihn fragend an. Dymas winkte ab. Der Mann verbeugte sich und kehrte zurück in den Gang. Zurück zu den Wächtern. Zwei, die alle paar Stunden wechselten. Dymas, der größte und berühmteste Kitharode im Reich und außerhalb, sollte keinen Mangel leiden, bevor sie ihn irgendwann, bald, demnächst hinrichteten. Wie sie jeden töteten, der zuviel wußte.

Wieder bewegte sich der Vorhang, aber diesmal war es nicht der Sklave, sondern Laomedon, der eigentlich bei den anderen im Beratungsraum sein sollte.

»Hast du Wein, Musiker?« Laomedon fuhr sich durch die Haare. Er sah sich im Raum um. »Darf ich?« Er deutete auf die Krüge und Becher, die Dymas auf einen kleinen Tisch gestellt hatte.

»Greif zu. Gibt's drüben nichts mehr?«

»Geschrei. Doch, Wein gibt's auch, aber ich wollte ein Weilchen von dem Lärm ausruhen.«

Dymas nickte. »Kann ich verstehen. Wie weit seid ihr denn?«

Laomedon langte nach dem Weinkrug, füllte einen der Becher halb, nahm den Wasserkrug, hob ihn, knirschte etwas zwischen den Zähnen, stellte ihn wieder ab und füllte den Becher bis zum Rand mit Wein. »So weit, daß nur noch reiner Wein hilft. Aber der hilft ja auch nicht.«

»Gibt es schon Sieger? Verlierer?«

»Verlierer?« Laomedon grunzte und trank einen großen Schluck. »Verlierer sind wir alle. Wir haben *ihn* verloren; wen kümmert es dann noch, was mit dem Rest geschieht?«

»Was geschieht denn?«

»Es wird geteilt.«

»War zu erwarten. Aber wie?«

Der Makedone trat neben ihn, schaute in den Hof hinaus, dann in Dymas' Gesicht. »Hättest du einen guten Vorschlag?«

»Da ihr mich sowieso umbringt, kann ich unbelastet denken – meinst du das so?«

»So ähnlich. Aber das mit dem Umbringen steht noch nicht fest. Warum denn überhaupt?«

»Ich war dabei. Ich habe gesehen und gehört und könnte schwätzen.«

»Tja. Wenn es dich tröstet – ich nehme an, bis das hier erledigt ist, werden noch ein paar andere … erledigt.«

»Dann bin ich ja in guter Gesellschaft.«

Laomedon zwinkerte. »Oder in schlechter; wie man's nimmt. Also, dein Vorschlag.«

»Teilen. Teilt das Reich; es ist zu groß. Keiner außer Alexander könnte es zusammenhalten. Teilt vernünftig, so daß jeder genug bekommt, aber keiner zuviel. Und vergeßt eure Königsspiele.«

»Du meinst – ein Bund von Satrapien, aber kein König?«

Dymas hob die Schultern. »Laßt doch die, die in Pella sitzen, sich einen König für Makedonien aussuchen. Aber nicht für das Reich. Das Reich ist am Ende.«

»Muß ich Ptolemaios erzählen.«

»Warum gerade ihm?«

»Das hat er vorgeschlagen.«

»Ah. Erstaunlich für einen edlen Makedonen. Aber?«

Laomedon schüttelte den Kopf. »Unmakedonisch, sagen die anderen. Sie wollen unbedingt einen König für alle. Perdikkas … vielleicht hat er sogar recht. Jedenfalls sagt er, ein loses Bündnis gleichberechtigter Satrapien heißt, daß in jeder einzelnen die Makedonen in der Minderheit sind. Dann müßten wir das tun, was Alexander wollte, also, Barbaren heiraten und als gleichwertig achten.«

»Müßt ihr sowieso. Früher oder später.«

Laomedon kaute auf der Unterlippe. »Muß nicht unbedingt sein. Wenn das Reich zusammenbleibt, kann man jederzeit Heeresteile hin und her … Aber es ist müßig. So wird es kommen.«

»Wer soll denn die Krone tragen? Und das Schwert?«

»Ist noch nicht klar. Das Schwert? Ah, das werden alle mittragen. Und die Krone? Einige wollen Arridaios, Sohn

Philipps, andere sagen, laßt uns warten, ob Roxane einen Sohn gebiert. Alexanders anderer Sohn, Herakles, ist auch schon erwähnt worden. Da gab es aber viel Gelächter.«

»Barsines Kind? Wo sind die beiden denn?«

»Keine Ahnung. Pergamon, glaube ich. Wie ist es heute abend mit dir? Magst du spielen und singen?«

»Todeslieder? Oder Sauflieder?«

Laomedon leerte den Becher, stellte ihn auf den Tisch und lachte. »Lieder vom Tod durch Ertrinken in Wein vielleicht.« Er klopfte ihm auf die Schulter und ging.

Dymas ließ sich auf die Liege sinken. Wie selbständig tasteten die Hände nach der Kithara, nahmen sie auf, stimmten und begannen eine Melodie zu flechten – Übung für die Geschmeidigkeit der Finger, Pflege des Gehörs, Stütze des Denkens.

Töne für den Tod. Klänge gegen den Tod. Aber er wußte, daß er spielen konnte, was er wollte. So viele waren gestorben, Kämpfer und Fürsten und Bauern und Kinder und Frauen, da kam es auf einen Musiker nicht an. Es gab keinen Ausweg. Er wollte nicht sterben, aber er wußte nicht, wie es sich vermeiden ließe.

Er könnte heilige Eide schwören, Schweigen bis in die Ewigkeit verheißen. Verbrennen, was er aufgeschrieben hatte, um es dem alten Aristoteles zu schicken. Er spielte einen skythischen Tanz, eine auf- und abwärts führende Wendeltreppe, bei der immer einige vom Ohr erwartete Stufen fehlten; dabei dachte er an Ptolemaios und Perdikkas, Nearchos und Eumenes, ihr Flüstern im Halbdunkel der Gänge, die Dinge, die Nearchos ihm ins Ohr gehaucht hatte. Nearchos wußte zuviel über Dymas; Dymas wußte dank Nearchos zuviel über die anderen, über die Verzweiflung und die Pläne, die Mischung aus Entsetzen und Erleichterung,

Trauer und Entzücken ob Alexanders Tod. Kein sinnloser Marsch des ganzes Heers durch Arabiens Wüsten, kein Flottenzug zur Vermessung der von den Persern längst vermessenen Küsten. Vielleicht auch kein Feldzug gegen die letzte verbliebene Macht im Westen.

Gut so – aber er konnte erzählen, daß die Freunde des Königs, die Gefährten und Heerführer, lange versucht hatten, Alexander von diesen Plänen abzubringen. Und aus der Erzählung würde zweifellos jemand eine zweite Geschichte machen: wie die Gefährten und Strategen beschlossen hatten, den Unsinn mit Gewalt zu beenden. Mit Gewalt, mit Gift. Nichts schöner als Geschichten von Verschwörungen, nichts glaubhafter als das Unglaubwürdige. Nein, sie konnten ihn nicht leben lassen, wenn sie sicher sein wollten, daß er schwieg. Nur die Toten schwiegen verläßlich.

Dann gestand er sich, daß er neugierig war. Wie mochte alles weitergehen? Wer würde, konnte, sollte? Wieder dachte er an die Alten, an den toten Parmenion und den greisen Antipatros, Weggefährten Philipps. Antipatros könnte das Heer einen, vorübergehend; wer noch? Krateros der Bär vielleicht, aber den hatte Alexander mit den alten Kriegern heimgeschickt, wo er Makedonien lenken und Antipatros ersetzen sollte. Krateros hatte sich, sagte man, viel Zeit gelassen, war krank geworden, vom Tigris vor dem Winter nur bis nach Syrien gelangt, inzwischen vielleicht nach Kilikien. So krank, daß Alexander ihm noch Polyperchon als Helfer und Vertreter geschickt hatte, einen weiteren »Alten« – nicht so alt wie Antipatros, aber älter als die Gruppe der Gefährten, der Freunde des Königs, von denen viele mit ihm zusammen bei Aristoteles gebildet und ausgebildet worden waren. Die Alten, die wenig oder nichts von der Vermählung mit Persien hielten, entweder tot oder fortgeschickt, und nun, nach Alexanders Tod, fehlten sie.

Dymas schnalzte und schüttelte den Kopf. Die Melodie brach mißtönend ab, und während die Finger sie neu zu verfugen suchten, fragte er sich, warum er an die Alten dachte, die Abwesenden. Für die Oikumene, die bewohnbare Welt, deren Grenzen Alexander so weit verschoben hatte, war es ungeheuer wichtig, wer das Schwert und den Thron bekam. Für ihn jedoch nicht. Oder nur insofern, als die Dauer der lauten Beratungen, die Frist bis zur Entscheidung wahrscheinlich gleich der Dauer seines restlichen Lebens sein würde.

Er versuchte eine leichte Tanzweise, die er vor Jahren von einem illyrischen Flötenspieler gehört und lange nicht mehr gespielt hatte. Dabei dachte er über das Denken nach, über Gedanken, die ähnlich selbständig wie die Finger eine Melodie erbauten, Erinnerungen verschoben und Überlegungen verknüpften. Wahrscheinlich gab es etwas im Hirn, das etwas anderes suchte. Vielleicht suchte es nach etwas, woran er nicht dachte, nicht denken konnte, weil es verschüttet war, aber das Hirn wußte andere Wege dorthin. Warum also suchten die Gedanken nach den Alten?

Freunde. Nun dachte er an Freunde. Aber die Alten waren nicht seine Freunde. Sie waren Philipps Freunde gewesen und Alexanders Helfer, und sie würden zweifellos dem ungeheuer ausgedehnten, überdehnten Reich dienen, das der König hinterlassen hatte. Verlassen hatte.

Die Stimmen drüben wurden lauter. Dymas unterbrach sein Spielen, lauschte, konnte aber nur Fetzen und Tonfälle wahrnehmen. Ptolemaios schrie etwas, Perdikkas überbrüllte ihn, und die dritte Stimme – Meleagros? Lysimachos? Nearchos? Den Kreter hatten sie wie den Hellenen Eumenes mit zu den Beratungen geholt; dabei hatten sie weder mit dem Heer noch mit dem Thron ...

»Und Antigonos?« schrie jemand, vielleicht Alketas, Perdikkas' Bruder. Seltsam, wie sich Stimmen im Brüllen änderten. Alketas, wenn er es war, klang plötzlich beinahe wie Antigonos Monophthalmos.

Der einäugige Antigonos, der irgendwo in Phrygien oder Lykien saß. Auch er mit fast sechzig einer der Alten, der Bedeutenden, der Abwesenden. Von Alexander schon während des asiatischen Feldzugs mit wichtigen Aufgaben – Verwaltung eines neuen Gebiets, Sicherung des Nachschubs – betraut, geehrt durch Vertrauen und geringe Macht, zugleich aus der Führung des Heers entfernt. Und die, die nun hier in Babylon weilten und brüllten, würden das Heer und das Reich unter sich aufteilen. Für ein paar Tage, bis das gegenseitige Zerfleischen begann. Was würden sie Antigonos geben – womit würde er sich bescheiden?

Wer konnte denn überhaupt Alexanders Schwert führen, auf Alexanders Thron sitzen? Keiner – also warum nicht gleich sein schwachsinniger Halbbruder? Bei Arridaios wären Ohnmacht und Unfähigkeit lediglich unmittelbarer ersichtlich als bei einem der anderen. Bei jedem der anderen.

Arridaios, Sohn Philipps und einer seiner Nebenfrauen namens Philinna, angeblich von Alexanders Mutter Olympias als Kind vergiftet und seitdem nutzlos ... aber bestimmt konnte er irgendwem nützen. Jemand würde ihn vorschieben, wie eine Puppe verwenden und irgendwann wegwerfen. Was tat es, daß einige sagten, er sei gar nicht schwachsinnig, nur ein wenig ... vermindert? Philipps Blut, aber keine Schwerthand, keine Freunde.

Dymas hatte nur wenige Worte mit ihm gewechselt und den Eindruck zurückbehalten, daß Arridaios hart war, verschlagen, daß er sich schwächer gab, als er war. Daß er sich vielleicht nur schwachsinnig gestellt hatte, um in der Meute der allzu Starken zu überleben. Keine Bedrohung, also keine Gefahr für niemanden. Jemand würde ihn vielleicht benutzen. Wer? Wozu?

Im Geiste ging Dymas durch eine Galerie von Statuen. Er hatte sie alle auf Sockel gestellt, die Strategen, Taxiarchen, Verwalter, die Freunde des Königs, leicht erhöht, damit er sie besser von unten nach oben betrachten und befragen konnte, wie es sich für einen bloßen Musiker gegenüber den Mächtigen geziemt. Und alle hatte er mit den Zügen des Tieres ausgestattet, das ihrem Wesen, wie er fand, am besten entsprach oder ihnen äußerlich ähnelte:

Krateros der Bär, ein großer, massiger Mann, am ganzen Leibe schwarz behaart, von den Kämpfern geliebt und verehrt, unverwüstlich – und dieser Riese sollte krank geworden sein? Hatte er sich vielleicht mit seinen elftausend erfahrenen Kriegern so langsam fortbewegt, weil er mit großen Änderungen oder Umwälzungen rechnete?

Polyperchon der Kamelhengst, inzwischen um die siebzig, ein langer Mann mit dürrem Hals, großen Ohren und dem Gesichtsausdruck hochnäsigen Staunens, von Alexander fortgeschickt, um den kranken Krateros zu unterstützen – oder um ihn loszuwerden?

Antipatros der Fuchs, fünfundsiebzig Jahre alt, kahlköpfig (wer hatte je einen kahlen Fuchs gesehen?) und zerfurcht, der mit Philipp und Parmenion Makedoniens Macht und Größe geschaffen, Alexander den Rücken freigehalten, den Nachschub gesichert und – vielleicht seine größte Leistung – die Hexe Olympias ausgeschaltet hatte, sollte die Herrschaft über Makedonien, Hellas, Thrakien und Illyrien Krateros übergeben und nach Babylon kommen, zu Ehrung und Bedeutungslosigkeit wie die anderen Alten?

Perdikkas, der zornige Stier, kaum älter als Alexander und dessen andere Jugendfreunde, Verkörperung aller Wucht und Härte der Phalanx und der Hetairenreiter; wenn es diesseits von Parmenion einen gab, in dem sich das ganze Heer gespiegelt sehen konnte, dann war er es – und wer sollte ohne seine Billigung das Heer und den Thron übernehmen?

Ptolemaios der Leopard vielleicht? Listig, geschmeidig, erfahren als Heerführer und Beschaffer geheimer Nachrichten, nicht so beliebt wie Krateros, nicht so gewaltig wie Perdikkas, aber wahrscheinlich tückischer als beide; was mochten seine Absichten sein?

Dymas ächzte und beendete seine seltsame Statuenschau, als ihn das nächste Gebrüll erreichte. Die übrigen wie Lysimachos, Leonnatos, Meleagros, Laomedon der Sprachenkundige, Seleukos, Alketas oder Perdikkas' Schwager Attalos mochten wie die anderen drüben schreien, auf die Tische hämmern, mit dem Messer oder gar Schwert fuchteln, aber sie waren bei allem Ruhm und aller Erfahrung in Kämpfen und im Führen großer Heeresteile doch zweitrangig. Sie würden mitbestimmen, Teile des Erbes erhalten, dieser eine Satrapie, jener einen ehrenvollen Oberbefehl, aber sie würden bleiben, was sie all die Jahre unter Alexander gewesen waren: kluge, gerissene, tüchtige, große Männer unter der Führung eines Größeren. Allesamt Makedonen; Hellenen wie der kluge Verwalter Eumenes oder der Techniker und Chronist Aristoboulos, Alexanders Freund und Arzt Philippos, Nearchos der Kreter, die hochrangigen Perser … Eumenes eine Satrapie, Nearchos die Flotte, Aristoboulos vielleicht eine Bibliothek, aber die Macht blieb bei den reinen Makedonen.

Die Reinheit des Bluts ... Dymas gluckste leise und betrachtete sein linkes Handgelenk, wo die Adern am besten zu sehen waren. Die man ihm öffnen würde, am Handgelenk oder im Hals oder im Bauch, um sein unreines Blut versikkern zu sehen. Er wußte zuviel, hatte zuviel gesehen; wer auch immer am Ende dieser langen, lauten Verhandlungen – oder sollte man es ein großes Zetern, Zanken und Feilschen nennen? – die Macht oder einen beträchtlichen Teil davon bekam, würde ihn noch einmal ausquetschen und dann wegwerfen. Perdikkas hatte es angedeutet, Ptolemaios dazu gelächelt, Eumenes die Schultern gehoben, Nearchos betrübt dreingeschaut.

Deshalb hielten sie ihn fest. Ihm fehlte nichts, er konnte sich im Palast bewegen, aber er konnte nicht hinaus: in die Stadt, zum Fluß, zu einem der Schiffe auf dem Euphrat, zu einer der Straßen in die Welt. Er wußte nicht einmal, wer von all den Gesandten, die sich in Alexanders letzten Tagen beim König aufgehalten hatten, noch in Babylon war. Vielleicht könnte einer von ihnen ...

Aber das war müßig. Er konnte die Gesandten nicht erreichen; wer von ihnen würde sich denn schon um ihn kümmern, selbst wenn sie erreichbar wären, und falls einem etwas am Leben des Musikers läge – wer von ihnen hätte denn Einfluß auf die mächtigen Makedonen?

Eigentlich hatte er sich damit abgefunden, daß die Zahl seiner Jahre nicht mehr wachsen würde. Vier Dutzend. Achtundvierzig. Die meisten Bewohner der Oikumene starben früher; so gesehen war er ein alter Mann. Er erinnerte sich an Frauen, die ihn für zwanzig gehalten hatten, als er fünfzehn war, und an das, was er von ihnen gelernt hatte. Und von anderen, später. Seltsam, sagte er sich, daß der Musiker Dymas, überall gerühmter Kitharist und Kitharode, am Ende des Wegs nicht an Musiker dachte, sondern an Frauen. Tekhnef. Aber er wollte nicht an Tekhnef denken, von der Alexander gesprochen hatte. »Die schwarze Witwe in Thessalien, die auf dich wartet.«

Auch nicht an Fürsten und Feldherren, an die Sammler geheimer Nachrichten, die Meister aller Tücken. Er mußte sich beinahe zu Erinnerungen zwingen, um sich wenigstens auf die Namen besinnen zu können. Demaratos der Korinther, Freund Philipps und Alexanders; Bagoas der Perser; Adherbal aus Karchedon und Athener und Ägypter und ... Hamilkar, Adherbals Nachfolger, der beim Tod des Königs in Babylon gewesen und inzwischen sicher abgereist war.

Oder nicht? Was sollte ihn in Babylon halten? Andererseits: Warum sollte der Gesandte des mächtigen Karchedon abreisen, ehe er wußte, wer das Schwert aufheben würde, das Alexander entglitten war? Das Schwert, das der König nach Westen hatte tragen wollen, um Arabien herum, durch Ägypten und Kyrene und die Wüsten Libyens bis zu den Mauern Karchedons, um die Stadt anzugreifen, die letzte verbliebene Großmacht. Nein, sagte er sich; es war eher wahrscheinlich, daß Hamilkar noch in der Nähe weilte – um zu wissen. Zu wissen, wem die Macht zufiel und ob der neue Mächtige, gleich ob Fürst oder Feldherr, Alexanders wahnsinnige Pläne auszuführen oder zu vergessen gedachte.

Hamilkar. Die Reinheit des Bluts. Die Alten. Plötzlich sah er eine Möglichkeit. Eine winzige Hoffnung. Dymas legte die Kithara fort und starrte auf die Saiten, auf seine Finger. Sie hatten miteinander gespielt, gefochten, geflochten, um ihn abzulenken. Damit etwas in seinem Hirn für ihn denken konnte, ohne von seinem Willen gestört zu werden. Es war, als hätte sich in der Mauer, die ihn umgab, eine bisher unsichtbare Tür geöffnet. Kaum die Andeutung eines Spalts, aber ...

Er schloß die Augen, sammelte seine Gedanken und richtete seinen Willen auf diesen Spalt. Auf Möglichkeiten, ihn zu erweitern.

Kurz vor Sonnenuntergang kam ein Sklave und bat Dymas, ihm »zu den Fürsten« zu folgen. Etwas an der Stimmung im Saal war anders als an den vorigen Abenden; Dymas brauchte einige Zeit, um aus den einzelnen Anblicken auf einen Grund für die Veränderung schließen zu können. Hier und da gab es weitere Musiker, er sah die üblichen Dirnen und Tanzmädchen, die großen Platten mit gebratenem Fleisch, Fischen und Früchten, er roch Schweiß und Wein, und auf dem Weg zu den »Fürsten« – der Sklave führte ihn dorthin, wo Perdikkas und Ptolemaios saßen – wäre er beinahe in einer Weinlache auf den glatten Fliesen ausgerutscht.

Erst bei den letzten Schritten bemerkte er, was fehlte. Einige der Heerführer waren nicht da, und anders als sonst hatten die Makedonen darauf verzichtet, ihre Gemahlinnen und die zahlreichen Beischläferinnen zum Gelage zu bitten. Ptolemaios und Perdikkas schienen die Klinen zu verschmähen; sie saßen einander am Tisch gegenüber, und es sah so aus, als tränken sie verbissen gegeneinander an, um nicht miteinander reden zu müssen.

Nicht weit von ihnen, am Kopfende des langen Tischs, saß Arridaios mit dem Rücken zur Wand in einem Scherensessel, auf einem Kissenstapel. In der einen Hand hielt er einen Becher, in der anderen einen Kranz, den er bewegte, als ob er damit winkte. Er blickte Dymas aus harten, kalten Augen an.

»Musiker«, sagte er. »Wirst du für mich spielen, wie du für meinen Bruder gespielt hast?«

Dymas verneigte sich. »Deine Wünsche zu erfüllen ist mir eine Ehre, Herr, und deinen Befehlen zu gehorchen eine Wonne.«

Arridaios nickte und wedelte mit dem Kranz. »Dann spiel. Ein paar fröhliche Tänze, zur Aufheiterung dieser trüben Gesellschaft.«

Dymas verneigte sich abermals, winkte einigen der Tanzmädchen, die zu ihm herüberschauten, und setzte sich halb auf die Tischkante. So konnte er die Kithara auf den Oberschenkel stützen. Und das jäh beginnende Zittern der Beine verbergen.

Er stimmte einen munteren, aber nicht allzu schnellen Tanz an. Die Mädchen bewegten sich geschmeidig und streckten wie sehnend die Hände nach den Männern aus, die an Tischen saßen oder auf Klinen lagen. Einige standen zögernd auf und kamen zu den Tänzerinnen; die meisten blieben, wo sie waren. Viele starrten vor sich hin, auf den Boden, zu Arridaios, zu Perdikkas und Ptolemaios.

›Wo ist Meleagros?‹ dachte Dymas, während seine Finger die Arbeit erledigten. ›Leonnatos und Attalos sind auch nicht da … und Alketas fehlt. Keine Dirnen, keine Gemahlinnen. Arridaios befiehlt, aber niemand huldigt ihm. Es ist, als müßten gleich die Schwerter klirren. Was geschieht hier?‹

Plötzlich sprang Perdikkas auf, packte seinen schweren goldenen Becher und schleuderte ihn quer durch den Saal. »Aufhören!« brüllte er. »Die Mädchen raus, die Musiker auch.

Wir haben noch dies und das zu klären. Alles hierher, an den Tisch!«

Ptolemaios blinzelte und schaute zu Perdikkas auf. Dymas glaubte, die Andeutung eines spöttischen Lächelns zu sehen, aber ihm blieb nicht die Zeit, sich zu vergewissern. Er glitt von der Tischkante und lief zum Ausgang. Dort drängten sich die Tänzerinnen und die anderen Musiker; alle wollten so schnell wie möglich hinaus. Hinter sich hörte er jemanden halblaut den makedonischen Kriegsschrei sagen: »Allallalei.« Es klang aber nicht besonders blutrünstig. Als er den Kopf wandte, sah er den grinsenden Laomedon, der offenbar ebenfalls den Saal verlassen wollte.

Wieder brüllte Perdikkas. »Laomedon! Wo willst du hin?«

»Pissen, wenn du gestattest. Mit voller Blase ertrage ich dein Geschrei nicht.«

»Beeil dich!«

Draußen, auf dem Gang, hielt Dymas Laomedon am Arm fest. »Hast du vor dem Pissen noch zwei Atemzüge Zeit für mich?« sagte er leise.

Laomedon wischte sich das Grinsen vom Gesicht und schaute in seine Hand, als ob er darin Spuren der Erheiterung zu sehen erwartete. »So dringend ist es nicht«, sagte er. »Ich will nur ein paar Mundvoll von einer Luft schnappen, in der weder Perdikkas noch seine Stimme herumlungern. Sich tummeln. Was auch immer Stimmen tun.«

»Komm.«

Als sie seinen Raum erreicht hatten, legte Dymas die Kithara auf die Bank neben dem Fenster und goß mit unruhigen Händen Wein in zwei Becher.

»Du zitterst ein wenig«, sagte Laomedon. Er nahm den Becher entgegen, trank und zwinkerte. »Die Luft da drin drückt, wie?«

»Als ob jeden Augenblick die Klingen aus den Scheiden fliegen müßten.«

»War einige Male knapp davor.«

»Was ist denn los, bei allen Göttern? Und wo sind die anderen? Meleagros und Alketas?«

»Und noch ein paar.« Laomedon verzog das Gesicht. »Wir haben uns beinahe geeinigt. Arridaios und Herakles ...«

»Barsines Sohn?«

»Ja. Beide gemeinsam ohnmächtig auf dem Thron, und wir teilen die Macht unter uns auf. Ptolemaios will entweder gar keinen König oder abwarten, bis Roxane gebiert. Wenn's ein Sohn wird, dann der und Arridaios. Meleagros will nur Arridaios, und zwar sofort; er ist unterwegs zu den Fußtruppen, um herauszufinden, was die meinen. Die Reiter, die Hetairen, werden auf uns hören, aber die Fußkämpfer ...« Er runzelte die Stirn.

»Was ist mit dir?«

»Was soll mit mir sein?«

»Du bist ja eigentlich kein Makedone ...«

Laomedon kniff die Augen zusammen. »Was meinst du?«

»Du und dein Bruder Erigyios ...«

»Wir waren bei Alexander, als sein Vater ihn verbannt hat. Philipp, der uns das makedonische Bürgerrecht gewährt hat. Worauf willst du hinaus?«

»Du«, sagte Dymas. »Ptolemaios. Nearchos. Harpalos. Erigyios. Und Alexander.«

»Und?«

»Harpalos ist mit viel Geld und ein paar Kämpfern geflohen.«

Laomedon nickte. »Der Schurke ist in Athen. Und weiter?«

»Erigyios ist tot, vor fünf Jahren gestorben. Alexander ist tot. Nearchos ist Kreter und also bedeutungslos, was die

Verteilung der Macht angeht. Von Alexanders anderen alten Freunden – den ältesten und besten – sind nur Ptolemaios und Perdikkas hier. Und Perdikkas war nicht mit euch in Illyrien.«

»Ah.« Laomedon ließ sich auf einen Schemel sinken.

»Genau – ah. Du bist aus Mytilene, mein Freund, und ich könnte mir denken, daß sie sich daran erinnern. Bürgerrecht hin, Verbannung her. Wer einen Grund sucht, etwas Kostbares nicht teilen zu müssen ...«

»Wer teilt schon gern?«

Dymas zählte an den Fingern der Linken Namen ab. »Krateros unterwegs. Antigonos in Phrygien. Antipatros in Makedonien. Perdikkas und Ptolemaios hier. Die beiden werden den drei anderen ... sagen wir, geziemende Teile gewähren.«

Laomedon kratzte sich den Kopf. »Gewähren? Na ja, gewähren. Ich weiß, was du meinst. Warum einen, der kein reiner Makedone ist, an der Beute beteiligen.«

»Beute?« Dymas lachte, aber es war kein heiteres Lachen. »Ist das von dir? Oder reden die inzwischen so?«

»Das Wort ist gefallen. Ich weiß nicht mehr, wer es benutzt hat.« Er schnippte mit den Fingern. »Du hast einen vergessen. Lysimachos. Er ist wichtig und hat das halbe Heer hinter sich. Ohne ihn, oder gegen ihn ...«

»Du hast, glaube ich, auf dem Indos ein paar Schiffe befehligt. Und du hast dich um die Kriegsgefangenen kümmern dürfen.«

»Die anderen können sich auf bestimmte Truppen stützen, meinst du? Ich nicht? Nein, ich nicht. Sie könnten mich ... verschwinden lassen. Oder eine Verschwörung erfinden.«

Dymas trank einen Schluck Wein, schwieg und betrachtete Laomedon, der mit gerunzelter Stirn auf den Boden starrte und angestrengt nachzudenken schien.

Dann blickte er auf und sagte: »Ich fürchte, du hast recht, Dymas. Was rätst du mir?«

»Du hast dich ja nicht erst in Indien um die Gefangenen gekümmert. Auch vorher – du mit deinen guten Sprachkenntnissen. Du und Ptolemaios, ihr habt doch mit Demaratos und den anderen Sammlern geheimer Nachrichten zusammengearbeitet.«

Laomedon blähte die Wangen. »Puh. Ich weiß ... uh, ich kenne die Schwächen der Gefährten. Wer wann was getan hat, was er nicht hätte tun sollen. Aber kann mir das wirklich nützen?«

»Du kannst es jedenfalls nutzen.«

»Wie denn? Wenn's hart auf hart geht, dann werden die sich doch nicht um Kleinigkeiten aus der Vergangenheit kümmern.«

»Vielleicht um größere Kleinigkeiten aus der Zukunft. Von denen Ptolemaios mehr weiß als Perdikkas.«

»Kleinigkeiten aus der Zukunft?« Laomedon stöhnte. »Du redest in Rätseln; noch einmal – worauf willst du hinaus?«

»Wenn ich dir helfe, hilfst du mir?«

»Willst du nicht sterben?« Laomedon lachte kurz. »Wer will das schon, vor allem so? Gut; ich helfe dir. Aber wie?«

Dymas wartete ein paar Atemzüge; dann sagte er: »Ist Hamilkar noch in Babylon?«

Laomedon zuckte zusammen. Dann, langsam, begann er zu lächeln. »Ist er. Ja, er ist. O ihr Götter!«

»Kannst du ihn dringend bitten, mich hier zu besuchen? Ich darf ja den Palast nicht verlassen.«

»Ich weiß nicht, ob die Wächter ihn einlassen.«

»Wenn du es bist, der ihn mitbringt ... Und vielleicht, zur Ablenkung, noch ein paar andere von all den Gesandten.«

»Könnte gehen.« Laomedon stand auf und hob den Becher. »Auf die Götter der Hinterlist, mein Freund – und auf dein und mein Überleben.«

Die Unruhe begann spät am nächsten Vormittag. Dymas war zufällig im Hof hinter dem Nordtor, als Meleagros eintraf. Er kam zu Fuß, in voller Rüstung, und er kam nicht allein. Bei ihm waren mehr als zwei Dutzend Soldaten, Hopliten mit mehreren Unterführern. Meleagros blieb im Durchgang zum Hof stehen; die anderen bildeten eine Art Halbkreis um ihn. Ein Unterführer der Reiter – an diesem Tag fiel seiner Einheit die »Ehre des Wachens« zu – trat vor ihn, grüßte und sagte etwas. Dymas konnte die Gebärden sehen, aber aus dieser Entfernung nichts hören.

Der Wächter hob den Arm zu einer Ehrenbezeugung, wandte sich um und lief zum nächsten Durchgang, nicht weit von Dymas entfernt. »Sie wollen Perdikkas und die anderen sprechen, da vorn«, sagte er.

Der nächste Wächter nickte, schlug die Hand vor die Brust und ging.

Dymas bewegte sich mit kleinen Schritten zur Hofmitte; er wollte nicht auffallen, aber er wollte wissen, was sich da vorbereitete. Im Schatten einer Palme neben einem Becken blieb er stehen und wartete.

Bald erschienen Perdikkas, Ptolemaios und Lysimachos, mit bewaffnetem Geleit. Sie näherten sich den anderen. Perdikkas ging an der Spitze und hielt an, als er noch sechs oder sieben Schritt von Meleagros entfernt war. »Was wird das?« Seine Stimme klang laut und kraftvoll wie immer, aber weder besonders erregt noch verärgert.

»Wir bringen Grüße und Wünsche der tapferen Fußkämpfer«, sagte Meleagros.

»Zu denen du nicht gehörst.«

Ptolemaios berührte Perdikkas' Arm. »Laß ihn reden, Mann.«

»Wir haben den gestrigen Tag und die halbe Nacht beraten«, sagte Meleagros. »Das Heer will Philipps Sohn Arridaios als König der Makedonen und des Reichs. Philippos der Dritte Arridaios.«

»Was ist mit Herakles, Alexanders Sohn von Barsine? Was mit Roxanes Kind?« Perdikkas klang immer noch sehr gelassen.

»Arridaios«, sagte Meleagros. Die Männer, die ihn umstanden, nickten und machten ernste, fast grimmige Gesichter.

»Komm in den Beratungssaal«, sagte Ptolemaios. »Darüber müssen wir reden.«

»Da gibt es nichts zu reden.«

Dymas erwartete einen weiteren Wutausbruch, aber zu seiner Überraschung blieb Perdikkas ruhig. »Laß mich, wenn du nicht mit uns reden willst, wenigstens kurz mit den anderen beraten.«

Meleagros zuckte mit den Schultern. »Berate; wir warten. Wir könnten aber ein wenig Brot und Wasser vertragen. Ich kümmere mich darum.« Er wandte sich seinen Begleitern zu und sagte leise etwas. Aus dem lockeren Halbkreis lösten sich vier Männer, die mit Meleagros über den Hof schlenderten, vorbei an Perdikkas und den anderen, und in einem Gang verschwanden.

Dymas stand in einer Gruppe von Makedonen, einer seiner beiden Bewacher gleich neben ihm. Er hörte mit halbem Ohr, was die Männer sagten, wollte aber eigentlich näher zu Ptolemaios und Perdikkas. In diesem Augenblick kamen aus dem Gang, der zum Westtor führte, Laomedon und Hamilkar mit einigen Begleitern. Laomedon schien zu stutzen, sah sich um, entdeckte Dymas, schüttelte kaum merklich den Kopf, sagte etwas zu Hamilkar und ging dann schnell, fast im Laufschritt, zu den Strategen.

Laomedon und die anderen redeten schnell und eindringlich miteinander, aber leise und ohne jede sichtbare Aufwallung. Dymas versuchte, die seltsame Stimmung, die sich wie eine dünne Nebelschicht über den Hof breitete, für sich in Worte zu fassen. Fieber, dachte er, ein großes unheimliches Tier mit Fieber; vielleicht kriecht es gleich zur Genesung in seinen Wolkenbau, oder es verheert die ganze Stadt. Ein Feuerberg, dessen Ausdünstungen den nächsten Schlummer oder den nächsten Ausbruch ankündigen könnten. Eine Vorahnung von stinkendem Schlamm, den der Fluß in einer jähen Schwemme über alles speien würde.

Hamilkar und die übrigen, die mit Laomedon gekommen waren, redeten ebenfalls leise miteinander, schienen aber die Strategen zu beobachten – aufmerksam, mißtrauisch, besorgt? Es handelte sich um Fremde, von denen Dymas einige bei den letzten Feiern des Königs gesehen hatte. Drei Inder in prunkvollen Wickelgewändern waren dabei, ein paar Sogder oder Baktrier aus den Ländern nördlich von Persien, ein Mann mit schmalen Augen, die wie Schlitze wirkten, und ein paar Fremde aus dem Westen, Hellenen aus Syrakus vielleicht, zwei Iberer, ein Gallier und sogar ein Händler aus der kleinen italischen Stadt Rom.

Dymas sagte sich, daß sie ohne Zweifel alle wissen wollten, was nach dem Tod des Königs geschehen würde – wichtig für sie selbst und die Gebiete, aus denen sie kamen. Laomedon hatte sie entweder zufällig getroffen oder zusammengeholt; letzteres erschien dem Musiker wahrscheinlicher. Laomedon war Alexanders Mann für den Umgang mit Gefangenen, für das scheinbar ziellose, geschickte Plaudern mit Fremden gewesen. Und einer der Männer, die schon für Demaratos gearbeitet hatten, Kundschafter der Seelen und Meinungen, Beschaffer geheimer Nachrichten, zu denen auch Ptolemaios und Nearchos und Eumenes lange gehört hatten. Und Dymas, bis er sich freikaufen und nur noch der Musik hatte leben können. Er gluckste leise; auch dies eine Art Trug, Selbsttäuschung – als ob man jemals von dem frei sein könnte, was man jahrelang getan hat.

Irgendwo klirrte Metall, vielleicht nur ein Becher oder eine Platte in einer der Küchen. Aber zahlreiche Hände tasteten nach den Schwertgriffen, überall drehten sich Männer suchend um. Suchend oder lauernd. Das Fieber ...

Meleagros und seine Leute kamen aus einem der zahllosen Gänge des Palasts zurück. Während Dymas sich fragte, warum die Perser den alten babylonischen Palast zu einem Labyrinth ausgebaut hatten, versuchte er zu erraten, was zwei der Männer tragen mochten. Sie hatten eingerollte Decken unter dem Arm, dem jeweils linken, was die Schwerthand frei ließ. Und diese Decken hatten sie noch nicht getragen, als sie vorhin losgegangen waren.

Was auch immer es war, es konnte nicht groß sein, und offenbar war es nicht besonders schwer. Die beiden anderen Männer und Meleagros trugen Brotfladen, Weinkrüge und Becher. Sie begannen die Vorräte mit ihren wartenden Gefährten zu teilen; Meleagros riß ein Stück von einem Fladen ab, nahm einen Schluck aus seinem Becher und drehte sich zu Perdikkas, Ptolemaios und den anderen um.

Aus dem Gang, der zum nächsten Hof und zum Beratungssaal führte, tauchte Arridaios auf, begleitet von zwei Sklaven, die ein paar Bündel trugen. Er ging langsam, fast zögernd, mit kleinen Schritten; dabei schaute er abwechselnd auf Meleagros und die Gruppe um Perdikkas. Die beiden Männer mit den Decken waren nicht mehr zu sehen; sie schienen gewissermaßen durch die lose Reihe der übrigen Leute von Meleagros gesickert zu sein.

Hinter Arridaios erschienen plötzlich zwei bestenfalls halb bewaffnete Makedonen; sie liefen zu Perdikkas und riefen dabei etwas, das Dymas nicht verstehen konnte. Perdikkas reckte die Arme, stieß einen lauten Fluch aus und brüllte Befehle. Die Männer von Meleagros ließen Brot und Becher fallen. In das Klirren der Gefäße mischte sich das der Waffen, die sie zogen, während sie hinter Meleagros eine feste, von Klingen starrende Reihe bildeten.

Aus den anderen Höfen, aus Gängen und Räumen rannten Bewaffnete herbei. Von irgendwo kamen Nearchos und Eumenes, gefolgt von weiteren Truppenführern. Perdikkas deutete hierhin und dorthin; seine Männer standen nun den anderen ebenfalls als kampfbereite kleine Phalanx gegenüber.

Perdikkas, Ptolemaios, Lysimachos, Eumenes und Nearchos schienen sich mit wenigen Worten zu verständigen; dann wandte sich Perdikkas an Meleagros, und Ptolemaios wandte sich ab, nahm den Arm von Laomedon und zog ihn zu den wartenden Fremden.

Dymas fing einen Blick und ein knappes Winken Laomedons auf und näherte sich den Leuten um Hamilkar. Als er nah genug war, um zu hören, was dort gesprochen wurde, sagte Ptolemaios eben:

»Schlechter Zeitpunkt, aber das konntet ihr ja nicht ahnen. Was wollt ihr?«

Laomedon hob die Hand. »Einen Augenblick; wir sollten ihnen wenigstens erklären, warum der Zeitpunkt schlecht ist.«

Ptolemaios machte ein finsteres Gesicht, sagte aber nichts.

Laomedon wandte sich an die anderen. »Meleagros und seine Leute haben die Krone und die anderen Symbole des makedonischen Königshauses gestohlen. Und das Diadem der Perser und ein paar ägyptische Kleinigkeiten, die Alexander als Pharao gehörten. Die Fußkämpfer wollen nicht verhandeln, sie wollen Arridaios – sie wollen ihn mitnehmen, aber daran werden wir sie hindern.«

Einer der Inder sagte mit einem schrägen Lächeln: »Ist das ein Aufruhr? Der Beginn eines Bruderkriegs?«

Ptolemaios knurrte; durch zusammengebissene Zähne sagte er: »Kann alles werden, vielleicht aber auch nur ein Furz im Wind. Was wollt ihr?«

»Herr«, sagte einer der Leute aus Sizilien. »Unsere Städte warten auf uns. Und auf die Botschaften, die wir ihnen bringen können. Die weiteren Pläne, die Krone ...«

»Schlechter Zeitpunkt.« Plötzlich grinste Ptolemaios. »Was mit der Krone wird, muß sich erst noch herausstellen. Aber es wird keinen Feldzug in den fernen Westen geben, und die Riesenflotte wird nicht gebaut.«

Die Gesandten schienen aufzuatmen; einige begannen zu lächeln, und einer deutete einen Kniefall an.

Ptolemaios verschränkte die Arme. »Genügt euch das jetzt? Auf alles andere werdet ihr genauso warten müssen wie wir auch.«

Laomedon winkte Dymas näher heran. »Der Musiker ...«

Ptolemaios stöhnte. »Für Musik habe ich jetzt wirklich keine Zeit. Was ist mit dir, Dymas?«

»Herr«, sagte Dymas. »Es könnte sein, daß dir lebende Freunde demnächst mehr nützen als tote Sänger.«

Ptolemaios bleckte die Zähne. »Ihr anderen – geht«, knurrte er. »Nein, du nicht, Hamilkar; wir haben noch etwas zu klären.«

Als nur noch Laomedon, Hamilkar und Dymas bei ihm standen, sagte er leiser: »Wie meinst du das?«

»Wie du weißt, Herr« – Hamilkar trat einen halben Schritt vor –, »war Dymas schon als aufmerksamer Kitharist unterwegs, als weise alte Männer namens Demaratos und Adherbal in dunklen Wassern die Geheimnisse der Fische zu ergründen suchten.«

Ptolemaios kaute mit einem seiner überlangen Eckzähne auf der Unterlippe. »Weiß ich das? Sollte ich es nicht besser vergessen?«

»Du solltest es bedenken. Für Karchedon und Pella hatte er immer einen gewissen Wert.«

Ptolemaios lächelte grimmig. »Auch für Persepolis, oder?«

»Aber nie für Athen«, sagte Dymas halblaut.

»Ihr wollt mir sagen, daß er zu schweigen gelernt hat, was?«

»Und zum besten Zeitpunkt zu singen auch.« Laomedon räusperte sich. »Das da …« Er wies mit dem Kinn dorthin, wo Perdikkas und Meleagros einander gegenüberstanden und entweder zankten oder feilschten.

»Was ist damit?«

»Es ist nur der Beginn.« Hamilkar übernahm wieder. »Der Anfang eines neuen Zeitalters, und wir werden einmal sagen dürfen, wir seien dabeigewesen.«

Ptolemaios runzelte die Stirn. »Kommt, Jungs«, sagte er heftig. »Spielt keine albernen Spielchen. Was wollt ihr sagen, und was wollt ihr wirklich von mir?«

Hamilkar nickte Dymas zu; Laomedon schaute den Musiker an.

»Herr«, sagte Dymas. »Habe ich je berichtet, daß du in einer Nacht vor zwölf Jahren an Bord eines punischen Kriegsschiffs mit Hamilkar gewisse Dinge verhandelt hast?«

»Wieso verblüfft es mich nicht, daß du das weißt?« Ptolemaios stemmte die Hände in die Hüften. »Soll ich jetzt wieder mit dem Punier feilschen? Oder was?«

Laomedon kicherte. »Ich ahne etwas. Und ich glaube, mein Lieber, die beiden haben recht.«

»Das da drüben ist der Anfang«, sagte Dymas. »Perdikkas und Meleagros ... Morgen werden es Ptolemaios und Perdikkas sein, die irgendwo so stehen und einander anbrüllen. Oder Antipatros, Krateros und Lysimachos. Oder andere. Ihr werdet das Reich zerlegen, weil keiner stark genug ist, es zusammenzuhalten. Und dann werdet ihr euch um diese Insel, jenen Fluß und drei Goldadern zanken. Und danach um große Länder und die Reichtümer, die ihre Menschen erzeugen.«

Ptolemaios verzog keine Miene. »Du sagst heitere Worte, wie es einem Sänger zukommt. Erheitere mich weiter.«

»Perdikkas wird das Heer und Babylon wollen. Lysimachos? Vielleicht Medien oder Kreta. Du hast, glaube ich, gewisse Neigungen, bei der Aufteilung Ägypten ...«

»Ssst. Woher weißt du ... aber es ist gleich. Könnte sein; und weiter?«

»Möchtest du, wenn Perdikkas in ein paar Jahren auf dich losgeht, in deinem Rücken, westlich von Ägypten, friedliche Nachbarn haben? Oder ein verärgertes Karchedon, das sich vielleicht mit Perdikkas zusammentut?«

»Und?« sagte Hamilkar. »Möchtest du in diesen wirren Jahren, die die Götter und die Gestalter des Zufalls für uns vorbereiten, an einen toten Sänger denken oder von einem lebenden Sänger Lieder und Botschaften hören?«

Ptolemaios schwieg. Die Stimmen von Perdikkas und Meleagros wurden lauter, dann wieder leiser.

»Nimm ihn mit«, sagte Ptolemaios plötzlich. Er winkte einen der beiden Makedonen herbei, die Dymas zuletzt bewacht hatten. »Der da kann gehen, mit all seinem Kram; geleitet ihn und den Karchedonier unauffällig hinaus. Ihr solltet aber nicht in der Stadt bleiben; es kann sehr bald schon unbehaglich werden. Und du« – er wandte sich an Laomedon – »schuldest mir dies und das.«

Laomedon hob die Brauen. »Du wirst es einfordern, wie ich dich kenne. Und ich werde liefern – wie ich mich kenne.«

KAPITEL 2

Kassandra

Fischer, mach dein Netz nicht zu groß,
Wale vernichten dich und dein Boot.
Sei zufrieden mit minderem Fang:
nahrhafte Fische, kleines Glück –
mächtiges Unheil kommt von allein.

DYMAS

Für den Tag der Niederkunft hatten die Priester größeres Unheil vorhergesagt. Die Mutter starb bei der Geburt, und der Fischer nannte seine Tochter Kassandra. Es gab schon drei kleine Söhne. Um die Kinder kümmerte sich nun seine verwitwete Schwester. Aus dem Hafen des kleinen Orts nahe Milet fuhr Sokrates jeden Tag – wenn es das Wetter erlaubte – mit seinem kleinen Boot aufs Meer und kehrte meistens mit einem kargen Fang zurück.

Als Kassandra fünfzehn war, gab er sie dem Sohn eines anderen Fischers zur Frau. Da die Dinge so waren, wie sie waren, hätte es ihr nicht genützt, aufzubegehren oder andere Wünsche zu äußern. Sie hatte den jungen Fischer schon länger gekannt, unvermeidlich in einer so kleinen Menschengruppe, und sie fand ihn ohne Begeisterung erträglich. Ihr erstes Kind kam tot zur Welt, das zweite starb kurz nach der Geburt. Da war Kassandra siebzehn und fühlte sich wie eine alte Frau. Als ein drittes Kind unterwegs war, geriet das Boot, auf dem ihr Mann mit fünf anderen arbeitete, in einen Herbststurm und sank. Ihr blieben außer dem schwellenden Bauch nur ein paar Erinnerungen, die schilfgedeckte Holzhütte – ein Raum mit offener Feuerstelle – am Südende des Strands und die üblichen Gegenstände des Haushalts.

Das dritte Kind starb ebenfalls nach der Geburt; spätestens jetzt war allen klar, daß die Götter Kassandra mit einem Fluch belegt hatten. Nächtelang grübelte sie, um einen

Grund dafür zu finden, bis sie schließlich aufgab und sich sagte, daß es für die Menschen keine Hoffnung gebe, die Beschlüsse der Götter je zu begreifen. Später gelangte sie zu dem Schluß, daß es für die Menschen auch sonst keine Hoffnung gab.

Die verwitwete Schwester, ihre Tante, war längst gestorben; der älteste der drei Brüder war nach Halikarnassos gegangen, um beim Bau des Grabmals, das die Fürstin Ada ihrem Gemahl Maussollos errichten ließ, sein Geld zu verdienen; der zweite Bruder hatte die Tochter eines Fischers aus Samos geheiratet und sich dort niedergelassen; der jüngste – zwei Jahre älter als Kassandra – war ebenfalls der alten Fürstin gefolgt, als sie Kämpfer warb, die dem göttlichen Alexander nach Persien oder Indien oder an den Rand der Welt folgen sollten. Nachschub für ihn, den Ada zu ihrem Sohn erklärt hatte. Der sich außerhalb der Welt aufhielt und dann doch zurückkehrte. Unbegreiflich und – bedeutungslos.

In einem Frühjahr starb die alte Fürstin. Der König im fernen Babylon ernannte einen Makedonen namens Asandros zum neuen Herrn von Karien, aber das hatte für die Menschen des kleinen Fischerdorfs kein Gewicht. Asandros war weit weg, Alexander noch weiter, und das einzige, was Sokrates berührte, war die Frage, ob der eine Sohn als Krieger aus den Tiefen Asiens mit dem König nach Babylon zurückgekommen oder am Rand der Welt gestorben war und ob der andere Sohn immer noch in Halikarnassos Steine aufeinandertürmte. Von beiden erfuhren sie nichts. Den aus Samos dagegen sahen sie hin und wieder, wenn auch selten.

Im Sommer hörten sie, der König sei gestorben, und eigentlich hätte die Erde beben, das Meer an Land steigen oder der Himmel sich verfinstern müssen. Nichts dergleichen geschah; vielleicht war Alexander doch nicht so wichtig gewesen.

Kassandra nahm diese Ereignisse als Zeichen. Wenn alles sich so veränderte, ohne daß wirklich etwas geschah, konnte auch sie sich verändern, ohne die Welt zum Einstürzen zu bringen. Und da ohnehin keiner der Fischer und Bauern des Orts sich mit einer Verfluchten abgeben mochte, verkaufte sie die nahezu wertlose Hütte und ging nach Milet, wo sie einige Zeit als Schankmagd zu überleben versuchte und dann Dirne wurde. Sie sorgte dafür, daß keine weitere Schwangerschaft eintrat. Zwar hätte sie gern Kinder gehabt, aber nicht unter diesen Umständen, und ehe sie wieder etwas hervorbrachte, was nach ein paar Stunden starb, ertrug sie lieber weiterhin Zweifel an der Wirksamkeit des Fluchs.

Es gab viele Männer, gute und schlechte; sie lernte sie kennen, manche konnte sie sogar achten, andere achteten sie. Es waren nicht viele Reiche dabei – für einen besseren, reicheren Mann gab es auch in Milet die eine oder andere *hetaira,* Dirne wie Kassandra, aber geschmückt, geschminkt und gebildet, eine, die man zum Gastmahl bei Freunden mitnehmen konnte. Aber reicher war nicht unbedingt besser.

Unter den Schlichten gab es Schmutz und Grobheit, aber auch Rücksicht und Zuneigung; manche kamen immer wieder. Einer nicht, den sie gern wiedergesehen hätte. Er kam nachts, im Frühjahr nach dem Tod des Königs, ein Krieger auf dem Weg zu den Schiffen, die ihn und andere nach Hellas bringen sollten. Im Zwielicht sah sie kaum sein Gesicht, aber er war sanft und freundlich. Etwas an ihm war anders, oder etwas in ihr empfand es so. Er verließ sie vor Morgengrauen, und sie weinte zum ersten Mal seit langer Zeit.

Als sie einundzwanzig war, suchte ihr Vater sie auf.

»Ich bin alt geworden«, sagte Sokrates. »Alt und kraftlos.« Er drehte die Handflächen nach oben und schien die Schwielen zu zählen,

»Was soll ich tun, Vater?« Kassandra betrachtete den Fremden, der dort auf dem Schemel saß. Sie hatte ihn seit zwei Jahren nicht gesehen. Die Schwielen mochten sich vermehrt haben, die Falten im Gesicht hatten ihre Zahl und Tiefe verdoppelt, und sogar nun, da er saß, schienen die Schultern von der Last der Arme zu Boden gezogen zu werden. Die starken Schultern, auf denen sie als Kind oft geritten war.

Sokrates betrachtete sie, aber seine Augen glitten ab und irrten im Raum umher. Es war ein kleiner Raum, hinter der Schänke, in dem es nichts zu sehen gab als die mit Kissen und Decken belegte Steinbank, auf der Kassandra saß, einen wackligen Tisch, die Schüssel zum Waschen und den Wasserkrug.

»Hier also verdienst du dein Geld«, sagte er leise.

»Bist du denn nach Mutters Tod nie ...?«

Er seufzte. »Hätte ich je genug Münzen gehabt? Vor oder nach dem Tod deiner Mutter? Nein, ich war nie bei einer Dirne. Ist ... sieht das immer so aus?«

»Es gibt größere und kleinere Räume. Größere und kleinere Lager. Lederbespannte Holzrahmen für die, die es sich leisten können.«

Er schwieg und starrte zu Boden.

»Was soll ich tun, Vater?« sagte sie noch einmal. »Was willst du von mir hören?«

Ohne von den unebenen Fliesen aufzublicken, sagte er: »Komm heim, Kind. Deine Brüder sind fort, die Hütte ist leer, ich kann kaum noch allein zum Fischen hinausfahren. Fischen und das Boot lenken, verstehst du.«

Sie dachte an die Münzen, die sie unter einer der losen Fliesen verwahrte. Irgendwann, hatte sie sich oft gesagt, würde sie die Arbeit in der Schänke aufgeben und sich einen größeren Raum leisten, ein besseres Bett. Mit reicheren Männern mehr verdienen. Von der Dirne zur *hetaira* aufsteigen.

»Und der Garten«, sagte Sokrates.

»Was ist mit dem Garten, Vater?«

»Nichts. Seit einem Jahr.«

Den Garten hatte sie gemocht, vielleicht sogar geliebt, trotz der Arbeit. Ein kleines Stück Land am Hang, oberhalb von Ort und Hafen, mit ein paar alten Bäumen, in deren Schatten man gut träumen konnte, und mit Kräutern, Zwiebeln, Bohnen und anderen Erd- und Baumfrüchten. Nicht viel, aber es besserte die ewige Fischkost auf; manchmal war sogar etwas für den Markt oder zum Tauschen geblieben.

»Ach, Vater«, sagte sie.

Er stand auf; plötzlich wirkte er zugleich wie der kraftvolle Mann ihrer Kindheit und wie ein unendlich müder, ausgezehrter Greis.

»Ach, Vater – das heißt, du kommst nicht mit, nicht wahr?«

»Ach, Vater, das heißt in diesem Fall: Ja, ich komme, aber mit schwerem Herzen.«

Ihr geringer Besitz paßte in zwei zu Beuteln gedrehte Tücher. Als Sokrates mit dem größeren den Raum bereits verlassen hatte, bückte sie sich, hob die lose Fliese und nahm das Ledersäckchen mit den Münzen, das sie in die aufgenähte Tasche ihres Chiton steckte, unter der Hüftschärpe.

Bis sie am Abend des nächsten Tages den kleinen Hafen und die Hütte erreichten, hatte sich wieder ein wenig von der früheren Vertrautheit eingestellt. Nicht viel; aber immerhin ging sie nicht mehr mit einem unbekannten alten Mann über die steilen Küstenpfade, sondern mit einem, der sie entfernt an den großen, starken Vater von früher erinnerte. Sie wußte, daß es ihn nicht mehr gab; sie wußte aber auch, daß es die Tochter von früher nie wieder geben würde.

Manchmal fuhr sie mit ihm zum Fischen hinaus, half beim Steuern und mit den Netzen und dem einen Segel. Meistens kümmerte sie sich um den verwilderten Garten, der zwar keine üppige Ernte verhieß, aber doch etwas Abwechslung beim Essen.

Zum eigenen Erstaunen gelang es ihr ohne Mühe, sich wieder an das alte Leben und an die Hütte, den Strand und die Nachbarn zu gewöhnen. Die Nachbarn, für die sie immer noch verflucht war; was aber nur die Weitergabe von Leben betraf.

»Deine Kinder sterben, wie es die Götter verhängt haben«, sagte eine alte Frau. »Deinen Vater hältst du am Leben; vielleicht haben auch das die Götter verhängt. Wer weiß denn, was sie mit uns für ein Spiel spielen?«

»Spiele haben Regeln«, sagte Kassandra. »Was sind die Regeln dieses Götterspiels? Falls es eines ist.«

Sie hockten am Strand um ein Feuer aus Stroh und getrocknetem Treibholz. Sokrates schwieg; Kassandra konnte nicht einmal sagen, ob er überhaupt zuhörte. Er hatte Stücke eines Thunfischs, Zwiebeln und Speckscheibchen auf einen Spieß gesteckt und drehte diesen über dem Feuer. Plötzlich schaute er auf, bleckte die wenigen verbliebenen Zähne und sagte:

Schrei deine Qual hinauf ins obere Meer,
den weinblauen Himmel. Jeder Schrei ist ein Tropfen.
Wenn der Himmel gefüllt ist, peitschen die Götter
ihn zum Tosen, zur Brandung, und aus der Gischt
bauen sie auf dem Olymp ihren hehren Palast.

Dazu brauchen sie unsere Qual, unser Leiden;
dazu brauchen, dazu halten sie uns.

»Woher kommt das?« sagte die alte Frau. Sie beugte sich vor; aus ihren zerlumpten Kleidern stieg ein schwacher Ruch von Harn und Holzkohle.

Kassandra hatte ihren Vater niemals Verse sprechen hören. Ebenso jäh wie die Überraschung darüber befiel sie die Erinnerung an eine jüngere Frau, an den Geruch. Diese verhärmte Greisin mußte die Witwe des Gerbers sein, die Kassandra früher gelegentlich aus der Ferne gesehen hatte.

»Irgendein Sänger«, sagte Sokrates. »Ich weiß den Namen nicht mehr. Aber die Wörter habe ich behalten.«

Nach und nach gesellten sich andere alte Frauen und Männer zu ihnen. Manche brachten Fisch oder Gemüse mit, zwei sogar Weinschläuche.

›Hier sitze ich bei den Alten‹, dachte Kassandra. ›Die Jungen meiden mich, weil sie fürchten, von dem Fluch angesteckt zu werden. Die Alten haben da nichts mehr zu verlieren. Oder bin ich schon so alt, daß ich einfach zu ihnen gehöre?‹

Dann dachte sie an die Überraschung, den Vater Verse sprechen zu hören. Was wußte sie sonst nicht von ihm, wie viele unbekannte Fähigkeiten oder Mängel mochte er noch haben? Und die Witwe des Gerbers … Kassandra zählte stumm die Jahre. Sie erinnerte sich, unter den Wohlhabenden in Milet Frauen und Männer gesehen zu haben, die sechzig oder gar siebzig Jahre alt waren. Sokrates war höchstens fünfzig, aber verglichen mit den alten Reichen sah er aus wie achtzig. Die Witwe – eine alte, verhärmte, ausgezehrte Frau von vielleicht fünfundvierzig.

›Ich will ein anderes Leben‹, sagte sie sich. ›Ein längeres und besseres Leben. Gibt es einen geheimen Ort, vielleicht einen verborgenen Tempel, in dem Leben unterschiedlicher Güte aufbewahrt werden? Im Gischtpalast auf dem Olymp? Teilen die Götter diese Leben zu, wie man Kleider verschenkt? Kann man sich Leben kaufen oder verdienen? Und woher kommen diese Gedanken?‹

Sie suchte die Gedanken zu vergessen, das Feuer, den Wein und den Fisch zu genießen. Aber die Gedanken kamen wieder, und später sagte sie sich, daß etwas an diesem kühlen Nachmittag sie ausgelöst oder angeregt haben mußte. Gedanken, die sie nie vorher gedacht hatte. Warum nicht, warum nun? Immer wieder kehrte sie in den folgenden Tagen zu den Fragen zurück; manchmal, auf dem Weg vom Garten zur Hütte, ging sie zum Strand, als ob sie dort, wo sie gehockt und ins Feuer gestarrt hatte, herumlungernde Reste dieser und ähnlicher Gedanken finden könnte.

Sie fühlte sich wie aus langem Schlaf erwacht. Ein Meer aus Schreien, Gischt von diesem Meer, ein Palast aus dieser Gischt – vielleicht, sagte sie sich, war es die Verbindung von bekannten Wörtern zu unbekannten Bildern, die alles ausgelöst hatte.

Sokrates hatte nie viel geredet, deshalb hatte sie nie versucht, ihn zum Reden zu bringen oder von ihm Antworten zu bekommen. Nun stellte sie fest, daß er durchaus gesprächig sein konnte. Aber auf die großen Fragen, die sie seit ihrem »Erwachen« beschäftigten, wußte er keine Antworten.

»Kind«, sagte er an einem der langen, klammen Winterabende in der Hütte. »Ich habe viel mit den Fischen und den Wellen geredet. In den alten Geschichten, das weißt du ja, sind sie manchmal so etwas wie der Mund der Götter. Eines Gottes. Der Moira. Manchmal haben Wellen ein Muster gebildet, oder ein Schwarm von Fischen hat plötzlich die Richtung geändert. Es kann sein, daß dies Auskünfte der Götter für mich waren, aber ich konnte sie nicht verstehen. Wahrscheinlich fielen die Muster und die Bewegungen des Schwarms zufällig mit bestimmten Fragen zusammen.«

»Wie kommt es, daß du Verse von Dichtern kennst?«

»Ich habe sie irgendwann gehört. Und behalten. Die Reichen, die lesen und schreiben können, behalten nicht viel, weil sie sich auf Papyros oder Tontafeln verlassen können. Wir, die wir nicht lesen können, haben nur den eigenen Kopf.«

»Aber warum habe ich nie gewußt, daß du …«

Er machte eine ungeduldige Handbewegung, die sie im Halbdunkel eher ahnte denn sah. »Es gab zu tun, ich war entweder bei der Arbeit oder müde, du warst klein.«

Kassandra rang mit sich. Sie wollte den immer schwächer werdenden Vater nicht verlassen; aber sie wollte woanders, notfalls am Rand der Welt oder dahinter, nach Antworten suchen. Oder wenigstens nach neuen Fragen. Da sie sich nicht zum Aufbruch entschließen konnte, arbeitete sie weiter auf dem kleinen Feld und auf dem Boot.

Im Winter legte sich die Witwe des Gerbers in ihre Hütte und aß nichts mehr. Sie litt an scheußlichen Geschwüren und Schmerzen, und als sie sich zu Tode gehungert hatte, verbrannten sie sie am Strand und sahen zu, wie das Meer die Asche vom Sand leckte.

Dann kamen zum ersten Mal Krieger und Schreiber des Satrapen ins Dorf. Die Leute der alten Fürstin hatten gewußt, daß es bei den Armen nichts an Steuern einzutreiben gab; die neuen Leute mußten dies erst noch herausfinden.

»Die haben ja gar nichts«, sagte einer der Männer. »Nicht mal Mauern.«

Die Krieger lagerten am Ortsrand, während die Schreiber von Hütte zu Hütte gingen. Kassandra, die in Milet genug gehört und gesehen hatte, trug ihre schäbigsten Lumpen und entstellte sich durch Schmutz und Asche, um keinem begehrenswert zu erscheinen. Sie hatte Wasser vom Brunnen geholt und mühte sich, möglichst stockend zu gehen. Zu hinken, zu stolpern, auf keinen Fall zu schweben. Da sie so langsam ging, hörte sie einen Teil der Unterhaltung.

»Mauern?« sagte ein anderer Krieger. »Weißt du, was das billigste Gut ist?«

»Was denn? Wasser? Unkraut?«

»Menschen. Die hier sind so arm, die haben nicht mal Sklaven.«

Der erste der Männer lachte. »Nur alte Hinkeweiber wie die da. Und keine kräftigen Kerle, die wir für den Krieg mitnehmen könnten.«

Abends in der Hütte erzählte sie Sokrates vom Gespräch der Krieger.

»Krieg?« sagte er. »Die Männer, die mit Alexander die Welt erobert haben, werden einander an die Kehle gehen, um die Beute zu verteilen. Wie früher, wie übermorgen. Komm, Kind, laß uns mit dem Zorn des Achilleus weitermachen.«

Vor etwa einem Mond hatte er begonnen, sich an das alte, lange Gedicht zu erinnern. Nein, nicht zu erinnern, sondern es aus der Erinnerung in die Gegenwart zu holen und Kassandra mitzuteilen. Sie lag unter der Decke auf einer Strohmatte in ihrer Ecke der Hütte und lauschte der Stimme, die aus der anderen Ecke kam, aber zugleich schien sie von weit her zu klingen, aus einer anderen Welt. Von den Gestalten, deren Taten und Reden sie vernahm, hielt sie nicht viel.

Außer Odysseus und Thersites kamen ihr alle wie dumme Totschläger vor, aber sie genoß die Verse, und wieder war ihr, als öffne sich eine bisher fest verschlossene Tür in ihrem Geist.

Am nächsten Tag waren die Schreiber und Krieger fort. Einige Monde später, gegen Ende des Winters, kamen andere, und deren Besuch verlief nicht so harmlos.

Kassandra war auf dem Feld, als Schiffe in die Bucht einliefen. Männer sprangen in den Sand, bildeten Reihen, die von Waffen glänzten, und verteilten sich. Einige durchstöberten die Hütten, die meisten gingen in den Ort. Kassandra hockte sich unter ein Gesträuch und versuchte, die Schreie nicht zu hören und den Rauch nicht zu riechen. Abends schlich sie zur Hütte des Vaters. Zu dem, was übriggeblieben war. Die Hütte war ein rauchender Trümmerhaufen. Sokrates hatten die Männer kopfunter an ein Balkenkreuz gehängt. Kassandra verschob die Tränen auf später. Sie war froh, daß Sokrates tot war und nicht mehr litt; sie wollte nicht wissen, ob man ihm vor oder nach dem Tod die Nase und die Hände abgeschnitten und den Bauch aufgerissen hatte.

Der Beutel mit ihren Münzen war fort; offenbar hatten die Krieger ihn gefunden. Sie zögerte ein paar Atemzüge lang; dann lief sie geduckt zu den Felsen am Südende des Strands, zwischen denen das kleine Fischerboot lag. Sie wußte nicht, wohin sie fahren sollte; sie dachte an die Hauptstadt weit im Süden, Halikarnassos; dann an Milet, nicht ganz so weit im Norden. Oder eine der Inseln, Samos vielleicht, wo sie ihren Bruder suchen würde. Sie schob das Boot ins Wasser, als es ganz dunkel war und niemand auf den Kriegsschiffen sie noch sehen konnte. Fast geräuschlos, mit einem umwickelten Ruder, brachte sie das Boot aus der Bucht, vorbei am kleinen Vorgebirge.

Aber dort kreuzte ein weiteres Schiff. An Bord gab es wache Männer, die sie anriefen und, als sie verzweifelt das Segel aufzog, um in der Nacht zu verschwinden, ein von sechs Männern schnell gerudertes Beiboot aussetzten und sie abfingen.

Sie war Tochter eines Fischers gewesen, Dirne, Fischerin, Bäuerin. Nun würde sie Sklavin sein. Also nichts.

KAPITEL 3

Bei Antipatros

Glatze des Weisen: Spiegel des Himmels.
Glatze des Dummen: Spiegel des Himmels.
Such, was hinter dem Spiegel lauert.
Alter Fuchs, der die jungen Otter
das Schwimmen lehrt, ertrinkt unterm Spiegel.
Bleib an Land, Fuchs, ernähr dich besser
von jungen Ottern.

DYMAS

Vom Weg zurück nach Athen bemerkte Peukestas kaum etwas. Die acht Reiter, die ihn begleiteten, ließen ihn ebenso in Ruhe wie die Herbstlandschaft und die milden Winde. Er schaute in sich, wühlte in den wirren Massen von Namen und Vorgängen, Meinungen und Fragen, die ihn blähten wie einen Ziegenbalg, der doppelt soviel Wasser aufnehmen soll, wie er eigentlich faßt.

Als der Herr der athenischen Torwächter ihn mit Spott begrüßte, war Peukestas beinahe dankbar. Es riß ihn aus nutzlosem Grübeln und verband ihn wieder mit der Welt, von der er sich inwendig weit entfernt hatte.

»Du schon wieder?« sagte der junge Wachführer. »Ihr habt uns doch schon besetzt; was willst du mit deinen acht Reitern?«

»Was gut ist, sollte man begrüßen, wenn es wiederkommt«, sagte Peukestas; er schob den Helm in den Nacken. »Und was schlecht ist, sollte man nicht durch dumme Reden verschlimmern.«

»Ah.« Der Athener lachte. »Hast du ein paar Tage bei einem der Herren verbracht, die Wörter verdrehen, bis sie nichts mehr bedeuten? Immerhin, ein Makedone bei den Philosophen ... Nun ja.«

Das Tor stand weit offen; der Athener hatte eben mit ein paar Bauern gesprochen, die alles, was sie nicht auf dem Markt vor dem Tor hatten verkaufen können, wieder auf die Karren luden.

»Gibt es Hindernisse? Außer dem üblichen Kot auf euren Straßen und in euren Köpfen?«

»Das kommt darauf an. Viel makedonischer Kot. Wohin willst du?«

»Weißt du, wo sich Kleitarchos aufhält? Der, mit dem ich vor ein paar Tagen hier eingezogen bin?«

Der Athener breitete die Arme aus. »Kleitarchos heißt er also? Und du?«

»Peukestas. Warum?«

»Ach, es ist immer besser, den Namen des Feinds zu kennen.« Der Wächter grinste breit. »Also, wo dein Kleitarchos ist, weiß ich nicht. Aber inzwischen sind eure Schiffe im Hafen, und eure Häuptlinge sind angekommen.«

»Wer?«

»Antipatros und Krateros.« Der Athener verzog das Gesicht, als ob ihm die Namen Zahnschmerzen bereiteten. »Sie sind in der Munichia.«

Peukestas nickte. »Das ist gut zu wissen – aber wo ist das?«

»Der Hügel östlich des Hafens. Und die Burg darauf. Ich fürchte, sie wollen sich dort einrichten.«

»Ich hoffe, du hast recht.« Peukestas lachte. »Ist sonst etwas geschehen, in den letzten Tagen?«

»Ein paar Schwangerschaften.« Der Athener blinzelte. »Beginnende und endende. Wie immer. Etwas Bestimmtes?«

»Demosthenes.«

»Ah, der ruhmreiche Vorkämpfer der athenischen Demokratie?«

Peukestas nickte. »Das schwarze Schwein, das uns in so viele Kriege geredet hat.«

»Ich sehe, wir sprechen vom selben Mann. Nein, ich weiß nichts. Er ist geflohen, und deine Leute suchen ihn.«

»Ich sollte mich also zu dieser Burg begeben?«

»Wenn du Wert auf den Reiz bewaffneter Makedonen legst ...« Der Wächter hob die Schultern.

Auf dem Weg durch die Stadt wunderte sich Peukestas über die Lage der Dinge; dann wunderte er sich über seine Einfalt. Natürlich hatte er damit gerechnet, im besetzten Athen Besatzer zu sehen – seine Leute. Natürlich, sagte er sich nun, würden Antipatros und Krateros oder ihre jeweiligen Beauftragten Wert darauf legen, daß die Dinge friedlich blieben und niemand Anlaß zu neuem Hader gab. Also ließen sich die Makedonen in der Stadt nicht blikken. Er hätte damit rechnen müssen, daß sie sich aus allem heraushielten, was nicht unbedingt ihrer Mitwirkung bedurfte.

Bis sie den Hafen erreichten, trafen sie tatsächlich keinen einzigen makedonischen Krieger. Der Doppelposten am Tor der äußeren Festungsmauer, hinter dem der Weg zur Burg auf dem Hügel begann, war das erste Anzeichen makedonischer Anwesenheit.

»Wohin?«

Peukestas deutete mit dem Daumen hinter sich. »Diese acht und ich, wir hatten von Kleitarchos den Befehl, uns zu dem Philosophen Aristoteles zu begeben und ihm Geschenke und Fragen von Antipatros und Krateros zu bringen. Nun wollen wir berichten. Ist Kleitarchos hier?«

Einer der Wächter schüttelte den Kopf. »Keine Ahnung, wo er steckt. Aber die hohen Herren sind oben.«

»Wer sorgt für die Unterbringung weitgereister Krieger?«

Der zweite Posten steckte zwei Finger in den Mund und pfiff. Ein Bursche kam im Laufschritt herbei.

»Bringt meine Leute unter – bis auf weiteres«, sagte Peukestas. »Ich muß zu den Häuptlingen. Fürchte ich.«

Hinter der Mauer, die sich um den Fuß des Hügels zog, waren mehr Makedonen zu sehen: Die heruntergekommenen Wälle, Mannschafts- und Lagergebäude wurden ausgebessert. Waffenlose Krieger turnten auf Gerüsten, schoben beladene Karren umher und stemmten Steine.

Am inneren Tor, auf halber Höhe des Hügels, ließ man ihn warten, bis ein Bote zurückkehrte und sagte, Antipatros wolle ihn sofort sehen. Er übergab das Pferd und die Waffen den Männern am Tor, nahm nur seinen Reisebeutel und den zweiten, wichtigeren Behälter mit.

Antipatros saß in der Fensteröffnung des großen Raums, ein Bein auf dem Boden, eines auf dem Sims, und starrte aufs Meer hinaus. Jedenfalls nahm Peukestas dies an. Er blieb vor dem Strategen stehen, schlug die flache Hand auf den Brustpanzer und sagte:

»Peukestas, Sohn des Arztes Drakon, Hetairenreiter und zuletzt Schreiber bei Eumenes, zurück aus Chalkis mit Nachrichten über Aristoteles.«

Antipatros stand auf und kam mit kleinen Schritten näher. »Sohn Drakons? So viele tote Freunde ...« Er seufzte leise. »Haben wir einander schon einmal gesehen?«

Peukestas bemühte sich, sein Erschrecken über die kleinen Schritte und die Runzeln im Gesicht des Mannes nicht zu zeigen. Antipatros, makedonischer Fürst, Freund, Feldherr und Verwalter von König Philipp, Hüter des Reichs in der Abwesenheit von Alexander, nun mächtigster Mann im europäischen Teil des Reichs, war ein Greis geworden.

»Die Bürde von siebenundsiebzig Jahren«, sagte Antipatros. Er deutete ein Lächeln an. »Setz dich. Was hast du zu berichten?«

Offenbar, sagte sich Peukestas, war es ihm doch nicht gelungen, den Schrecken zu verhehlen. Er räusperte sich. »Danke,

Herr, und – vergib unzeitiges Starren. Wir sind uns nie begegnet; nicht so nah jedenfalls. Ich war Reiterführer in der Schlacht bei Krannon und habe dich von weitem gesehen.«

Antipatros ließ sich in einen Scherensessel fallen und deutete auf den Schemel neben dem Tisch. »Also nicht ›zuletzt Schreiber bei Eumenes‹, nicht wahr? Ich habe Kleitarchos einen Auftrag erteilt, er hat ihn dir weitergereicht, nehme ich an. Hast du meinen alten Freund noch gesprochen, ehe er gestorben ist?«

›Auch damit hätte ich rechnen müssen‹, dachte Peukestas, während er sich setzte. Natürlich verkehrten Boten auf schnellen Schiffen zwischen Chalkis und Athen; die Nachricht über den Tod hatte Antipatros wahrscheinlich bereits erreicht, als Peukestas noch damit befaßt war, der Tochter des Philosophen bei der Bestattung zu helfen.

»Ich habe mit ihm sprechen können, eine ganze Nacht lang – seine letzte lange Nacht«, sagte er. »Ich bringe einige Worte von ihm und andere von seiner Tochter Pythias.« Er legte die Hand auf den zweiten, kleineren Beutel. »Sie sagt, die allzu kostbaren Geschenke der Fürsten Antipatros und Krateros seien für ihren Vater bestimmt gewesen, nicht für sie, und daher bittet sie nun, die Gaben zurückgeben zu dürfen.«

»Pythias ...« Antipatros schloß ein paar Atemzüge lang die Augen; dann öffnete er sie wieder und seufzte abermals. »So hieß auch seine Frau. Ist die Tochter wie ... aber du hast ja die Mutter nicht gekannt. Wie alt ist Pythias jetzt?«

»Im Winter wird sie achtzehn.« Peukestas zog die versiegelte Rolle aus dem Beutel. »Sie bittet dich, das Testament ihres Vaters entgegenzunehmen, wie Aristoteles es wollte.«

Antipatros streckte die Hand aus, hob die Rolle an die Stirn und legte sie dann neben sich auf den Tisch. »Und die anderen Aufträge? Die wichtigen Fragen?«

Peukestas senkte den Blick. »Ich bekenne, hierin versagt zu haben, Herr.«

»Versagt? Wie?«

»Aristoteles hat, also, ich weiß es nicht, aber ich glaube, er hat Schierling getrunken, um ...«

»Ich weiß. Schmerzen und Überdruß. Und?«

»Ihm wurde kalt, von den Füßen aufsteigend, und er hat die Kälte bekämpft, indem er Papyros verbrannte. Auf der letzten Rolle, die ich nicht aus den Flammen retten konnte, stand ... der Name.«

Antipatros schwieg ein paar Lidschläge. Dann sagte er mit mürber Stimme: »Wahrscheinlich ist es ohnehin bedeutungslos. Sag mir den Namen nicht. Nicht jetzt.« Nach kurzer Pause setzte er hinzu: »Vielleicht frage ich dich irgendwann einmal danach, aber ... nicht jetzt.«

»Wonach willst du ihn fragen? Peukestas, nicht wahr? Sohn des Zahnausreißers Drakon?« Aus einem der Nebenräume erschien der andere Feldherr. Krateros der Bär, groß und breitschultrig und, hieß es, am ganzen Körper von dichtem Haar bedeckt. Ein schwarzes Büschel, eher Gestrüpp, quoll aus dem an der Brust offenen Chiton. Er nickte Peukestas zu, ging zu einem der Tische und deutete auf die Becher. »Wein? Wasser?«

»Ich bin schon siebenundsiebzig Jahre zu lang nüchtern«, sagte Antipatros. »Wein, unverdünnt, mit dem ich auf den Blutrausch trinken will, der uns alle schon erfaßt hat. Auch wenn wir es noch nicht wahrhaben wollen.«

»Du auch, Peukestas? Oder verdünnt?«

»Verdünnt, Herr.«

»Und von welchem Blutrausch redest du, alte Krähe des Unheils?«

Antipatros nahm den Becher entgegen. »Von dem der nächsten Jahre. Die letzte Hoffnung wäre ein Brief gewesen, den es nicht mehr gibt.«

Krateros reichte Peukestas einen Becher und setzte sich halb auf die Tischkante. »Die Hoffnung gab es nie«, sagte er.

»Ach nein? Wozu haben wir ihn dann zu Aristoteles geschickt?«

Krateros trank und rülpste. »Dieser Hauch dient meiner Erleichterung. Die Reise des Peukestas diente der unseren.«

»Sag es deutlicher, damit ein alter Mann es versteht.«

»Nun wohl, alter Mann, der du immer noch klüger bist als alle jungen Männer zusammen.« Krateros grinste, wurde aber sogleich wieder ernst. »Wir haben gewußt, daß wir das Unheil nicht abwenden können, aber man darf ja nichts unversucht lassen. Nun haben wir also Gewißheit – auch die, daß wir nichts unversucht gelassen haben. Wir können also kalten Herzens ins Gemetzel gehen.« Er kniff die Augen zu Schlitzen. »Oder glaubst du, ein Brief Alexanders an Aristoteles, von diesem bezeugt, könnte Perdikkas und Ptolemaios und die anderen daran hindern, nach dem größten Schatz und der größten Macht zu langen?«

»Es gab den Brief«, sagte Peukestas leise. »Er wurde vor meinen Augen verbrannt; ich konnte den Namen noch lesen, ehe er ...«

Krateros schüttelte den Kopf. »Sag mir den Namen nicht, Freund. Nicht jetzt und nicht später. Wenn es meiner wäre, müßte ich mich sinnlos grämen. Wenn es nicht meiner wäre?« Er lachte. »Dann auch.«

Antipatros bewegte sich; der Scherensessel knirschte. Er setzte den Becher ab und griff nach der Rolle.

»Was ist das?« sagte Krateros.

»Das Testament des klügsten meiner alten Freunde.«

»Dann stimmt es also.« Krateros klang aufrichtig betrübt. »Jemand hat es erzählt, heute früh, aber ich mochte es nicht glauben. Dein Freund und unser aller Lehrer ...« Er schüttelte den Kopf. »Wer hatte je solche Schüler? Alexander, Perdikkas, Ptolemaios, Nikanor, Eumenes, Hephaistion, Laomedon, Nearchos, Meleagros, Leonnatos, Kassandros ...«

»Du hast Krateros vergessen«, sagte Antipatros. »Und Kassandros hat in Mieza leider nicht viel gelernt; laß ihn weg.«

Krateros zwinkerte. »Er ist ein bißchen grob und gierig, aber er ist dein Sohn.«

Antipatros schnaubte leise. Er zerbrach das Siegel und entrollte den Papyros. Während er las, bewegte er stumm die Lippen; Peukestas glaubte, einige Namen zu erkennen, und erwog, ob es möglich sei, mit den Augen zu hören.

»Und?« sagte Krateros, als Antipatros die Rolle sinken ließ.

»Ich bin zum Vollstrecker bestimmt.«

»Du hast ja auch sonst nichts zu tun.«

»Was ist wichtiger als der letzte Wille eines Freundes?«

»Die Zukunft der Lebenden vielleicht?« Krateros hob die Schultern. »Hast du viel zu vollstrecken?«

»Lies selbst, wenn du es wissen willst.«

»So genau nicht.«

Antipatros schnaufte. »Hab ich mir gedacht. Weißt du, wo Herpyllis jetzt ist, Peukestas?«

»In Stageira. Sie hütet dort das wiederaufgebaute Vaterhaus; Aristoteles hat sie vor drei oder vier Monden in den Norden geschickt. Nach dem jedenfalls, was Pythias sagt.«

Krateros runzelte die Stirn. »Pythias ist die Tochter von Pythias, nicht wahr? Wer ist Herpyllis? Ich erinnere mich an eine Sklavin, die so hieß – damals, in Mieza.«

»Er hat sie freigelassen und zu seiner zweiten Frau genommen. Sie und die Kinder, bis auf Pythias, sind im Norden.« Antipatros klopfte auf den Papyros. »Alle sind hier aufgeführt, wie es sich gehört – was sie bekommen sollen, wer sich zu kümmern hat, die Freilassung der alten Sklaven, all das. Eigentlich soll sich Nikanor um alles kümmern, und er soll Pythias heiraten.«

»Nikanor?« Krateros knurrte. »Er kann ja nichts dafür, aber er hat sich nicht besonders beliebt gemacht.«

Peukestas räusperte sich. »Um Vergebung – aber was ist mit Nikanor?«

»Wieso weißt du ...« Antipatros winkte ab. »Ach so, natürlich; vor zwei Jahren warst du noch bei Eumenes, nicht wahr? Nikanor, Schüler und inzwischen, glaube ich, angenommener Sohn von Aristoteles, ist vor zwei Jahren von Alexander hergeschickt worden, nach Hellas – nach Olympia. Da hatte er einige Befehle zu überbringen, vor allem die sofortige Rückkehr aller Verbannten. Wiedereinsetzung in die alten Rechte und so weiter.«

»Ah.« Peukestas nickte und verzog das Gesicht. Er erinnerte sich an die Vorgänge, hatte aber nicht gewußt, daß Nikanor der Unheilsbote gewesen war. Tausende von Verbannten, deren Besitz von der jeweiligen Stadt anderen übergeben worden war ... was sollte mit denen geschehen, die nun seit Jahren in diesen Häusern lebten, auf diesen Feldern arbeiteten? Die Aufstände gegen die Makedonen nach Alexanders Tod, von Krateros und Antipatros niedergeschlagen, hatten sich auch daraus ergeben.

»Ich werde mit Theophrastos reden müssen«, sagte Antipatros. »Er soll den meisten Verfügungen zustimmen oder wenigstens gefragt werden.«

»Wer ist das?«

»Aristoteles' Nachfolger in der Akademie, Barbar.«

Krateros lachte kurz. »Ich kann nicht jeden redseligen Philosophen kennen. Wann willst du ihn kommen lassen? Muß ich dabeisein?« Er löste sich von der Tischkante, trat vor Antipatros und stemmte die Fäuste in die Hüften.

»Mußt du nicht. Ich werde ihn aufsuchen; einen wie Theophrastos läßt man nicht kommen.«

»Noch etwas? Oder kann ich mich um die gewöhnlichen Geschäfte eines Barbaren kümmern?«

»Was machen wir mit ihm?« Antipatros deutete mit dem Kinn auf Peukestas.

Krateros hob die Brauen. »Denk dir was aus. Ich habe keine besonderen Aufträge.« Er nickte Peukestas zu und ging hinaus.

Antipatros schwieg. Peukestas betrachtete ihn. Er sah einen alten, kahlköpfigen Mann in einem Scherensessel. Der Vater von sechs Söhnen und vier Töchtern mochte wie der Ahnherr einer Bauernsippe wirken, aber er war der Stratege von Europa, mächtigster Mann diesseits des Hellesponts.

Seine Tochter Phila hatte dem Satrapen von Kilikien, Balakros, drei Kinder geboren und war nach seinem Tod vor einem Jahr nach Makedonien heimgekehrt; nun war sie mit Krateros vermählt, der sie angeblich sogar liebte und dafür die ihm von Alexander angetraute persische Prinzessin Amastris an einen Tyrannen am Schwarzen Meer »abgetreten« hatte. Eine weitere Tochter, Nikaia, sollte demnächst nach Babylon reisen, um sich mit Perdikkas zu vermählen, dem Hüter der Könige und Herrn des Heers. Der kahlköpfige Greis dort im Scherensessel, sagte sich Peukestas, war die Verkörperung der gesamten Macht des makedonischen Reichs; ganz gewiß war er kein harmloser Großvater. Er hatte das Reich für Philipp und dann für Alexander gelenkt, den Nachschub für das Heer in den Tiefen Asiens beschafft, er hatte die molossische Hexe Olympias, Alexanders Mutter, von der Macht ferngehalten – vielleicht die schwierigste aller Aufgaben –, so daß sie schließlich Pella verließ und sich in ihre Heimat Epeiros begab. Und als Alexander ihn durch Krateros ersetzen wollte und nach Babylon befahl, war er so klug gewesen, rechtzeitig zu erkranken, so daß er die Reise nicht antreten konnte.

»Steht es mir zu, eine Bitte zu äußern, Herr?« sagte Peukestas.

Antipatros klatschte in die Hände. Kaum einen halben Lidschlag später standen zwei stämmige makedonische Krieger, offenbar seine Leibwächter, neben der Tür zum Gang.

»Bleibt und seht«, sagte Antipatros. »Vielleicht brauche ich euch nicht, aber man weiß ja nie. Eine Bitte, Peukestas? Ich weiß nicht, ob ich dir eine Bitte gewähren, einen Befehl erteilen oder dich hinrichten lassen soll. Das wäre die einfachste Lösung.«

Peukestas schluckte. »Lösung wofür, Herr?« sagte er mit rauher Stimme.

»Du warst bei Eumenes. Perdikkas hat Eumenes und Leonnatos befohlen, zusammen mit dem Einäugigen Kappadokien zu erobern. Mein alter Freund Antigonos hat sich geweigert. Ich habe Hekataios zu den beiden anderen geschickt ... Weißt du, wer Hekataios ist?«

»Es gibt viele mit diesem Namen, Herr.«

»Wohl wahr. Hekataios, Tyrann von Kardia. Wie vor ihm sein Vater. Der Vater von Eumenes hat Kardia verlassen und ist nach Makedonien gegangen, weil er nicht unter der Tyrannis leben wollte. So kam Eumenes damals zu uns. Ein guter Rechner; und ein guter Esser. Du kennst ihn ja.«

Da Antipatros ihn anschaute, als erwarte er etwas von ihm, sagte Peukestas: »Ein kühler Rechner, Herr; ein hitziger Esser und, fürchte ich, ein guter Stratege.«

»Ist das so? Man wird es sehen. Wenn es so weit ist. Bisher war er nichts als die Puppe von Perdikkas. Nun denn. Hekataios hatte von mir den Auftrag, die beiden und ihre Truppen nach Europa zu bringen – der Aufstand der Hellenen hatte gerade begonnen. Und um es ihnen schmackhafter zu machen, habe ich Leonnatos einen Ehe mit Alexanders Schwester Kleopatra vorgeschlagen und Eumenes das angeboten, was er am meisten liebt: Gold. Leonnatos ist nach Hellas gekommen; wie du weißt, ist er dann bei Lamia gefallen, als er mich aus der Belagerung durch die Athener befreien wollte. Eumenes ist nach Babylon zurückgerannt und hat sich auf den Schoß von Perdikkas gesetzt. Inzwischen haben die beiden Kappadokien endlich erobert und rüsten weiter.«

»Gegen wen?«

»Eumenes gegen Antigonos und mich, Perdikkas gegen Ptolemaios«, sagte Antipatros; er klang nun grimmig und richtete sich halb in seinem Sessel auf. »Vielleicht kann meine Tochter es abwenden. Nikaia.«

Peukestas nickte. »Ich habe gehört, daß du sie mit Perdikkas vermählen willst.«

»Es sind Boten unterwegs.« Antipatros stand auf und ging wieder zur Fensteröffnung, in der er bei Peukestas' Eintreffen gehockt hatte. »Nun sag mir, wie ich in dieser Lage einem Mann trauen soll, der lange bei Eumenes war.«

»Wem willst du überhaupt trauen, Herr?«

»Mir. Und dem Schwert.«

»Mein Schwert ist dein, Herr – wenn du es willst. Ich habe für Eumenes gearbeitet, aber nicht mehr als das. Er ist ein kluger und fähiger Mann; auch, wie gesagt, als Stratege.«

Antipatros knurrte etwas.

»Ich weiß nur nicht, ob er, da er kein Makedone und kein Krieger ist, in diesem wahnsinnigen Waffentanz lange überleben kann.«

Antipatros blähte die Wangen, ließ die Luft entweichen und starrte ihn wortlos an.

»Darf ich eine Bitte äußern, Herr?«

»Äußern darfst du sie; ob ich sie erfülle ...«

Peukestas zögerte kurz; dann raffte er allen Mut zusammen und sagte: »In seinen letzten Stunden hat mir Aristoteles gesagt, daß mein Vater, Drakon, der ihm viele schriftliche Berichte geschickt hat, wahrscheinlich noch lebt.«

»Ha!« Antipatros riß die Augen auf; etwas wie der Beginn eines breiten Lächelns waberte um seinen Mund. »Das hat Aristoteles gesagt?«

»Ja, Herr.«

»Drakon ist doch angeblich in Baktrien gefallen, vor oder während der Erstürmung der Burg von Roxanes Vater, Oxyartes. Oder nicht?«

»Manche werden krank, Herr, wenn Gesundheit Gefahren birgt. Andere lassen ihre Waffen und bestimmte Dinge, die man erkennen wird, bei einem Gefallenen liegen und versickern in der Nacht. Wenn weitere Anwesenheit ihnen als ungut erscheint.«

»Er wollte nicht mit nach Indien?«

Peukestas nickte. Was immer er sonst über die Beweggründe seines Vaters denken oder ahnen mochte, war für Antipatros belanglos. Vermutlich.

»Wo ist er jetzt?«

»Zuletzt, vor dem Tod des Königs, war er in Syrien und wollte entweder nach Arabien oder nach Ägypten.«

»Und jetzt willst du ihn suchen?«

»Ja, Herr. Suchen und befragen. Nach allem, was er gesehen und getan hat. Ich will die Geschichte der vergangenen Jahrzehnte aufschreiben.«

»Arabien? Ägypten?« Antipatros hockte sich auf den Sims und schaute hinaus. Wie zu sich selbst sagte er: »Die letzten Boten, die Ptolemaios ein paar Fragen und Vorschläge bringen sollten, sind nie bei ihm angekommen. Das Meer, ein Sturm, vielleicht ein Seeungeheuer namens Perdikkas ...« Er wandte sich Peukestas wieder zu. »Ich habe einen sehr langen Arm, Junge. Und ein sehr langes Gedächtnis.«

Da er nicht weitersprach, sagte Peukestas: »Herr, deine Aufträge auszuführen wird mir eine Ehre und eine Pflicht sein. Vor allem, wenn ich dabei Drakon suchen kann. Und ich weiß, daß ein von dir ausgeschickter Dolch mich überall erreichen würde.«

»Laß es mich bedenken. Komm morgen früh wieder, eine Stunde nach Sonnenaufgang. Ich will noch dies und das mit Krateros erörtern.«

Peukestas stand auf und verneigte sich.

»Ihr braucht ihn nicht zu entwaffnen«, sagte Antipatros, an die Wachen gerichtet. »Laßt ihn gehen. Und laßt ihn morgen gleich zu mir kommen.«

KAPITEL 4

Samar Qand

Die Gräser der Steppe,
die Hufe der Pferde,
das Schmachten der Steine
in stickigen Städten –
wer kann hier denn atmen,
wenn alles erstarrt ist
und hinter dem Hügel
der Weg in die Weite?

DYMAS

Steppenstrolche«, sagte der Torwächter. »Wohin wollt ihr, Steppenstrolche?«

Der zweite Posten stocherte mit dem Speer zwischen den Ballen und Körben herum, die auf dem Karren lagen. Tomyris fand es beinahe rücksichtsvoll von ihm, daß er den Schaft nahm, statt mit der Spitze Felle zu beschädigen oder Körbe zu schlitzen. Er blickte nicht so hochmütig wie der erste. Und bisher hatte er nichts gesagt.

»Markt«, sagte der Älteste. Er ging vorn neben den Zugochsen.

»Nichts.« Der zweite Posten hob den Speer und trat einen Schritt zurück. »Laß sie durch.«

»Keine Waffen? Erz? Na schön. Wieviel? Elf? Elf zuviel.« Der Wächter spuckte aus. »Was seid ihr? Sogder? Skythen? Saken? Massageten?«

»Sogder.« Der Älteste hob die Schultern. »Andere weit weg.«

Vier Ochsen, zwei Karren, neun Männer, zwei Jungen. Tomyris sah, wie der dritte Mann, der im Schatten neben dem Tor saß, an verschiedenen Stellen die entsprechende Menge Striche auf eine Tafel machte. Sie folgte den anderen in die enge Straße, die zum Markt führte. Dort würde der Älteste mit einem Aufseher feilschen, um den Wert der Felle, Pelze, Kräuter, Beeren und Pilze, der gegerbten und rohen Lederstücke und der Gefäße mit vergorener Stutenmilch. Und sie würde sich verdrücken.

Samar Qand, *Stadt aus Stein*. Marakanda, sagten die Makedonen und Hellenen. Vor acht Jahren hatte ihr göttlicher König Alexander die Steinstadt erobert, dachte Tomyris, und als er seine Göttlichkeit dann wieder in den Süden verlegte, hatten die Sogder sie zurückerobert und die Besatzung erschlagen. Vor sieben Jahren war der Göttliche zurückgekehrt; diesmal hatten seine Krieger die Umgebung gründlich verheert und in der Steinstadt nicht viele Steine aufeinandergelassen.

So hatte man es ihr erzählt, und während sie den Karren durchs Gedränge zum Markt am Fuß des kleinen Burghügels folgte, sah sie sich um. Es gab viel Platz zwischen den Steinhäusern; höchstens die Hälfte der Gebäude war instand gesetzt oder neu errichtet. Einige ältere Häuser standen noch, und zwischen ihnen lagen Trümmer, die noch verwendbar waren. Hier und da hatten zurückgekehrte Bewohner – oder die Krieger und ihre Frauen – Holzhütten gebaut oder Zelte aufgestellt. Runde Zelte wie in der Steppe, spitze Zelte, breite Zelte, hohe und flache Zelte.

Es wäre wichtig, möglichst viel zu erfahren, sagte sie sich, aber als sie versuchte, dem Feilschen zwischen dem Ältesten und Marktaufseher – zugleich Steuereinnehmer – zu folgen, irrten ihre Gedanken wieder ab. Zu dem, was sie sah, was sie gehört hatte, was geschehen war, was sie tun wollte. Tun mußte – zunächst Zirduduq finden.

Jemand hatte ihr gesagt, der alte Mann lebe in einem »an sich selbst zweifelnden« Haus südlich der Burg. Niemand achtete auf sie, als sie die neun Männer und den Jungen samt Ochsenkarren verließ. Mit dem Ältesten hatte sie dies abgesprochen, ihm für die Gastfreundschaft seines Zelts gedankt und ihm versprochen, auf der Rückreise alles zu berichten, was aus den übrigen Weltgegenden berichtenswert sei. »Nicht daß es außerhalb der Steppe viel von der Art geben könnte, die abends am Feuer gut zu bereden ist.« Sie teilte diese Ansicht; schon jetzt, nach den wenigen Schritten in der Steinstadt, sehnte sie sich zurück nach dem weiten Himmel des Graslands.

Aber nicht nach dem Zelt. Der Älteste hatte eine Mutter, älter als der Älteste, älter als alle, die Tomyris bis dahin je gesehen hatte. Die Uralte hatte sie willkommen geheißen und ihr Ziel, ihre Aufgabe erraten, ohne auch nur eine Frage zu stellen; später, nachts, als die anderen schliefen, hatte sie sie geweckt, um ihr etwas zu zeigen. Außerhalb des Zelts. Sie hatte sie zu einer Feuerstelle geführt. Das Feuer war niedergebrannt, und in der Asche lag ein Kamelknochen. Auch er war verbrannt, aber die Umrisse waren noch erkennbar. Die Uralte hatte sich vor die Asche gehockt.

»Hock dich zu mir, Kind. Gut so. Und nun – kräftig blasen, auf den Knochen.«

Tomyris wußte, daß manche alten Priester oder Magier oder eben Ahnfrauen diese Kunst beherrschten. Einen Knochen verbrennen und aus der Form der Asche lesen, was die Zukunft birgt. Bergen kann. Sie beugte sich vor, eher müde und mürrisch denn gespannt, und blies.

Die Asche verteilte sich, verflog; einige Ascheteile änderten ihre Lage, andere flogen auf und sanken zurück.

»Siehst du?« Die Uralte kicherte. Ein herbes Geräusch; Tomyris spürte, wie sich ihre Nackenhaare aufrichteten.

»Was soll ich sehen, Mutter?« Sie beugte sich vor.

Und sah. Das Gesicht eines Mannes.

»Er wird dich sehen. Du wirst ihn berühren. Seine Stimme und seine Berührung werden dich verwandeln.«

»Ich will keinen Mann«, sagte sie. »Oder wenn, dann suche ich ihn mir aus. Was ist mit meiner Aufgabe?«

»Du wirst sie erfüllen. Er wird dich erfüllen.«

Sie hatte der Uralten gedankt und sich wieder zum Schlafen ins Zelt begeben. Ohne schlafen zu können. Und nun war sie froh, all das hinter sich zu lassen.

Sie ging vorbei an den großen Steinen, die die Feinde aufgetürmt hatten zur Erinnerung an einen ihrer Helden. Kleitos, so habe er geheißen, sagte eine Frau, als sie nach der Bedeutung der Steine fragte. Kleitos der Schwarze habe dem großen König das Leben gerettet, in einer fernen Schlacht, und später, in Samar Qand, habe ihn der König in Rausch und Streit erschlagen und tagelang getrauert. »Erst morden, dann heulen«, sagte die Frau; sie spuckte aus.

Vor einer Schänke am Rande des Marktplatzes raffte Tomyris die paar hellenischen Brocken zusammen, die sie von den anderen ihres Volks und ein paar reisenden Händlern aufgeschnappt hatte. »Wo hier Skythen leben vielleicht«, fragte sie einen Mann, der neben dem Eingang zur Schänke lehnte und den Markt zu beschauen schien.

»Skythen?« Er runzelte die Stirn. »Da hinten, Junge – aber paß auf, daß du nicht von ihnen gefressen wirst. Zartes Fleisch wie deins ...« Er grinste und deutete in eine Gasse.

Tomyris war erleichtert, daß sie alles verstand, sagte etwas wie »Bedankung« und drückte sich neben ein paar Lastträgern in die Gasse. Die Häuser verfügten über Grundmauern und Untergeschosse aus Steinen, darüber ragten kühne Ergänzungen aus Holz, meist unpassenden Trümmerstücken und Leder oder Filz, und sie begriff, was mit dem an sich selbst zweifelnden Haus gemeint sein mochte.

Zwischen all den zweifelhaften Gebäuden mußte sie aber noch mehrmals fragen, bis sie Zirduduqs Behausung fand – nicht schlimmer, aber auch nicht besser als die anderen. Ein kleiner Junge brachte sie durch mehrere ineinander übergehende Räume zur Rückseite des Hauses. Dort gab es einen kleinen Kräutergarten und einen Schöpfbrunnen. Ein alter Mann saß auf einer der Steinbänke und blinzelte in die winterliche Mittagssonne.

Tomyris räusperte sich und sagte: »Lebt hier der ehrwürdige ältere Fürst Zirduduq?«

Der Greis klopfte neben sich auf die Bank, ohne den Blick vom Himmel zu nehmen. »Setz dich«, sagte er mit kräftiger Stimme, die viel jünger als er zu sein schien. »Weitgereiste Kinder der Steppe sollen nicht stehen müssen, wenn sie schon nicht reiten dürfen.«

Tomyris setzte sich neben ihn. Dabei murmelte sie, wie es sich gehörte: »Ich wage es nicht.«

Der Alte schwieg ein paar Lidschläge lang; dann seufzte er leise und sagte: »Eine junge Frau aus dem Grasland, als Knabe verkleidet, sucht mich nicht zufällig auf. Bin ich dein Ziel oder nur Teil des Wegs?«

»Du bist das Ziel des ersten Wegs und der Beginn des längeren zweiten.«

»Deine Stimme erinnert mich an ...« Er musterte sie, und sie bemerkte, daß die dunklen Augen zwischen den tausend Fältchen wach und klug waren. »Und dein Gesicht ist das meiner Nichte Surnerep?« Er machte eine Frage daraus, aber es klang eher wie eine Behauptung.

»Sie ist ... war meine Mutter. Ich bin Tomyris, ehrwürdiger Onkel.«

»Fleisch und Blut von meinem Fleisch und Blut.« Er legte ihr kurz die Hand auf den Unterarm. »Willkommen, Kind. Bist du müde? Hast du Hunger? Durst? Oder nur Fragen und Antworten?«

Sie lachte. »Ein Schluck aus deinem Brunnen, vielleicht später ein Bissen von dem, was du mir geben magst. Aber vor allem Fragen.«

»Zuerst eine Antwort. Wie ist die Tochter meines Bruders gestorben? Und – wann?«

»Vor drei Monden«, sagte Tomyris. »Gut gestorben ist sie, mein Ahnherr. Auf der Jagd in der Steppe. Reiter des Nachbarstamms, mit dem wir so lange schon verfeindet sind, haben uns überfallen. Der den Pfeil in Surnereps Kehle sandte ...« Sie senkte den Blick auf ihre Hände. »Seine Leiche wurde mit der meiner Mutter verbrannt.«

»Deine Hände?«

Sie nickte.

Der Alte lächelte. »So ist es gut. Der Wind, das Gras, ein Pferd, ein Pfeil. Wer wollte denn anders gehen?«

Tomyris zögerte kurz, dann gab sie sich einen Ruck. »Mein Bruder Tagorzaly trug den Namen unseres Vaters. Vor zwei Jahren, als er zwanzig wurde, ist er aufgebrochen.«

»Ich weiß. Er war bei mir. Wie du jetzt.« Zirduduq rümpfte die Nase. »Er war ... laut und leichtfertig, aber das Blut hat gemacht, daß ich ihn mochte. Du sagst, er *trug* den Namen ... Nicht mehr?«

»Er war in Babylon, als der König sich zu den übrigen Göttern begab.«

Zirduduq wackelte mit dem Kopf. »Laß uns nicht von Göttern reden, Kind. Ich bin zu alt, um noch an sie zu glauben, und nicht tot genug, um sie wieder zu ersehnen. Araksandu ist vor nicht ganz fünfzehn Monden in Babillu gestorben. Was wißt ihr von Tagorzaly?«

»Nach dem Tod des Königs gab es Gemenge und Gemetzel. Vor zwei Monden hat uns ein Händler berichtet, daß Tagorzaly dabei umgekommen ist. Ohne sein Ziel erreicht zu haben. Der Händler hat uns seine Waffen und ein paar Münzen gebracht; das, was mein Bruder suchen und beschaffen sollte, war nicht dabei.«

»Und jetzt du?«

»Jetzt ich.«

»Es ist gut. Das Gesetz der Steppe will es so. Kannst du kämpfen?«

»Ich kann kämpfen.«

»Du wirst kämpfen müssen, Kind. Was weißt du?«

Tomyris zeigte ihm die leeren Handflächen. »Was mein Bruder wußte, als er aufgebrochen ist.«

»Konnte er nicht schreiben?«

»Er konnte, aber er hat nicht. Oder wenn doch, dann sind die Schreiben unterwegs verlorengegangen.«

»Kannst du schreiben?«

»Arami – die Sprache und die Zeichen, die die Perser benutzen. Und ein paar hellenische Zeichen. Mir fehlt aber die Sprache dazu.«

»Die wirst du lernen. Lernen müssen, denn die Makedonen herrschen überall dort, wo du hingehst. Dein Bruder hat wahrscheinlich versucht, Briefe an euch zu senden, mit Händlern, die vielleicht nie in die Steppe gelangt sind. Was immer du mitteilen willst, schick es hierher, an mich oder die Sippe; wir werden dafür sorgen, daß deine Leute es erfahren.«

Tomyris deutete eine Verneigung an. »Ich danke dir, Ehrwürdiger. Aber – was kannst du mir sagen?«

»Brot«, sagte Zirduduq. »Ein wenig Wasser, vielleicht auch Wein. Ein kleiner Schlummer für mich, nach langem Leben, und für dich, nach langer Reise. Und danach, wenn die Sonne sinkt, langes Reden.«

Tagorzaly war der Fürst des Volks gewesen, wie sein Vater und dessen Vater zuvor. Zweimal zehntausend Krieger hätten ihm gehorcht, wenn er sie zusammengerufen hätte. Sein

Volk war vor langer Zeit aus dem Norden gekommen und hatte die Zelte östlich des Kaspischen Meers aufgeschlagen, am Unterlauf der Flüsse Oxos und Jaxartes. Als in der Steppe Geschichten von einem hellhaarigen König und Göttersohn zu hören waren, der die Steinstadt der Sogder erobert und das Land zu seinem gemacht hatte, ritt Tagorzaly mit einigen hundert Kriegern – Männer und Frauen – nach Süden, ins Land der Sogder, um den König zu sehen.

Er kam jedoch erst nach Samar Qand, als die Sogder die makedonischen Besatzer bereits erschlagen hatten, und zu seinem Unglück verließ er es nicht gleich, sondern wartete das Frühjahr ab. Als das Frühjahr kam, kam auch Alexander zurück, und von den Kriegern Tagorzalys überlebten nur drei, die in der Steppe vom Tod des Fürsten und der Pracht des Königs berichten konnten.

Sie brachten aber nicht nur die Nachricht von Kampf und Tod, sondern auch die vom Verlust des Großen Messers. Vor vielen Jahren hatte ein Fürst es von einem göttlichen Helden erhalten und seinem Nachfolger ausgehändigt. Nach und nach wurde das Große Messer zum Gefäß der Herrscherwürde, und als Tagorzaly es in Samar Qand verlor, löste sich das Volk auf.

»Ich habe es gesehen«, sagte Tomyris. »Ich werde es erkennen, und ich will es heimholen, damit Friede und Würde zurückkehren. Wir waren viele, und wir waren stolz; heute sind wir wenige, und wir sind wie räudige Hunde, die einander verbellen und zerfleischen.«

»Seltsam, nicht wahr? Zuerst bekommt der König das Große Messer; dann wird jeder König, der das Große Messer hat.« Zirduduq klang zugleich spöttisch und ehrfürchtig. »Weißt du, woher das Messer kommt? Wer der göttliche Held war? Und wann sich das alles zugetragen hat?«

»Wenn jemand bei uns es je gewußt hat, so haben sie es mir verschwiegen«, sagte Tomyris. »Oder sie haben es vergessen.«

»Ich habe es auch nicht gewußt.« Der alte Mann legte die Hände um den Weinbecher. »Die Geschichte kommt aus dem Land, aus dem auch dieser Becher stammt.«

Tomyris betrachtete das Trinkgefäß. Es war schlicht, ohne Verzierungen, mit einem leicht nach außen gestülpten Rand. »Woher ist der Becher?«

»Von den Makedonen. Ah, nein, von den Hellenen.«

»Ist das ein großer Unterschied?«

»Nicht für uns.« Er hob die Schultern. »Fremde aus dem Westen, die unser Land besetzen und unser Blut vergießen. Für sie ist es wichtig, wie es scheint. Aber bleiben wir bei der Geschichte. Den Geschichten. Viele hundert Jahre alt, wie's scheint. Sie erzählen von alten Helden, von denen die Hellenen abstammen wollen.«

»Wie wir.« Tomyris gluckste. »Stammen denn nicht alle immer von großen Helden ab? Wer will schon von unbedeutenden Leuten gezeugt sein?«

»Keiner, aber die meisten sind es. Der größte ihrer Dichter und Sänger hat die Geschichte behandelt. Es geht um eine Stadt und eine Fürstin, die ihren Mann wegen eines anderen verläßt, als wären nicht alle gleich, und ihr Mann und sein Bruder sammeln ein Heer und belagern die Stadt, in die der andere mit der Frau heimgekehrt ist.«

Tomyris schüttelte den Kopf. »Man sollte nicht in Steinstädten leben. Kann man in Steinstädten überhaupt leben?«

Zirduduq ließ die rechte Hand auf seinen Oberschenkel fallen; es war, fand Tomyris, eher ein Sturz als eine Bewegung. »Ein Bein ist ganz lahm, das andere fast«, sagte er. »Makedonische Speere ... Seitdem kann ich nicht mehr reiten. Nein, ich lebe nicht in dieser Steinstadt; es ist ein langes Sterben.«

»Was war mit der Frau und der Stadt?«

»Ah, sie haben die Stadt erobert und zerstört, und der Fürst hat seine ungetreue Frau wieder mitgenommen. So heißt es. Sie muß wohl sehr schön gewesen sein, oder sehr gewaltig. Damals haben unsere Vorfahren weiter im Norden und Westen ihre Pferde grasen lassen, und ein Fürst, dein Vorfahr, ist zu den Belagerern geritten, mit vielen Kriegern, und hat an ihrer Seite gekämpft. Einige sagen, er hieß Kinördes, andere sagen, er hieß Kurkany; ich weiß es nicht, und die Hellenen haben es vergessen. Er war tapfer, und einer der hellenischen Fürsten hat ihm dieses Große Messer geschenkt. Zum Dank für seine Hilfe oder als Lob der Tapferkeit. Akilis, oder so ähnlich ... Araksandu stammt angeblich von ihm ab. Wie gesagt, man prügelt sich gern um große Ahnen.«

Tomyris seufzte. »Ein Messer, das ein Vorfahr von Alexander einem meiner Vorfahren geschenkt hat, macht uns zu Fürsten der Steppe, und nun, da einer von Alexanders Kriegern es uns genommen hat, sind wir keine Fürsten mehr?«

»Ein weiser Mann ... aber wer ist schon weise?« Zirduduq verzog das Gesicht. »Ein Mann, der nicht besonders weise war, aber als weise galt, hat gesagt, daß die Zeit ein tiefer Brunnenschacht ist. Ich glaube, sie ist etwas anderes. Die Welt ist aus Zeit und aus Blut gemacht – ein, ah, eine Art Stapel. Wenn du an einer Stelle etwas wegnimmst, gerät an einer anderen Stelle etwas ins Rutschen.«

»Und das Grasland? Nur Zeit und Blut, kein Gras, keine Steine?«

»Gras und Steine sind an der Oberfläche, Kind; wie das Wasser und die Schreie und die Sterne.«

Tomyris grübelte eine Weile. Zirduduq leerte seinen Becher, füllte ihn wieder auf und schob ihr den Krug hin.

»Was weißt du von denen, die das Messer genommen haben?« sagte sie schließlich.

»Lysanias.«

»Lysanias? Ist das ein Name?«

»Der Name des Kriegers, der deinen Vater getötet und das Messer genommen hat. Er hat eine Kriegergruppe geführt.«

»Weißt du, wohin er geritten ist?«

»Nach Süden – nach Baktrien, wie die Makedonen es nennen. Mehr wußte ich nicht, als dein Bruder mir die gleichen Fragen gestellt hat. Mehr habe ich ihm deshalb nicht sagen können.«

»Wenn er aber in Babylon ...«

»Warum sagst du Alexander und Babylon statt Araksandu und Babillu?«

»Ich muß doch die Sprache der Feinde lernen.« Tomyris schob die Unterlippe vor. »Sie ist häßlich und ungelenk; jedenfalls klingt sie für mich so; sie tut im Mund weh. Und da ich mit irgend etwas beginnen muß ...«

»Du wirst noch viel mehr lernen müssen, ehe du aufbrechen kannst.« Mühsam erhob sich Zirduduq und humpelte, auf die Krücke gestützt, zu einer Truhe. Er bückte sich, wühlte und kam mit einer Rolle zurück. »Hier.«

»Was ist das?« Tomyris nahm den Papyros, schaute aber ins Gesicht des alten Manns.

»Araksandu, sagt man, hatte zwei Waffen unter seinem Kissen, wenn er schlief. Sein Schwert. Und dies.«

»Das ist ... eine Waffe?«

Zirduduq lächelte. »Du klingst wie eine, der jemand eine unglaubwürdige Geschichte erzählt hat.«

»Ist die Geschichte denn mehr als das Geschwätz des Windes in den Zweigen? Ist sie glaubwürdig?«

Er setzte sich wieder an den Tisch. »Ja, es ist eine Waffe. Die Sprache, die Götter, die Helden des Feindes. Die Welt besteht aus Zeit und Blut, und da Zeit und Blut in Wörtern aufgehoben sind, ist die Welt auch die Gesamtheit aller Wörter. Dies hier« – er legte den Zeigefinger auf die Schnur, deren Knoten die Rolle zusammenhielt – »ist die Grundlage der Welt unserer Feinde. Ohne ihre Wörter kannst du sie nicht verstehen. Und nicht bekämpfen.«

»Aber ...« Tomyris sprach nicht weiter. Sie hatte gehofft, von Zirduduq ein paar Namen und Orte zu erfahren und dann aufzubrechen. Nun begriff sie, daß alles viel verwikkelter war und viel umständlicher. Und natürlich hatte der alte Mann recht.

Er betrachtete sie, und sie glaubte, so etwas wie nachsichtiges Bedauern in seinem Gesicht zu sehen. »Kind«, sagte er. »Weißt du, was das Meer ist?«

»Viel Wasser. Ein großes Wasser, so groß wie ... wie das Grasland?«

Er nickte. »Die Wellen, die ein Wintersturm im Yakscharta aufwühlt, sind nichts. Sie reißen dich und dein Pferd mit sich, aber verglichen mit den Wellen des Meers sind sie wie das Husten einer Maus gegenüber dem Brausen eines Sturms. Die Wellen des Flusses brechen an Felsen. Die Wellen des Graslands brechen an Bergen. Oder an einer Steinstadt. Du kennst das Grasland und ein paar Flüsse. Jetzt kennst du die Stadt, aber es gibt andere Städte, so groß, daß Samar Qand dagegen nichts ist als die hustende Maus zwischen brüllenden Stieren. Es gibt Berge, die den Himmel berühren, und diese Berge mußt du überwinden, um zu den großen Städten zu kommen. Vielleicht mußt du auf einem gewaltigen Rindenboot das Meer befahren. Und überall gibt es Menschen – so viele wie Grashalme in der Steppe.«

Sie starrte ihn an und suchte nach Wörtern, um ihm zu widersprechen; aber sie fand keine. Vielleicht, sagte sie sich, waren die Wörter, die sie jetzt gebraucht hätte, auf dieser dicken Rolle verzeichnet.

»Die Welt ist groß und furchtbar, Kind«, sagte Zirduduq; er klang nun beinahe feierlich, als spräche er ein uraltes Gebet. »Du kannst reiten und kämpfen. Das ist viel, aber es ist nichts. Du mußt wissen.«

»Ich weiß alles, was ich bisher wissen kann.«

»Dann sag mir, wie du dir den Beginn deiner Reise vorgestellt hast.«

Sie zögerte kurz, um ihre Gedanken zu sammeln, die von Zirduduqs Sätzen zersprengt worden waren wie eine Schafherde durch den Angriff der Wölfe.

»Ich will sehen, ob es möglich ist, als junger Mann Arbeit bei einem Händlerzug zu finden«, sagte sie dann. »Einem, der nach Süden, und später vielleicht einem anderen, der nach Westen geht. Bis ich Babylon erreiche und die Spur meines Bruders aufnehme.«

Nun musterte er sie mit einem schrägen Lächeln. »Weil du meinst, als Knabe besser reisen zu können?«

»Ja. Ist es denn nicht so? Ich habe gehört, daß Frauen bei den Feinden nicht viel gelten. Daß man sie in Besitz nimmt und ihnen Gewalt antut.«

Zirduduq kniff ein Auge zu. »Bist du noch unberührt?«

»Nein. Aber was hat das …«

Er hob die Hand. »Warte. Weißt du, daß die Feinde, gleich ob Hellenen oder Makedonen, auch Knaben lieben? Daß du als Jüngling beinahe noch weniger sicher bist denn als junge Frau?«

»Ich kann mich wehren«, sagte sie schwach.

»Weißt du, daß deine Ahnfrau Tomyris, deren Namen du trägst, bei den Feinden als Heldin bekannt ist? Weil sie den großen Perserkönig Daraya'usch besiegt hat? Weißt du, daß die Feinde alle Skythen für große Kämpfer halten? Daß du als Kriegerin mit dem Namen Tomyris viel sicherer bist denn als namenloser Pferdebursche?«

Sie schwieg eine Weile; schließlich sagte sie: »Was soll ich denn tun? Deiner Meinung nach?«

Zirduduq hob den Arm und beschrieb eine Art Kreis, der das Haus, vielleicht auch die ganze Stadt einschließen mochte. »Der Winter hat schon fast begonnen, Kind«, sagte er sanft. »Du solltest bis zum Frühjahr bleiben. Im Winter sind die Berge kaum zu bezwingen, die Straßen sind öde und schlecht, und es wird kaum ein Handelszug nach Süden gehen. Du solltest bleiben, im Haus und bei den Geschäften helfen, lernen, wie die Feinde mit Geld umgehen. Und ihre Sprache, ihre Gebräuche, ihre Heldengeschichten und ihre Lügen lernen.«

KAPITEL 5

Männer der Nacht I

Laß uns reden gegen die Nacht,
die alles verhüllt,
Leuchtworte sagen, Leuchtbecher leeren,
Leuchtgedanken …
Dann läßt sich besser an Tagen
rücksichtsvoll schweigen
und bedenken, daß wir Glühwürmchen sind,
keine Sterne.

DYMAS

Eine sanfte Gabe, ihr Fürsten des Lichts? Nahrung für einen, der im Dunkel darbt? Sammelt euch um mich, ihr Müßigen; laßt euch erbauen, ihr Geplagten; öffnet die Ohren, die ihr nach labenden Worten begehrt.

Wer ich bin, fragst du? Laß mich raten, wer du bist. Eine kraftvolle Stimme. Hast du dich bewegt? Ein Hauch von Fisch und Tang, aber nur ein Hauch – nein, du bist kein Fischer, du bist … rieche ich Pech und Holz? Erbauer von Booten? Ah nein, du baust sie vielleicht hin und wieder, aber heute hast du eines gesäubert, nicht wahr? Bewuchs und Muscheln und Würmer entfernt, Planken ausgebessert, und du kannst mich sehen und fragst, wer ich bin? Kannst du nicht sehen und raten – oder wissen, Herr der Planken und des Hobels?

Ich war einer der Männer der Nacht, die Alexander begleitet haben. Die er zu sich rief, wenn er nicht schlafen konnte. Aber wann konnte er denn schlafen? Jetzt kann er ruhen, aber solange er unter uns, unter euch weilte, hat er gewacht, wie es Halbgöttern zukommt. Denn die Götter brauchen keinen Schlaf, und die Halbgötter nur die Hälfte dessen, was Menschen zu ihrem Wohlbefinden benötigen. Einer der Männer der Nacht, sage ich, die nach dem Tod des großen Königs vertrieben wurden. Von seinen Männern, seinen Kriegern, seinen Erben, die nachts gut schlafen und meinen, keine Geschichten zu brauchen.

Die Augen? Nein, du Holde mit milder Stimme und dem Duft reifer Früchte. Nein, ich habe gesehen, wie ich gehört habe und immer noch höre, und aus dem, was ich sah, konnte ich meine Geschichten schöpfen wie aus dem, was ich von anderen hörte. Nun kann ich nur noch das verwandeln, was ich höre und rieche und fühle und träume. Die Erben des Königs ... einer von ihnen, der mächtige Perdikkas, hat mir das Licht genommen, um selbst mehr zu sehen. Ich hatte ihm erzählt, was ich euch gleich erzählen werde, eine Geschichte von weisen Männern und dem Weg, den sie in kraftvoller Ohnmacht beschreiten. Aber er wollte nicht hören, nicht diese Geschichte, und da er sich beleidigt fühlte, ließ er mich blenden. Eine heiße Klinge, ihr Milden; das düstere Glühen war mein letzter Anblick; seitdem ... seitdem bin ich, was ich bin.

Ah, ihr wollt meine Geschichte nicht? Nicht die von den Weisen und der Ohnmacht? Soll ich euch von den Scherzen berichten, die sich die Fische in ihren feuchten Grotten erzählen? Vom eckigen Ei des großen Vogels, der zu lange auf einem kantigen Stein gesessen hatte, bis sein After ... Nein? Dann vielleicht die vom Wettrennen der Schlangen und der Kröten? Soll ich euch entzücken mit dem Triumphgesang der Austern, denen es einmal gelang, Poseidons Finger zu quetschen? All dies nicht? Ja, aber was wollt ihr denn hören?

Vom Traum des Königs? Von der Liebe Hephaistions? Davon, wie sie um das größte Erbe gewürfelt haben, das je einer hinterließ? Aber das sind keine Geschichten, Freunde; das sind ... Tatsachen, und was sich ereignet, ist untauglich. Es muß verwandelt und angereichert werden, bevor es sich erzählen läßt. Jeder kennt viele kleine Wahrheiten, und die meisten sind öde. Nur wenn aus einer kleinen Wahrheit eine hübsche Lüge geworden ist, lohnt es sich, ihr zu lauschen.

Aber wenn ihr unbedingt wollt, will ich versuchen, aus der dürren, knochigen Wahrheit eine schmackhafte Geschichte zu machen.

Hephaistions Haar war ein Weizenfeld in der Nachmittagssonne, seine Augen der Nachmittagshimmel in Waldseen gespiegelt. Bei den Völkern des Nordens kommt so etwas vor, derlei Farben, wie ich sie heute nicht mehr sehen kann und ihr sie selten bei Männern sehen werdet. Im Norden gibt es auch weiße Bären mit Flügeln, und in den Wäldern hausen Zwerge, die den Schatten eines leichtsinnigen Reisenden in klebrigem Bernstein fangen, so daß sein Körper zwar weiterreisen mag, seine Seele aber verdorren wird, denn der Schatten ist, wie ihr ja wißt, ein Teil der Seele, wie die Träume und die Tränen. Die Makedonen sind vor langer Zeit aus dem Norden gekommen, deshalb haben viele von ihnen solche Haare und Augen, auch Alexander hatte sie. Man sagt, ein tückischer Priester habe damals, als der König noch im Bauch seiner Mutter wohnte, Alexanders Seele gespalten und eine Hälfte in den Leib Hephaistions gebannt. Alexander, müßt ihr wissen, hatte nämlich eine vielfache Seele, so daß ihm nichts fehlte; Hephaistion hingegen ließ die eigene Seele verkümmern. Aber das sind schwierige Fragen, mit denen wir uns nicht lange aufhalten sollten, weil wir uns sonst verirren und nie ans Ziel der Geschichte kommen, die ihr ja hören wollt.

Das Ziel einer Geschichte ist nämlich ihr Ende und das, was sie bei denen auslöst, die ihr lauschen.

Hephaistion war Alexanders andere Seele, und er war sein Freund, sein Liebhaber, sein bester Reiterführer. Am Schluß hat er ihn zu seinem Stellvertreter gemacht und ihm so das

Heer und das Reich anvertraut. Und in Susa – ihr habt von Susa gehört, nicht wahr? Von der großen Stadt in Persien, in der Alexander die Makedonen und die Perser verschmelzen wollte und zu diesem Zweck all seine Krieger mit persischen Frauen vermählte. Er selbst nahm Stateira, die ältere Tochter des toten Großkönigs Dareios, und Hephaistion gab er die jüngere Tochter, Drypetis. So waren die beiden nicht nur Freunde und Gefährten, sie waren durch die Hochzeit auch verwandt und zugleich gewissermaßen Söhne des Großkönigs geworden.

Aber dann geschah es, daß die eigene Seele so sehr verdorrt war, daß Hephaistion nur noch mit jenem Teil leben konnte, den einst der Priester von Alexanders Seele abgetrennt hatte, und das genügte nicht mehr zum Leben. Also hätten sie sich nie trennen dürfen. Denn solange Alexander in der Nähe war, hatte Hephaistion genug Lebenskraft. Da sie aber viele Dinge zu regeln hatten, mußten sie sich vorübergehend trennen, und Hephaistion legte sich nieder und starb nach sieben Tagen.

Alexander war zerrissen und so gut wie vernichtet, nur wußte es noch keiner. Keiner, heißt das, außer den Zwergen im Norden, die mit ihrem Bernstein nicht nur den Schatten, sondern auch das Echo einer Seele fangen können. Seelen haben nämlich einen Klang, was euch nicht verblüffen wird. Ihr kennt es doch selbst, nicht wahr? Es gibt Menschen, deren Seele angenehm duftet und in euch etwas klingen läßt, wie die Saite einer Leier klingt und schwingt, wenn eine andere den gleichen Ton ausstrahlt. Und da die Zwerge im Norden das Echo von Hephaistions Seele aufgefangen hatten, verdorrte sie nicht nur, sondern sie wurde auch stumm und stumpf.

Mit Hephaistions Echo war auch der Widerhall von Alexanders Vielfach-Seele in die nördlichen Wälder gelangt. Das ist so, wenn einer große Taten tut und die Menschen davon berichten. Besonders dann, wenn es Taten von Menschen sind, deren Vorfahren einmal selbst im Norden gelebt haben. Aber Alexanders Seele war ja vielfach und gewaltig, deshalb war es sogar den mächtigen Zwergen fast nicht möglich, ihr Echo zu fangen und zu bannen. Und nur deshalb, merkt auf, hat der König noch ein halbes Jahr leben können, nachdem Hephaistion gestorben war.

Seine anderen Gefährten aber, die großen Heerführer, hatten die eigenen Seelen behalten, und als Alexander gestorben war, haben sie sich von dem Zauber befreit, den seine Vielfach-Seele auf alle anderen gelegt hatte. Sie und die meisten anderen Krieger des Heers haben ihre persischen Frauen verstoßen und die Vermählung von West und Ost aufgehoben, und sie haben die Einheit des Reichs mißachtet und es in viele Stücke zerbrochen.

Ihr glaubt mir doch, nicht wahr? Ihr solltet mir glauben – denn seht, ich kann die Wahrheit meiner Lüge beweisen. Seht ihr, was ich aus dem Beutel hole und euch hinhalte? Dies, ja, genau dies ist ein Stück von jenem Bernstein, mit dem die mächtigen Zwerge des Nordens Seelen fangen. Dies hier ist klein, ein winziges Stückchen, und wenn ihr es ans Licht haltet, könnt ihr darin den Schatten einer Fliege sehen. Nun stellt euch vor, wie groß der Bernstein sein muß, der den Schatten eines Menschen, die Seele eines Kriegers bergen kann. Die Seele des größten aller Könige aber ist so gewaltig, daß nur ein ganzer Bernsteinberg sie aufnehmen und festhalten kann. Weit im Norden gibt es diesen Berg, meine Freunde, in dem die vielen Seelen Alexanders darüber nachdenken, wie die Rückseite des Windes beschaffen ist und welchen Klang eine Saite hervorbringt, die aus dem Lichtstaub der Sterne besteht.

Manchmal hört man dort aber auch andere Klänge. Hin und wieder kommt einer der großen Adler des Nordens und wetzt seinen Schnabel an diesem Berg. Und das erzeugt ein Klirren, viel feiner und zugleich gewaltiger, aber doch auch ähnlich dem Klirren eurer Münzen in meinem Becher.

KAPITEL 6

Unterwegs

Wenn der Weg das Ziel ist, Freunde,
können wir es nie erreichen,
weil wir, wie der Pfeil des Zenon,
nie und immer, noch nicht, nicht mehr
treffen – aber fliegen, fliegen!

DYMAS

Es war fast unmöglich, Babylon zu verlassen. Falls man nicht zu Fuß gehen wollte. Noch galten die letzten Befehle Alexanders, was den Bau von Kriegsschiffen und die Aushebung von Truppen betraf. Und die Beschaffung von Zubehör – in Babylon und der weiteren Umgebung gab es keine Pferde zu kaufen, auch kein Zaumzeug und keine Satteldecken. Alle Händler hatten die Anweisung erhalten, zu vorgeschriebenen Preisen Reit- und Packtiere für die neuen Truppen zu liefern. Karawanen, die aus der ganzen Oikumene Waffen, Erz für die Schmieden, Seile, Taue, Vorräte, Leder und andere Güter gebracht hatten, warteten darauf, daß das Heer die Waren übernahm und bezahlte. Bis dies geschehen war, würde niemand abreisen.

Es geschah aber nicht; alles wartete auf Entscheidungen. Hamilkar und seine Begleiter hatten Pferde im Stall eines Gasthauses, und sie hatten Räume, wiewohl zu weit überhöhten Preisen. Einen Raum für Dymas gab es nicht, ebensowenig wie ein Reittier.

»Eine Matte werden wir für dich auftreiben«, sagte einer der Karchedonier. »Dann klemmst du dich irgendwie zwischen uns.«

»Aber nicht lange.« Hamilkar kratzte sich den Bart, in dem die ersten grauen Haare glommen. »Wir sollten verschwinden. Lieber gleich, spätestens morgen.«

»Habt ihr nicht wenigstens ein Packtier zuviel, auf dem ich reiten könnte, bis wir etwas Besseres finden?«

»Nicht einmal das.«

Dymas hob die Schultern. »Dann, edle Punier, werdet ihr morgen ohne mich reisen.«

Hamilkar betrachtete ihn zweifelnd. »Hältst du das für klug? Nicht lieber zu Fuß?«

Dymas klatschte in die Hände. Als der Schanksklave herbeieilte, befahl der Musiker ihm, mehr Wein und ein paar Brotfladen zu bringen. »Gibt es Fleisch? Fisch? Früchte?«

»Was du willst, Herr – solange du zahlen kannst.«

»Ich kann. Bring Fleisch und Fisch für uns.«

»Du schuldest uns nichts«, sagte Hamilkar.

»Doch; ich weiß nicht, ob ich ohne deine Anwesenheit Ptolemaios zum Nachdenken hätte bringen können. Außerdem gefällt es mir, dich und deine Männer zu nähren und zu tränken.« Er grinste. »Ich mag euch nämlich nicht verpflichtet sein. Nicht schon wieder.«

»Was hast du vor?«

»Ich werde ein paar Tage mit Warten und Lauschen verbringen. Wenn ihr aufbrecht, kann ich ja einen eurer Räume übernehmen und muß nicht am Ufer des Euphrats mein Lager mit Ratten und Ungeziefer teilen. Dann …«

Hamilkar unterbrach ihn. »Du wirst es nicht einmal mit Persern teilen müssen; aber was dann?«

»Perser?« sagte einer der anderen. »Wieso Perser? Die sind doch im Palast, und die einfachen Krieger sind im Lager, bei den Makedonen.«

»Nicht mehr lange.«

Dymas kniff die Augen zusammen. »Sie werden die Vereinigung auflösen, das ist sicher. Aber meinst du, das geht so schnell?«

»Noch schneller. Wir haben heute den Beginn gesehen – die Fußkämpfer und Meleagros gegen die adligen Reiter. Der nächste Riß im Heer wird die Trennung von Makedonen und Asiaten sein.«

Der Schanksklave brachte Krüge, verschwand, kehrte sofort mit Holzplatten zurück, auf denen Fladen und Tiegel mit Tunken und große Stücke gebratener Flußfische lagen. Ein zweiter Sklave schleppte mehrere Holzscheiben mit Fleisch und Messern herbei.

Dymas wartete, bis die Sklaven wieder gegangen waren und die Karchedonier zu essen begannen; dann sagte er: »In einem Jahr vielleicht, Hamilkar; nicht übermorgen. Alexander hat seine Hauptleute mit Perserinnen und Baktrierinnen und anderen Asiatinnen vermählt, und er hat gemischte Einheiten aufstellen lassen. Das kann man nicht so schnell wieder auflösen.«

»Übermorgen.« Hamilkar klang sehr sicher. »Für die Hellenen sind alle anderen Barbaren, sogar die Makedonen. Für die Makedonen auch. Vielleicht sehen sie die Hellenen als – na ja, minderwertige Vettern an, aber Perser? Nein, ich sage dir, übermorgen beginnt der Zerfall. Die meisten Hellenen haben sie doch längst fortgeschickt, und ohne den König wird niemand noch an diesen Träumen hängen.«

»Man wird sehen. Ich gebe zu, ich wäre lieber bald woanders, aber ich mag nicht bis zum Meer laufen. Vielleicht ... wenn du recht hast, werden in ein paar Tagen viele Pferde billig zu haben sein.«

»Was meinst du eigentlich damit, Dymas, daß du uns nicht schon wieder etwas schulden willst?« sagte einer der Karchedonier.

»Es gab lange Zeit eine gewisse ... Verpflichtung.«

Hamilkar lachte. »Willst du es nicht lieber Wonne nennen, mein Freund?«

»Ich nenne es Verpflichtung. Dinge zu berichten, von denen ich meine, sie könnten für Karchedon wichtig sein. Ich habe die Jahre ohne diese Pflicht genossen und will nicht wieder damit beginnen.«

»Ach, das meinst du.« Der Karchedonier, der gefragt hatte, zupfte an seinem Ohr, in dem fünf oder sechs Ringe prangten. »Das wissen wir doch. Ich dachte, es wäre etwas anderes. Aufregendes.«

»Du weißt, wo du uns findest, wenn du es dir anders überlegst«, sagte Hamilkar.

Dymas deutete eine Verneigung an. »Nach Nordwesten bis zum Großen Grünen, wie die Ägypter es nennen, und dann immer nach Westen. Ja, ich weiß, Hamilkar, und ich werde mich daran erinnern, daß eure Mauern mir notfalls Zuflucht sein können.«

Am nächsten Tag reisten die Punier ab. Dymas übernahm Hamilkars Raum und bat den Wirt, sich nach Pferden umzuhören. Er lief durch die Stadt, aber um nicht etwa makedonische Fürsten an sein Dasein zu erinnern, verzichtete er darauf, in Schänken zu spielen und zu singen.

Am vierten Tag hörte er von ein paar babylonischen Pferdeknechten, daß Perser aus dem großen Lager jenseits des Flusses Pferde zu verkaufen hätten. Pferde, Ersatztiere, die sie nicht unbedingt brauchten, um heimzureiten; Geld, sagten die Männer, brauchten sie dringender als das dritte Reittier.

Dymas zögerte. Einerseits legte er keinen Wert darauf, den Fluß zu überqueren und dadurch wieder näher zu Perdikkas und den anderen zu kommen. Andererseits war er sicher, daß er keinem babylonischen Pferdeknecht Geld anvertrauen wollte. Er würde ja weder das Geld wiedersehen noch ein Pferd erhalten.

Abends hieß es in der Schänke, die Fürsten hätten sich geeinigt: Alexanders Halbbruder Arridaios sollte als Philippos Arridaios König sein, und wenn Roxanes Kind ein Sohn wäre, sollte dieser Thron und Rang teilen – irgendwann einmal; bis dahin würde Perdikkas als Reichsverweser für alles sorgen. Und für den nächsten Tag habe man in der Nähe des Lagers eine große Versöhnungsfeier vorgesehen, zur Bekräftigung der Vereinbarungen.

Dymas überlegte hin und her. Schließlich sagte er sich, daß am Rande einer großen Feier niemand auf einen einzelnen Mann achten würde. Neugier trieb ihn, und die Hoffnung, im Durcheinander vielleicht einen jener Perser zu finden, die zu viele Pferde und zu wenig Geld hatten.

Mit Tausenden anderer – Händler, Schaulustige, Streuner – zog er am nächsten Morgen über die Brücke zum Lager nördlich der Stadt. Es gab dort einen Tempel, vor dem sich Kämpfer und Hauptleute drängten; von weiter her, aus einem kleineren Lager, kamen andere Einheiten, die mit dem Zwist vermutlich nichts zu tun gehabt hatten, dessen Ende aber nun sehen wollten. Baktrische Kamelreiter waren dabei, desgleichen Dutzende indischer Kampfelefanten mit geschmückten Sitzkörben.

Dymas fand ein paar Perser, die sich abseits hielten. Sie bestätigten, daß sich die gemischten Einheiten aufzulösen begönnen, und zwei von ihnen waren bereit, ihm Pferde zu verkaufen. Das Feilschen nahm einige Zeit in Anspruch; schließlich fand sich Dymas im Besitz zweier Tiere samt Zaumzeug und Decken.

Als er sie zur Brücke führte, schwoll plötzlich das Geräusch vieler Stimmen zu Lärm und Geschrei an; Waffen klirrten, und die Schaulustigen verließen eilig das Gelände um Lager und Tempel. Vor der Brücke drängten sich so viele Menschen, daß Dymas es vorzog, mit seinen Pferden ein wenig weiter flußaufwärts zu gehen und abzuwarten, bis die Wege und die Brücke wieder halbwegs frei waren.

Auf einer kleinen Anhöhe machte er halt und versuchte, sich ein Bild von der Lage zu machen. Zunächst sah er nur Durcheinander und hörte Geschrei, aber offenbar wurde nicht gekämpft – das Geklirr der Waffen hatte geendet.

Aber die Elefanten bewegten sich, schienen – soweit er das aus der Ferne sehen konnte – einen Kreis zu bilden. Wieder schwappte wie eine stickige Welle Geschrei über die Ebene, aber diesmal waren Todesschreie dabei, und irgend etwas geschah auch bei dem Tempel.

Langsam ließ das Gedränge vor der Brücke nach. Dymas schlang den Zügel des zweiten Pferds um sein Handgelenk, stieg auf das erste und trieb die Tiere vom Hügel hinab nach Süden, zur Brücke.

Unbehelligt erreichte er das Gasthaus. Von den Stallsklaven ließ er sich Futter und Säcke geben und ging dann mit einem von ihnen zum Wirt, um seine Rechnung zu begleichen.

Jemand hinter ihm sagte: »Na, immer noch hier?«

Als er sich umdrehte, sah er Laomedon mit drei oder vier anderen makedonischen Hauptleuten an einem Tisch sitzen. Laomedon war als einziger noch halbwegs nüchtern.

»Nicht mehr lange«, sagte Dymas. »Und du? Nichts zu tun, so daß du in der Stadt feiern kannst? Was war denn eigentlich los?«

Laomedon schloß ein Auge halb. Wahrscheinlich sollte es listig aussehen, wirkte aber eher unbeholfen. Mit der überscharfen Aussprache dessen, der seine Zunge kaum noch bewegen kann, sagte er:

»Vorbei. Jetzt ist es vorbei, wir haben Ruhe.«

»Was ist vorbei?«

»Der Krach. Arridaios ist König. Meleagros und an die dreihundert von seinen Leuten sind wegen Aufruhr zum Tode verurteilt. Die Männer sind von Elefanten zertrampelt worden. Meleagros ist in den Tempel gerannt, aber Perdikkas und seine Leute haben ihn da eingeholt und …« Laomedon fuhr sich mit dem Zeigefinger über den Hals. »Jedenfalls ist es jetzt vorbei.«

Dymas nickte ihm zu, bezahlte beim Wirt seine Schulden und ging zurück zu den Ställen. Im Vorübergehen legte er Laomedon kurz eine Hand auf die Schulter.

»Gedeihlichkeit, mein Freund. Danke für die Hilfe. Und genieß die Ruhe. Aber du irrst.«

»Wieso?«

»Es ist nicht vorbei. Wie ich vor ein paar Tagen schon gesagt habe, im Palast. Es hat eben erst begonnen.«

Was Dymas für die Reise brauchte, hatte er beschafft; er konnte sich jedoch nicht recht entscheiden, ob er nach Norden reiten sollte oder weiter südlich, nahe der Mündung der beiden großen Flüsse, versuchen könnte, ein Schiff zu finden. Nach Indien, zu den Weihrauchländern im arabischen Süden, gleich nach Ägypten … nur weg aus Babylon. Schließlich band er Waffen und Gepäck fest und ritt nach Nordwesten, den alten Handels- und Kriegsstraßen am Euphrat folgend.

Es gab viel zu hören unterwegs. In Rasthäusern und auf Lagerplätzen tauschte man wie üblich Nachrichten und Gerüchte aus, nicht immer leicht zu unterscheiden. War es Nachricht oder Gerücht, daß Perdikkas und Meleagros einen Hund geopfert und zerteilt hatten? Wem, welchem Gott oder dem

Gedenken welches Königs hätte man denn einen Hund opfern sollen? Angeblich waren sie dann, mit allen dort versammelten Kriegern, zwischen den Hundehälften hindurchgezogen und hatten den allgemeinen Frieden, die Eintracht des makedonischen Heers beschworen; danach habe Perdikkas den Frieden, der allein dem Zeitgewinn gedient habe, sogleich gebrochen, um die Rädelsführer der Fußtruppen und Meleagros niederzumachen.

Dymas spielte mit dem Gedanken, einen Hymnos auf den halbierten Hund zu verfassen – Kriegsköter und Friedensköter, entzweite Verkörperung der Versöhnung und des Gemetzels. Eine Melodie fand er schnell, die Verse wollten sich jedoch nicht zusammenfügen.

Irgendwann begann der Herbst, mehr als drei Monde nach Alexanders Tod, aber es war kein fühlbarer Wechsel der Jahreszeiten, abgesehen davon, daß die Tage allmählich kürzer wurden. Es blieb heiß, die Straße blieb voll, Händler und eilige Boten waren in beiden Richtungen unterwegs, und es gab die gewöhnlichen Plagen – Mücken und Fliegen am Fluß – und alte wie neue Klagen. Niemand wußte, wer die von Alexander und seinen Befehlen aufgemachte Rechnung bezahlen würde. Das Holz für tausend Schiffe, Masten und über hunderttausend Ruder; Tuch und Seile, Leder und Erz und Waffen und Vorräte und Pferde ... Vielleicht, sagte ein Händler an einem der Abendfeuer, werde einer der Nachfolger des Königs einen symbolischen Betrag zahlen und die Händler wieder fortschicken. Vielleicht, nein, wahrscheinlich würde aber niemand auch nur das Geringste bekommen. Außer den Kriegsherren, denen alles zufallen dürfte, bis einer der anderen es ihnen wegnahm.

Zehn Tage verbrachte Dymas im Lager eines arabischen Fürsten, der fremde Musik hören wollte. Dymas spielte dort jeden Abend die Kithara und lernte von den Musikern des Stammes neue Tänze und seltsame Tonsprünge. Mit einiger Mühe und viel kunstfertiger Rede gelang es ihm, der Vermählung mit einer der Töchter des Fürsten zu entgehen, sich nicht in den Stamm aufnehmen zu lassen und dennoch in gutem Einvernehmen abzureisen.

An der Stelle, wo die Straße nach Tadmor und Damaskos vom Großen Weg abzweigte, gab es ein Rasthaus mit Weiden und Lagerplätzen für Karawanen. Dymas erinnerte sich an eine besonders üppige Nacht, vor Monden – aber es konnten auch Jahrzehnte sein –, als er mit Hamilkar und den anderen auf dem Weg nach Babylon hier Rast gemacht hatte. Üppige Speisen, köstliche Weine und eine feingliedrige, in ihren Bewegungen und Kenntnissen überaus üppige Schankdirne ... Aber das Rasthaus war voll von Händlern und Gesandten, die auch die Schankmägde beanspruchten. Dymas wickelte sich in seine Lederdecke und rieb sich am unbefriedigenden Licht der Sterne.

Bei den Gesandten, erfuhr er morgens von anderen Rastenden, handelte es sich um Männer aus dem fernen Makedonien, die im Auftrag von Antipatros und Krateros nach Babylon ritten, um dort mit Perdikkas und den anderen die Aufteilung des Reichs zu besprechen.

In Tadmor schwankte Dymas, ob er nach Spuren und nach Geistern suchen sollte. Er stand eine Weile vor dem Eingang zu jenem Tempel, in dem ihn Rausch und Rache, Tod und Wiedergeburt verwirrt hatten, wandte sich dann ab und zog weiter. Von Emesa aus ritt er auf schmalen Pfaden durchs Libanongebirge – inzwischen hatte der Winter begonnen, aber ohne allzu starke Schneefälle – zur Küste, ins phönikische Terpol, das die Hellenen Tripolis nannten. Dort gab es Hafenschänken, Händler, Seeleute, Dirnen und

Krieger, die im Winter heißen Würzwein und gute Musik zu schätzen wußten.

Im Frühjahr fuhr er mit einem Lastschiff nach Kreta. Singend und spielend, schauend und zuweilen schmausend, durchwanderte er die Insel von Ost nach West und ging, ehe der Herbst schroff wurde, an Bord eines Schiffs nach Gytheion, Spartas Hafen im Süden der Peloponnes. Dort hörte er, die Söldnerunterkünfte auf der langen Tainaron-Halbinsel seien fast leer, da Karchedon und Syrakus wieder einmal einen ihrer ewigen Kriege auf Sizilien austrügen und vor allem die Karchedonier in den vergangenen Monden hier Söldner geworben hätten.

Dymas wanderte nach Sparta. Er hatte den Winter mit den Söldnern verbringen wollen, um von ihnen alte Lieder und neue Geschichten zu hören, aber wo niemand ist, läßt sich schlecht tauschen. Den Winter verbrachte er in Megalopolis, wanderte dann durch Messenien nach Pylos und Methone; dort fand er im Frühjahr – es war das zweite Jahr nach Alexanders Tod – einen karchedonischen Händler, der ihn mit in die Stadt der Punier nahm.

Es war fast eine Art Heimkehr. Zwei Monde ließ er sich durch die Straßen der großen Stadt treiben, spielte in Schänken und auf Plätzen, teils allein, teils mit anderen. Er machte keinen Versuch, den Herrn der geheimen Augen aufzusuchen, aber Hamilkar fand ihn natürlich in einer der Schänken.

»Willst du nicht wieder …?« sagte der Karchedonier nach dem dritten Krug.

»Überhaupt nicht. Das Leben des Kitharoden ist aufreibend genug, auch ohne Spitzeldienste. Was macht euer blöder Krieg auf Sizilien?«

»Ist zu Ende.« Hamilkar erzählte, daß es ihnen gelungen sei, einen »vielversprechenden jungen Mann« namens Agathokles aus der Verbannung nach Syrakus zurückzubringen, wo er zweifellos eine große Zukunft habe.

»Und zweifellos wird er euch angreifen, sobald seine Zukunft ausreichend sicher ist«, sagte Dymas.

»Zweifellos.« Hamilkar lächelte. »Das ist immer so. Wie du zu gut weißt. Zwischen den Mächten gibt es keine Freundschaften auf Dauer. Nur zweckmäßige Bündnisse, die so lange halten, wie sie zweckmäßig sind.«

»Wie wahr. Was macht euer zweckmäßiges Abkommen mit Ptolemaios?«

»Es hält. Noch.«

»Wieso nur *noch*? Hattet ihr nicht über zehn Jahre gesprochen?«

»Perdikkas belagert mittlerweile Pelusion. Bisher hat Ptolemaios die Festung halten können. Wenn sie fällt …« Er hob die Schultern.

»Fällt Ägypten. Und wenn es an Perdikkas fällt, sind die Vereinbarungen mit Ptolemaios so tot wie er.«

»Das ist nicht gesagt.«

»Was? Meinst du etwa, Perdikkas würde sich an Absprachen anderer halten?«

Hamilkar grinste. »Bestimmt nicht; er hält sich ja nicht einmal an die eigenen. Aber Ptolemaios wird nicht unbedingt tot sein. Vielleicht nimmt er unsere Gastfreundschaft in Anspruch. Um eines Tages zurückzukehren.«

Im Herbst zog er mit einer Karawane nach Sabrata, wo die punischen Zöllner einen großen Teil zum Reichtum Karchedons beitrugen, indem sie vier Hundertstel des Warenwerts der Karawanen aus Ägypten, Kyrene und den Tiefen Libyens abschöpften. Von dort bis zu den Grenzaltären ritt er mit Eselmännern, dann mit einem Zug aus Pilgern und Händlern zur Ammonsoase. Im Winter erreichte er Paraitonion, schwankte ein paar Tage, ob er nach Ägypten weiterreisen solle, entschied sich dann dagegen und für eine Schankwirtin und ihre Kunden.

Im Spätwinter gab es einige sehr ruhige, milde Tage; in einem Anfall von Überdruß ging er an Bord eines Schiffs, dessen kühner Nauarch trotz der frühen Jahreszeit versuchen wollte, Salamis auf der Insel Kypros anzulaufen, die Dymas in all den Jahren seiner Reisen nur kurz und flüchtig besucht, eher gestreift hatte.

In einer salaminischen Hafenschänke erkundigte er sich nach den örtlichen Bestimmungen und Besonderheiten, nach den Preisen für ein gutes Essen und ein Nachtlager, nach der Macht der Priester und des Fürsten.

»Alles ist teuer.« Der Wirt rieb die Hände an seiner Lederschürze und musterte Dymas mit kleinen Augen. »Alexander wollte zu viele Männer und Schiffe und Waffen und Geld. Auch nach fast drei Jahren haben sich die Märkte nicht völlig beruhigt.«

»Ich bin nicht die Märkte, sondern ein beruhigter Hellene. Also?«

Im Zwielicht der Schänke, in der eine Fackel den trüben Vormittag kaum erhellen konnte, war nur ein weiterer Mann zu sehen, der hinten an einem Tisch saß und in einen Becher starrte.

»Der da heißt Polykleites«, sagte der Wirt. »Er ist Auge und Ohr des Königs, und weil er bei mir seinen Wein nicht zu bezahlen braucht, hört und sieht er nicht viel.«

Dymas sah, daß der Mann kurz aufblickte, grinste und sich dann wieder in seinen Becher versenkte.

»Wenn Nikokreon, Sohn des Pnytagoras, keine anderen Augen und Ohren hat ...«, sagte Dymas.

Der Wirt gluckste. »Wie ich höre, kennst du dich aus. Der König braucht Geld, wie wir alle. Wenn es dir gefällt, in meiner Schänke zu erzählen, daß Nikokreon, dem die Götter zahlreiche Jahre gewähren mögen, nachts am liebsten eine weiße Eselin besteigt, wird der da es nicht weitergeben, weil Nikokreon darüber allenfalls matt lächeln würde.«

»Und die Eselin?«

»Ah bah. Wenn du Gefährten suchst, die mit dir zusammen den Palast erstürmen und den König töten wollen, werde ich dich hinauswerfen, und Polykleites wird die Büttel holen.«

Dymas nickte. »Klingt vernünftig. Aber sag, was ist mit den Priestern?«

»Was kümmern dich die Priester, Fremder?«

»Ich bin Musiker. Dürfen Töne und Instrumente, die Apollon heilig sind, mit anderen vermischt werden, ohne daß die Priester zetern?«

»Musiker? Hm. Willst du etwas trinken?«

»Laß mich deinen zweitbesten Wein kosten. Was ist mit den Priestern?«

Der Wirt goß Wein aus einem Krug mit grünem Rand in einen Becher und schob ihn Dymas hin. »Die Priester halten sich in den Tempeln auf und kommen nicht in Schänken, in denen jemand Lieder singt. Du kannst hier vermengen, was du willst.« Er bleckte die Zähne. »Es sei denn, die Zuhörer werfen harte Dinge nach dir.«

Dymas trank einen Schluck. »Klingt gut«, sagte er. »Und schmeckt gut. Wie heißt du?«

»Pylades. Es gibt aber keinen Orestes hier, falls dich das bekümmern könnte. Und du? Hast du einen Namen?«

»Dymas, geboren in Herakleia auf Sizilien.«

Pylades öffnete die Augen ganz weit. »Bist du *der* Dymas?«

»Welchen meinst du? Es gibt zweifellos noch ein paar andere meines Namens.«

»Dymas von Herakleia, der große Kitharode, der für Philipp und Alexander gesungen hat?«

»Was, wenn ich dieser Dymas wäre?«

»Dann würde ich dir, solange du abends hier spielst, den besten Raum geben, dazu Essen, Wein und außerdem eine Drachme am Tag.«

Dymas bückte sich nach der gepolsterten Ledertasche zu seinen Füßen, öffnete sie und hielt die Kithara hoch. Der Wirt betrachtete sie, beugte sich über den Schanktisch, streckte den Arm aus und betastete die metallenen Wirbel.

»Man sagt, ein Schmied in Karchedon hätte sie gemacht«, murmelte er.

»Zwei Drachmen«, sagte Dymas. »Und saubere Decken ohne kleine Bewohner.« Aus den Augenwinkeln sah er, daß der angebliche Spitzel des Königs seinen Becher leerte, aufstand und zum Ausgang schlich.

»Zwei Drachmen, und wenn es mir das Herz bricht.« Der Wirt strahlte, und Dymas sagte sich, daß er auch mehr hätte verlangen können.

»Soll ich dir das Zimmer zeigen?«

»Sag mir zuerst, wohin Polykleites jetzt geht.«

Der Wirt blinzelte. »Zum König natürlich. Der berühmteste Musiker der Oikumene ... Aber an Tagen, an denen du für den König spielst, zahle ich natürlich nichts.«

»Solange ich den Raum und das Bett behalten kann – ich schlafe schlecht in Palästen.«

An den folgenden Abenden war die Schänke übervoll. Die Anwesenheit des großen Dymas sprach sich schnell herum, und neben gewöhnlichen Zuhörern kamen auch viele Musiker, die gern mit ihm zusammenspielen wollten. Einige waren so gut, daß Dymas ihre Mitwirkung genoß. Unter den verschiedenen Bläsern tat sich besonders ein Aulet hervor, dessen Fertigkeiten auf der Doppelflöte Dymas an die alten Tage und das Zusammenspiel mit Tekhnef erinnerte. Beim Spielen schweiften Dymas' Gedanken oft zu ihr ab; er stellte jedoch fest, daß er nicht den Wunsch verspürte, nach ihr zu suchen, sie zu sehen und zu berühren, festzustellen, ob sie sich tatsächlich als Witwe des thessalischen Bergfürsten Jason um dessen Volk kümmerte.

Am vierten Abend hatte sich schließlich eine Gruppe herausgebildet, die von dem einen oder anderen eingestreute Melodiefetzen aufnehmen, abwandeln, ergänzen und umkehren konnte, als hätten sie schon immer miteinander Musik gemacht. Sie bestand aus dem Auleten, einem jungen Mann mit Lyra, einer alten, zerfurchten Frau mit einer kleinen Harfe und zwei fast noch Halbwüchsigen mit verschiedenen Trommeln.

Am fünften Abend ließ sich ein Schreiner, der feine Finger zu haben behauptete, von Dymas in die Geheimnisse der Kithara einweisen.

»Ich habe nie so sauber veränderte Töne gehört«, sagte er. »Wenn ich wüßte, was man dazu braucht, könnte ich ja statt Gerüste Instrumente machen.«

»Kein Geheimnis. Schau.«

Dymas zeigte ihm zunächst am oberen Ende der Kithara die verstellbaren Wirbel, um die er die Saiten wickelte.

»Andere haben hier Klümpchen aus Harz, die die Saiten halten«, sagte er. »Aber früher oder später verrutscht etwas, und dann ist es mühsam, alles wieder sauber zu stimmen. Und am wichtigsten ist dies.«

Der Schreiner betrachtete die Metallhütchen auf Dymas' Fingerkuppen. Er nickte. »Zwischen zwei dieser Hütchen geklemmt, schnarrt die Saite nicht, wenn du sie greifst, eh, verkürzt. Aber …« Er spitzte den Mund.

»Was meinst du mit aber?«

»Wäre es nicht einfacher, ein dünnes Brett unter die Saiten zu legen, eine Art, tja, Hals? Dann könntest du die Saiten darauf niederdrücken.«

»Versuch es. Ich will gern sehen, wie das geht.«

Dymas lernte ein paar neue Tänze, brachte den anderen Melodien bei, die er in den langen Jahren irgendwo am Rande der Oikumene aufgeschnappt hatte, prägte sich einige gut zu singende Spottverse ein und bereicherte sie um neuen Unflat. Er war durchaus nicht betrübt, als er hörte, daß König Nikokreon zur Zeit nicht in der Stadt sei.

»Wo immer er sein mag, er wird in ein paar Tagen heimkehren«, sagte Pylades am achten Abend. »Und dann lädt er dich ganz sicher ein.«

Die anderen – Musiker und Gäste – waren gegangen, Pylades hatte alle Fackeln und Lampen gelöscht bis auf ein kleines Öllicht, in dessen müdem Glimmen er und Dymas die letzten Becher des Abends leerten.

»Bist du zufrieden mit der Musik und den Münzen, die die Gäste bei dir lassen?«

Pylades grinste. »Deine Musik ist noch weit besser, als ich sie mir vorstellen konnte, und was die Münzen angeht … du darfst so lange bleiben, wie du magst.«

Dymas starrte in den Becher und gähnte. »Dein Wein hat mir bestens gemundet, mein Freund«, sagte er. »Sobald ich wieder in der Nähe bin, werde ich ihn hoffentlich abermals genießen dürfen.«

»Willst du aufbrechen?« Pylades wirkte erschrocken.

»Man sollte gehen, solange es gut ist.«

Er hatte die vertraute – wiewohl lange nicht mehr empfundene – Unruhe erstmals am Vortag verspürt. Tagsüber war er durch die Stadt gewandert, hatte die Schiffe im Hafen gezählt, sich mit Fischern unterhalten und dabei begriffen, daß es an der Zeit war.

Zeit, etwas zu ändern, etwas zu beenden, etwas zu beginnen. Er erinnerte sich an Verse, die er vor Jahren – in Athen? Pella? Karchedon? – gedacht, in Musik eingefaßt und oft gesungen hatte. Nicht an diesem Abend; etwas in ihm war dagegen gewesen.

Voll die Krüge auf deinem Tisch, die Becher,
hoch getürmt daneben das Fleisch, die Früchte,
und im Winter wärmen dich Flackerfeuer,
Decken und Pelze.

Freunde hast du um deinen Tisch versammelt,
Witz und Wärme, treffliche Reden, Eintracht;
und die schönste, klügste der Frauen schenkt dir
nächtliche Wonnen.

Wahrlich, alles gaben die gnadenlosen
Götter dir, Behagen und Gold und Liebe.
Dir gelingt, was immer du anstrebst, in der
Tat wie in Träumen.

Gnadenlose Gaben – eh alles schal wird,
laß es fahren, such es in Eis und Schwertern
abermals, daß du nicht in öder Fülle
völlig verödest.

Er verzichtete darauf, ein Pferd zu kaufen; er wollte schreiten, atmen, schnaufen, den Beutel und die Ledertasche mit der Kithara spüren. Vielleicht um sich besser einen Trottel heißen zu können. Auch dies ein altes Lied.

Als der Dichter mit wilder Stimme verkündet,
nicht gesungen hatte, als er sich feiern
wollte, erhob sich einer der Hörer und sagte:
»Wer ist der Esel – der ihm allzuviel Bürde
auferlegt oder der sie klaglos bewältigt?
Wer ist der Fürst – der dumme Befehle erteilt
oder der sie klug und beharrlich ausführt?
Wer ist der Narr – der vieles zu wissen meint
oder der keine Antworten kennt, nur Fragen?
Sperr uns nicht ins Verlies deines Wissens, kette
uns nicht an die Kerkerwand deiner Kenntnis,
brüll uns nicht deine Ahnung in ärmliche Ohren,
und verkleb nicht mit Meinung unsere Augen.
Hilf uns, Fragen zu stellen, die wir empfinden,
aber nicht sagen können, weil uns die Wörter
fehlen, die du doch kennst. Verblende uns nicht
mit all deinen Chimären, räum uns die Wege
frei, daß wir selbst die eigenen Ziele finden.«
Da zerbrach der Dichter, der Trottel, die Lyra
und verstummte, schritt aus, um Erde und Wasser,
Welt und Menschen zu sehen. Preiset sein Schweigen.

Er war den Gefahren und den Wirren entflohen, um sich nun in der Ruhe und Sicherheit zu langweilen. Er hatte genug Schwerter gesehen und wollte Musik hören – nun, da er Musik hatte, Wein und ein bequemes Lager, sehnte er sich nach Blut und Schwertern.

Er zögerte kurz, ob er warten solle, bis der Schreiner mit seinem Einfall zurechtgekommen war. Aber vielleicht würde er es ja nie fertigstellen, dieses Halsbrett. Nicht warten, wandern.

Unzufrieden mit sich schritt er aus, schnell, bis er ein wenig außer Atem geriet, dann langsamer. Gegen Mittag machte er am Fuß einer Düne Rast, blickte auf eine weite Bucht, an deren anderem Ende ein Fischerdorf lag, und fragte sich, was das große Schiff, das dort auf der Dünung schaukelte, in diese Bucht gebracht hatte. Es konnte ein Frachtschiff sein, ein leichter Kriegsruderer mit zwei Masten, aber wozu hier?

Hinter sich hörte er plötzlich Stimmen. Jemand sagte: »Da ist ja noch einer; ist er brauchbar?« Er wollte sich umdrehen, als ihn ein Schlag auf den Kopf halb betäubte. Er sackte seitlich zu Boden, sah Füße, behaarte Männerbeine, Schwertspitzen, griff mit der linken Hand nach der eigenen Waffe. Von oben bohrte sich eine Speerspitze in seine Hand. Er schrie auf. Dann traf ihn noch ein Schlag, und er sah und fühlte nichts mehr.

KAPITEL 7

Sklaven

An die Freiheit gekettet,
an den Zufall gebunden,
Knechtschaft von Lust oder Pflicht;
sing, wenn keiner dich hört,
ohne Zweck bist du frei.
Vielleicht.

DYMAS

Das Schiff stank entsetzlich. Dreck, Verwesung, Kot, fauler Fisch, Schweiß, Erbrochenes und mindestens zehn weitere Formen, Töne, Schattierungen von Gestank. Kassandra kroch auf Knien voran und zur Seite, zog den kleinen Bottich neben sich her, tauchte den Fetzen, der einmal Teil eines Segels gewesen sein mochte, in die widerliche Flüssigkeit und schrubbte. Sie wollte nicht atmen, weil ihr bei jedem Atemzug übel wurde. Lieber sterben? Mit dem Gesicht im Bottich sterben, in krustiger, von Maden wimmelnder Scheiße? Ah, nein, lieber atmen und leben. Hoffen.

Krieger, hatte sie gedacht, als die Männer das Dorf überfielen. Seekrieger, die sie abfingen, als sie aus der Bucht fliehen wollte. Seeräuber, wie sie inzwischen – längst – wußte. Sie hatte aufgehört, die Tage zu zählen. An Bord, an Land, der nächste Überfall, dann wieder auf See. Nun lagen sie in einem namenlosen Hafen einer der zehntausend Inseln. Die meisten Männer waren an Land gegangen; wahrscheinlich saßen sie in einer Hafenschänke und tranken und grölten. Nur ein paar mürrische Wächter, vom Los bestimmt, liefen über ihr und den anderen hin und her.

Der Stauraum des Schiffs war nicht einmal mannshoch. Selbst wenn sie nicht hätte schrubben müssen, selbst wenn man ihr und den anderen nicht die Beine gefesselt hätte – auch für die kleinsten der Gefangenen gab es zwischen Kiel und Deck nicht genug Platz, um sich aufzurichten und den schmerzenden Rücken durchzudrücken.

Aus den Unterhaltungen (wenn man das Knurren, Keifen und Fluchen so nennen wollte) der Männer (wenn man die struppigen, stinkenden Gestalten so nennen wollte) hatte sie geschlossen oder vielmehr erraten, daß die Seeräuber früher einmal Fischer gewesen waren, Untertanen irgendeines persischen Satrapen, den längst ein makedonischer Statthalter abgelöst hatte.

Aber die Makedonen waren zu sehr damit beschäftigt, Krieg zu spielen. Zuerst Nachschub für Alexanders Heer und andere Truppen zu beschaffen und dabei ein wenig zu plündern, in letzter Zeit ihre eigenen Heere gegen die anderer Makedonen zu rüsten. Die persischen oder von den Persern bestimmten einheimischen Aufseher und Ordner waren verschwunden, ebenso die meist von Rhodiern oder Phönikern gestellten Wachschiffe; und wenn an Land geplündert wurde, warum sollte man dann weiter Fische fangen, statt auf See selbst ein wenig zu plündern?

Dann waren plötzlich doch ein paar Wachschiffe aufgetaucht, wie es schien, und hatten die Seeräuber gejagt. Immer weiter nach Norden, zwischen den tausend Inseln, um Vorgebirge und durch Buchten, und die Männer mußten rudern, Tag und Nacht rudern, keine Zeit, irgendwo frisches Wasser aufzunehmen, keine Zeit zum Essen und Schlafen. Sie hatten beim Rudern gegessen und gedöst, während die Körper an den Riemen zogen, sie hatten das eigene Schiff zur Latrine gemacht. Die die Gefangenen jetzt säubern durften.

Oben, auf Deck, gab es ein paar weitere Gefangene, ebenfalls mit gebundenen Beinen. Sie konnten sich mit kleinen Schritten bewegen; für Kassandra hörte sich das an wie das

Schlurfen unwirscher Ungeheuer. Bottiche mit Abfall wurden durch die Luken hochgereicht, und die gefangenen Ungeheuer schlurften mit ihnen zur Bordwand, um das Wasser der Bucht zu verseuchen. Bottiche mit stinkender Brühe wurden hochgereicht und kamen mit kaum weniger stinkendem Salzwasser zurück.

Später würden andere Ungeheuer, mit Waffen, ohne Fesseln, nach Schweiß und Wein stinkend, aus den Hafenschänken kommen und ihr Gemächt irgendwo unterzubringen suchen. Sinnlos nach zuviel Wein, aber die Frauen unter den Gefangenen würden sich bereithalten müssen. Auch einige Knaben.

Kassandra ächzte. Einige der anderen waren halb wahnsinnig vor Schmerzen, Demütigungen, Verzweiflung. Sie konnte ihnen nicht helfen; sie hatte genug damit zu tun, die Fetzen des eigenen Wesens zusammenzuhalten. Auf eine Möglichkeit zu hoffen. Irgendwann mußten sie einmal das Schiff verlassen können. Ein Sklavenmarkt vielleicht. Schrubben. Den Gestank atmen. An später denken, an irgendwann.

Zwei Tage später erreichten sie nach einer Sturmfahrt einen anderen Hafen. Die Gefangenen wurden aus dem Frachtraum geholt und mußten sich an Deck, unter den Blicken und Bemerkungen der Seeräuber, notdürftig reinigen. Kassandra sah ein paar andere Schiffe in der Bucht liegen, dahinter einen kleinen Ort und fast kahle, steile Hügel. Wahrscheinlich hielt man die Anhöhen hier für Berge. Einer der Gefangenen sagte etwas von Telos, ein anderer behauptete, er habe aus Gesprächsfetzen der Seeräuber den Namen Syme aufgeschnappt, und das sei eine Insel, die zwar nicht ganz nah bei Rhodos liege, aber zu Rhodos gehöre, und dort gebe es immer Händler – Sklavenhändler aus allen Teilen der Oikumene.

Kassandra versuchte sich mit Meerwasser zu säubern; reinigen mochte sie es nicht nennen. Wie die anderen bekam sie ein wenig Essig zu trinken; einer der Seeräuber verteilte Stückchen rohen Fischs und Brotfetzen.

Es genügte gerade dazu, den betäubten Hunger zu wekken und den Durst noch schlimmer zu machen. Aber welch unvergleichlicher Genuß war es, sich aufrichten und frische Luft atmen zu können.

Ein anderes Schiff ging längsseits; die Bordwände knirschten aneinander. Die Männer drüben waren offenbar Krieger, keine Seeräuber, und wahrscheinlich handelte es sich um Makedonen. Der Anführer, Nauarch oder Häuptling stand am Fuß des Masts, neben ihm der Älteste der Seeräuber.

Kassandra konnte nicht hören, was sie besprachen; sie sah nur die Bewegungen und die Miene des Makedonen. Den Gebärden nach stritten die beiden, und der Makedone empfand offenbar eine Mischung aus Abscheu und Ärger. Er ließ den anderen einfach stehen, wandte sich um und kam zur Bordwand.

»Dieser klägliche Haufen?« sagte er.

»Nur prächtige Frauen und starke Männer, Herr«, sagte der Seeräuber; er trat neben ihn und blickte ebenfalls herüber.

»Hundert, und ich suche mir die zehn aus, die ich nehmen mag.«

»Hundert?« Der Seeräuber reckte die Arme und tat, als wolle er auf der Stelle tanzen. »Zweihundert ist der übliche Preis, wie du wohl weißt.«

Der Makedone spuckte aus. »Zwei Minen? Die Götter haben dir ins Gehirn geschissen, Mann! Eine Mine – hundert Drachmen –, kein Obolos mehr. Schau sie dir doch an!

Verdreckt, verhungert, und ich nehme an, ihr habt sie gründlich benutzt, solange sie an Bord waren.«

»Wie das so ist. Wir sind aber sanft zu ihnen gewesen, und mit ein paar Stückchen Brot und ein wenig Öl und Wasser zur Reinigung wirst du dich glücklich schätzen, so gute Ware erhalten zu haben. Zweihundert.«

»Hundert. Die Märkte sind voll, es gibt mehr Angebot als Nachfrage.«

»Hundertachtzig.«

»Hundert.« Der Makedone steckte zwei Finger in den Mund und pfiff. Zehn seiner Leute bauten sich neben ihm auf, und alle hatten plötzlich Schwerter in der Hand.

»Was wird das?« sagte der Seeräuber.

»Ich suche mir jetzt zehn aus und gebe dir für jeden hundert Drachmen. Ein Wort noch dagegen, dann kriegst du nichts, und ich versenke deinen wurmstichigen Kahn. Verstehen wir uns jetzt?«

Außer Kassandra kamen von den zehn, die der Makedone auswählte, noch drei aus ihrem Dorf: ein kräftiger Junge von vielleicht dreizehn und zwei Frauen, beide etwas älter als sie. Die übrigen sechs waren schon an Bord gewesen, als die Seeräuber sie an der Flucht gehindert hatten. Sie blieben an den Beinen gefesselt, mußten aber nicht unter Deck, sondern durften sich am Fuß des Masts aufhalten. Allerdings erhielten sie weder Wasser noch Brot; als eine der Frauen die Hände rang und »Hunger!« rief, sagte der Makedone nur: »Warten, demnächst.«

Das Schiff wurde aus der Bucht gerudert. Draußen, auf See, wehte ein kräftiger Wind; die Makedonen zogen die Ruder ein und segelten nach Süden.

Hier und da wurde gemurmelt oder geflüstert, aber die meisten Gefangenen kauerten einfach da, stumm und mit leeren Augen. Kassandra lauschte in sich hinein und versuchte, die Empfindungen, die sie dort fand, zu unterdrükken. Ein Aufwallen von Hoffnung, wie Wasser in einem Kochtopf aufwallen mochte, aber es gab ja kein Feuer, oder das, was einige für Feuer hielten, war nichts als Trug.

So etwas hatte sie oft bei Tieren gesehen, die geschlachtet werden sollten. Manche kämpften und zappelten bis zum Schluß, andere gaben plötzlich jede Gegenwehr auf, als ob etwas in ihnen bräche.

Im Gestank, im Laderaum des Seeräuberschiffs hatte sie so etwas gespürt, ein inneres Bersten oder Brechen. Nein, eher ein Reißen – die Schnur, die ein Bündel von Stöcken zusammengehalten hat, löst sich, die letzten Fasern reißen, die Stöcke fallen auseinander und haben nichts mehr gemein. So etwa? Vielleicht waren sie in besseren Tagen Pfeile gewesen, zuletzt immerhin biegsame Zweige, dann nur noch Reisig. Die Hülle namens Kassandra atmete, keuchte, schwitzte, stank, aber sie nahm den Dreck und den Gestank und das Kriechen, das Leid nicht mehr wahr.

Oder nur so, wie man einen Laut aus weiter Ferne hört, ein dumpfes Geräusch, das ebensogut ein Schrei wie ein Jauchzen gewesen sein konnte, ehe es jede Bedeutung verlor. Es war besser, einfacher, als stumpfes Tier zu stinken, zu schrubben und zu sterben. Hunger und Durst, der schmerzende Rücken, die blutigen Knie, die geschwollenen Hände ließen sich ertragen oder ertrugen sich selbst besser ohne Denken, ohne Hoffnung auf eine Zukunft, die die Gegenwart nur noch gräßlicher machen konnte.

Sie bemerkte, daß sie nun dachte und fühlte. Der Seewind, der das Segel füllte, war frisch, beinahe schneidend; er ließ sie frösteln. Sie wollte nicht frösteln, wollte nicht fühlen, nicht … leben. Sie wollte nur, daß es endete, daß sie nichts mehr spürte. Schlafen, vielleicht träumen, dann im Traum vergehen. Sich verträumen, wie man sich verläuft. Auflösen, nicht sein, Nichts sein.

»Warum kicherst du?« sagte die Frau, die neben ihr kauerte.

»Habe ich gekichert?«

»Wie eine, die man kitzelt.«

»Ich weiß nicht.«

Etwas hatte gekichert. Die Schattenkante des Segels, eben noch vor ihren Zehen – wie konnten Zehen so rauh und schmutzig sein? –, war fast einen Schritt entfernt. Offenbar hatte sie gedöst, und vielleicht hatte sie geträumt, sie träume, und im Traum, der von Dumpfheit und Erlöschen handelte, hatte jemand geträumt, etwas kitzele oder werde gekitzelt. Sie seufzte. ›Alle Kreter lügen, ich bin ein Kreter‹, dachte sie. ›Daran denken, daß ich nicht denken will.‹

»Ist es nicht herrlich, kichern und seufzen zu können?« sagte die Frau. »Und dabei frische Luft zu atmen.«

»Besser als der Gestank unter Deck. Woher kommst du?«

»Aus Iasos, aber eigentlich aus Mylasa. Ich heiße Omphale. Und du? Woher?«

»Kassandra.« Sie nannte den Namen des Fischerdorfs und setzte hinzu: »Aber eigentlich aus Milet.«

Omphale lachte leise. »Was hat es mit unserem *eigentlich* auf sich? Ich bin die Frau eines Marmorbrechers aus Mylasa. Witwe, ein großer weißer Brocken hat ihn zerquetscht. Ich habe meinen Vater in Iasos besucht und war mit ihm zum Fischen hinausgefahren, als die Seeräuber …« Sie hob die Schultern und sprach nicht weiter.

Kassandra murmelte: »Ein prächtiger, weißer Tod in weißem Marmor …«

»Man kann überall sterben. Auch auf See. Oder als Kitharist in Iasos verhungern.«

»Was ist das für eine Geschichte?«

»Ach!« Omphale klang überrascht. »Ich dachte, die kennt jeder.«

»Ich nicht.«

»Die Gegend um Iasos ist steinig. Ziemlich unfruchtbar. Viel mehr als Fisch gibt es da nicht, deswegen ist er so wichtig. Wenn die Fischer ihren Fang ausgeladen haben, wird eine Glocke geläutet; dann kommen alle an, um Fisch zu kaufen. Es heißt, einmal, vor langer Zeit, hat ein wandernder Kitharist in Iasos gespielt, und als die Glocke ertönt, springen alle auf und lassen ihn mit seiner Musik sitzen. Alle, bis auf einen, und bei dem bedankt sich der Kitharist, daß er nicht weggelaufen ist wie die anderen, als die Glocke geläutet wurde. Der Mann sagt: ›Was? Ich höre nicht gut.‹ Der Kitharist wiederholt, was er gesagt hat. Da steht der Mann auf und sagt: ›Ich kann über deine Musik nichts sagen, weil ich kaum etwas gehört habe; ich bin aber beeindruckt von der Beweglichkeit deiner Finger. Und nun – danke, daß du mir von der Glocke gesprochen hast; ich muß Fisch kaufen.‹«

»Kein guter Ort für Musiker, scheint mir.« Kassandra berichtete vom Leben in Milet und im Dorf und dem Versuch, mit dem kleinen Boot des Vaters zu fliehen. Dann weinte sie, als sie an den Tod des Vaters dachte und an ihre Hoffnung, daß er schnell gestorben sein möge.

Omphale legte einen Arm um ihre Schulter. »Komm näher«, sagte sie. »Näher beieinander frieren wir weniger. Aber ich mag nicht weinen. Weder um den Mann noch um den Vater, und schon gar nicht meinetwegen.«

»Ist es nicht kostbar, weinen zu können, statt dumpf zu warten, daß etwas endet?«

»Ich wüßte zwei oder drei Dinge, die mir kostbarer wären.«

Kassandra nickte. »Essen? Trinken?«

»Ein heißes Bad«, sagte Omphale. »Öl und Salben. Duftwässer. Dann essen und trinken. Dann mit einem guten Mann zwischen die Decken.«

»Der sollte aber vorher nicht zuviel essen und trinken, sonst habt ihr beide nichts davon.«

»Ach, laß mich doch träumen!«

Das Schiff erreichte eine Gruppe von sechs miteinander verbundenen Trieren. Es gelang den Steuerleuten, trotz des Windes und der lebhaften Wellen an einem der Flügelschiffe anzulegen. Über das Knirschen der Bordwände, das Flappen des Segels und das Rattern der eingezogenen Ruder hinweg brüllte der Nauarch zum erhöhten Achterdeck der Triere hinauf.

»Neun Schiffe im Hafen, lauter Seeräuber. Händler werden morgen erwartet.«

Der Trierarch wechselte ein paar unhörbare Worte mit einem älteren Mann, der neben ihm stand und sich auf die Heckwand stützte. Dann rief er:

»Wieviel hast du ausgegeben? Für den Haufen da?« Dabei blickte er auf die Gruppe der Gefangenen am Fuß des Masts.

»Zehnmal hundert.«

»Willst du sie dir wiederholen?«

»Nicht, wenn du sie mir ersetzt.«

Der Trierarch machte eine abwehrende Handbewegung. »Du kennst dich aus. Zeig den anderen den Weg. Und schick das Rudel her.«

Man löste ihnen die Beinfesseln; dann wurden die Gefangenen mit groben Stößen zur Bordwand getrieben und mußten auf die höhere Triere klettern. Dort musterte ein feister Mann mittleren Alters jeden einzelnen, ließ sich die Zähne zeigen, betastete die Muskeln der Männer und die Brüste der Frauen und sagte schließlich:

»Ich habe schlechtere und bessere gesehen, Herr. Was geschieht jetzt? Unter Deck mit ihnen?«

Kassandra folgte den Blicken des Mannes. Die Frage richtete sich offenbar an einen hageren Offizier, der neben dem Aufgang zum Achterdeck auf einer umgedrehten Kiste saß und seinen mit Purpurstreifen verzierten Umhang zurechtzupfte, als er aufstand. Er kam langsam näher, betrachtete die Gefangenen, rieb sich die Nase und schüttelte den Kopf.

»Gib ihnen zu essen und zu trinken. Und sieh zu, daß sie sich säubern. So, wie sie jetzt aussehen, kauft sie keiner.«

»Man könnte sie behalten, Herr.«

»Mach eine Liste – Namen, Herkunft, Fähigkeiten. Dann sehen wir weiter. Und – nein, sie können vorerst auf Deck bleiben.«

Zwei der Trieren hatten sich vom Verbund gelöst. Als sie weit genug von den anderen entfernt waren, fuhren sie die Ruder aus und entfernten sich nach Norden. Sie folgten dem kleinen Schiff, das die Gefangenen hergebracht hatte.

Ein paar Sklaven gaben ihnen Brot, Wasser und getrocknete Früchte. »Willkommen«, sagte einer. »Geht am besten nach vorn und setzt euch so, daß ihr keinen stört.«

»Was geschieht mit uns?« sagte Omphale.

Der dicke Mann wedelte mit den Armen, als wollte er sie zum Bug schieben. »Essen, trinken, waschen«, sagte er. »Habt ihr doch gehört. Alles weitere entscheidet sich demnächst, an Land.«

Von den Sklaven erfuhren sie, daß der hagere Mann Pandios hieß und zu den Strategen des Satrapen Antigonos gehörte. Die Kampfschiffe, sagten sie, seien aus dem lykischen Hafen Patara ausgelaufen, um etwas gegen die wachsende

Menge von Seeräubern zu unternehmen. Wahrscheinlich werde man am nächsten Tag nach Patara zurückkehren.

»Viel wissen die nicht«, sagte Kassandra.

Omphale reichte ihr den einen Becher, den die Sklaven ihnen gegeben hatten und aus dem jeder reihum trank. »Wozu denn auch? Sklaven müssen springen und gehorchen; sie ... wir brauchen nichts zu wissen.«

Während sie aßen und tranken, kam ein zweites kleines Schiff an, brachte weitere zehn Sklaven und fuhr mit drei Trieren wieder los. Offenbar gab es einen zweiten Hafen voller Seeräuber; Pandios – oder sein Herr, Antigonos – hatte sich wohl vorgenommen, diesen Teil des Meers nördlich von Rhodos ein wenig zu säubern.

Omphale schlief plötzlich ein, an Kassandras Schulter gelehnt. Kassandra versuchte, sich an Geschichten zu erinnern, die sie über Antigonos gehört hatte, um daraus vielleicht eine geringfügige Hoffnung zu sieben. Aber es war müßig. Erstens wußte sie nicht viel – Antigonos der Einäugige, Stratege schon unter Alexanders Vater, hatte seit Jahren die Wege zwischen Makedonien und Persien offengehalten, die großen Satrapien Phrygien, Lykien, Pisidien und noch eine oder zwei verwaltet und schien sich bisher aus den Streitigkeiten um die neue Reichsordnung herauszuhalten. Nichts, was auf besondere Grausamkeit oder besondere Umgänglichkeit schließen ließe. Und zweitens gehörte nicht viel Einfallsreichtum dazu, sich die Zukunft auszumalen. Sie waren Sklaven und würden entweder verkauft werden oder bei den Truppen des Antigonos bleiben. Es hatte nicht einmal Sinn, sich zu fragen, welche der beiden Möglichkeiten die angenehmere wäre. Oder die weniger unangenehme.

Die von dem zweiten kleinen Schiff hergebrachten Gefangenen wurden von dem dicken Mann ähnlich gemustert und dann ebenfalls zum Bug geschickt, wo Sklaven ihnen zu essen gaben. Kassandra fragte sich, welche Einfälle oder Aufträge der Nauarch des zweiten Schiffs gehabt haben mochte; die zehn Neuen – acht Männer und zwei Frauen – waren alle mindestens vierzig Jahre alt. Ungewöhnliche Auswahl für den Sklavenmarkt, sagte sie sich; die jungen, schönen, kräftigen Leute brachten bessere Preise. Aber vielleicht hatten diese Neuen ja besondere Kenntnisse oder Fähigkeiten – erfahrene Handwerker? Einer war dabei, dem der rechte Arm unterhalb des Ellenbogens fehlte. Eine der beiden Frauen hatte keine Ohrmuscheln. Ein anderer Mann trug blutige Fetzen um den Kopf und die linke Hand.

Kurz vor Sonnenuntergang gab es für die Gefangenen wieder Brot, verdünnten Wein und ein paar Brocken gebratenen Fischs. Der dicke Aufseher und einige der älteren Sklaven brachten sie danach in einen engen, aber immerhin windgeschützten Verschlag unter dem Bug und verteilten Decken. Es gab drei Bottiche für die nächtliche Notdurft; die Tür zum Decksaufgang wurde von außen verriegelt.

Omphale und Kassandra lagen eng nebeneinander in einem Winkel des Verschlags. Viele der anderen starrten stumm vor sich hin, soweit dies im Dunkel auszumachen war; vielleicht schliefen sie auch schon. Andere redeten leise miteinander, und irgendwo schluchzte eine Frau.

»Was werden sie mit uns machen?« sagte Kassandra irgendwann.

»Verkaufen oder behalten. Immerhin« – Omphale gluckste – »gibt es etwas zu essen und bisher keine Peitsche.«

»Was ist mit den anderen?«

»Du meinst die zweite Lieferung? Alle älter, einige nicht ganz vollständig, könnte man sagen – vielleicht haben sie bestimmte Leute gesucht. Handwerker, Seeleute, so etwas. Oder sogar wichtige Personen, die entführt worden sind.«

»Glaub ich nicht«, sagte Kassandra zögernd. »Wichtige Leute würden sie doch nicht mit uns zusammen hier einsperren, oder?«

Omphale machte eine Bewegung, etwas wie ein sanftes Rucken; Kassandra nahm an, daß sie mit den Schultern zuckte. »Wir sind auf einem Kriegsschiff, Schwester; wo sollen sie denn Gäste unterbringen? Wenn's Gäste sind.«

»Gäste?« Kassandra stieß einen rauhen Ton aus, der sie selbst überraschte. Als ob ein tief in ihr hausendes Tier knurrte. Oder knurrlachte, falls es so etwas gab. »Sklaven. Keine Gäste. Wie Tiere, die sich zum Schlachten bringen lassen.«

»Manche Tiere zappeln und strampeln. Wir haben keine Zähne, mit denen wir uns freibeißen könnten.«

»Trotzdem.« Sie war nicht sicher, ob sie wirklich einen bitteren Geschmack im Mund verspürte oder sich dies nur einbildete. »Warum wehren wir uns nicht?«

Omphale tastete im Dunkel nach ihr und legte ihr eine Hand an die Wange. »Wehren? Wie denn? Ein paar Sklaven gegen zehn Dutzend Krieger?«

»Fliehen?«

»Wohin? Über Bord springen und den nächsten Thunfisch bitten, uns mitzunehmen?«

»Natürlich nicht. Aber vielleicht, wenn wir in irgendeinen Hafen kommen … Die werden ja nicht bis zum nächsten Jahr mit uns auf dem Wasser bleiben.«

Omphale seufzte. »Abwarten. Der Dicke sollte doch eine Liste mit Namen und Kenntnissen und so machen. Bisher hat er uns nicht befragt. Vielleicht … vielleicht sagt er uns morgen, was die mit uns vorhaben.«

KAPITEL 8

Nach Ägypten

Wogen zu kämmen, den Bug
zwischen die Sterne zu rammen,
Fische zu kneten, Hummer
zu hämmern, Algen
zu Girlanden zu flechten
und irgendwann
nach langem Dinsen gedunsen
bei den Töchtern Poseidons
auszuruhen – wer wollte statt dessen
trocken an Land überleben?
Alle!

DYMAS

Am Tag nach der Unterredung mit Antipatros ging Peukestas zum Hafen unterhalb der Festung. In der Nacht war das Wetter umgeschlagen; aus dem kühlen Herbst war ein früher stürmischer Winter mit Regenvorhängen geworden. Die Schiffe im Hafenbecken tanzten; die weiter draußen hoben und senkten sich, kippten und kreiselten um die Anker, so daß Peukestas vom Zusehen beinahe schlecht wurde.

Unter dem vorspringenden Dach einer Hafenschänke hockten ein paar alte Männer auf Holzkisten, tranken warmes Dünnbier und schwiegen einander an. Peukestas ging ins Innere, legte einen Obolos auf den Schanktisch, ließ sich vom Wirt einen Tonbecher mit dem erhitzten Getränk füllen und erhielt vier Chalkoi zurück.

Draußen setzte er sich zu den Alten. Als er das Gefühl hatte, sich durch längeres Schweigen und Trinken ausreichend eingeführt zu haben, räusperte er sich und sagte: »Wie lange wird das so weitergehen?«

»Drei, vier Tage.« Einer der Alten seufzte und schaute aufs Meer hinaus. »Danach könnte es ruhiger werden.«

»Es könnte aber auch so weiterwehen, oder?«

Der Alte widmete Peukestas ein zahnloses Grinsen. »Bei den Göttern und den Wellen ist nichts unmöglich, und wenn die Winde auch noch mitmachen …« Er zupfte seinen Umhang zurecht, den ihm der Wind von den Schultern zu zerren drohte. »Wohin willst du denn in dieser Jahreszeit, Krieger?«

»Nach Ägypten.«

Der Alte spuckte aus. »Ägypten? Bei diesem Wetter nicht einmal bis Salamis, Junge.«

»Und wenn es sich wieder bessert?«

Der Mann wackelte mit dem Kopf. »Ein, zwei Tage, danach ... Also, wer nach Ägypten will, sollte im Frühjahr Segel setzen. Jetzt und im richtigen Winter? Ah ah ah.«

»Wenn es aber sein muß – welche Sorte Schiff könnte es schaffen? Eine Triere?«

Die Männer lachten. Einer der bisher Schweigenden sagte: »Du meinst, weil Trieren groß sind und viele kräftige Männer an den Rudern haben?«

»Ja. Groß und nicht nur vom Wind abhängig.«

»Trieren taugen nur für gutes Wetter und Buchten«, sagte der Zahnlose. »Jedenfalls sollten sie in Küstennähe bleiben. Draußen? Baah. Zu hoch, zuviel Angriffsfläche für den Wind, schlecht zu steuern. Nein. Lieber ein dickes Frachtschiff, zwei Masten, dazu ein paar kräftige Leute für die Ruder. Und am besten – im Hafen bleiben, bis zum Frühjahr.«

In der Festung sprach Peukestas kurz mit einem der Schreiber von Antipatros. »Die Macht der Strategen erstreckt sich leider nicht über Wind und Wellen«, sagte er.

Der Schreiber nickte. »Wohl wahr. Du mußt warten. Du mußt aber sowieso warten; die Herren haben gestern spät beraten und noch etwas ausgeheckt. Ich weiß nicht, was es ist, aber ich soll dir sagen, daß du auf weitere Anweisungen zu warten hast.«

»Wie ist die Laune der Gebieter?«

»Prächtig.«

»Spottest du, oder stimmt es wirklich?«

»Es stimmt. Das letzte Schiff gestern abend hatte gute Nachrichten. Zur Abwechslung.«

»Welche? Oder sind sie geheim?«

Der Schreiber lächelte. »Nichts daran ist geheim. Allenfalls das Wunder, daß du es noch nicht gehört hast. Ein geheimes Wunder angesichts der üblichen Geschwätzigkeit.«

Peukestas ächzte leise. »Magst du, statt über Wunder zu reden, meine Neugier befriedigen?«

»Nur zu gern. Das schwarze Schwein Demosthenes hat es vorgezogen, nicht länger zu fliehen, sondern sich in den Hades zu begeben und dort zu bleiben.«

Wie sich herausstellte, wußte keiner der Schreiber, was wirklich geschehen war: Demosthenes hat sich erhängt, ins Schwert gestürzt, die Pulsadern aufgeschnitten, ist von einem Felsen gesprungen, in seinem Nachttopf ertrunken, hat sich von einem Sklaven die Kehle schlitzen lassen – auf dieser Insel, auf jener Insel, an Bord eines Schiffs, das von einer makedonischen Triere abgefangen worden war … Peukestas gab sich damit zufrieden, daß ein alter Makedonenfeind endlich keinen Schaden mehr anrichten konnte. Die Athener mochten das anders sehen – aber im Geiste verbesserte er sich sofort. *Die Athener* gab es nicht, nicht in diesem Zusammenhang. Wenn überhaupt. Er dachte an einen alten Spruch, den er vor Jahren gehört hatte: zwei Athener, drei Meinungen. Seit Jahrzehnten hatte Demosthenes Athens Politik beeinflußt, oft genug bestimmt; aber in all den Jahren hatten auch viele angesehene Athener ihm widersprochen, ihn bekämpft. Nicht zuletzt Demades, der sich immer um einen Ausgleich mit den Makedonen bemüht und den derzeitigen Zustand des »besetzten Friedens« mit ausgehandelt hatte.

»Hauptsache tot«, sagte Peukestas. »Also warten ... Wie lange?«

Der Schreiber zuckte mit den Schultern.

»Hat er nichts gesagt?«

»Er hat anderes zu tun. Aber bei dem Wetter ... Ich glaube, er heckt etwas aus, was du mitnehmen sollst, nach Ägypten. Aber bis jetzt wissen wir nichts.«

»Ägypten?«

»Ägypten.«

»Wenn er nach mir fragt – ich gehe in die Stadt, um Theophrastos eine Rolle zu bringen.«

»Laß dir Zeit. Wenn's dringend wird, finden wir dich schon.«

»Sag mir noch, wo ich den Zahlmeister suchen soll.«

Der Schreiber wies an die Decke. »Eins über uns.«

Peukestas stieg die Treppe hinauf. Oben fand er nach kurzem Suchen und Fragen den Mann, der für ihn zuständig war. Sie beugten sich über die Soldlisten und stellten fest, daß Peukestas 402 Drachmen zuständen – 134 Tage zu je drei Drachmen. Er überlegte, ließ sich 22 Drachmen geben und kritzelte seinen Namen an die entsprechende Stelle des Papyros.

»So haben wir das gern.« Der Zahlmeister grinste. »Keine Verwandtschaft, was? Jedenfalls steht hier nichts. Vielleicht bringt ja ein Athener dich um, dann haben wir dreihundertachtzig Drachmen gespart.«

»Ich werde mich vorsehen.«

Unten in der Festung erkundigte Peukestas sich nach den Männern, die mit ihm nach Chalkis zu Aristoteles geritten waren. Einen fand er bei den Stallungen, wo er auf einem Strohhalm kaute und den Pferdeburschen beim Striegeln der Tiere zusah.

»Schwere Arbeit?«

Der Kämpfer grinste. »Lungern und leiden.«

»Na gut, dann brauch ich mich ja nicht um euch zu sorgen.«

Peukestas hüllte sich in seinen schweren Reisemantel und ging durch den vom Wind fast waagerecht getriebenen Regen hinüber zum größeren Hafen Piräus und von dort zwischen den langen Mauern zur Stadt. Wegen des Wetters war außer ihm kaum jemand unterwegs; er brauchte fast zwei Stunden bis Athen und eine weitere, um das Lykeion am Hang des Lykabettos zu erreichen.

In einem niedrigen Gebäude hinter dem Apollontempel traf er endlich Theophrastos, der in der Nachfolge von Aristoteles das Lykeion leitete. Er fand den berühmten Denker nichtssagend und eher abweisend. Anders als Aristoteles kam Theophrastos nicht aus dem Norden und empfand offenbar keinerlei Neigung, einem makedonischen Krieger gegenüber anderes als herbe Zurückhaltung an den Tag zu legen. Die für ihn bestimmte Abschrift von Aristoteles' Testament nahm er mit einem kargen Nicken entgegen. Ein jüngerer Helfer, der sich Demetrios nannte, geleitete Peukestas wieder hinaus.

»Du mußt ihm vergeben«, sagte er halblaut, als sie unter dem Türsturz standen.

»Muß ich das?« Peukestas schnalzte leise. »Ich finde, ich muß nicht. Er ist doch kein Athener, oder?«

Demetrios murmelte etwas von einer Insel; offenbar war ihm alles peinlich.

»Und du? Kein Athener, sonst hättest du mich kaum bis hierhin begleitet, wie?«

»Doch; fast.« Der junge Mann lächelte. »Aus Phaleron, nur ein paar Schritte von eurer Festung Munichia entfernt.

So gut wie Athener. Aber nicht alle sind gegen euch, und von denen, die gern auf eure Anwesenheit verzichten würden, sind nicht alle so grob.«

Peukestas klopfte ihm auf die Schulter. »Mögen die Götter dich gerben und abhärten, daß nicht schlechtes Beispiel dich ansteckt.«

Den Abend, ebenso wie den nächsten und einen Teil des Tages, verbrachte Peukestas in verschiedenen Schänken beim Acharnai-Tor. Dort schätzte man zumindest das Geld der makedonischen Soldaten. Die Dirne, die sich für zwei Drachmen die ganze Nacht um ihn kümmerte, außer in Schlafpausen, kam aus Thessalien und behauptete, Makedonien sei ja nicht weit von ihrer Heimat entfernt; außerdem finde sie Makedonen süß.

Peukestas fühlte sich durchaus wohl bei ihr, dachte aber zwischendurch an eine andere Frau, eine Dirne, im Zwielicht kaum gesehen, bei der er auf dem Weg von Eumenes zu Antipatros eine halbe Nacht verbracht hatte. Er nahm an, daß er sie nicht wiedererkennen würde, wenn er sie heute sähe. Etwas war bei ihr, mit ihr, anders gewesen. Irgendwie ... morgens, als er sie lange vor Sonnenaufgang verlassen mußte, wäre er gern geblieben.

Dann schalt er sich einen Trottel und befahl sich, statt in Erinnerung in der Gegenwart zu verweilen. Am zweiten Abend geriet er in die Gesellschaft trinkfester Männer. Der immer spöttische Wachführer, der ihn bei seiner Rückkehr aus Chalkis geziemend begrüßt hatte, entdeckte ihn hinter einer halbleeren Amphore und setzte sich zu ihm. Als sie die nächste in Angriff nahmen, erschien Demetrios von Phaleron. Peukestas hatte ihm durch einen Knaben einen Papyrosfetzen überbringen lassen, auf dem die Worte »flüssige Vergebung« und eine Beschreibung der namenlosen Schänke standen. Als der Wachhauptmann später zugab, tatsächlich Peisistratos zu heißen, brauchten sie eine dritte Amphore, um den Schrecken zu bewältigen.

Am Morgen sagte die Thessalierin, erstens sei sein Guthaben bei ihr aufgebraucht, gründlich, und zweitens habe sich das Wetter gebessert, und da er nachts von Hoffnungen auf einen Wetterumschwung geredet habe, wenn er sich auch vielleicht nicht erinnere ...

In der Festung begab er sich sofort zu den Schreibern. Jemand hatte sich die Mühe gemacht, seinen restlichen Sold beim Zahlmeister einzufordern und die Drachmen in einen Lederbeutel zu stopfen. Ein versiegelter Papyros mit der Anweisung – »ich spreche hier mit dem Mund von Antipatros, hörst du?« sagte der Schreiber –, ihn Ptolemaios persönlich auszuhändigen oder zu vernichten, und eine unverschlossene Rolle, auf der Antipatros ihm befahl, sich mit dem im Hafen wartenden Kriegsschiff nach Alexandria zu begeben und, falls Ptolemaios dies wünsche, dort zu verbleiben – dies war alles, was Peukestas vorfand. Auch der Schreiber wußte nicht mehr, behauptete dies jedenfalls.

»Dann bin ich also zugleich beauftragt und entlassen?«

»Du kannst das so sehen. Vielleicht kann man es auch anders sehen. Das hängt von dem ab, was auf dem anderen Papyros steht. Vielleicht.«

Peukestas rümpfte die Nase. »Der ist versiegelt. Hast du ihn geschrieben?«

»Nein. Antipatros selbst. Es muß wichtig sein, sonst ... Er schreibt nicht mehr viel selbst, hat das zu oft gemacht, in den letzten fünf Jahrzehnten.«

Die Fahrt war lang, da sie immer wieder wegen schlechten Wetters unterbrochen werden mußte. Die Männer behaupteten zwar, die Triere sei schwerer, deshalb im Zweifel sicherer und bei Unbilden seetüchtiger als jeder schnelle Segler, aber Peukestas mißtraute ihren Auskünften, dachte an die Reden der alten Dünnbiertrinker und war für jeden Hafen dankbar, den sie anlaufen konnte. Es gab Flauten, in denen die Männer der drei Ruderdecks schuften mußten, und Zeiten guten Winds, der das Segel am einzigen Mast blähte und das Schiff schnell vorantrieb. Sie bewegten sich grob nach Süden, von Insel zu Insel. In Melos lagen sie drei Tage, bis der nächste Sturm abflaute; danach jagte strammer Nordwestwind sie zur Ostspitze Kretas. In der Bucht von Itanos hielt schweres Wetter sie zwei Tage und zwei Nächte fest. Von dort ging es bei stetigem Wind übers offene Meer nach Paraitonion an der ägyptischen Küste, dann ostwärts nach Alexandria.

Einer der beiden Steuerleute war Phöniker, der andere Kreter, die übrige Besatzung vom letzten Ruderer bis zum Trierarchen bestand aus Makedonen, abgesehen von ein paar Sklaven, die sich vor allem um die Verpflegung der Männer und die Reinigung des Schiffs zu kümmern hatten.

Wenn das Wetter sie in einem Hafen oder einer Bucht festhielt, wurde erstaunlich wenig getrunken, aber viel geredet. Peukestas war wie immer auf der Suche nach neuen Einblicken und erstaunlichen Begebenheiten, wiewohl er sich zwischendurch sagte, daß sein großes Vorhaben einer Geschichte der Könige Philipp und Alexander und des makedonischen Aufstiegs immer unwahrscheinlicher wurde.

»Die wirklich aufregenden Dinge kannst du nicht schreiben«, sagte der Trierarch an einem der Sturmabende in der Bucht von Itanos. Die Triere tanzte um die beiden Ankertaue; die Männer hatten mit Segeln, Brettern und allem, was sie auftreiben konnten, im Windschatten der Felsen Unterkünfte gefertigt, hockten um die mühsam in Gang gehaltenen Feuer und tranken verdünnten Wein.

»Warum sollte ich sie nicht aufschreiben können?«

»Ah, schreiben kannst du sie, aber du darfst sie niemandem zu lesen geben.« Der Trierarch kratzte sich den Bart und grinste.

»Erhelle mich, o Kallinikos – sag mir etwas, was ich nicht längst selbst befürchte. Oder noch besser, sag mir etwas, was die Befürchtungen entkräften kann.«

Der Herr des Schiffs wies auf die Triere, die in Nebel, Gischt und Regenschwaden bockte. »Ein Nauarch hat einen Steuermann über Bord geworfen und zugelassen, daß der Wind ein Segel in die Ferne weht. Wird er denn zulassen, daß derlei dann in jedem Hafen erzählt wird?«

»Schlechtes Beispiel«, sagte Peukestas. »Wie du weißt, wird in jedem Hafen alles erzählt.«

»Gutes Beispiel.« Kallinikos kniff ein Auge zu. »Es wird erzählt, das ist wahr. Aber was ist das verglichen mit dem Ruhm der späteren Jahre? Alexanders Männer können wunderbare Geschichten erzählen, aber in ein paar Jahren wird man nur noch das glauben, was Leute wie Kallisthenes geschrieben haben. Die Wörter sind flüchtig, das Geschriebene bleibt. Deshalb wird der Nauarch den Schreiber ebenfalls über Bord werfen, ins Wasser, wo er in Ewigkeit dem Steuermann Gesellschaft leisten kann. Was die Männer im Hafen erzählen?« Er hob die Schultern. »Sie sprechen von ertrunkenen Steuerleuten. Sie sprechen aber auch von Seeschlangen und Riesenwellen. Von singenden Austern und Delphinen, vom Galopp der Pferde des Poseidon über die Wogenkämme.«

»Jeder weiß, daß alle Kreter lügen«, sagte der kretische Steuermann. Er kicherte. »Wenn aber ein Kreter sich der Mühe des Schreibens unterzieht, wird man annehmen, daß er die Wahrheit sagt. Wer würde denn Tinte, Papyros und furchtbar viel Zeit auf etwas verwenden, was nicht stimmt? Lohnt eine nette Lüge den Aufwand?«

»Wenn ich also zum größeren Ruhm der Herrscher lüge, ist dies eine höhere Wahrheit?«

Der Phöniker spuckte ins Feuer; es zischte. »So ist das«, sagte er. »Der Fürst ist das Feuer, du kannst dich daran wärmen, dein Essen darüber kochen, aber wenn du hineinspuckst, wirst du mit dem Zischen des Fürsten vergehen. Schreib feine Lügen, Peukestas; deine Wahrheit darf keiner lesen. Und wer nicht gelesen wird, der hat auch nicht geschrieben.«

Geschichten zu erzählen hatten sie alle. Der Trierarch war einmal Fischer gewesen, im Hafen der landeinwärts liegenden makedonischen Hauptstadt Pella. Vor zwanzig Jahren hatte Philipp Seeleute gebraucht, Männer, die sich mit Wind und Wellen auskannten, und da es kaum Schiffe gab, gab es auch keine makedonischen Schiffsführer. Also wurden Nauarchen aus Athen und hundert anderen Städten gekauft, gemietet, bezahlt – Hellenen, Thraker, Phöniker, Kreter, Byzantier, Ägypter. Und alle Makedonen, die beim Anblick des Meers nicht gleich seekrank wurden, sollten sich von ihnen unterweisen lassen. Kallinikos sagte, er sei bei den wahnsinnigen Unternehmungen des ewig betrunkenen Proteas an Bord gewesen. Der Phöniker stammte aus Tyros, war als Ruderer mit der persischen Flotte von Dareios – vor allem phönikische Schiffe und Seeleute; »wir haben ja zu gehorchen, mal diesem Herrn, mal jenem« – die hellenischen und asiatischen Küsten entlanggefahren und hoffte, irgendwann einmal genug Geld für ein eigenes Schiff zu haben.

»Willst du nicht heimkehren?« sagte Peukestas.

Der Phöniker hob beide Hände wie zur Abwehr eines Angreifers. »Was soll ich an Land? Da ist es trocken, und der Boden ist starr. Weißt du ... ah.« Er schloß die Augen; als er weitersprach, klang er halb verträumt, halb berauscht. »Wenn der Bug sich hebt und in den Himmel stößt – wenn das Schiff zum stößigen Widder wird, bin ich der Widder, und es ist mein Same, der die Sterne benetzt.«

Die letzten Stunden vor der Ankunft in Alexandria verbrachte Peukestas damit, daß er im Geiste alle Möglichkeiten abermals erwog, die er bei seinen Mutmaßungen ausgetüftelt hatte. Antipatros war ein alter, erfahrener, listiger Stratege; er hatte ihn mit einer Triere und einer Botschaft losgeschickt, ihn bis zum Tag der Abreise bezahlt und wahrscheinlich nun aus den Listen streichen lassen. Vielleicht auch, vorsichtshalber, die Triere – zweifellos wußte Antipatros Bescheid hinsichtlich ihrer Seetüchtigkeit und hatte die Botschaft, wenn sie wirklich so wichtig war, auch auf den langen Landweg geschickt. Bei der Botschaft mußte es um irgendeinen Handel mit Ptolemaios gehen; alle erwarteten, daß es in den nächsten Jahren mehrere Kriege um die Vorherrschaft im Reich geben würde, das Alexander hinterlassen hatte. Was mochte er Ptolemaios anbieten? Wahrscheinlich eine Art Anerkennung, dachte Peukestas – Ptolemaios war einer der Gefährten Alexanders gewesen, Stratege, Freund des Königs in der Kindheit, in der illyrischen Verbannung, in allen Schlachten, in Indien und Ägypten und Persien, und nun war er Satrap von Ägypten? Nein, Ägypten und Arabien, mit schwankenden Grenzen nach Syrien und Babylonien hin, wo Perdikkas saß. Wenn der Stratege Europas Ptolemaios als Herrn Ägyptens anerkannte ... Und wenn Ptolemaios die Botschaft minderwertig fand und beschloß, sich des Boten zu entledigen, wäre dies kein Verlust für Antipatros.

Als die Triere am Strand von Alexandria ankerte, sah Peukestas nichts, was die geringe Heiterkeit seines Gemüts aufbessern konnte. Links die flache Pharosinsel, rechts der Strand, im Sand und im Wasser einige Schiffe, an Land nichts als eine große Baustelle. Die älteren Häuser und Hütten des ägyptischen Orts Raqote – Rhakotis, wie die Hellenen sagten – verschwanden hinter all den Hebebäumen und Steinhaufen und Ziegelöfen und Ziegelstapeln, den Zelten der Wachtruppen, den schiefen Holzhütten der Arbeiter und Sklaven. Angeblich hatte der göttliche Alexander hier seinen Reisemantel auf dem Boden ausgebreitet, die Umrisse abzeichnen lassen und darin ein Muster aus Straßen und Bauwerken gekritzelt, mit wahnsinnigen Plänen wie dem Bau einer Dammstraße zur Pharosinsel, so daß irgendwann einmal ein westlicher und ein östlicher Hafen entstehen würden, mit Vorgaben zur Errichtung von Tempeln und Palästen, Lagerhäusern und Läden, Unterkünften für Schreiber und Krieger und Händler und gewöhnliches Volk, und landeinwärts sollte ein schiffbarer Kanal bis nach Kanopos am westlichsten Nilarm ausgehoben werden …

Peukestas schüttelte den Kopf und schnalzte leise. Pläne für tausend Jahre, für das Geld und die Arbeit von tausend Jahren. Vorausgesetzt, es gab keine dringenden Dinge wie Hungersnöte, Erdbeben oder Kriege.

Für Peukestas gab es dringendere Dinge als die Betrachtung der Arbeiten und ihrer Fortschritte. Kallinikos riet ihm, sich an den Herrn der Wachtruppen zu wenden – »du weißt, Krieger sind zu nichts nütze, aber meistens wissen sie, wo ihre Häuptlinge sich gerade herumtreiben«.

»Und du? Ihr? Was ist mit dem Schiff?«

»Schenkung, gewissermaßen.« Kallinikos schnitt eine Grimasse. »Wir sollen uns Ptolemaios unterstellen. Bis er über uns befindet, haben wir hierzubleiben.«

»Ich wünsche gedeihliche Langeweile, mein Freund.«

Peukestas schulterte seinen großen Reisebeutel, klemmte den kleineren mit Schreibzeug und dem Brief des Antipatros unter den Arm und machte sich auf die Suche nach dem zuständigen Unterstrategen. Menedoros, sagte einer der Bauaufseher, habe sein Zelt auf einer Anhöhe weiter südlich aufgeschlagen. »Wo ihn Fliegen, Krabben, Sandflöhe, Bausklaven und anderes Geschmeiß nicht so schnell erreichen. Dort drüben, siehst du?«

Die Sonne ging bereits unter, als Peukestas die Reihe niedriger Hügel erreichte. Vor dem größten Zelt hockte auf einem Schemel ein Mann mit fast regelmäßigem Furchengitter im Gesicht und einem Holzbein; neben ihm lehnte eine Krücke mit gepolstertem Ende, zur Schonung der Achselhöhle, wie Peukestas vermutete.

»Wo finde ich den Unterstrategen Menedoros?« sagte er.

Der Mann blickte von dem Topf auf, in dem er mit einem langen Holzlöffel rührte. »Was willst du von mir?«

»Ah.« Peukestas ließ seine beiden Beutel zu Boden gleiten. »Ein paar Auskünfte, Herr, und vielleicht einen Hinweis auf ein karges Nachtlager.«

Menedoros nickte. »Ersehnen wir das nicht alle?«

Peukestas hockte sich vor ihm auf die Fersen, nannte seinen Namen und sagte: »Ich habe eine Nachricht aus Athen, von Antipatros, für den Satrapen. Wo finde ich ihn?«

»Welchen meinst du?«

»Ptolemaios – oder gibt es noch einen?«

»Kleomenes.« Menedoros nahm den Löffel aus dem Topf, leckte ihn ab und schob ihn halb über, halb hinter sein rechtes Ohr. Er trug keinen Helm, und sein krauses Haar war grau. »Die Herren haben sich die Satrapie zu teilen, zu beiderseitigem Mißvergnügen. Die Wetten stehen sieben zu fünf für Kleomenes.«

Peukestas lachte. »Wer verwaltet die Einsätze?«

»Ich. Viel mehr habe ich ja nicht zu tun. Warum? Willst du etwas setzen?«

»Wenn ich mehr wüßte ...«

Menedoros deutete mit einem Rucken des Hinterkopfs ins Zelt. »Da drin sind Näpfe, Wein, Wasser und Becher. Wenn du dich an meinem Abendbrei beteiligen willst. Dabei können wir über die Vorzüge der Befehlshaber reden. Wenn du nicht allzulaut schnarchst und furzt, kannst du von mir aus die Nacht in meinem Zelt verbringen.«

»Wenn mein After sicher ist ...«

Menedoros blähte die Wangen. »Pah. Ich habe keine Neigung zu Knaben. Und wenn, dann sicher nicht zu solch altem Gestrüpp wie dir.«

Leise kichernd ging Peukestas ins Zelt, stellte zwei Näpfe, Becher sowie die Krüge mit Wasser und Wein auf einen alten Schild und trug alles wieder hinaus.

»Das Wasser ist scheußlich«, sagte Menedoros, als Peukestas eingießen wollte. »Aus dem Rinnsal da unten. Morgen, hoffe ich, gibt es frisches Wasser aus einem Brunnen weiter weg. Du solltest den Wein nicht allzusehr verdünnen.«

Peukestas befolgte den Rat; dabei warf er einen Blick auf »das Rinnsal da unten«. Es handelte sich um einen kaum wahrnehmbaren Bach, der weiter westlich in einen von Schilf gesäumten See mündete. »Ich nehme an, hier soll irgendwann einmal dieser Kanal gegraben werden.«

»Vielleicht beginnen sie damit drei Tage nach dem Begräbnis deiner Urenkel.« Menedoros langte hinter sich und hielt eine Kelle hoch, die zwischen Zelt und Schemel gelegen hatte. »Bist du bereit für das Wagnis?«

»Was wage ich?« Peukestas schielte in den Topf, konnte aber in der zunehmenden Dämmerung keine Einzelheiten erkennen.

»Ziegenmilch«, sagte Menedoros. »Mehl, altes Brot, ein Rest Linsenmus, ein paar Handvoll zerquetschte Nüsse und Pinienkerne, ein bißchen Meerwasser und ein paar Stückchen von einem greisen Fisch.«

»Ei.« Peukestas hob die Schultern. »Ich habe schon Schlimmeres gegessen.«

»Aber nicht oft.«

»Ich dachte, die Satrapie Ägypten wäre reich und üppig, gewissermaßen eine immerwährende Festtafel.«

Menedoros füllte einen Napf und hielt ihn Peukestas hin. »Nur für die, die an der Festtafel sitzen. Und die Sitze hat Kleomenes allesamt belegt.«

»Meinst du, der edle Ptolemaios ißt auch … so etwas?« Peukestas schnüffelte an der grauen Pampe, in der gewisse Verdickungen zu ahnen waren. Vorsichtig kostete er. Sie roch besser, als er das nach der Aufzählung der Einzelheiten erwartet hatte, und sie schmeckte erstaunlich gut.

Menedoros hob die Brauen. »Wenn er Glück hat. Wahrscheinlich hat er nicht einmal Mehl. Kleomenes wird schon dafür sorgen.«

»Erleuchte mich.«

Zwischen Schlürfen und Kauen setzte ihm Menedoros auseinander, daß Kleomenes die Jahre seit seiner Einsetzung durch Alexander gut genutzt habe. Irgendwie sei es ihm gelungen, als Verwalter der Abgaben und Herr der Münzprägung die Dinge so zu regeln, daß fast alles, besonders die wichtige Getreideausfuhr, nun durch seine Tasche floß.

»Ich dachte, Ptolemaios …«

Menedoros unterbrach ihn. »Er ist der Satrap, das stimmt; aber wie du weißt, paart sich die Macht immer mit dem Geld. Kleomenes ist ihr Buhlknabe, und Ptolemaios braucht von ihm Geld, um die Truppen zu bezahlen und ein paar andere Kleinigkeiten zu erledigen. Kleomenes hat das Geld, also?« Er grunzte.

»Was sagen die Leute dazu?«

»Welche Leute? Die Truppen hätten gern mehr und besseres Essen, aber noch hungern sie nicht. Und der Rest? Bauern und Sklaven. Wobei der Unterschied zwischen einem Ägypter, einem Sklaven und einem Maultier nicht erwähnenswert ist.«

»Wo finde ich denn Ptolemaios?«

»Eigentlich in Memphis, flußaufwärts. Kann aber sein, daß er gerade an der östlichen Nilmündung ist, in Pelusion. Irgendwas mit Befestigungen ausbessern oder so.«

Nach geziemendem Dank für das Nachtlager und das Abendmahl brach Peukestas früh auf; er verzichtete darauf, die Frühstücksgewohnheiten von Menedoros zu erforschen oder sich an ihnen zu beteiligen.

Auf dem Weg zur Triere versuchte er, in dem Wirrwarr von Gruben, Stapeln und Menschen so etwas wie Ordnung oder wenigstens eine Ahnung vom Sinn des Ganzen zu finden. Schließlich sagte er sich, daß es ein Wunder wäre, wenn hier je eine Stadt entstünde, und daß bis dahin, wenn es je so weit käme, vermutlich mehr ausgemergelte und gepeitschte Sklaven gestorben sein würden, als Alexandria je an Bewohnern haben konnte.

Kallinikos hockte am Fuß des Masts und frühstückte einen frischen Brotfladen mit Stückchen gebratenen Fischs. Jedenfalls roch es so. Peukestas' Magen knurrte.

»Schon zurück?« sagte der Trierarch.

»Die Verpflegung an Land war mir zu schlecht. Und Ptolemaios ist wahrscheinlich in Pelusion.«

Kallinikos rümpfte die Nase und schaute hoch zum Tuchfetzen über dem eingeholten Segel am Mast. »Pelusion? Bei dem Wind ... sechs Tage, ohne Mühe, oder fünfeinhalb mit ein bißchen Rudern. Ich nehme an ...«

»Du siehst das ganz richtig.«

»Willst du etwas essen, ehe ich die Männer einsammle?«

»Laß mich etwas essen, während du sie sammelst.«

Kallinikos nickte. »Der hurtige Herr Peukestas, wie? Aber es ist mir recht. Den anderen sicher auch; hier ist ja nichts los, außer Steinen, Staub, Fliegen und Sklaven.«

Den letzten Teil der Strecke brauchten sie nicht zu rudern. Milder Nachmittagswind und eine leichte Strömung trugen sie nach Osten bis zur Mündung des Nilarms. Als das Meerwasser immer bräunlicher wurde, spuckte Kallinikos über Bord.

»Zum Verdünnen dieser Nilsuppe.« Er grinste. »Wer von euch war schon einmal hier?«

»Ich, vor zehn Jahren, zu Fuß.« Peukestas versuchte, an Land irgend etwas zu sehen, was ihm vertraut vorkäme. »Als Königsknabe mit dem Heer, von Osten. Tyros, Askalon, Gaza, Raphia.« Er schüttelte den Kopf. »Pelusion hat sich damals sofort ergeben; wir sind gleich weitergezogen. Ich ... also, ich erkenne nichts, woran ich mich erinnern könnte.«

»Ich war drei-, nein, viermal hier«, sagte der Phöniker. »Es gibt nicht viel, woran man sich erinnern müßte.«

»Sprich, trefflicher Bodbal.« Kallinikos blinzelte. »Bis wir ankommen, kannst du uns die Zeit durch unebene Reden minder öde machen.«

Bodbal schnaubte. »Was soll ich sagen? Meine Vorfahren, als sie noch nicht den Persern oder, wie jetzt, euch Makedonen gehorchen mußten, haben hier Waren gekauft und verkauft. Alte Geschichten. Die Ägypter hatten da so was wie eine Festung mit Hafen, hieß Senu. Dann hat der Nil immer mehr Schlamm angeschwemmt und seinen Lauf geändert. Heute ist Senu im Binnenland und mehrere tausend Schritt vom Fluß entfernt. Und was Pelusion angeht, die Festung ... Ich nehme an, es ist jetzt eine offene Stadt; ist ja alles makedonisch.«

»Du irrst«, sagte Astalios. »Wir Kreter, bekanntlich allesamt Lügner, müssen schärfere Augen haben als die anderen, sonst könnten wir ja Lüge und Wahrheit verwechseln. Ich sehe Wälle. Da vorn.«

Sie hatten die Nilmündung erreicht. Der Strom war breit und sehr lehmig. Am westlichen Ufer – in Gedanken verbesserte Peukestas sich; da der Mündungsarm nach Nordosten floß, konnte man allenfalls vom nordwestlichen Ufer sprechen – war die Böschung bis zum Meer verkleidet und mit Mauern und Türmen befestigt. Oder wurde befestigt; die Anlagen waren nicht sehr hoch, und überall sah man Gerüste, Stein- und Ziegelhaufen, Hebebäume, aber so kurz vor Beginn der Nacht keine Arbeiter mehr.

Die eigentliche Stadt lag auf dem anderen, rechten, »asiatischen« Ufer. Weiter oberhalb, im Zwielicht kaum noch auszumachen, verband eine schwankende Brücke aus miteinander verbundenen Kähnen die Stadtteile. Falls die Festung fiele, könnten die Verteidiger sich aufs Westufer zurückziehen und weiter den Zugang nach Ägypten sperren. Wenn dann noch genug von ihnen lebten.

In den vergangenen Stunden hatten sie an der Küste gelegentlich kleine Türme oder Hütten gesehen. Es mußte sich um Beobachtungsposten handeln; als sie kaum in die Mündung eingebogen waren, löste sich vom Ufer ein schnelles Ruderboot, kam ihnen entgegen und ging längsseits, sobald sie das Rudern eingestellt und die Riemen eingezogen hatten. Ein makedonischer Unterführer kletterte mittschiffs die Leiter hoch und sah sich um.

»Wer hat hier den Befehl?« rief er.

Kallinikos ging die wenigen Stufen vom Achterdeck hinab. »Kallinikos, Trierarch im Auftrag des Antipatros, mit Botschaften für den edlen Ptolemaios«, sagte er.

Der Unterführer legte die Hand auf die Brust. »Willkommen. Ich werde euch bis zum Hafen geleiten.« Er beugte sich über die Bordwand und rief den anderen im kleinen Ruderboot etwas zu. Sie stießen sich ab und kehrten ans Ufer zurück.

Peukestas hatte sich zu den beiden begeben; nun seufzte er übertrieben und sagte: »Die Botschaft ist eilig. Ich glaube nicht, daß Ptolemaios bis morgen warten will.«

»Dann kommen zwei von euch mit mir zur Festung; die übrigen bleiben an Bord, bis Ptolemaios etwas anderes beschließt.«

Bis sie den eigentlichen Hafen erreichten, war es vollkommen dunkel. Jenseits der Mauern konnte man den Widerschein von Fackeln und Lampen eher ahnen denn sehen; lediglich an einem schmalen, von Hopliten bewachten Durchgang spendeten blakende Fackeln ein wenig Licht, vermindert durch kreisende Wolken von Fliegen und Mücken.

Kallinikos und Peukestas folgten dem Unterführer durch die Ufermauer; dahinter verlief eine enge Gasse rechtwinklig zum Durchgang. Peukestas pfiff leise durch die Zähne; so legte man Tore an, wenn man verhindern wollte, daß eine große Zahl von Feinden mit Rammböcken und anderem schweren Gerät eindrang. Offenbar hatte Ptolemaios beschlossen, die Festung nicht nur auszubessern, sondern zu verstärken. Wer immer aus dem Osten nach Ägypten eindringen wollte, mußte Pelusion einnehmen; weiter flußaufwärts, hatte Bodbal gesagt, gab es auf der asiatischen Seite nur Sümpfe und unwegsames Hügelgelände. Und es wäre leichtfertig, eine starke Festung nur zu umgehen, da sie jedem Angreifer Rückzug und Nachschub abschneiden konnte. Er dachte an die möglichen Angreifer; nach Lage der Dinge konnten dies nur andere Makedonen sein. Entweder hatte sich einiges ereignet, von dem bis zu ihrer Abfahrt in Athen nichts bekannt gewesen war, oder Ptolemaios hatte sich vom kühnen Feldherrn zum Gefäß aller Vorsicht entwickelt.

Sie durchquerten zwei bewachte Tore, deren Wächter ihrem Begleiter nur zunickten, dann einen von Fackeln halbwegs erhellten Hof, und traten in ein flaches, klobiges Gebäude, karge Arbeitsstätte eines Befehlshabers; der Palast des Satrapen, sagte der Mann, liege am anderen Ende der Festung.

In dem Saal, in den ihr Begleiter sie führte, mochte es irgendwo im Halbdunkeln einen Altar geben, aber weder Standbilder noch Wandschmuck, und Ptolemaios, Freund Alexanders, Satrap von Ägypten, einer der wichtigsten makedonischen Feldherren, saß mit einigen Schreibern und Offizieren auf rohen Holzbänken an einem rohen Holztisch.

»Boten von Antipatros, Herr, mit einer Triere angekommen«, sagte der Unterführer.

»Ihr habt euch Zeit gelassen.« Ptolemaios grinste flüchtig. »Nach den Meldungen der Wachtürme hättet ihr schon vor einer Stunde ankommen können. Setzt euch. Nichts sagen.« Er entließ den Unterführer mit einer Handbewegung.

Kallinikos und Peukestas ließen sich stumm auf einer Bank nieder und blickten den Satrapen an, der sie von jenseits des Tischs musterte. Plötzlich kniff er die Augen zusammen und lachte.

»Du, Trierarch – dich kenne ich nicht. Wie heißt du?«

»Kallinikos, Herr, aus Pella.«

Ptolemaios hob die Brauen. »Heimatklänge rollen von deiner Zunge, o Kallinikos; später will ich mehr hören. Und du« – er starrte Peukestas an – »warst Königsknabe und bist …« Er rieb sich die Nase. Dann schnippte er mit den Fingern. »Peukestas, Sohn meines alten Freundes Drakon, richtig?«

»Dein Gedächtnis ist bewundernswert, Herr.«

»Es erleichtert mir dies und das. Was habt ihr für mich? Zuerst die Geschäfte, dann alles andere.« Er streckte eine Hand aus.

Peukestas reichte ihm die versiegelte Rolle. Ptolemaios nickte, brach das Siegel, rollte den Papyros auf und las. Etwas schien ihn zu verblüffen; er sog Luft durch die Zähne, schüttelte den Kopf, lachte schließlich und ließ die Rolle sinken.

»Listiger alter Mann!« sagte er. »Wißt ihr, was er schreibt?«

»Er hat es nicht für tunlich befunden, es mir mitzuteilen«, sagte Peukestas.

»Ihr wißt aber, daß er euch mir unterstellt?«

»Ja, Herr.«

»Eine Triere …« Ptolemaios wechselte Blicke mit seinen Beratern. »Waghalsig, zu dieser Jahreszeit eine Triere übers Meer zu steuern, aber – er hat es angeordnet, also habt ihr zu gehorchen. Wie viele seid ihr?«

»Die volle Besatzung, wie üblich«, sagte Kallinikos. »Hundertsiebzig Mann, zwei Steuerleute, ein paar Sklaven, wir beide.«

»Können die Männer noch ein paar Stunden rudern und dann kämpfen?«

Kallinikos riß die Augen auf und wandte sich Peukestas zu. »Vielleicht. Ja. Wieso … was meinst du, Peukestas?«

»Sie können. Wenn es sein muß, Herr.«

»Es muß.« Ptolemaios schloß einen Moment die Augen und bewegte die Hände über der Tischplatte, als verschöbe er Gegenstände oder Truppen. Dann sah er Peukestas an. »Du hast den Befehl. Nicht über das Schiff, aber was den, eh, Einsatz angeht. Lykos?«

Einer seiner Berater, ein grauhaariger Mann, den Peukestas auf Mitte Vierzig schätzte, stand auf. »Ich bin in wenigen Atemzügen bereit, Herr«, sagte er.

Peukestas schaute ihm nach, als er zur Tür ging. »Darf ich fragen …«

Ptolemaios hob die Hand. »Schweig und hör zu. Kleomenes hat zehn Jahre lang das Land ausgebeutet und alles in die eigene Tasche gesteckt. Für das, was getan werden müßte, gibt es nicht genug Geld – das heißt, es gibt genug, aber er sitzt mit seinem feisten Arsch darauf. Achttausend Talente, schätzungsweise. Ich kann mich auf meine Unterführer verlassen, aber ich weiß nicht, welche Truppenteile Kleomenes gekauft hat. Ihr steht nicht auf seiner Rechnung. Also … Und Antipatros?« Er klopfte auf den Papyros; dabei grinste er. »Der ehrwürdige Alte schlägt vor, mit eurer Hilfe das vordringliche Ärgernis zu beseitigen. Vordringliches Ärgernis, hah.«

»Wo hält sich Kleomenes auf?«

»Immer nah genug, um mich zu beobachten, aber zu weit, als daß ich ihn mir schnappen könnte. Und er hat Truppen bei sich. Er ist jetzt kaum drei Parasangen flußaufwärts – drei Ruderstunden. Angeblich um die alte Festung südlich des Flusses auszubessern und den Gau allgemein zu betrachten.«

»Wie sollen wir ...«

Ptolemaios unterbrach ihn. »Lykos wird es dir unterwegs sagen. Wir haben lange darüber nachgedacht, aber es fehlte das geeignete ... Werkzeug, sagen wir mal.«

Alles klang ganz einfach. Flußauf rudern, anlegen, eine dringende Botschaft von Antipatros für Kleomenes behaupten, ihn festnehmen, seine Leibtruppen abwehren, ihn aufs Schiff bringen und nach Pelusion zurückkehren. Lykos hielt sich im Bug der Triere auf, um als erster die Feuer und das Lager von Kleomenes zu sehen. Peukestas und Kallinikos besprachen die Einzelheiten, leise, unter sich, auf dem Achterdeck.

»Und wenn's schiefgeht, sind wir schuld«, knurrte der Trierarch. »Ich mag das nicht.«

Peukestas schaute zum Himmel hinauf, zu den fernen kalten Sternen. Augen gleichgültiger Götter, dachte er, die sich über das Treiben der Sterblichen nicht einmal erheitern. »Wir sind ersetzbar«, sagte er. »Wir waren ersetzbar, als wir durch die Herbstwinde übers Meer gefahren sind. Und wir sind hier und jetzt ersetzbar.«

»Sind wir das nicht immer alle?«

»Mal mehr, mal weniger. Man muß es nicht mögen, aber ...«

»Wir haben nicht über den Einsatz zu befinden.« Kallinikos klang beinahe munter. Erfreut? Spöttisch? »Wir haben nur zu gehorchen und zu sterben. Sterben müssen wir aber alle irgendwann. Warum nicht am Nil?«

Natürlich hatten die Männer gemurrt; die Verheißung, Ptolemaios werde später jedem zehn Drachmen zusätzlich zum Sold zahlen, hatte das Murren jedoch beendet. Tatsächlich waren sie nicht sehr beansprucht worden. Die sechs Tage seit Alexandria hatten sie meistens ohne Ruder, nur mit dem Wind und der Ostströmung zurücklegen können. Nun ließ Kallinikos die Decks abwechselnd rudern – zuerst das untere, dann das mittlere, zum Schluß das obere. Der Nil floß träge, und sie kamen gut voran.

Vor einer Biegung, im Licht der Sterne und des fast neuen Mondes eher zu ahnen, ließ Lykos anlegen. Die Männer der beiden unteren Decks nahmen ihre Waffen, wateten ans Ufer und folgten ihm ins Dunkel. Er kannte die Gegend, wie er sagte; man sollte jenseits der Biegung die Feuer von Kleomenes' Lager sehen können. Zehn, vielleicht fünfzehn Stadien, mehr bleibe nicht zu rudern.

»Mal sehen«, sagte Kallinikos. »Es macht mich immer argwöhnisch, wenn etwas schnell und einfach sein soll.«

»Hege deinen Argwohn. Lieber zuviel davon als zuviel Leichtsinn.«

Der Trierarch gluckste. »Leichtsinn ist wie Jauche, mein Freund«, sagte er. »Ein Tropfen Jauche versaut eine ganze Amphore Wein. Ein Tropfen Leichtsinn kann einen guten Plan scheitern lassen.«

»Keine Sorge.« Peukestas klopfte ihm auf die Schulter. »Der Plan ist nicht gut; er ist leichtsinnig und wird auch durch viel Jauche und Argwohn nicht besser.«

Die Feuer brannten an einer Stelle, wo das Ufer ein wenig höher war. Offensichtlich hatte Kleomenes den höchsten Punkt der Gegend für sein Lager gewählt; Peukestas bezweifelte jedoch, daß es den Fliegen und Mücken des umgebenden sumpfigen Schwemmlands zu steil war, um die Leute dort zu besuchen.

Die Triere glitt durch Schilf, bis der Bug sich im Uferschlick fing. Bodbal ließ die Ruder der rechten Seite einziehen. Die geringe Strömung drückte das Schiff langsam mit der Breitseite zum Land.

Vor dem Flackern des nächsten Feuers zeichneten sich plötzlich drei Gestalten ab. Peukestas sah Helme und matt glimmende Lanzenspitzen. Einer der Männer hob den Arm; in der Hand schien er ein Horn zu halten.

»Dringende Botschaft von Antipatros für Kleomenes«, rief Kallinikos den Wächtern zu. »Kein Grund, alles aufzuwecken.«

Die Wächter schienen sich zu beraten; dann sagte einer von ihnen: »Und woher sollen wir wissen, daß ihr nicht in böser Absicht kommt?«

»Habt ihr Feinde?« sagte Kallinikos. »Haben eure Feinde Trieren? Wir wollen Kleomenes sprechen, der da und ich und zwei, drei Begleiter. Die anderen wilden Krieger bleiben an Bord. Ihr könnt sie ja bewachen und in eure Tüten blasen, wenn etwa einer zum Pissen an Land geht.«

Nach kurzem Zögern sagte einer der Männer: »Na schön. Wir bringen euch zum Satrapen.«

Kallinikos, Peukestas und drei Bewaffnete schoben ein langes Landungsbrett ans Ufer und verließen die Triere. Die anderen blieben sitzen, rekelten sich, machten Anstalten, auf oder neben den Ruderbänken zu schlafen. Bodbal und Astalios breiteten Decken auf dem Achterdeck aus und ließen sich nieder.

Einer der drei Wächter winkte Kallinikos zu sich. »Die beiden bleiben hier«, sagte er. »Sie werden alle wecken, falls ...« Es klang aber nicht sehr drohend; offenbar fand der Mann die Vorgänge an Bord der Triere, soweit er sie sehen konnte, nicht beunruhigend.

Sie folgten ihm und erreichten nach wenigen Dutzend Schritten die ersten Zelte. Wie am Ufer brannten auch im Lager ein paar Feuer, die aber die Nacht eher noch undurchsichtiger machten. Vor dem größten Zelt blieb der Wächter stehen.

»Wartet«, sagte er. »Ich werde den Satrapen wecken.«

Irgendwo rechts von ihnen schrie eine Eule.

»Habt ihr hier viele Eulen?« sagte Kallinikos.

Der Wächter schien zu stutzen. »Eulen? Eigentlich nicht. Wieso ...« Er verstummte, als Peukestas ihm die kalte Schneide seines Dolchs an die Kehle drückte.

»Keinen Laut, hörst du? Los, rein, holt Kleomenes.«

Aus dem Dunkel zwischen den Zelten tauchten Lykos und die anderen auf. Sie verteilten sich und bewachten die Eingänge der Zelte in der Lagermitte. Lykos hob einen Tuchstreifen, den er aus dem Gürtel gezogen hatte, grinste und verschwand mit sechs oder sieben anderen in Kleomenes' Zelt.

Peukestas nahm dem verstummten Wächter die Waffen ab; einer der drei Begleiter knebelte ihn und fesselte ihm die Hände auf den Rücken.

Kallinikos sah sich um, hob die Schultern und flüsterte: »Läßt sich Satrap nennen und ist zu dumm, das Lager richtig zu bewachen. Na denn; rein mit dir, ich übernehme hier.«

Peukestas nickte und folgte Lykos und den anderen ins Zelt. Drinnen brannten drei kleine Öllampen. Zwei der Makedonen kümmerten sich um die Diener oder Sklaven – zwei Männer, drei junge Frauen – im rechten Teil des Zelts. Offenbar mit ausreichendem Nachdruck; von dort kam kein Laut. Lykos und ein anderer Mann beugten sich über Kleomenes, rissen ihn von seinem Lager hoch und fesselten ihm die Hände. Er stieß ein paar dumpfe Geräusche aus; mehr ließ der Knebel nicht zu.

»Du hast nicht viel Zeit«, flüsterte Lykos. »Wir sind dann mal weg.«

Peukestas nickte. Während die verbleibenden Makedonen die Sklaven fesselten und knebelten und Lykos mit Kleomenes und den übrigen das Zelt verließ, untersuchte er schnell, aber gründlich den Tisch, auf dem sich Becher, Gefäße und Schreibzeug befanden, dann die Truhen: vier große und zwei kleinere, alle aus Holz und mit Eisenbeschlägen versehen. Die großen Truhen enthielten Münzen, vielleicht auch Barren, aber er nahm sich nicht die Zeit, den Inhalt genauer zu betrachten. Die beiden kleineren waren mit Papyrosrollen vollgestopft.

»Wir brauchen noch ein paar Mann zum Tragen«, murmelte er.

Einer der Makedonen verließ das Zelt und kam nach kurzer Zeit mit einem Dutzend anderer Krieger zurück. Je vier Mann waren nötig, um eine der schweren Truhen zu bewältigen. Einer der Männer, die sich um die Sklaven gekümmert hatten, bleckte die Zähne und schulterte eine der kleinen Truhen, die andere nahm Peukestas.

Draußen übergab er sie zwei Kämpfern, sah sich noch einmal um und befahl den nächststehenden Leuten leise, die anderen zu verständigen und lautlos zum Schiff zu kommen.

Als er das Ufer wieder erreicht hatte, mochte er immer noch nicht glauben, daß alles ohne Zwischenfälle verlaufen war. Er überzeugte sich davon, daß alle Truhen und Kleomenes an Bord der Triere waren. Dann stellte er sich neben die beiden am Ufer zurückgebliebenen Wächter, die man niedergeschlagen und gebunden hatte, und wartete auf die letzten Männer der Besatzung. Immer noch keine Unruhe, keine klirrenden Waffen, kein Lärm. Er sog Luft durch die Zähne und bemühte sich, nicht allzubreit zu grinsen.

»Ich bin der letzte, Herr«, sagte ein Makedone, der aus dem Dunkel auftauchte.

»An Bord mit dir.« Er stieß einen der gefesselten Wächter mit der Fußspitze an. »Sag den anderen, ihr sollt hier alles ordentlich abbrechen. Dann marschiert ihr nach Pelusion und unterstellt euch Ptolemaios. Verstanden?«

Der Mann nickte schwach.

Peukestas ging über das lange Brett an Bord, zog es ein und pfiff leise. Kallinikos hob zur Antwort die Hand und ließ die Männer zu den Riemen greifen. Die Triere löste sich mit einem schmatzenden Geräusch aus dem Uferschlick, trieb ein paar Lidschläge lang auf den Fluß hinaus, bis der Nil sie drehte und nach Nordosten schob. Die Ruderer zogen die Riemen ein; alles weitere erledigten die Strömung und die beiden Steuerleute.

Im Morgengrauen erreichten sie Pelusion. Ptolemaios hatte entweder gar nicht geschlafen oder war früh aufgestanden; jedenfalls wirkte er sehr wach und sehr zufrieden, als er die Truhen und den nicht mehr geknebelten Kleomenes betrachtete.

»Nehmt ihm die Fesseln ab und bringt ihn in den vergitterten Raum«, sagte er. Dann stieß er mit dem Fuß gegen eine der großen Truhen. »Viermal Geld, zweimal Papyros? Wie's aussieht?«

»Ja, Herr.« Peukestas räusperte sich. »Die Männer haben mich gebeten, dir ihren Dank für die großmütige Belohnung zu sagen.«

»Was?« Ptolemaios zog die Brauen zusammen und starrte ihn finster an. »Hast du etwa …«

»Auf der Heimfahrt, Herr. Ich habe mir gedacht, ein bedeutender Feldherr kann ja nicht an jede Kleinigkeit denken. Zehn Drachmen für jeden Kämpfer und die beiden Steuerleute.«

Ptolemaios schien losbrüllen zu wollen, begann dann aber zu grinsen. »Und du und Kallinikos?«

»Wir nicht, Herr. Es war uns eine Ehre, deinen Befehl auszuführen.«

Ptolemaios wandte sich ab, ging zum Tisch, füllte einen Becher mit Wein und reichte ihn Peukestas. »Guter Mann«, sagte er dabei. »Ich glaube, ich habe in den nächsten Monden noch ein paar Sonderaufträge für dich. Nicht nur für, ah, Ehre; jetzt, da ich über Kleomenes' Geld verfüge, werde ich dich angemessen bezahlen.«

»Darf ich fragen ...«

Ptolemaios hob die Brauen. »Was?«

»Weißt du, ob mein Vater lebt? Und wenn ja, wo?«

Ptolemaios kniff ein Auge zu. »Ich glaube, ihr seid eine Sippe für Sonderaufträge. Mehr kann ich dir jetzt nicht sagen. Außer – ja, er lebt.«

KAPITEL 9

Fürstin des Todes

Auf Schimmeln reiten die Boten der Götter,
auf Schecken und Falben die Boten der Fürsten,
auf Rappen die Boten des Todes. Ach, Freunde,
ohne Botschaft geh ich zu Fuß.

DYMAS

Eigentlich wußte sie nach dem ersten Blick, daß es keinen Ausweg gab; dennoch ritt sie bis zum Ende des Passes, wo sie die Ebene überblicken konnte. Das weite, braungrüne Land war von Zelten gesprenkelt; Tomyris sah eingezäunte Bereiche, in denen sich Schlachtvieh oder Pferde aufhielten, und nach der Menge der Tiere und der Zelte schloß sie auf ein Heer von weit mehr als zwanzigtausend Kriegern. Rechts von ihr, auf einem Felsvorsprung, stand ein Wächter, der sie betrachtete. Was er rief, konnte sie nicht verstehen. Der scharfe Wind aus den Bergen zerfetzte die Wörter.

Sie hob den Arm zum Gruß, wandte ihr Pferd und ritt langsam zurück zur Karawane. Irgendwann schaute sie zurück. Zehn oder elf Reiter folgten ihr ohne Eile, beinahe gemächlich.

Der Händlerzug durchquerte eben ein Tal. Als sie die Spitze erreichte, waren die fremden Reiter noch nicht zu sehen, hinter ihr durch die Biegungen des alten Handelswegs und durch Ausläufer der Hügel verborgen.

»Wie sieht es aus?« sagte einer der Männer.

»Ein Heer in der Ebene. Sie haben ein paar Reiter hinter mir hergeschickt; die müßten gleich da hinten auftauchen.«

»Sollen wir …« Der Anführer der Bewaffneten, die die Karawane schützten, legte die Hand an den Schwertgriff.

Tomyris schüttelte den Kopf. »Das sind mehrere Zehntausendschaften«, sagte sie. »Wenn wir die Reiter umbringen, wird das die anderen nicht heiter machen.«

»Sprich am besten mit Siddiqi. Er soll entscheiden.« Der Mann verzog das Gesicht. »Sag ihm, wir halten nichts von sinnlosem Kämpfen.«

Tomyris trieb ihr Pferd wieder an, vorbei an den Lastkamelen und den ersten Wagen. Der reichste der Händler und Herr der Karawane befand sich ungefähr in der Mitte des langen Zugs. Er war abgestiegen, hielt in der rechten Hand den Zügel seines Pferds und in der linken einen wahrscheinlich kalten Hühnerschenkel, an dem er nagte.

Tomyris meldete, was sie gesehen hatte. Siddiqi kaute, schluckte, sah sich um. »Sinnlos«, sagte er. »Kein Kampf, keine Flucht. Weiter. Und hoffen.«

Sie wandte ihr Pferd und ritt schnell zurück an die Spitze. Die Reiter, die ihr gefolgt waren, hielten vielleicht zweihundert Schritt entfernt und schienen zu beraten. »Wir sollen tun, was die von uns wollen«, sagte sie, als sie an den Bewaffneten vorüberritt. »Ich rede mit ihnen.«

»Eine Frau«, sagte einer der Verfolger, als sie ihr Pferd vor ihnen zügelte.

Ein anderer, etwas jünger, starrte sie wie eine seltsame Erscheinung an. »Bist du eine Amazone?« sagte er.

»Skythin.«

»Uh«, sagte der erste, mit einem flüchtigen Grinsen. »Hände weg von Skythinnen. Sie ziehen einem die Haut von den Eiern ab und fressen den Rest roh.«

Tomyris betrachtete die Männer und ihre Bewaffnung. Makedonische Reiter, sagte sie sich, aber keine schweren Kataphrakten, sondern Aufklärer. »Nachdem das geklärt ist, können wir über die wichtigen Dinge reden. Was wollt ihr von uns?«

Der erste der Reiter deutete mit dem Daumen hinter sich. »Langsam folgen, alle.« Er schob den Helm ein wenig weiter in den Nacken. »Du hast ja gesehen, was in der Ebene los ist. Wir werden euch untersuchen, vielleicht ein bißchen plündern, das entscheiden die Häuptlinge.«

»Wer ist das – die Häuptlinge?«

»Eumenes. Falls dir das was sagt. Und seine Leute.«

Tomyris ließ sich wieder zurückfallen, um mit Siddiqi zu sprechen. Der alte Händler ging noch immer zu Fuß und bewegte die Lippen wie in einem lautlosen Gespräch.

»Herr«, sagte sie. »Das Heer da vorn gehört Eumenes.«

Siddiqi öffnete den Mund zu einem halblauten Fluch.

»Ist Eumenes schlimmer oder besser als sonst jemand?«

Der Händler kaute auf der Unterlippe. Dann winkte er einen Sklaven herbei, der die Hände verschränkte, damit Siddiqi aufsteigen konnte. Als er wieder auf dem Pferd saß, räusperte er sich und sagte:

»Entweder haben sich einige Länder verschoben, oder die Makedonen verschieben sich schneller, als ich angenommen hatte. Wir verlassen Armenien und kommen nach Kappadokien. Zuletzt, hörte ich, war Eumenes mit Perdikkas weit im Süden. Was will er hier, an der Grenze zur Satrapie des Neoptolemos?«

»Wir werden es erfahren.«

»Oder nicht. Vielleicht bringen sie uns ja gleich um. Hätten sie nicht mit ihrem König in ihren Sümpfen und Dörfern bleiben können? Die Götter sollen sie in Kamelkotze ertränken.«

Andere Männer – Perser und Kappadokier – übernahmen es, die Karawane zu einem Nebental, eher einer Bucht zwischen zwei Bergausläufern zu geleiten. Es gab dort ein wenig Gras, dazu Büsche, an denen die Kamele knabbern konnten, und einen winzigen Wasserlauf.

Danach ging alles schnell und gründlich. Sie hatten kaum die Packtiere abgeladen, als ein Zug kappadokischer Speerkämpfer erschien, zusammen mit einigen Unterführern, Schreibern und Sklaven. Die Speerkämpfer riegelten das Tal ab und sorgten durch ihre bloße Anwesenheit dafür, daß man den Anweisungen der Unterführer und der Schreiber ohne allzu lautes Zetern gehorchte. Sie untersuchten jeden Pakken, ließen jeden Ballen aufschnüren, schrieben alles auf ihre Tontäfelchen (ein Schreiber benutzte Kreidestückchen auf dunklem Holz) und vermerkten die Namen und Herkunftsorte der Händler und der Wächter, zu denen sie auch Tomyris zählten.

Sie kletterte zwischen den Felsen bachaufwärts, um frisches Wasser zu trinken und sich zum ersten Mal seit Tagen gründlich zu waschen. Als sie zu den anderen zurückkehrte, erschien ein weiterer Kappadokier – ein Truppenführer mit Helmbusch – und sagte, nach Betrachtung der Listen begehre der edle Stratege Eumenes zwei Personen zu sprechen: Siddiqi und Tomyris.

»Warum die da?« sagte der Händler, der sich ächzend von einem Klappstuhl erhob, den er neben seinen Wagen gestellt hatte.

»Es steht mir nicht zu, Mutmaßungen über die Gedanken des Strategen anzustellen. Mitkommen.«

Siddiqi hob die Arme gen Himmel, ließ sie eher fallen denn sinken und winkte Tomyris, ihm und dem Kappadokier zu folgen. Und den Kämpfern, die dem Befehl Nachdruck verliehen.

Das Zelt des Strategen war das größte, etwa in der Mitte des Heerlagers. Tomyris betrachtete die Anordnung der Zelte, die Gesichter der Männer, an denen sie vorübergingen, die Waffen, die gestapelten Vorräte. Sie wußte zu wenig, wie sie sich immer wieder sagte, aber sie bildete sich ein, Hellenen und Makedonen zu sehen, daneben Perser und Babylonier und Kappadokier sowie ein paar Inder, und aus der Ferne, vom Westrand des Lagers, hörte sie den Fanfarenstoß eines möglicherweise unwirschen Elefanten. Sie fragte sich eben, ob sie sich täuschte oder ob die einzelnen Gruppen tatsächlich Abstand voneinander hielten, als sie zum Zelteingang kamen. Zwei Wächter tasteten sie ab; Tomyris mußte das lange Messer abgeben.

Das Licht der Nachmittagssonne, gesiebt durch die hellen Zeltbahnen aus Leinen, erfüllte den Innenraum mit einem fast unwirklichen Gleißen. Tomyris kniff die Augen zu Schlitzen; dann erst sah sie die kostbaren Gefäße, die Becher und Krüge und Platten aus Gold und Silber, die auf zahlreichen kleinen Tischen zur Blendung beitrugen. Und die glitzernden Spitzen und Schneiden all der Waffen auf Tischen und in Ständern.

Als ihre Augen sich endlich an das Licht gewöhnt hatten und auch in den Schattenflecken Umrisse wahrnahmen, sah sie den großen Tisch mit Rollen und Tontafeln, Schreibhalmen und mehreren Tintegefäßen. Brot auf einem Holzteller, zwei schlichte Krüge, dahinter saß ein beleibter Mann mittleren Alters. Er setzte eben einen Becher ab; mit der anderen Hand tätschelte er den Kopf einer hellhäutigen Sklavin, die zwischen seinen Beinen kniete. Er seufzte und sagte: »Es ist gut; du kannst gehen.« Dann richtete er den Blick auf Siddiqi.

Der Händler kniete nieder und hob beide Hände. »Mögen die Götter dich ebenso erfreuen wie …«

»Schweig!« Eumenes sprach nicht laut oder scharf, aber in diesem einen Wort und im Tonfall lag so viel, daß Siddiqi verstummte.

Tomyris kniete ebenfalls nieder. Dabei versuchte sie, das zu zerlegen, was in Eumenes' Stimme ein wuchtiges Gebinde gewesen war. Macht, vor allem das Bewußtsein von Macht; Härte; die Gewohnheit, zu befehlen und sich darauf zu verlassen, daß man gehorchte.

»Steht auf, setzt euch da auf die Schemel.«

Sie gehorchten. Eumenes schob den Holzteller beiseite und entrollte einen Papyros. Er schien etwas zu lesen oder zu überfliegen. Tomyris streifte den neben ihr sitzenden Siddiqi mit einem Blick, sah, daß er die Hände krampfartig faltete, löste, wieder faltete; dann richtete sie ihre Aufmerksamkeit auf den Mächtigen. Sie schätzte sein Alter auf fünfunddreißig bis vierzig. Er hatte krauses, dunkles Haar, und das fleischige Gesicht ließ eher an gutes Essen und Gelächter als an Macht und Gewalt denken. Sie versuchte, sich an die wenigen Geschichten zu erinnern, die sie über ihn gehört hatte – Freund des Königs, Schreiber, Verwalter der Archive, Teilnehmer am indischen Feldzug. Aber, so hieß es, da er kein Makedone war, sondern Hellene, und kein Krieger, sondern Schreibhalmfechter, wie die Makedonen es geringschätzig nannten, kam er eigentlich allenfalls für die Verwaltung einer Satrapie in Frage, nicht für ein Heer und einen Feldzug. Jemand, wahrscheinlich Perdikkas, schien dies aber anders zu sehen.

Sie seufzte lautlos und fragte sich, was Eumenes da lesen mochte. Zwei Bewaffnete standen neben dem Eingang im Zelt, zwei weitere davor; vermutlich gab es einen kleinen Nebenausgang für die Sklaven und Diener und Köche. Von draußen hörte sie Stimmen, mal lauter, mal leiser; jemand schien Befehle zu geben, ein anderer – oder mehrere – weigerte sich offenbar, ihnen zu gehorchen. Der Austausch steigerte sich zum Gebrüll. Inzwischen waren ihre Sprachkenntnisse ausreichend, um ein gewöhnliches Gespräch zu bestreiten, aber von dem Geschrei vor dem Zelt verstand sie nur Fetzen.

Eumenes ließ den Papyros sinken und blickte zu den Wachen am Eingang. »Holt sie rein«, sagte er. »Ihr da, bleibt sitzen; ich werde mich gleich um euch kümmern.« Er stand auf, stützte sich einen Augenblick lang auf die Tischplatte, schob die Unterlippe vor; dann ging er ein paar Schritte zur Seite, zum Kopfende des Tischs, verschränkte die Arme vor der Brust und schaute zum Eingang.

Drei Männer traten ein, offenbar Hauptleute, dann noch vier weitere ohne besondere Abzeichen.

»Philippos«, sagte Eumenes mit kühler, ruhiger Stimme. »Du hast versucht, Wolken vom Himmel zu brüllen oder, falls keine vorhanden sind, die Sterne am Tag leuchten zu lassen. Was bewegt dein Gemüt?«

Einer der Hauptleute trat einen halben Schritt vor. Sein Gesicht war gerötet, und er atmete schnell, wie nach einem Lauf oder einem Kampf.

»Herr, deine Leute wollten mich nicht einlassen.«

»Nun bist du hier. Und?«

»Wir haben uns beraten und einen Beschluß gefaßt.«

Eumenes nickte. »Wir, das heißt wohl die edlen makedonischen Hauptleute, nicht wahr?«

»So ist es, Herr.«

»Was habt ihr beschlossen?«

Philippos reckte das Kinn vor. »Wir werden morgen nicht in die Schlacht ziehen.«

Eumenes lächelte. »Werdet ihr nicht? Was werdet ihr denn statt dessen tun?«

»Neoptolemos und seine Leute unterstützen Antipatros und Krateros. Die besten der Makedonen. Perdikkas ist weit;

ich, also, wir glauben, wenn er hier wäre, würde er nicht wollen, daß Makedonen gegen Makedonen kämpfen.«

»Er hat uns befohlen, das Land gegen Antipatros zu sichern. Für die Könige Arridaios und Alexandros.«

Philippos schüttelte den Kopf. »Er hat dir Anweisungen erteilt. Du hast uns Anweisungen erteilt. Vielleicht haben sich die Anweisungen des edlen Perdikkas auf dem Weg durch dein Gehör und deinen Mund verwandelt.«

»Du meinst, ich als bloßer Hellene und Schreiber weiß nicht, was sich unter Makedonen geziemt? Ist es so?«

Philippos zögerte, aber nur kurz. »So ähnlich«, sagte er. »Und du bist kein Krieger.«

»Ihr wollt also den Befehlen nicht gehorchen.« Es war keine Frage, sondern eine Feststellung; Eumenes sprach aber immer noch ruhig, beherrscht, fast, dachte Tomyris, gelangweilt.

»So ist es. Wir wollen einem hellenischen Schreiber nicht gehorchen, der uns sagt, wir sollten unsere makedonischen Waffenbrüder angreifen.«

Eumenes nickte. »Tja«, sagte er. Mit einer Bewegung, der Tomyris' Augen kaum folgen konnten, riß er einen Speer aus dem Waffenständer, verlängerte die Bewegung – ›Wie sonst sollte man das nennen?‹ dachte Tomyris – und schleuderte die Waffe. Mit einem dumpfen Laut, der etwas von Ekel und Verblüffung hatte, krampfte Philippos die Hände um den Schaft des Speers, der in seiner Brust steckte. Er öffnete den Mund, taumelte, stürzte zu Boden und zuckte noch ein paarmal.

Seine beiden Begleiter standen wie erstarrt; dann wollten sie die Schwerter aus den Gürteln reißen, ließen aber die Arme langsam wieder sinken, als sie die Speerspitzen der Krieger, die mit ihnen ins Zelt gekommen waren, an den Kehlen spürten.

»Entwaffnen und fesseln«, sagte Eumenes. Seine Stimme klang nicht anders als zuvor. »Gesandros.«

Einer der vier Männer ohne besondere Abzeichen legte die Hand auf die Brust. »Herr?«

»Heeresversammlung. Sondert die makedonischen Hauptleute und Unterführer ab. Ich komme gleich und rede zu den Kämpfern. Und ... schafft den Dreck da weg.« Bei den letzten Worten blickte er auf die Leiche des Philippos.

Gesandros klatschte in die Hände. Weitere Krieger kamen ins Zelt gelaufen, holten ein paar Sklaven herbei, die den Leichnam hinaustrugen, und sicherten den Eingang. Draußen wurden Befehle erteilt, wiederholt, weitergegeben.

Eumenes verschränkte die Arme wieder und lehnte sich mit dem Gesäß an die Tischkante. »Nicht schlecht für einen fetten Schreiber«, sagte er. »Nun zu euch.«

Tomyris versuchte, etwas wie Erregung oder Befriedigung aus seiner Stimme herauszuhören, aber der Stratege schien von den Vorgängen völlig unberührt zu sein.

»Du, Händler«, sagte er. »Eh, wie ... Siddiqi? Gut. Ihr wollt auf der alten Handelsstraße nach Westen, wohin?«

»Pfff«, sagte Siddiqi. Er schluckte. »Phrygien, Herr. Oder ... oder, falls wir vorher ...« Er brach ab und hustete.

»Du hast Glück.« Eumenes löste die Verschränkung der Arme, langte nach dem Papyros und nickte. »Glück hast du, und Glück habe auch ich. Blaue Steine ... Gewürze ... Felle. Nun ja, Felle brauchen wir nicht so dringend, aber man kann ja mit allem handeln. Diese Ballen – Seide? Echte Seide aus dem fernen Land der Serer? Und Erz? Welche Art Erz? Für Händler? Handwerker? Waffenschmiede?«

Siddiqi hatte sich wieder gefaßt. »Himmeleisen, Herr«, sagte er. »Und Erdeisen. Geläutert, geschmolzen, in Fingern, Klumpen und Barren.«

»Salz.« Eumenes wedelte mit dem Papyros. »Kyanos und andere Schmucksteine. Doch, ja, wir haben beide Glück, Siddiqi.«

»Magst du das erläutern, Herr?«

»Ich mag. Einige meiner makedonischen, eh, Gefährten haben es noch nicht recht begriffen, aber wie Alexander wußte, weiß auch ich, daß man ein Reich mit dem Schwert schaffen und zerstören kann, aber am Leben erhalten kann es nur Arbeit. Arbeit und Handel. Deshalb, o Siddiqi, habe ich dich in mein Zelt gebeten. Du wirst gleich mit einem meiner Leute, der den ruhmreichen Namen Arses trägt, um Preise und Eigenschaften der Waren feilschen. Dann werden wir dir alles abkaufen, und du wirst allen Händlern zwischen hier, Marakanda und Indien sagen, daß dort, wo Eumenes zuständig ist, der Handel blüht.«

Siddiqi verneigte sich im Sitzen. »Ich bin entzückt, das zu hören, Herr. Sobald ich es glaube, will ich es verbreiten.«

Eumenes grinste. »Wann, o Siddiqi, wirst du es glauben?«

»Wenn zweierlei geschehen ist. Wenn ich eine dem Wert meiner Waren einigermaßen angemessene Menge Münzen in den Händen spüre. Und …« Er sprach nicht weiter.

»Und wenn ich die morgige Schlacht gewonnen habe. Sag es ruhig.«

Siddiqi breitete die Arme aus. »Vergib die Vorsicht, Herr, aber wie meine Väter sagten, soll man den Widder und sein Vlies erst preisen, wenn keine Wölfe mehr in der Nähe sind.«

»Ich werde sie verscheuchen.« Eumenes pfiff leise. In der rechten Ecke des Zelts bewegte sich der Stoff, der den Zugang zum Nebenzelt der Sklaven, Köche und Schreiber verbarg. Ein Sklave oder Diener erschien und verbeugte sich.

»Bring den da zu Arses«, sagte Eumenes. »Und nun zu dir, Frau der Steppe.«

Tomyris hatte sich halb erhoben, in der Annahme, sie solle Siddiqi begleiten, wozu auch immer. Sie hatte sich ohnehin gefragt, weshalb der Stratege ausgerechnet sie ins Zelt geholt hatte. Nun ließ sie sich wieder auf den Schemel sinken.

»Tomyris«, sagte Eumenes. Er klang nachdenklich. »Wie die Fürstin, die vor langer Zeit den Großkönig besiegt hat. Ist es nur der Name, oder gibt es eine weitergehende Verwandtschaft?«

»Mein Vater hat es behauptet, meine Mutter hat es bekräftigt. Ich weiß nur, was sie mir gesagt haben.«

»Wie kommst du zu dieser Karawane?«

»Herr Siddiqi brauchte Wächter. Und Kundschafter, die vorausreiten.«

Eumenes runzelte die Stirn. »Sprich weniger Umwege, Frau. Meine Zeit ist begrenzt. Ich werde im Lager erwartet.«

Tomyris zögerte nur kurz. Sie sagte sich, daß Eumenes alles, was er wissen wollte, von seinen Leuten aus ihr herausholen lassen könnte. Und daß es sinnlos sei, ihm etwas zu verschweigen.

»Mein Vater war der Fürst unseres Volks«, sagte sie. »Er starb, als deine makedonischen Brüder die Stadt Samar Qand, die ihr Marakanda nennt, zum zweiten Mal eroberten. Ein makedonischer Unterführer hat ihn getötet und den Dolch der Fürsten an sich genommen. Ich suche diesen Mann und den Dolch, damit mein Volk wieder einen Fürsten habe.«

»Hm.« Eumenes spitzte den Mund. »Oder eine Fürstin, nicht wahr? Bei euch sind Frauen mächtiger als bei uns. Eine Fürstin namens Tomyris vielleicht. Du reitest als Wächterin der Karawane, um die Spuren dieses Makedonen zu suchen?«

»So ist es, Herr.«

»Wenn du ihn findest ...?«

»Werde ich ihn töten und mit dem Dolch heimkehren.«

»Es ist nicht einfach, einen Makedonen zu töten.«

»Es ist nicht einfach, sich gegen eine Skythin zu wehren, Herr.«

Eumenes lachte. »Gut gesprochen. Wie heißt der Makedone?«

»Lysanias, Herr.«

»Kleon!«

Aus dem Nebenzelt kam ein kahlköpfiger Mann, den Tomyris auf gut sechzig schätzte. Im Gehen wischte er die tintenbekleckten Finger am größtenteils tintenfarbenen Chiton.

»Herr?«

»Marakanda zum zweiten«, sagte Eumenes. »Lysanias, wahrscheinlich Unterführer der Hypaspisten.«

»Sofort, Herr.«

Tomyris war verblüfft. Offenbar zeigte sich das auf ihrem Gesicht. Eumenes lachte leise.

»Ein ordentliches Heer führt ordentliche Listen«, sagte er. »Da der König mich mit den Listen betraut hat, damals, weiß ich, daß sie *sehr* ordentlich sind. Was willst du tun? Siddiqi wird uns alles verkaufen und heimkehren, nachdem er die Märkte in der Umgebung kahlgefressen hat.«

»Ich weiß es nicht. Das ... das geht sehr schnell.«

»Wenn ...« Eumenes brach ab; Kleon tauchte schon wieder auf.

»Lysanias, Herr, Hypaspist. Marakanda. Danach Indien und Gedrosien«, sagte er.

Eumenes verzog das Gesicht. »Der mörderische Marsch – hat er den überstanden?«

»Ja, Herr. In Babylon, ah, davor in Susa, bei der Massenhochzeit. Vor einem Jahr hat Perdikkas ihn mit fünfhundert Mann Verstärkung nach Armenien geschickt. Zu Neoptolemos. Er müßte jetzt drüben sein.« Dann beugte er sich vor und flüsterte dem Hellenen etwas ins Ohr.

»Ha.« Eumenes nickte heftig. »Es ist gut; du kannst gehen. Nun, Herrin der Steppe?«

»Drüben – das heißt in dem Heer, gegen das du morgen in die Schlacht ziehst?«

»So ist es.«

»Dann ...« Sie schwieg.

Eumenes betrachtete sie lauernd. »Ich finde bei meinen Makedonen sicher einen, der ihn kennt und ihn dir auf dem Schlachtfeld zeigen kann.«

Tomyris holte tief Luft. »Ich ... ja, Herr, wenn du es billigst, reite ich mit dir. Mit euch.«

Eumenes stand auf. »Ich übergebe dich gleich meinem Waffenmeister. Er wird dir eine passende Rüstung und alles andere geben. Danach ... lasse ich dich holen. Ich habe noch etwas mit dir vor. Wundere dich über nichts, sag einfach ja, heb den Arm, grüß die Feldzeichen, so etwas.«

In der Lagermitte war nicht genug Platz für die vollständige Heeresversammlung. Eumenes besprach sich dort mit den Führern und Unterführern – kurz; dann gingen sie zur Nordostseite des Lagers, wo auf dem Gelände zwischen den Zelten und den Hügeln die Truppen angetreten waren.

Tomyris fühlte sich wie im Fieber. Oder wie ein Blatt, das, von einem jähen Wirbelwind erfaßt, durch einen fremden Luftraum getragen wird. Man hatte ihr einen vergoldeten Helm und einen ebenfalls goldglänzenden Brustpanzer gegeben, die nach Meinung des Waffenmeisters einmal einem schmächtigen persischen Fürstensohn gehört hatten. Pferdeburschen brachten einen Rappen und legten ihm Zaumzeug mit Silberknöpfen an; jemand warf ihm eine weiße, mit Goldfäden gesäumte Satteldecke über. Das Schwert, das man ihr gab, war gewöhnlich, aber dazu erhielt sie eine Lanze mit vergoldeter Spitze.

Sie ließ alles geschehen – einerseits sagte sie sich, daß es unsinnig wäre, im Lager des Eumenes gegen hundert Männer zu kämpfen, und das nur wegen einiger Vergoldungen; andererseits schwankte sie zwischen fiebriger Ohnmacht und ebenso fiebriger Erwartung, am nächsten Tag den Mann zu sehen, zu verfolgen, zu töten, der ihren Vater getötet und ihm den Dolch genommen hatte. Wie nebenher überlegte sie, ob es klug gewesen war, Eumenes nichts von der alten Geschichte des Dolchs zu erzählen, den angeblich Achilles ihrem Vorfahren geschenkt hatte. Vielleicht hätte das die mythenhörigen Hellenen und Makedonen besonders angestachelt, ihr zu helfen. Vielleicht hätten sie aber auch beschlossen, eine Waffe, die einmal Achilles gehört haben könnte, auf keinen Fall in die Hände einer Skythin gelangen zu lassen.

Einer der Burschen verschränkte die Hände, um ihr aufs Pferd zu helfen; mit Rüstung und Waffen konnte sie nicht wie sonst aufspringen. Der Mann grinste und zwinkerte ihr zu. Dann nahm er den Zügel des Rappen und führte ihn aus dem Lager, dorthin, wo Eumenes eben auf einen Felsblock geklettert war. Sie spürte, daß sich die Blicke von mehr als zwanzigtausend Männern auf sie richteten, und sie glaubte, so etwas wie einen Hauch zu hören, als ob all diese Männer gleichzeitig ein erstauntes »Ah« ausgestoßen hätten. Als sie neben dem Felsen anhielten, schnaubte der Rappe leise und begann zu tänzeln. Sie beugte sich vor und tätschelte ihm den Hals.

»Meine Kinder«, sagte Eumenes. »Ihr meine Väter und Brüder, die ihr morgen den Sieg und unvergänglichen Ruhm erringen werdet – heil euch!«

Seine Stimme, im Zelt eindringlich und zwischendurch beinahe sanft, war nun hell und schneidend. Tomyris zweifelte nicht daran, daß sie weit genug zu hören war. Sie bezweifelte aber ihre Wirkung und die der Worte, denn auf den Gruß hörte sie nur eher gemurmelte Erwiderungen.

»Wie ihr wißt, war ich fünfundzwanzig Jahre lang Freund und Gefährte des göttlichen Königs. Wie ihr wißt, denn viele von euch waren dabei, habe ich ihn von Athen bis Persien, von Babylon bis in die Steppen der Skythen, von Indien bis zurück nach Babylon begleitet. Wir ihr alle wißt, hat er mich nach Hephaistions Tod zu dessen Nachfolger als Führer der Reiter gemacht, erster der Hetairen. Wie ihr wißt, diene ich zusammen mit dem edlen Perdikkas den beiden neuen Königen, Philippos Arridaios und Alexandros. Ihr wißt dies alles, ihr, die ihr den gleichen Weg gegangen seid und den gleichen Königen dient.«

Eumenes machte eine Pause. Tomyris war nicht sicher, aber sie glaubte, mehr Aufmerksamkeit für ihn zu spüren als zu Beginn, und so, wie er den Kopf bewegte, schien er die einzelnen Truppenteile zu mustern.

»Ihr alle wißt dies«, sagte er dann. »Ihr alle, Makedonen und Hellenen und Kappadokier und die anderen, die ich nicht einzeln aufzählen will. Ihr wißt es – die anderen, die Neoptolemos folgen, haben beschlossen, es zu vergessen. Sie haben vergessen, wem sie den Ruhm, die Ehre, die Beute und die Siege verdanken. Nein, Brüder und Väter und Gefährten – nein, nicht mir. Nicht den Fürsten. Wir können euch führen, zu Ruhm und Sieg und Beute. Den Sieg und die Beute erringen könnt ihr nur selbst. Nur ihr, meine Kinder, meine Gefährten – nur ihr und eure Tapferkeit. Und eure Ehre und Treue. Denn ihr wißt, die Götter sind bei denen, die treu und ehrenhaft sind. Nicht bei denen« – plötzlich schrie er –, »die ihre Treue vergessen und ihre Freunde verraten. Wie dieser Dreck hier.«

Er deutete auf den Leichnam von Philippos, den einige Kämpfer vor ihm hochstemmten, damit alle ihn sahen.

»Nicht wie er, der die Treue verraten wollte. Ich habe ihn getötet, als er sagte, ich, als bloßer Schreiber, könne nicht kämpfen. Er hat vergessen, daß Alexander mich zum Führer der Hetairenreiter gemacht hat. Habt ihr es vergessen? Die, gegen die ihr morgen siegen werdet, haben es vergessen, so wie wir sie vergessen werden. Es lohnt sich nicht, viel über sie zu sagen. Ihr werdet siegen und Ruhm und gewaltige Beute erringen, Freunde. Wir haben einige Überraschungen für sie vorbereitet. Die größte dieser Überraschungen wird ihnen eure Treue und eure Tapferkeit sein. Und die eines bloßen Schreibers, der angeblich nicht kämpfen kann und morgen, wenn die Götter es gestatten, mit dieser Hand« – hier hob er die Rechte – »den Verräter Neoptolemos töten wird. Und wir haben eine weitere Überraschung.«

Er machte eine kleine Pause, blickte Tomyris an und deutete auf sie. Der Pferdebursche, der immer noch die Zügel hielt, machte ein paar Schritte nach vorn und zog den Rappen mit.

»Seht hier Tomyris, die Fürstin der Skythen!« schrie Eumenes. »Weil sie weiß, daß ihr unbezwinglich seid, meine Brüder, ist sie allein gekommen. Sie wird neben mir in die Schlacht reiten. Allein, hört ihr? Sie hätte zehntausend Reiter mitbringen können, aber das wäre zuviel Ehre für die Verräter drüben. Einer von ihnen, der dem König Treue geschworen und seinen Eid gebrochen hat, ein Mann namens Lysanias, hat einen Dolch. Er gehörte dem Vater dieser edlen Fürstin, dem Vater von Tomyris. Sie ist im Vertrauen auf euch und eure Stärke allein gekommen, und sie wird den

Dolch nehmen – dem Verräter Lysanias nehmen. Sie wird ihn töten, wie ich Neoptolemos töten werde. Und ihr, Freunde und Brüder, werdet ihr kämpfen?«

»Wir kämpfen!«

Eumenes schüttelte den Kopf. »Ich höre euch nicht, ihr Tapfersten der Tapferen. Morgen – werdet ihr morgen alle kämpfen?«

Diesmal klang es, als ob das ganze Heer antwortete. »Wir kämpfen!«

»Werdet ihr töten?«

»Töten!«

Eumenes riß das Schwert heraus und reckte es in den Himmel. »Für die Könige! Für den Sieg!«

Die Krieger brüllten, schlugen mit flachen Klingen auf ihre Schilde. Eumenes stieg vom Felsen auf sein Pferd und blickte Tomyris an. Sie glaubte, ihn lächeln zu sehen.

»Komm, Fürstin«, sagte er. »Laß uns die tapferen Kämpfer betrachten. Du brauchst nichts zu sagen.«

Sie ritten zwischen den Blöcken hindurch. Eumenes zügelte immer wieder sein Pferd, rief Männer mit Namen, grüßte hier, lobte da, erinnerte an zurückliegende Kämpfe. Tomyris blieb neben ihm, schwieg und staunte. Die Rede, die sie keineswegs begeistert hatte, schien dem Heer zu genügen.

Ein großer Truppenkörper stand ein wenig abseits: Männer ohne Waffen und Rüstung, umgeben von anderen, die die Speere auf sie richteten. Ganz vorn sah Tomyris die beiden, die mit Philippos ins Zelt gekommen waren.

»Und ihr, Makedonen, Herren der Welt, Sieger von Gaugamela, Bezwinger der Unsterblichen des Dareios, Eroberer Indiens – seid ihr Männer? Werdet ihr kämpfen? Oder soll ich euch heimschicken, damit eure Mütter euch dort neu wickeln?«

»Wir kämpfen«, sagte einer der beiden. Zahllose andere wiederholten die Worte.

»Was ist mit eurer Ehre?«

»Gib uns unsere Schwerter, Herr, dann holen wir uns die Ehre selbst zurück!«

Da sie nun Fürstin war, stand ihr ein Zelt zu. Eumenes ließ ihr eines gleich neben seinem aufschlagen und gab ihr drei Dienerinnen und vier Wächter.

Abends suchte Siddiqi sie auf. »So schnell wird man also Fürstin, wenn man die richtigen Leute kennt«, sagte er, als er sich mit einem Lächeln verbeugte. Nicht tief; es war eher eine Andeutung.

»Manchmal kann man sich eben nicht gegen Ehrungen wehren.«

»Ich weiß, Fürstin. Wie man sich auch nicht gegen Preise wehren kann, die der mit den besseren Waffen vorschlägt.« Er trat näher und hielt ihr einen kleinen Beutel hin.

»Was ist das?«

»Dein Lohn – der Rest. Das, was dir noch zusteht.«

Sie lächelte. »Willst du nicht bis nach der Schlacht warten? Vielleicht brauchst du dann ja gar nicht zu zahlen.«

Er blickte plötzlich ernst. »Es mag dich erstaunen, Tomyris, aber irgendwie habe ich keinen Zweifel daran, daß ihr siegen werdet.«

Sie war sicher, nicht schlafen zu können; bis eine der Dienerinnen sie weckte. Sie brachte ihr eine Schale mit heißer, leicht gesalzener Brühe.

»Ist das alles?«

Die Dienerin, die vor ihr kniete, blickte halb auf. »Herrin, die Kämpfer rücken schon aus. Und man sagt, man soll das Gedärm nicht vor dem Kampf belasten, sondern es leeren.«

Tomyris lachte. »Na gut. Wo ist der Bottich?«

Die Dienerinnen und einer der Wächter halfen ihr, die Rüstung anzulegen. Der Pferdebursche, der ihr offenbar auch zugeteilt war, wartete mit dem Rappen vor dem Zelt und deutete einen Kniefall an, als sie ins Freie trat.

»Hat das Tier einen Namen?« sagte sie. »Und ist es schon in einer Schlacht gewesen?«

»Jemand hat den Hengst Kyros genannt, Fürstin. Und er kennt den Tanz der Schwerter und Speere.«

Sie nahm den Helm ab, klemmte ihn unter den Arm und trat vor das Pferd. Sie hauchte ihm in die Nüstern und streichelte den Kopf. »Flieg wie ein Adler, Kurusch, trag mich zum Sieg«, sagte sie leise auf Skythisch. Dann setzte sie den Helm wieder auf.

Eumenes begrüßte sie mit einem knappen Nicken. Sie ritt neben ihm aus dem Lager nach Westen in die weite Ebene. Vor ihnen hatten sich die einzelnen Truppenteile bereits aufgestellt, und jenseits der Reihen sah sie die eisenstarrende Wand des anderen Heers. Neoptolemos und seine Kämpfer – das entnahm sie den Bemerkungen, die Eumenes' Hauptleute austauschten – waren weiter nach Westen gezogen, um sich mit Antipatros und Krateros zu vereinigen. Der schnelle Vorstoß von Eumenes' Heer hatte sie offenbar überrascht und zur Rückkehr gezwungen. Neoptolemos, Satrap von Armenien, konnte es nicht zulassen, daß Eumenes zur armenischen Grenze zog und ihm den Nachschub abschnitt. Sie mußten die vergangenen Tage mit Eilmärschen zugebracht haben und waren erst spät am Nachmittag angekommen.

»Wie viele sind es?« sagte Tomyris.

Der neben ihr reitende Unterführer lachte gepreßt. »Fünfunddreißigtausend. Zehntausend mehr als wir. Und sie haben uns heute früh schon aufgefordert, die Waffen zu strecken oder überzulaufen.«

»Was hält Eumenes davon?«

»Nichts. Wie du siehst.« Er räusperte sich und deutete auf die zwei Dutzend Reiter, die ihn begleiteten. »Wir sollen dich schützen. Eumenes erwartet nicht, daß du wirklich kämpfst.«

»Eumenes irrt sich. Was ist das da?«

Sie hatten eben eine größere Gruppe von Männern erreicht, die kaum hundert Schritt hinter der Mitte der Schlachtreihe an seltsamen dreibeinigen Gestellen drehten, zupften und Hebel bewegten.

»Weißt du, was ein Euthytonos ist?«

Sie schüttelte den Kopf.

»Es wird mit Seilen gespannt, und man schießt damit dicke Pfeile ab, die jede Rüstung durchschlagen.« Er hüstelte. »Aus der Nähe jedenfalls.«

»Geschütze?« Sie versuchte, Einzelheiten zu erkennen. Die Hebel, die sie gesehen hatte, dienten offenbar dazu, etwas zu spannen, was wie verdrehte Seile aussah. Sie schnalzte leise. »So, wie das aussieht, kann ein Bogenschütze zwanzig Pfeile ins Ziel schicken, während die da einmal spannen.«

Er deutete weiter nach rechts. »Bogenschützen haben wir auch. Kappadokier sind gut, was das angeht.«

»Was bist du? Hellene?«

»Makedone.«

»Ah. Deshalb.«

»Was meinst du?«

»Eumenes traut euch ohnehin nicht, also könnt ihr, da ihr nicht kämpft, mich am Kämpfen hindern – richtig?«

Er schaute sie nicht an, sondern blickte nach vorn; inzwischen hatten sie die Truppen fast erreicht.

»Es gibt Makedonen, denen er traut«, sagte er, und es klang, als spräche er durch die Zähne. ›Bergauf‹, dachte sie. ›Er spricht, wie ein Bach bergauf flösse.‹

»Gehört ihr dazu?«

»Ja. Wir sollen dich schützen, und wir sollen dich abschirmen, wenn du nicht kämpfen willst. Wenn du aber kämpfen willst ...« Er brach ab und warf ihr einen schnellen Seitenblick zu.

»Was dann?«

»Dann soll ich dir Lysanias zeigen.«

»Du kennst ihn also?«

Nun wandte er ihr das Gesicht zu. Er lächelte verzerrt, und es war eher ein Zähneblecken. »Er ist mein Bruder.«

»Wie heißt du?«

»Lysandros.«

»Und deine Leute?«

»Wir sind alle aus der gleichen Gegend. Und wir hassen Verräter. Sie beschmutzen unseren Namen.«

»Ich preise dich, Lysandros. Mögen ...«

Sie konnte die Empfehlung an die Götter, gleich ob seine oder ihre, nicht beenden. Plötzlich trieb er sein Pferd an, Kyros folgte, ebenso die anderen Reiter. Weiter vorn quäkte ein Horn. Sie sah, was einer der Pferdeburschen abends neuartigen Unfug genannt hatte, Feldzeichen, die es erst seit kurzem gab: Makedoniens Sonne und den liegenden Adler der persischen Könige. Dort mußte sich Eumenes aufhalten. Und dorthin würde sich der erste Angriff der Gegner richten.

Sie wog ihren Speer in der rechten Hand; mit der linken wollte sie Kyros lenken, aber der Hengst folgte einfach den anderen Pferden. Von Nordosten kam plötzlich ein leichter Morgenwind auf, und sie wünschte sich weit fort, in die Steppe, wo sie ohne die schwere vergoldete Rüstung reiten und laufen und im Gras liegen ...

Der Sturm brach los, und eine ganze Weile wünschte sie nichts mehr, atmete und ritt und schrie mit den anderen, als Teil einer Woge oder eines gewaltigen Tanzes.

Eumenes hatte die Makedonen in die Mitte seiner Schlachtreihe gestellt und ein wenig vorgeschoben, so daß sie beinahe einen Buckel bildeten. Er und seine Hauptleute hielten sich links des Buckels, und Tomyris schloß zu ihnen auf. Wie ein schräger Keil kamen von drüben die schweren Reiter. Es war, wie man ihr schon in Samar Qand erzählt hatte, die liebste Art Angriff des göttlichen Alexander: schräg in die Mitte der feindlichen Reihen, dorthin, wo der gegnerische Führer war. Sie sah die furchtbaren Sarissen sich senken, die sechs Schritt langen Speere der makedonischen Fußkämpfer, und in diese Wand aus tödlichen Speerspitzen krachte der Angriff der makedonischen Reiter. Makedonen gegen Makedonen, ganz so, als gölten alle anderen nichts, als wäre die Schlacht entschieden, sobald eine Gruppe Makedonen die andere niedergerungen hatte.

Eumenes saß ganz ruhig auf seinem Pferd, gab Befehle, beobachtete. Die makedonischen Fußkämpfer, denen er mißtraute – oder traute er ihnen trotz allem? –, wurden zurückgedrängt, ihre Phalanx schien sich aufzulösen, oder flohen sie, würden sie vielleicht gleich zu den anderen, den Feinden, den Brüdern überlaufen? Eine Lücke entstand, die sich rasch vergrößerte. Durch die Lücke rasten die Panzerreiter des Neoptolemos. Jetzt mußten sie schwenken, die Fußkämpfer einschließen, Eumenes und seinen Stab angreifen.

Sie sah, daß Eumenes das Schwert gezogen hatte. Sie hörte Lysandros etwas rufen oder brüllen, sie hörte Eisen klirren und Todesschreie. Und dann einen entsetzlichen Laut, einen widerlichen Brei aus entsetzlichen Tönen, wie sie sie noch nie gehört hatte.

Die Männer an den Geschützen hatten gewartet, bis die Angreifer die Phalanx durchbrachen und kaum noch fünfzig Schritt entfernt waren. Nun ließen sie die dicken Pfeile los, und Kappadokier neben ihnen setzten ihre Bogen ein. Nicht gegen die Reiter, sondern gegen die Pferde. Dies, die Bogenschützen und einige hundert Pfeilgeschütze hinter der von vornherein gewollten, wahrscheinlich befohlenen Lücke war die Überraschung, von der Eumenes gesprochen hatte – und daß sie auf die Tiere zielten, die unter ihren Reitern, mit ihren Reitern zusammenbrachen und diese gräßlichen Schreie ausstießen. Aus den hinteren Gliedern der nur scheinbar geborstenen Phalanx schwärmten Kämpfer aus und stürzten sich auf die benommenen Reiter, während ihre eigenen Kameraden mit dem Schwung des Angriffs in sie, über sie ritten und ebenfalls fielen. Dies war der Augenblick, in dem Eumenes das Schwert reckte und den Gegenangriff einleitete.

Lysandros und Tomyris und die anderen folgten.

Später erinnerte sie sich an Gesichter, die Gesichter rasender Gegner, die verzerrten Gesichter von Sterbenden, die seltsamen Muster von gerinnendem Blut auf der Klinge ihres Schwerts. Sie sah den Zweikampf, in dem der bloße Hellene und Schreiber den makedonischen Krieger Neoptolemos tötete, und sie sah das Gesicht, die irgendwann einmal gebrochene Nase, die dünnen, fast feinen Brauen des Mannes, den Lysandros »ah, Lysanias« anschrie, aber sie kam nicht näher an ihn heran, auch Lysandros nicht, weil eine

Woge zurückströmender Kämpfer – oder neuer Angreifer? – sie trennte.

Plötzlich war alles vorbei. Hörner quäkten, und von rechts, von der Flanke her, näherte sich die graue Wand der Elefanten, die Eumenes erst jetzt einsetzte, um die Einheiten, die noch Widerstand leisteten, zu zertrümmern.

Sie zwinkerte die Schlieren fort und hob den Blick zum Himmel. Die Sonne schien sich kaum weiterbewegt zu haben, der Kampf hatte höchstens eine halbe Stunde oder wenig mehr gedauert. Das Rauschen in ihren Ohren ließ nach, und sie glitt vom Pferd, weil die Beine zitterten und der Schwertarm schmerzte. Kyros blieb neben ihr stehen, als sie zu Boden sank, schnaubte und stupste sie mit der Nase. Hinter sich hörte sie Schritte und dann die Stimme von Lysandros.

»Bei allen Göttern, Frau, Fürstin, Steppensturm! Kämpft ihr alle so? Wie … aber trink zuerst, nachdem du dich mit Blut gesättigt hast.« Er sackte neben ihr zu Boden und reichte ihr eine Lederflasche.

Sie trank gierig die Mischung aus wenig Wein – eher Essig – und viel Wasser.

»Lysanias?« sagte sie, während sie versuchte, den Ausdruck in Lysandros' Augen zu deuten.

Er schüttelte den Kopf. »Er ist entkommen.«

Am Nachmittag empfing Eumenes die Hauptleute und einige Krieger, die sich besonders ausgezeichnet hatten. Vor seinem Zelt stand der breite Tisch, an dem er – gestern? dachte Tomyris, oder vor einem Jahr? – gesessen und gegessen und geschrieben hatte. Diesmal waren nicht nur Brot, zwei Krüge und eine Platte mit kaltem Braten darauf; nun türmten sich dort Köstlichkeiten aller Art: Früchte, gebratene Wildvögel, ein halbes Wildschwein war dabei, Amphoren, eine große Silberschüssel, aus der Dampf stieg, mehrere Platten mit gebratenen oder gesottenen Fischen; die Düfte von garem Fleisch, eingelegtem Gemüse und hundert Würzkräutern ließen Tomyris' Magen knurren.

Sie trug wieder ihre gewohnte Lederkleidung, die goldene Skythenfürstin war wieder Kundschafterin. Oder wollte es sein, aber man ließ sie nicht. Als sie sich dem Tisch näherte, neben dem Eumenes stand, verstummten die Gespräche ringsum; alle starrten sie an, als wäre sie eben aus dem Boden gewachsen, eine Wucherung der Unterwelt.

Lysandros trat neben sie, nahm ihren Arm und hob ihn hoch. »Die Fürstin des Todes!« rief er. »Tomyris, Herrin der Steppe. Elf starke Männer hat sie in die Unterwelt geschickt, Brüder – ich weiß es, denn ich war neben ihr.«

»Laß sie los, ich will auch ein Stück von ihrem Arm«, sagte Eumenes. Er lächelte, aber seine Augen waren kalt. Er kam ihr ein paar Schritt entgegen. Dann wandte er sich an die anderen, die Hauptleute und Krieger, und rief: »Seht die Siegerin!«

Tomyris kniete vor ihm und berührte seine Hand. »Der Sieger bist du«, sagte sie leise. »Habe ich deine Erlaubnis, dich und dein Heer zu verlassen?«

Einen Moment glaubte sie, so etwas wie Erleichterung in seinem Gesicht zu sehen, gepaart vielleicht mit Staunen. Dann stand vor ihr wieder der gelassene, beleibte, alles beherrschende »bloße Hellene und Schreiber«.

»Steh auf. Du willst uns verlassen?« sagte er. »Wann? Sofort?«

»Morgen, Herr, wenn du es gestattest.«

»Heute feiern wir.« Eumenes wandte sich an die anderen. »Hört ihr, Freunde und Gefährten? Greift zu, es soll nichts übrigbleibend.« Leiser, nur für ihre Ohren, setzte er hinzu: »Morgen? Nicht zu früh, aber auch nicht zu spät. Es ist recht. Wer soll dich begleiten?«

»Begleiten? Herr, ich will allein reiten!«

»Zu viele Feinde.« Er grinste leicht. »Mehr als elf. Sie wissen jetzt, wer du bist. Sie werden dich suchen und ehren und töten. Aber laß uns später darüber reden. Oder morgen früh, vor dem Aufbruch.«

KAPITEL 10

Männer der Nacht II

Web aus Fäden bunten Glases
deinen Zauber, Liebste, daß ich,
wenn du ihn mir schließlich anlegst,
langsam und verzückt ersticke.

DYMAS

Wenn ihr darauf besteht ... Genug von Schwertern und dem Tanz der Männer im Blutreigen? Nichts mehr von großen Vögeln, deren Eier so ungeheuerlich sind, daß, wenn man sie zerschlüge, was auch der stärkste Mann eures Orts nicht vermöchte, allein der Dotter euer Hafenbecken fluten und das Weiß euch alle wie mit schmelzendem Schnee bedecken würde? Und die gelehrigen Wölfe, Fürsten der Wälder, die den Sternen und Blättern wunderbare Gesänge widmen, ehe sie das Fell ablegen, auf zwei Beinen gehen und Dörfer plündern?

Ach – Frauen? Habt ihr nicht genug Frauen hier in euren Dörfern am Meer? Fischfrauen, Sandfrauen, Dünenfrauen, Hügelfrauen, Bootsfrauen? Wassertöchter und Wogenmuhmen, Wellenmütter und Schlickmaiden?

Alexanders Frauen? Die Nachtblüten des großen Königs? Ah, ihr Armen, was soll ich euch von jenen sagen, deren Glanz mich geblendet, deren Macht mich zerschmettert, deren Leid mich zerrissen hat?

Beginnen wir mit ihr, die ihn gebar. Gewöhnlich, das wißt ihr, gebiert die Frau die Welt, über die sie dann keine Macht mehr hat, weil alles den Männern gehört. Das ist hier so, und weit im Osten, in den Bergen und Steppen am Rande der Welt. Vielleicht ist es weit im Westen anders, jenseits des Randes der Welt. Wenn alle über den Rand ins Leere gestürzt sind, erreichen sie vielleicht irgendwann eine schwebende Insel, auf der die Bäche bergauf fließen, die Lämmer Löwinnen bespringen und die Gebärenden gebieten.

Alexanders Mutter, die Fürstin des Zwielichts … Manche nannten, und nennen sie immer noch, die molossische Hexe. Es heißt, sie habe seinen Halbbruder Arridaios, der jetzt halber König ist, durch Gift zu einem stammelnden Narren gemacht – aber tun dies nicht alle schönen Frauen durch das Gift ihrer Schönheit mit jedem Mann? Es heißt auch, sie habe alle anderen Kinder, die Philipp mit anderen Frauen hatte, erwürgt, geschlachtet, zerstückelt, mit eigener Hand oder durch scharfkantige Befehle.

Man sagt dies, man sagt jenes … Gewiß ist nur, daß alle, die derlei in ihrer Nähe laut sagten, alsbald schwiegen und danach verschwiegen wurden. So gründlich, daß man sich heute nicht einmal ihrer Namen entsinnen kann. Und wer sich der Namen noch entsinnt, der tut dies lautlos. Jedenfalls dann, wenn sie in der Nähe ist. Sie, oder eines ihrer zweibeinigen, schnellfüßigen Ohren.

Sie ist die Tochter des Molosserkönigs Neoptolemos, und als sie geboren wurde, kreischten die Sterne über Dodona, daß die Tauben des heiligen Hains betäubt waren und tagelang nicht gurren mochten. Man nannte sie Myrtale, stachliger *Mäusedornbusch,* weil sie mit vollem Haupthaar geboren wurde, das zunächst zu vielen kleinen Dornen zusammengeklebt war. Aber Mäusedornbusch ist kein Name für eine Fürstin; deshalb nannte sie sich Olympias, als sie größer wurde, und als Olympias wurde sie in die Mysterien eingeweiht, ging in den Tempel auf der Insel Samothrake und gewann dort das Herz des sühnenden Philipp.

Ja, ich weiß, viele sagen, es sei nicht das Herz gewesen, auch nicht die Leber, sondern ein anderer Körperteil. Man sagt auch, Philipp habe sich nicht so der Sühne und Zerknirschung ergeben, wie die Priester des Gottes es verlangten. Was hatte er schon zu sühnen? Er hatte ein Ungeheuer getötet, das – wie behauptet wird – seinen Vater und zwei seiner Brüder verschlungen hatte und noch andere aus dem Königshaus. Dies Ungeheuer war zufällig seine Mutter. Wie ihr natürlich wißt. So mußte er im Tempel von Samothrake den Mord an der Mutter sühnen und konnte sich zugleich der Gewißheit ergötzen, daß die Welt um ein Ungeheuer ärmer und also reicher war.

Herz, Leber, Phallos – ist denn nicht ein Teil wie alle anderen? Alles hat seinen Sinn, und ohne einander sind sie sinnlos. So war es zu Anfang auch mit Philipp und Olympias – sie haben einander versengt und loderten gemeinsam, daß die Nächte von Pella niemals dunkel wurden. Der gewaltige Kriegerfürst und die Frau aus Feuer und Malmen und Zauber ... Später, nun ja, später wurde es anders. Er hatte das Schwert, sie hatte die Ränke, und beides ist gleichermaßen tödlich. Niemand hat behauptet, sie habe mehr Männer durch Gift und Wörter getötet als er mit der Klinge, aber ihre Zunge und ihre Gedanken waren und sind ärger als Erz.

Ob sie ihn getötet hat? Philipp? Wer kann es wissen. Vielleicht waren es ihre gelehrigen Wölfe, ihre giftigen Spinnen, die Nattern, mit denen sie ihren Busen schmückte.

Vielleicht tut sie dies noch immer – den Busen mit Nattern und Vipern bekränzen. Ich weiß es nicht. Alexander hat den alten Antipatros zum Herrn in Pella gemacht und ihm gesagt, er solle Olympias ehren und von der Macht fernhalten. So gründlich hat Antipatros sie geehrt, so gründlich den anderen Teil des Auftrags erfüllt, daß sie vor Jahren wütend Pella verlassen und sich nach Epeiros begeben hat. Dort sitzt sie, badet im Schaum des eigenen Gifts und wartet auf den Tag, da Antipatros nicht mehr ist. Er ist ein Greis, der Tag wird bald kommen, und an diesem Tag, Freunde, will ich weit von Pella sein. Noch weiter als jetzt und hier.

Barsine, Tochter des Artabazos, Witwe und Mutter dreier Töchter von Mentor, Witwe und Mutter eines Sohnes von Memnon – und Mutter von Alexanders Erstgeborenem, Herakles. Barsine ist milder Liebreiz, üppige Mütterlichkeit; sie ist Fleisch und Blut, Honig und Milch, nicht Fleisch und Blut und ätzendes Gift. Ich habe sie gesehen und ihr gelauscht, und noch immer ist sie milde Anmut und sanfte Kraft. In Pergamon, nicht weit von hier, und wenn einer von euch nach Pergamon gelangen sollte, wird ihm vielleicht die Wonne zuteil, ihr zu begegnen, einen Blick oder gar ein Wort von ihr zu finden, am Wegrand oder mitten auf dem Markt.

Alexander, sagt man, habe sie geliebt, weil sie all das im Überfluß besitzt, was seiner Mutter fehlt. Ich weiß nicht, wie es sich damit verhält, Freunde, und auch nicht, ob ihr derlei wissen könnt. *Lieben, weil* – ich glaube, wir werden eher wissen, warum Blitz und Donner sind und der Mond und das Meer, als daß wir zum *Lieben* das *Weil* finden.

Mit zwei Frauen hat er sich vermählt. Aber was soll ich von der ersten sagen, der unvergleichlich Überwältigenden? Außer daß sie – wiewohl anders anzusehen – die jüngere Wiedergeburt der Mutter sein könnte oder eine jüngere, dunklere Zwillingsschwester von Olympias. Roxane – ah, wer sie zu beschreiben versucht, verfällt in Verzückung und Zuckungen, wird zum lallenden Knaben, der in den eigenen Säften ertrinkt. Ich habe sie gesehen, wie ich auch Olympias und Barsine gesehen habe. Seit ich sie sah, suche ich sie zu vergessen. Denn ich bin ein alter Mann und der Nacht anvermählt und dem Erzählen, aber Roxane ... Das Haar gesponnen aus den Fäden jener Spinne, deren Mutter die Nacht ist und deren Vater der Große Schwarze, der den Raum zwischen den Sternen frißt. Die Haut frisch geschmolzenes Gold, vermengt mit Sahne und ein wenig Kinnamon. Die Augen – ah, die Augen! Und die Lippen! Roxane ist schlüpfriges Feuer, ein Sengen, ein Verzehren – wie soll man das Unsagbare sagen, das Unvergleichliche vergleichen, die Unbeschreibliche beschreiben? Sie und Alexander … beide Eisen, beide Magnet füreinander. Einen Mond nach seinem Tod gebar sie ihm Alexandros, der jetzt, kaum zweieinhalb Jahre alt, zusammen mit Philippos Arridaios König ist. Sein soll. Nie sein wird.

Stateira, Tochter des Dareios … Mit Alexander bei der großen Verschmelzungsfeier in Susa vermählt, wie ihre Schwester Drypetis mit Hephaistion. Verschmelzung, aber kein Sengen. Als der König starb, sandte Roxane Boten nach Susa, um Stateira und Drypetis zu den Opfern und Feiern einzuladen. Hochschwanger ist sie ihnen einen halben Tag entgegengereist, um zu feiern und zu opfern. Mit eigener Hand hat sie beide gefeiert – dem Andenken Alexanders und der Zukunft ihres ungeborenen Sohns geopfert. Olympias hätte es nicht anders, nicht besser gemacht. Nicht furchtbarer.

Darum, Freunde, ehrt eure Frauen. Nicht nur darum – ehrt sie. Keiner von uns wird je Alexander sein, manche Frauen sind Barsine. Ehrt sie alle, denn keiner von uns weiß, wie viele zu Olympias oder Roxane werden könnten. Ehrt sie und freut euch, ergötzt euch dessen, was eure Frauen nicht sind. Noch nicht. Denn vielleicht finden wir nie ein *Weil* für das *Lieben,* aber gewiß habe ich euch einige *Weil Nicht* genannt.

KAPITEL II

Macht und Ohnmacht

Sänger, berausch dich an Wörtern;
Trinker, berausch dich an Wein;
Krieger, berausch dich an Blut.
Seht, der Machtrausch des Fürsten
ist sein Rausch eurer Ohnmacht.
Werdet nüchtern, beendet
seinen Rausch, dann berauscht euch
an der flüchtigen Freiheit.

DYMAS

Einige Zeit hing er zwischen Traum und Trug und wußte dabei, daß nichts von allem stimmte. Er watete durch kniehohes Gras und roch an Blüten, deren Kelche unbeschreiblich süß dufteten und geringelte Vipern waren. Von Götterbergen trieben Wolken übers Land, anmutige Wolken wie Brüste oder Frauenschenkel, kamen näher, um ihn zu erquicken, und barsten an seinem Schädel, wo sie nichts als Schmerzen hinterließen. Jemand – eine Gestalt ohne Gesicht, aber zweifellos der größte aller Verfertiger von Instrumenten – reichte ihm eine glänzende Kithara; als er die Saiten zupfen wollte, fanden die Finger seiner Rechten keinen Halt, griffen ins Leere, und die der linken Hand ... ah, die Tonhöhe verändern, aber die Saiten waren zwischen den Zähnen eines Krokodils gespannt, dessen Kiefer zusammenklappten und seine Hand zertrümmerten.

Die Erde schwankte. Rötlicher Nebel schob sich zwischen ihn und die Gesichter der anderen, die gute Freunde waren, unbekannte Freunde, deren Gesichter sich auflösten. Jemand reichte ihm Nektar, der in seinem Mund zu Jauche wurde.

Später baute er aus Traumfetzen und Dingen, die er vielleicht gesehen, vielleicht tatsächlich mit den Augen seines Fleischs betastet und geschmeckt hatte, ein Haus mit vielen leeren Zimmern, in denen er knietief in ätzenden Wolken watete. Noch später gelang es ihm, ein paar Atemzüge lang die Augen offen zu halten, aber dann kamen Geister mit Flammenfingern und drückten sie zu.

Er wußte nicht, wie viele Tage und Nächte vergingen, ehe er Schmerzen als Schmerzen empfand statt als Wolken. Er war umgeben von Schatten, die über den schwankenden Boden schwebten. Ein *daimon* – eines jener Wesen, die morgens nach einer durchzechten Nacht im Kopf nisten und mit heißen Nadeln die Augen aus dem Schädel zu treiben suchen – jagte mit einem bei jedem Schlag schmatzenden Hammer einen Nagel durch seine linke Hand, um sie an einem Widderhorn zu befestigen.

Etwas in ihm wollte, daß er die Bilder zu Versen formte, um sie zu singen, aber sein Mund war vernäht, und die Verse zerlegten sich zu zehnbeinigen Ameisen und liefen in die Wolken.

Dann war er wirklich wach. Er erinnerte sich an einen Speerstich – oder war es ein Schwertstich? –, der ihm die linke Hand durchbohrte, und an harte Gegenstände, Bretter vielleicht, die auf seinen Schädel prasselten. Geprasselt waren, aber der Schädel schmerzte noch immer.

Jemand hatte ihm Stücke aus dem Chiton gerissen, Kopf und Hand verbunden. Ein älterer Mann flößte ihm schales, grünliches Wasser ein und sagte, er befinde sich an Bord eines Schiffs. Seeräuber. Sklavenhändler.

Er schlief wieder ein. Danach war er an Bord eines anderen Schiffs, und seine Augen, die den Dienst wieder aufnahmen, lieferten dem Gehirn Bilder, aus denen es den Begriff *Kriegsschiff* formte. Irgendwo hinter ihm sagte ein Mann mit herber, befehlsgewohnter Stimme, eine der Frauen solle sich um den Verletzten kümmern. Jemand hob seinen Kopf, einen Schmerzensball, bettete ihn auf einen Schoß, der nach Frau und Schweiß und Schmutz roch, und gab ihm aus einer

Kelle frisches, sauberes Wasser zu trinken. Da beschloß etwas in ihm, das Leben noch ein wenig fortzusetzen.

Aus dem, was er in den nächsten Tagen hörte, setzte er eine Geschichte zusammen. Sie war ein Notbehelf, aber immerhin erlaubte sie es ihm, sich in der Wirklichkeit einzunisten. Er hatte ein Schiff gesehen, Männer hatten ihn überfallen und niedergeschlagen und an Bord des Schiffs gebracht, zusammen mit anderen. Seltsam daran war – andere bestätigten es –, daß sie nicht die jungen, schönen, kräftigen Frauen und Männer gesucht hatten, sondern Leute mittleren Alters, Frauen und Männer mit Kenntnissen. Vielleicht hatte sich der Herr der Seeräuber gesagt, daß gute Handwerker oder sogar Musiker auf dem Sklavenmarkt höhere Preise erzielen würden.

Er konnte den Seeräuber aber nicht mehr danach fragen. Was er, wenn er denn gekonnt hätte, nicht gekonnt haben würde. Ein lebender Seeräuber hätte ihn nicht fragen lassen und sicher nicht geantwortet; der tote Seeräuber konnte ihn nicht am Fragen hindern, aber ...

Dann sagte er sich, daß er wieder zu träumen oder Beeren des Irrsinns zu pflücken begann. Er sammelte sich und setzte die Geschichte neu zusammen. Fuhr fort, sie zusammenzusetzen. Man hatte ihn und die anderen Älteren in einen Hafen gebracht, und dort waren Käufer erschienen, hatten Münzen gezahlt und sie übernommen, sie auf ein anderes Schiff gebracht, das den Hafen verließ und auf See zu Kriegsschiffen fuhr. Sie hatten offenbar den Auftrag, die Menge der Seeräuber zu vermindern, und um sicher zu sein, daß in dem Hafen keine wackeren Fischer oder gewöhnlichen Kaufleute lagen, hatten sie Sklaven gekauft. Dann fuhren die Kriegsschiffe los, bis auf jenes, auf das man sie gebracht hatte. Jemand sagte danach, es werde nun nicht mehr so viele Überfälle geben, da man die Schiffe versenkt und die Seeräuber getötet habe; ein anderer sagte, es werde allenfalls ein paar Tage oder Monde dauern, bis neue Seeräuber mit neuen Schiffen unterwegs seien.

Die Frau, die sich um ihn kümmerte, hieß Kassandra. Seine Hand schmerzte, und sobald er sich aufsetzte, schwand die Welt.

»Die müssen heftig zugeschlagen haben«, sagte Kassandra. »Bleib liegen.«

»Dein Schoß ist angenehm, aber er ist für erfreulichere Verrichtungen geschaffen.«

Sie lachte. »Ich glaube, es geht dir schon besser.«

An dem Morgen, an dem sie in einen Hafen einliefen, konnte er sich erstmals aufsetzen, ohne gleich wieder umzufallen. Er hatte viele Häfen gesehen, aber er fand nichts, woran er sich erinnerte.

»Weißt du, wo wir sind?« sagte er.

Kassandra kniete neben ihm und gab ihm einen Becher mit Wasser; in der anderen Hand hielt sie einen halben Brotfladen. »Jemand hat Patara gesagt. Kennst du die Stadt?«

»Ah. Nein, ich bin nie hier gewesen. Aber ich weiß, wo Patara liegt.«

»Du scheinst wach. Wacher als bisher.«

Er trank und gab ihr den Becher zurück, damit sie ihn an andere Gefangene weiterreichen konnte. »Ich glaube, ich lebe noch. Oder wieder.«

»Dann brauchst du mich ja nicht mehr.« Es klang fast bedauernd.

»Bis dahin ist es noch ein Weilchen. Bleib. Und laß dich anschauen.«

Sie lächelte flüchtig. »Das lohnt sich erst wieder, wenn ich mich gereinigt habe. Falls die uns je …«

Er wartete, aber sie sprach nicht weiter. Zum ersten Mal betrachtete er sie gründlich. Vorher waren ihre Züge immer wieder zerfallen, zerfasert, hatten zu schwimmen oder in den Wolken zu treiben begonnen. Nun sah er eine junge hübsche Frau, Anfang Zwanzig, das Haar zu lange nicht gewaschen, verkrustet von Salz, Schweiß und Schmutz, wie der verdreckte, ausgefranste Chiton.

»Woher kommst du? Und warum hat man dich Kassandra genannt?«

Als sie lachte, sah er weiße Zähne. »Die Künderin des Unheils«, sagte sie. »Meine Mutter ist bei meiner Geburt gestorben. Deshalb. Ich komme aus der Nähe von Milet.«

Er versuchte zu nicken – vorsichtig; der Kopf schmerzte noch immer. »Kassandra ... Wie ich die Leute in den kleinen Orten kenne, haben sie beschlossen, daß du Unheil anziehst, nicht wahr? So, wie du sprichst, hast du nicht die ganze Zeit in einem Fischerdorf oder unter Bauern verbracht. In der Stadt? Und ... wovon soll eine junge schöne Frau dort leben?«

Er sah, wie sie die Augen zusammenkniff. »Du bist scharfsinnig. Man hat mich verheiratet, ich habe Kinder geboren, die nicht leben wollten; dann bin ich als Dirne in Milet gewesen, bis mein Vater nicht mehr allein fischen konnte und mich gebeten hat, ihm zu helfen. Die Seeräuber haben ihn getötet und mich gefangen. Das ist meine Geschichte.«

Er tastete nach ihrer Hand. Unter dem rauhen, salzigen Schmutz war sie kräftig, und wenn er sich nicht irrte, hatte sie bis vor nicht allzu langer Zeit die Nägel gefeilt und die Nagelbetten gesäubert. »Kind«, sagte er. »Schau mich an.«

Sie lächelte, fast ein wenig traurig. »Es ist nicht so lange her, daß ein Mann mich anders als mit Kind angeredet hat.«

»Es wird nicht mehr lange hin sein, bis mir bei deinem Anblick andere Anreden einfallen.«

Sie lachte. »Wer bist du? Ich kenne nicht einmal deinen Namen. Woher, was ...«

Er legte einen Finger auf ihre Lippen. »Später«, sagte er. »Wenn ich mich nicht irre, habe ich in diesem Hafen, den ich nicht kenne, einen guten Freund. Nun ja, einen alten Bekannten. Wirst du mir helfen? Ich muß mich auf jemanden stützen.«

Sie zuckte mit den Schultern. »Wir sind für den Sklavenmarkt bestimmt. Ich glaube nicht, daß sie dich Freunde suchen lassen.«

»Weißt du, wie der Herr der Flotte heißt? Oder der Trierarch dieses Schiffs?«

»Der Trierarch? Nein. Aber der Oberste an Bord heißt Pandios.«

»Hilf mir auf die Beine.«

Kassandra holte eine zweite Frau dazu, mit der sie sich häufiger beinahe freundschaftlich unterhalten hatte. Sie hieß Omphale und half, ihn auf die Beine zu bringen.

Er schwankte, ächzte und biß die Zähne zusammen. »Wer ist für uns zuständig?«

»Der dicke Sklavenmeister da hinten.«

»Ruft ihn.«

Kassandra rief. Omphale murmelte: »Oh, ich kann die Peitsche schon fühlen.«

Der dicke Mann kam langsam näher. »Was ist das für ein Geschrei?«

»Wieviel gilt dir die Freundschaft von Fürsten?« sagte Dymas; er sprach betont hochnäsig, fast reines Attisch.

Der Sklavenmeister runzelte die Stirn. »Was soll das? Wer bist du?«

»Ein Freund deiner Fürsten, zufällig Beute geworden. Wenn das hier Patara ist, müßte mein Freund Nearchos in der Nähe sein.«

Der Sklavenmeister grinste. »Nearchos? Dein Freund. Ha.« Er sah sich um. »Ist hier noch jemand vielleicht mit Alexander oder anderen Göttern befreundet?«

»Wenn du Wert auf Gesundheit, Reichtum und langes Leben legst, wirst du jetzt sofort zu Pandios gehen und ihm sagen, er möge einen Boten zu Nearchos schicken«, sagte Dymas. »Wenn du lieber ausgepeitscht wirst, unterlaß es.« Er richtete sich auf, so gut er konnte, und blickte finster auf den Sklavenmeister hinab.

Der Mann schien zu zögern. Dann hob er die Schultern und ging zum Achterdeck.

»Wer bist du?« sagte Kassandra noch einmal.

»Er klingt jedenfalls so, als ob er öfter befohlen als gehorcht hätte.« Omphale kicherte und kniff Dymas in die Seite. »Bist du wirklich wichtig?«

»Ich bin unwichtig, ihr Schönen«, sagte er. »Aber das wissen nur wir drei.«

Sie warteten. Die Ruderer der linken Seite holten die Riemen ein. Die Triere schob sich mit der restlichen Fahrt weiter in den Hafen, zu einer Mole.

Pandios kam mit dem Sklavenmeister und einem der Offiziere des Schiffs; ihnen folgte ein stämmiger Mann mit groben Zügen, der die Peitsche hielt.

»Irgend jemand hat hier große Reden gehalten«, sagte Pandios. »Du? Ah.« Er musterte Dymas mit ausdruckslosem Gesicht, dann blickte er den Mann mit der Peitsche an. »Zieh ihm das Fell ab.«

Dymas versuchte, allein zu stehen. Er schob die beiden Frauen von sich. »Wenn du so leichtsinnig sein willst, bitte sehr. Aber vorher schick doch einen Boten zu Nearchos und frag ihn, wieviel ihm die Haut von Dymas wert ist. Ihm und dem Einäugigen.«

»Dymas?« Pandios schien zu stutzen.

»Dymas von Herakleia.«

»Du? Dymas?« Pandios schaute auf die verbundene linke Hand und rümpfte die Nase.

»Damit kann ich dir nichts vorspielen«, sagte Dymas. »Ich weiß auch nicht, was aus meiner Kithara geworden ist. Aber ich freue mich schon auf den Gesang, den *du* anstimmen wirst, wenn Nearchos und Antigonos mit dir fertig sind.«

Pandios' Wangenmuskeln arbeiteten. Er blickte zum Kai, dann zur anderen Seite. Als überlege er, sagte sich Dymas, ob er mich nicht unauffällig ins Wasser werfen kann. Dann zuckte der Nauarch die Achseln und winkte einem der müßig zuschauenden Krieger.

»Zu Nearchos. Mit der Bitte, er möge sich herablassen, bei der Klärung eines kleinen Mißverständnisses zu helfen.«

Nach den Tagen der Benommenheit, der Kopfschmerzen und des Schwindels genoß Dymas es, aufrecht zu stehen und mehr als die Beine von anderen zu sehen.

Warten. Ruder wurden eingezogen und verstaut; ein Teil der Soldaten hatte den Sklaven bei Räum- und Stauarbeiten zu helfen, ein anderer Teil verließ das Schiff. Pandios ging zum Mast und setzte sich auf eine dort stehende Kiste. Der dicke Sklavenmeister ging zu ihm, sagte etwas, erhielt eine Antwort, kam zurück und trieb die anderen Gefangenen zusammen.

Dymas räusperte sich und sagte: »Nein.«

»Was?«

»Nein. Die bleiben hier. Auch über sie wird Nearchos befinden.«

Der Dicke hob die Arme, schüttelte den Kopf und ging wieder zu Pandios.

Noch mehr warten. Kassandra und Omphale betrachteten den Rücken des sich entfernenden Sklavenmeisters, wechselten Blicke und traten neben Dymas.

»Bist du wirklich der große Kitharode?« sagte Kassandra.

»Für mich bin ich klein und unwichtig«, sagte Dymas. »Und für euch – bin ich dankbar, weil ihr mir geholfen habt. In einem anderen Leben, als ich frei war und heile Hände hatte, war ich Dymas. Vielleicht werde ich es wieder.«

»Aber wie kommst du hierher?«

»Wie ihr. Man hat mich gefangen.«

Beinahe verträumt sagte Omphale: »Er hat für Philipp und Alexander gespielt, für das Gold von Fürsten und die Freundschaft von Feldherren – und jetzt soll ich glauben, daß er hier als Ware für den Sklavenmarkt steht?«

Vom Tor der Hafenfestung kamen mehrere Männer sehr schnellen Schritts näher. Dymas gestattete sich einen lautlosen Seufzer der Erleichterung, als er Nearchos erkannte.

Der Kreter kam an Bord, gefolgt von vier Offizieren. Er schaute sich um, streifte die Gruppe der Sklaven mit einem Blick, sah Pandios, der sich von seiner Kiste erhob, schüttelte den Kopf, blickte wieder die Sklaven an. Und begann zu lächeln.

»Herr«, sagte Pandios, der den Weg vom Mast schneller zurückgelegt hatte als zuvor den Hinweg. »Dieser da behauptet, er sei der große Kitharode Dymas.«

»So, behauptet er das?«

»In der Tat, Herr. Ich glaube ihm nicht, aber zur Sicherheit … immerhin …«

»Tja«, sagte Nearchos. Aus dem Lächeln war ein breites Grinsen geworden. »Alter Freund, wo hast du dich nur herumgetrieben? Irgendwie dachte ich nach deinem Verschwinden aus Babylon, daß ich dich erst in der Unterwelt wiedersehe. Was ist mit dem Kopf? Und der Hand?« Er legte beide Hände auf Dymas' Schultern und drückte kräftig.

»Eine lange Geschichte«, sagte Dymas. »Nicht so lang wie deine, Herr aller Kriegsschiffe des Einäugigen, aber zu lang, um sie hier im Stehen zu erzählen.«

Nearchos nickte. »Dann laß uns die Unterredung an einem erfreulicheren Ort fortsetzen. Oder erst richtig beginnen. Hast du einen Reisebeutel? Deine Kithara?«

Dymas deutete auf den Sklavenmeister, der sich zehn Schritt entfernt herumdrückte. Als ob er möglichst viel sehen, aber nicht gesehen werden wolle.

»Du da. Habt ihr Dinge an Bord genommen, die mir und den anderen hier gehören könnten?«

»Ich ... ich weiß es nicht, Herr.«

»Sieh nach«, sagte Nearchos. »Sieh schnell und gründlich nach. Ich warte nicht gern.«

»Vielleicht sollten die anderen hier ihn begleiten. Sie werden ihre Sachen schneller erkennen als er.«

Nearchos schob die Unterlippe vor. »Verstehe ich dich richtig? Die anderen hier ...«

»Sie alle sind genauso schuldlos wie ich in diese Lage geraten.«

»Ah. Du willst sie mitnehmen?«

»Wenn sich das, was ich besessen habe, irgendwo findet, will ich sie dir notfalls abkaufen.«

»Und wenn nicht?«

Dymas lachte. »Mußt du mir ein Darlehen gewähren.«

Die Ledertasche mit der Kithara fand sich tatsächlich zwischen allerlei Gerümpel, Decken und Säcken in einem Stapelraum. Der Reisebeutel fehlte, und die anderen Gefangenen sagten, sie hätten nur das bei sich gehabt, was sie am Leibe trugen. Außer Hörweite von Dymas gab Nearchos Pandios und dem Trierarchen einige offenbar scharfe Anweisungen, den Gebärden und Mienen nach; dann forderte er Dymas und die übrigen auf, zur Hafenfestung zu gehen. Omphale trug die Kithara, und Dymas, der sich plötzlich wieder sehr schwach fühlte, stützte sich auf Kassandra, die ihm versprach, seinen Kopf zu suchen, falls dieser davonflöge.

Nearchos hatte andere Dinge zu erledigen – wichtigere. Er betraute einen seiner Schreiber mit den nötigen Befragungen. Dymas und die anderen wurden zunächst in einem großen Raum der Festung untergebracht, erhielten Decken und Essen und konnten die Bäder benutzen. Dymas verbrachte den Nachmittag dösend. Nearchos' Diener hatten ihn in üppigere Räumlichkeiten bringen wollen, aber er bestand darauf, das Los der anderen zu teilen, bis er sicher war, daß er sich nicht mehr um sie sorgen mußte.

Abends kam Nearchos selbst zu ihnen. Er hockte sich neben Dymas' Lager und betrachtete ihn teils erheitert, teils mißmutig, wie es schien.

»Dummer alter Dymas«, sagte er. »Warum verschmähst du die Gemächer für geehrte Gäste?«

»Ich mag mich erst ehren lassen, wenn ich weiß, daß die hier keine Sklaven mehr sind.«

»Das ist erledigt.« Nearchos winkte seinen Schreiber herbei; ihm folgten zwei Männer mit kleinen, eisenbeschlagenen Kisten.

Nearchos stand auf und wandte sich an die anderen. »Hört zu. Dieser hier, Dymas, hat darauf bestanden, daß an euch begangenes Unrecht aufzuheben und umzukehren sei.

Unsere Schiffe haben den Seeräubern dies und das abgenommen, darunter auch Münzen. Ihr seid neunzehn …«

»Zwanzig«, sagte Dymas.

»Ja, ja, schon gut, du auch, also zwanzig. Jeder von euch wird gleich hundert Drachmen erhalten.« Er hob die Hand, um das Gemurmel und die Ausrufe zu beenden. »Wie ich von meinem Schreiber höre, seid ihr alle aus Karien oder von den Inseln davor. Ein langer Weg für den, der gehen muß – mit dem Schiff nur zwei Tagereisen. Übermorgen früh werdet ihr an Bord einer Triere gehen, die etwas nach Halikarnassos bringen soll. Von dort müßt ihr sehen, wie ihr heimkommt, aber es ist dann nicht mehr weit. Und bis zum Aufbruch seid ihr Gäste der Festung.«

Etliche der nun nicht mehr Gefangenen kamen herbei und knieten, um Nearchos die Hand zu küssen. Er wehrte ab und sagte: »Dankt Dymas, aber dankt ihm vorsichtig; er ist noch zu schwach für große Aufwallungen.« Leiser setzte er hinzu: »Und du, alter Freund – zufrieden? Magst du jetzt endlich umziehen?«

»Nur wenn ich dir demnächst geziemend danken darf.«

»Du darfst, du darfst.« Nearchos lächelte. »Du kannst dir etwas einfallen lassen. Ich habe zwei Tage im Hinterland zu tun. Übermorgen, wenn die hier alle fort sind, wird meine Gattin heimkehren, und übermorgen abend feiern wir mit dir ein Fest. Vielleicht fällt dir ja bis dahin etwas ein.«

Diener brachten Dymas in ein verschwenderisch ausgestattetes Gemach, badeten und salbten ihn, legten neue Kleidung für ihn zurecht und nahmen die schmierigen alten Fetzen mit. Ein Heiler kam, betastete seinen Kopf und untersuchte die Hand. Nach einigen schmerzhaften Dehnungen und Biegungen machte er ihm einen sauberen Verband.

»Schwindel und Schmerzen im Kopf werden enden, morgen, spätestens bald danach. Die Hand ... ich bin nicht ganz sicher, aber ich glaube, es sind nur das Fleisch und ein paar kleinere Knochen betroffen. Fünf Tage, hörst du? Nicht eher; danach solltest du wieder mit der Kithara beginnen können.«

KAPITEL 12

Der weite Ritt

Bäume bleiben. Du ohne Wurzeln
darfst dich bewegen, gehen und reiten;
Meere, Ebenen, Berge und Flüsse
und die Menschen sehen und spüren.
Haben gequälte Sklaven des Königs
diese Straße gebaut oder Freie,
dumpfe Ochsen den Weg getrampelt?
Bahnten den Pfad geschmeidige Panther?
Frag. Und wenn du es weißt, zieh weiter;
Wissen soll dich fördern, nicht hemmen.
Da ist der Weg. Er wird dich verwandeln.
Unveränderlich sind nur die Toten.

DYMAS

Lysandros, zwölf Reiter, Packpferde, Zelte, Vorräte ... und Eumenes hatte ihr nicht nur den Rappen geschenkt, sondern aus der Beute einen Beutel mit Münzen überreicht, zusammen an die fünfhundert Drachmen in Gold und Silber.

Zwei Tage dachte Tomyris über dies und jenes nach, während sie nach Süden ritten. Am Abend des zweiten Tages schlugen sie das Lager in der Nähe eines kleinen Gebirgsbachs auf, und nach dem Essen am Feuer zwischen den Zelten bat sie Lysandros um eine Unterredung.

Er folgte ihr dorthin, wo der Bach sich über die Felskante stürzte. Gut hundert Schritt unter ihnen erstreckte sich die Ebene, kaum erhellt von dem kargen Mond und den Sternen.

»Sind wir noch im Land von Eumenes?« sagte sie.

»Kappadokien, ja. Vier, fünf Tage weiter südlich beginnt das Land, das Antigonos verwaltet.«

»Dein Bruder ...«

Lysandros sog Luft durch die Zähne. »Lysanias. Was ist mit ihm?«

»Wird er nicht eher nach Westen reiten? Oder Nordwesten?«

»Wahrscheinlich.«

»Dann sollte ich euch hier verlassen. Oder hätte von Anfang an nicht mit euch reiten sollen.«

Lysandros stieß ein Geräusch zwischen Glucksen und Räuspern aus. »Dann wärst du jetzt schon tot.«

»Ich bin nicht leicht zu töten.«

»Das habe ich gesehen, Fürstin.«

Sie berührte seinen Arm. »Ich höre den Spott, und wenn es nicht dunkel wäre, sähe ich ihn in deinem Gesicht. Laß die Fürstin beiseite. Eumenes hat das erfunden, um eure Kämpfer zu beeindrucken.«

»Gut. Tomyris. Aber Fürstin oder nicht – das Land westlich wimmelt von den Leuten, die für Antipatros und Krateros kämpfen. Und von den Überlebenden aus dem Heer des Neoptolemos.«

»Ich weiß. Trotzdem. Ich bin nicht so überzeugt davon, daß mich dort jemand erkennt. Warum soll ich nicht einfach ...«

Er unterbrach sie. »Weil Eumenes es so befohlen hat. Wie ich dir schon gestern abend sagte.«

»Gestern hast du gesagt, dem Befehl zufolge sollten wir zunächst ein wenig nach Süden, dann nach Westen reiten. Wieviel ist ein wenig? Wir entfernen uns immer mehr von meinem Ziel.«

»Dein Ziel bewegt sich.«

Sie seufzte. »Das wird ein längeres Gespräch. Laß es uns in meinem Zelt fortsetzen, mit einem Schluck Wein.«

Lysandros schien zu zögern. Dann sagte er: »Gern. Aber laß mich zuerst noch die Wachen einteilen und den Männern ... Befehle geben. Damit sie nichts mißverstehen.«

»Eine Skythin und ein Makedone allein in einem Zelt? Ist es das?«

»Das und ein paar andere Dinge. Geh vor, ich komme sofort nach.«

»Bring Feuer mit.« Leiser setzte sie hinzu: »Ich habe Wein. Und abgesehen von Fragen und Antworten – wir haben zusammen gekämpft und gesiegt. Aber den Sieg haben wir noch nicht gefeiert.«

Lysandros sagte halblaut: »Uh.«

Als er gegangen war, blickte sie noch einmal hinaus über die nahezu unsichtbare Ebene. Zwei Möglichkeiten, dachte sie; dann schnalzte sie leise und verbesserte sich: zweimal zwei. Zwei für jeden.

Mit wenigen Handgriffen im Dunkeln bereitete sie alles vor. Als Lysandros mit einer kleinen Fackel das Zelt betrat und den Eingang hinter sich zuzog, tastete sie noch einmal nach dem Messer. Sie stützte sich auf die Ellenbogen und verschob die Decke.

»Ist das bei euch so?« sagte er.

»Was?« Sie winkelte das rechte Knie an und lächelte.

Er befestigte die Fackel am größten Tragpfosten und streifte seinen Umhang ab. »Daß die Frauen den ersten Schritt tun.«

»Ist es bei euch anders?«

Er nickte. Dann bewegte er sich zur Seite, so daß das Licht der Fackel auf Tomyris und das Lager fiel.

»Stört es dich?« Sie langte unter den Chiton und streifte den Leibschurz ab.

»Ich bin begeistert.« Seine Stimme klang belegt.

Sie streckt eine Hand aus. »Mach schon.«

Lysandros war nicht der größte noch der standhafteste aller Liebhaber, aber nach der langen Zeit war sie durchaus zufrieden. Als sie keuchend nebeneinanderlagen, tastete sie nach seinem Schurz, den er neben dem Lager gelassen hatte, und ohne große Überraschung fand sie darunter einen Dolch. Sie schloß die Finger um den Griff. In diesem Moment spürte sie etwas Kaltes am Hals. Ohne ihre Lage zu ändern, bewegte sie den Arm und drückte die Klinge gegen die Lende des Makedonen.

»Ah«, sagte Lysandros.

»Wie geht es jetzt weiter?« Tomyris wandte den Kopf, so daß sie ihn anschauen konnte. Er hatte die Augen weit geöffnet; ein halb überraschtes, halb spöttisches Lächeln zuckte um seinen Mund.

»Waffengleichheit«, murmelte er.

Tomyris überlegte. »Wir könnten es beenden; dann werden deine Leute zwei Leichen zu besorgen haben. Wir könnten uns auch langsam aufrichten und dann reden.«

»Ich zähle«, sagte Lysandros. Er entblößte die Zähne in einem schrägen Grinsen. »Bei drei auseinander, einverstanden?«

»Gut.«

Als sie spürte, daß die Klinge ihren Hals verließ, schnellte Tomyris mit einer halben Drehung ans Fußende des Lagers, kam in die Hocke und hielt das Messer stoßbereit. Lysandros bewegte sich langsam von ihr fort, setzte sich aufrecht und hob das Messer.

»Wollen wir sie weglegen? Du meins, ich deins?«

Tomyris nickte. »Laß sie uns zum Zelteingang werfen.«

»Bei drei?«

»Einverstanden.«

Ohne die Messer blieben sie etwa zwei Schritt voneinander entfernt; sie hockte, er saß. »Und jetzt?« sagte er.

»Ein paar Fragen.«

»Du kennst die Antworten doch.«

»Wahrscheinlich. Trotzdem.«

Er hob die Brauen. »Wie du meinst. Laß mich anfangen. Warum hast du das Messer mitgenommen?«

»Ich könnte sagen, eine Skythin trennt sich auch beim Beilager nicht von ihrer Waffe.«

»Könntest du.« Nun lächelte er. »Übrigens – ich danke dir für einen großen Genuß. Kann sein, daß die Klingen zusätzliche Würze waren. Nicht daß du der Würze bedürftest.«

»Es war gut. Würze oder nicht.«

»Nun sag, warum?«

»Eumenes ist kein Makedone. Er darf sich euch gegenüber nicht die geringste Blöße geben. Die Schlacht ...« Sie sprach nicht weiter.

Lysandros wartete ein paar Atemzüge lang. Dann sagte er: »Sie hätten dich am liebsten noch auf dem Schlachtfeld zur Königin gemacht. Oder zur Nebenkönigin. Du hast recht; das kann er nicht dulden. Außerdem ist er eitel.«

»Wie er mich angesehen hat ...« Sie lachte leise. »Er hätte mich am liebsten gleich hinrichten lassen, nicht wahr?«

»Das wäre schwierig geworden.«

»Wie auch immer. Ich weiß, daß Eumenes geizig ist. Habgierig und geizig. Ich habe gehört, daß Alexander irgendwann in Indien Geld brauchte. Alle mußten das, was sie hatten, abliefern. Angeblich hat Eumenes eine große Summe geliefert, aber mehr als doppelt soviel zurückgehalten.«

Lysandros grinste. »Und Alexander hat sein Zelt anzünden lassen; da kam das alles zum Vorschein. Fünfhundert Talente, glaube ich. Und? Was ist mit dem Geiz?«

»Der Geiz von Eumenes und seine Eitelkeit«, sagte Tomyris versonnen. »Er hat mir ein schönes Pferd und fünfhundert Drachmen gegeben. Und dich und die Männer als Begleitung. Damit ihr mich irgendwo, außer Sichtweite der anderen, tötet und ihm das Geld zurückbringt.«

»Den Hengst auch.«

»Und es muß weiter weg sein, damit die Gefahr, daß man meine Leiche findet, nicht so groß ist. Also nicht am ersten Tag. Wir haben heute fünf Dörfer gemieden – in einem Land, für das Eumenes zuständig ist. Keiner sollte mich sehen. Heute war der zweite Tag. Ich mußte damit rechnen, daß in dieser Nacht ...«

»Oder morgen früh. Ja.« Lysandros preßte die Lippen aufeinander und schob das Kinn vor. »Es gibt Befehle, denen ich ungern gehorche.«

»Dann laß uns doch bereden, wie wir diesen Knoten lösen können.«

»Ich könnte den Männern immer noch sagen, sie sollen es jetzt sofort erledigen.«

»Könntest du?«

Er stöhnte leise. »Was schlägst du vor?«

»Ihr hattet die Absicht, den Befehl am Morgen auszuführen. Ich bin in der Nacht entflohen.«

»Und die Wachen?«

»Du kannst nicht schlafen, stehst auf und redest mit ihnen. Dadurch sind sie abgelenkt. Irgendwie muß es der listigen Skythin gelungen sein, in diesem Augenblick zu verschwinden. Ihr Zelt hat sie zurückgelassen.«

»Und deine Decken? Deine Beutel?«

»Die werde ich lautlos mitnehmen.«

»Wohin willst du reiten?«

Sie zögerte. »Tja.«

»Was ich über das Land gesagt habe …« Er räusperte sich. »Die Überlebenden der Schlacht, auch mein Bruder, werden sich zu Krateros begeben. Nach allem, was wir wissen, hält er sich weiter westlich auf, wahrscheinlich nah am Hellespont.«

»Was macht ihr? Morgen?«

»Wir reiten weiter. Ich habe Perdikkas den Sieg zu melden und weitere Befehle zu erbitten.«

»Also, ihr reitet nach Süden? Dein Bruder ist im Westen, aber einfach so, offen, kann ich nicht dorthin reiten, wie du gesagt hast. Was rätst du mir?«

»Südwesten«, sagte er. »Wenn ich mich nicht irre, was die Entfernungen angeht, müßtest du morgen nachmittag oder ein bißchen später die Grenze zwischen Kappadokien und Phrygien erreichen. Die Satrapie des Antigonos. Er hat sich bisher nicht in die Auseinandersetzungen ziehen lassen.«

»Phrygien?« Sie schwieg ein paar Atemzüge lang. Dann sagte sie: »Und dort könnte ich mehr erfahren, nicht wahr? Von Phrygien nach Nordwesten, um deinen ... um Lysanias zu finden.«

»In den nächsten Tagen und Monden werden viele Boten unterwegs sein. Vielleicht kommt es zum Kampf zwischen uns, also Eumenes, und den Leuten von Krateros und Antipatros. Vielleicht suchen sie aber auch einen Ausgleich.«

»Ist das denkbar?«

Lysandros spreizte die Arme ab. »Zwischen Krieg und Frieden ist alles möglich. Vielleicht kommt Lysanias in zehn Tagen als Bote von Krateros zu Antigonos. Vergiß nicht, er ist kein einfacher Krieger.«

»Genau wie du.«

»Wie ich, ja. Nur anders.«

»Dann sollte ich mich jetzt fertigmachen.« Sie richtete sich in der Hocke auf und schob die Hand unter den Chiton.

Lysandros betrachtete sie aufmerksam. »Was machst du da?«

»Die Schwimmblase eines Fischs«, sagte sie. »Um deine Säfte aufzuhalten. Ein Kind unterwegs wäre nicht gut.«

»Laß sie doch noch ein Weilchen in deinem Portal.«

»Ah.«

Er streckte die Hand aus. »Komm, Fürstin der Steppe und des Beilagers. Diesmal ohne Messer. Laß uns köstlichen Abschied feiern, nach der Feier des Siegs.«

Manchmal war sie des Reitens überdrüssig. Manchmal wünschte sie sich eine andere Art des Reitens, dachte an Lysandros, lächelte und verfluchte ihn. Er hatte sie in die Irre geführt – aber vielleicht waren seine falschen Angaben hinsichtlich der Satrapiegrenzen ja keiner bösen Absicht entsprungen. Möglicherweise wußte er es nicht besser.

Was sie bezweifelte. Ein Unterführer, der Botschaften zu Perdikkas nach Syrien oder Babylon bringen sollte, mußte sich auskennen. Wäre sie, wie von ihm vorgeschlagen, nach Südwesten geritten, hätte sie Kappadokien nicht verlassen. Phrygien lag im Westen. Also ritt sie dorthin, dann wieder ein wenig nach Norden, immer in der Hoffnung, die alte Königstraße der Perser zu erreichen, die von Susa bis Sardes führte, angeblich besser zu bereisen und vor allem von Orten umgeben war. Mit Siddiqis Karawane war sie weiter nördlich gezogen, auf einem Handelsweg, und sie konnte sich nicht erinnern, auf dem Ritt nach Süden mit Lysandros die Königstraße berührt zu haben. Vielleicht, sagte sie sich, haben wir nachts darauf gezeltet.

Als sie die Straße erreichte und sich nach Westen wandte, fand sie belebte Rastplätze, Gasthäuser, Dörfer, befestigte Gehöfte. Menschen, die Geschichten erzählten, Scherze machten und ihre Kenntnisse mehrten.

»Antigonos, Phrygien?« sagte ein Mann, der mit einer Karawane aus Eseln nach Norden wollte, ans Meer, nach Trapezos. »Der ist nicht mehr in Phrygien. Nur noch im Süden – diese Randsatrapien am Meer, Pisidien und Pamphylien, so was. Hat sich gegen Perdikkas gestellt.«

»Er ist also gar nicht unparteiisch?«

»War er nie. Als Perdikkas und Eumenes Kappadokien erobert haben, haben sie ihm ein bißchen Land genommen und dafür Befehle gegeben. Hat ihm nicht gefallen. Er steht jetzt auf der Seite von Antipatros.«

Sie fand alles sehr verwirrend. Der Hengst Kyros, den sie nur Kurusch nannte, trug sie schnell oder gemächlich, wie sie gerade wollte, aber manchmal war sie des Reitens überdrüssig.

Rasten, sagte sie sich. Länger rasten und Kenntnisse erwerben. Der Oheim in der Steinstadt hatte sie gewarnt – sie sei längst nicht ausreichend belehrt, müsse noch warten, lernen, dies und das üben. Aber was wissen schon die Alten! Inzwischen gab sie ihm recht. Was ihr nicht half.

Das Geld von Eumenes hatte sie natürlich behalten, bisher aber noch nicht angebrochen. Sie war ja nicht mittellos aus der Steppe gekommen, hatte für die Arbeit in Siddiqis Karawane Geld erhalten und nur wenig ausgeben müssen. Kein Grund also, nicht irgendwo zu verweilen und zu lernen. Aber wo? Von wem? Vielleicht fand sie einen zweiten Lysandros, zu nächtlichem Beritt und täglicher Unterweisung. Vielleicht würde der ihr ebenso viele Lügen erzählen wie der andere.

Einmal rastete sie abends allein, nicht weit von der Straße bei ein paar Bäumen und einem kleinen Brunnen. In der Dämmerung näherten sich vier Reiter von Norden her, aus dem steinigen Hochland. Sie ritten um sie, um die Baumgruppe herum, als ob sie sich versichern wollten, daß da wirklich nur diese eine Person mit zwei Pferden war. Dann kamen sie näher. Zwei der Männer stiegen ab, die beiden anderen blieben auf den Pferden, hielten aber Speere wurfbereit.

Tomyris blieb neben dem Brunnen auf ihren Decken sitzen, das blanke Schwert über den Knien, den Dolch griffbereit – es war der von Lysandros; sie hatten getauscht – und einen Speer in Reichweite.

»Frau«, sagte der erste der Männer, als er vier Schritt entfernt stehenblieb. »Gib Geld und Waffen. Wenn du dich nicht wehrst, können wir uns zu fünft noch ein bißchen vergnügen, und du wirst den morgigen Tag lebend erreichen.«

»Mann«, sagte sie. »Haben deine Götter dir bestimmt, an einem einsamen Brunnen unter Bäumen von einer Skythin getötet zu werden?«

»Skythin? Du?«

»Hör nicht auf sie«, sagte der zweite Abgestiegene. »Komm, wir schnappen sie uns.«

Der erste zog das Messer und stürzte sich einfach auf sie. Es war ein plumper Angriff. Sie stieß mit dem Schwert zu, spürte die Klinge in etwas Weiches eindringen, rollte seitlich vom Brunnen fort, kam auf die Beine, warf das Messer nach dem zweiten und schlug mit dem Schwert einen herbeisausenden Speer beiseite.

Der erste der Angreifer lag zuckend in einer schnell größer werdenden Lache. Der zweite versuchte, mit der linken Hand das geworfene Messer aus seiner rechten Schulter zu ziehen.

»Skythin, was?« sagte der vierte, den Speer noch in der Hand. Dann riß er die Augen weit auf. »Bist du etwa diese skythische Fürstin, die allein ein halbes Heer besiegt hat?«

»Reitet weg und nehmt den da mit«, sagte sie. »Ich mag nicht neben toten Trotteln rasten. Und preist eure Götter, daß sie euch nicht alle zugleich holen wollten.«

Die Männer hoben den Toten auf sein Pferd, banden ihm unter dem Pferdebauch Arme und Beine zusammen und ritten davon.

So erfuhr Tomyris, daß sie inzwischen berühmt war. Und sie beschloß, den Ruhm dort, wo er helfen konnte, zu nutzen; wo es ihr zweifelhaft erschien, wollte sie sich als Rhoio, Witwe eines baktrischen Händlers, ausgeben.

Immer wieder stieß sie unterwegs auf Spuren der geschlagenen Kämpfer des Neoptolemos: weggeworfene Waffen oder Rüstungsteile, Pferdekadaver, Fährten größerer Gruppen von

Reitern und Fußkämpfern. Und Berichte geplünderter Bauern. In einem Rasthaus außerhalb von Ankyra sagte man ihr, Antipatros und Krateros zögen ein großes Heer zusammen, und dorthin seien die Reste von Neoptolemos' Truppen unterwegs.

»Wißt ihr, wo das Heerlager ist?«

Alle im Schankraum waren sich einig, daß der schnellste Weg von Makedonien und Thrakien zu den asiatischen Satrapien der sei, den vor Jahren auch Alexander genommen habe. »Am Meer des Aigeus entlang und dann nicht weit von Troja übersetzen. Da ist das Wasser am schmalsten. Da werden sie wohl alle Truppen sammeln.«

In der Nähe von Gordion hörte sie, eine skythische Fürstin sei auf einem schwarzen, feuerspeienden Pferd unterwegs, um einen Makedonen zu töten, der ihre Mutter und Schwestern geschändet habe. Mit Bedauern verkaufte sie den wunderbaren Hengst; für die Hälfte des erzielten Preises erstand sie ein weniger auffälliges Pferd, das sich in den folgenden Monden als zäh und gefügig erwies.

Da sie wußte, daß Lysanias zuletzt bei den Reitern des Neoptolemos gewesen war, erkundigte sie sich vor allem dort nach ihm, wo versprengte Reiter vorbeigekommen waren. Sie sagte sich, daß es unwahrscheinlich sei, daß ein makedonischer Fürst, wie gering auch immer, zu Fuß unterwegs sein würde.

Irgendwann zu Anfang des langen Ritts begriff sie, warum Lysandros sie in die Irre geschickt hatte. Hatte schicken wollen. Zwei verfeindete Brüder ... aber sie wußte ja nicht, ob sie wirklich verfeindet waren. Vielleicht hatten die Zufälle des Kriegs sie einfach in verschiedene Lager geführt.

Den Bruder auf dem Schlachtfeld töten, in Erfüllung der kriegerischen Pflicht, oder zulassen, daß jemand ihn dort tötete, mochte angehen. So, wie sie inzwischen die Makedonen kannte, hielt sie es nicht einmal für unwahrscheinlich, daß derlei ehrenvoll und lobenswert war. Aber zusehen, wie eine Fremde aus den Tiefen der Steppe den Bruder außerhalb des Schlachtfelds tötet, oder ihr gar dabei helfen?

Jenseits von Gordion führte die Königstraße nicht mehr nach Westen, sondern nach Südwesten. Irgendwo in der Ferne lag Sardes; wie man ihr sagte, endete die Straße nicht mehr dort, sondern war bis ans Meer weitergeführt worden, zu einem Ort namens Ephesos. Sie verließ die Straße und ritt weiter nach Westen, zum Hellespont. Ein paar Tage später traf sie Händler, die von der Begegnung mit einem makedonischen Reitertrupp erzählten. Der Anführer, sagten sie, sei von den anderen Lysanias gerufen worden. Sieben Tage sei dies nun her.

Die Sommermitte war schon vorüber, als sie Kyzikos erreichte, vielleicht nur drei Tage nachdem Lysanias die Stadt am Propontis genannten Meer berührt haben mochte. Berührt war, wie sich herausstellte, das richtige Wort – ein Teil seiner Begleiter war von hier nach Zeleia geritten, wo sich das Hauptlager von Krateros befand; Lysanias und zwei oder drei weitere hatten sich im Hafen von Kyzikos an Bord eines Schiffs begeben, dessen Nauarch angeblich nach Mytilene und Ephesos wollte.

Wie in allen Städten war auch in Kyzikos das Leben teurer als auf dem Land; da alles andere aufgebraucht war, mußte sie nun doch die Münzen des Eumenes anbrechen. Mit ihren beiden Pferden kam sie sich in der Stadt seltsam vor, deshalb blieb sie in einem Rasthaus für Händler, nicht weit außerhalb; dort gab es Stallungen und Auskünfte. Der Wirt verwies sie an einen alten Mann, der am Hafen ein Geschäft mit »gebrauchtem Kram« unterhalte. »Du weißt schon, alles, was Händler und Seeleute brauchen oder nicht mehr gebrauchen können. Schartige Schwerter, Papyrosfetzen, Seile, geflickte Segel, Messer, Lampen und so etwas. Außerdem Geschichten. Vielleicht kann er dir Fragen beantworten.«

Am nächsten Morgen machte sie sich auf die Suche und fand den Laden des Alten. Sie fand noch etwas, womit sie nicht gerechnet hatte.

Außer dem alten Mann war noch ein jüngerer im Laden, offenbar ein Käufer. Er wühlte auf Borden und in Truhen, kniete vor Körben, murmelte unverständliche Dinge – Tomyris war nicht einmal sicher, ob es sich dabei um Wörter handelte – und kümmerte sich nicht um das, was sonst noch geschah.

»Hüter der Schätze«, sagte sie. »Eine Frau aus der Steppe, die sich verirrt hat, bittet um Belehrung.«

Der Alte blinzelte. Eines seiner Augen war von einer milchigen Schicht bedeckt, das andere blickte sie forschend an. Er öffnete den Mund halb, und sie sah, daß drei vereinzelte Zähne darin wie Wachtposten standen. »Sprich, Verirrte. Und laß dich anschauen.« Er legte die Hände auf ihre Schultern und drehte sie so, daß mehr Licht von außen auf ihr Gesicht fiel. »Skythin, oder irre ich?«

»Du irrst nicht, Herr. Ich suche Landbilder.«

»Was?«

»Landbilder. Etwas, auf dem Berge und Flüsse und Häfen verzeichnet sind.«

»Ah. Karten. Von welcher Gegend?«

Sie zögerte. Dann beschloß sie, ohne Umschweife die Ziele zu nennen. Wenn er daraus Schlüsse zöge ... aber welche Schlüsse könnte er schon ziehen?

»Einige Leute sind hier an Bord eines Schiffs gegangen«, sagte sie. »Ich muß ihnen eine Nachricht überbringen und weiß nicht, wo ich sie suchen soll. Es heißt, das Schiff wird Mytilene anlaufen, danach vielleicht Ephesos.«

Der Alte nickte. »Und dazwischen sind viele weitere Häfen. Weißt du, wohin diese Leute reisen?«

»Ich weiß es nicht. Ich muß sie suchen. Und ich weiß nicht, welche Häfen in Frage kommen.«

Der Alte nickte. »Ich sehe, daß es schwierig ist, aber vielleicht ... Warte.« Er verschwand weiter hinten im Laden und kam bald mit mehreren Rollen und Tontafeln sowie einem großen Lederstück zurück.

»Eine halbe Drachme für Kenntnisse«, sagte er. »Wenn du eine der Karten kaufst, oder mehrere, wird die Münze angerechnet.« Er streckte eine Hand aus.

Nachdem sie gezahlt hatte, entrollte er nacheinander die Papyroskarten. Sie waren schmierig und ausgefranst; frühere Besitzer hatten Gestalten und alle möglichen Bemerkungen daraufgekritzelt.

Tomyris beugte sich über die Karten, dann über die Tafeln, zuletzt über das große Leder, das die Küsten Asiens, das Meer, die Inseln und sogar die Küsten von Hellas zeigte.

»Sehr ungenau«, sagte eine leichte, angenehme Stimme hinter ihr.

Tomyris wandte sich um. Der jüngere Mann hatte sich geräuschlos genähert und beugte sich nun vor, um die Karten zu betrachten. Tomyris fand, daß er gut roch, umgänglich wirkte und ... wie lange seit der Nacht mit Lysandros? Zu lange. Sie verfluchte sich lautlos – hitzige Stute sollte lieber denken – und versuchte, sich die Namen und Entfernungen einzuprägen.

»Ungenau?« Der Alte keckerte. »Genaue Karten gibt es nicht. Nicht zu kaufen. Wer eine genaue Karte hat, behält sie. Woher kommst du, Fremder?«

Der Mann richtete sich auf und lächelte. Er hatte weiße, ebenmäßige Zähne, und sein schwarzer Bart war frisch gestutzt und ausrasiert.

»Massalia – wenn du weißt, wo das ist.«

»Oh«, sagte der Alte. »Weit, weit im Westen. Und du, Skythin?«

»Marakanda.«

Der Alte pfiff leise. »Dann mußtet ihr euch bei mir treffen. Hier, in diesem Laden, ist zweifellos die Mitte des Wegs von Marakanda nach Massalia. Oder umgekehrt.« Er lachte.

»Wie heißt du, Kriegerin?« sagte der Mann aus Massalia.

»Rhoio – oder so ähnlich, auf Hellenisch.«

Er lachte. »Rhoio, die Geliebte des Apollon? Das trifft sich bestens – ich heiße Apollonios. Magst du mit mir einen Becher Wein trinken? Ich könnte dir zwei oder drei Dinge zu deiner Suche sagen. Wenn sie dir nicht gefallen, kannst du ja später wieder in diesen Laden gehen.«

Gleich neben dem schwappenden Wasser des Hafens, das nach Fisch und nassem Holz und fauligen Pflanzen roch, fanden sie einen Tisch vor einer kleinen Schänke. Ein Schanksklave brachte ihnen frisches Wasser, Wein, zwei Becher, Brot, Zwiebeln und Ölfrüchte. Tomyris überließ dem Massalioten das Eingießen. Sie betrachtete seine schlanken, kräftigen Finger und setzte die Reihe der lautlosen Selbstverfluchungen fort.

»Hör zu«, sagte Apollonios. »Kriegerin aus der Steppe ... Bist du wirklich von so weit her?«

»Noch weiter.« Ihre Stimme war belegt; sie mußte sich räuspern. »Marakanda ist der erste größere Ort, den hier vielleicht jemand kennt.«

»Deine Suche ...« Apollonios kniff ein Auge zu. »Ich habe von einer skythischen Fürstin gehört, die irgendwo in Kappadokien auf einem feuerspeienden Hengst in die Schlacht geritten ist. Sie hat, wurde gesagt, das Heer des Neoptolemos beinahe eigenhändig vernichtet.«

»Mein Pferd ist braun und speit kein Feuer. Was ist mit meiner Suche?«

Er hob kurz die Brauen, dann blickte er sie ausdruckslos an. »Ein Geschäft.«

»Sprich.«

»Du kannst die Küste entlangreiten, falls man dich läßt. Ich habe gehört, nicht weit von hier ziehen die Makedonen ein großes Heer zusammen. Du müßtest einen weiten Umweg reiten. Und es würde nicht viel nützen.«

»Warum nicht?«

»Die Leute, die du suchst, wollen nicht zu den Makedonen, sonst wären sie geritten. Sie wollen weiter, vielleicht tatsächlich bis Mytilene oder, ah, was weiß ich, Phokaia, Klazomenai, Smyrna ... Zu Schiff sind sie schneller als du. Es sei denn, dein nicht feuerspeiendes Pferd könnte fliegen.«

Sie nickte. »Ich habe es mir so ungefähr gedacht.«

Er beugte sich vor und berührte ihre Hand. »Du bist kräftig, und Skythinnen sind gute Kriegerinnen, heißt es. Ich habe ein Schiff im Hafen von Smyrna liegen und bin mit anderen Händlern über Land nach Norden geritten, um zu sehen, was es hier an Geschäften geben könnte. Nun wollen wir schnell zurückreiten und brauchen noch ein paar Leute, die mit Waffen und Pferden umgehen können.«

»Warum sollte ich ...«

»Du kannst jeden Hafen aufsuchen und wirst überall feststellen, daß das Schiff längst wieder weg ist. Vielleicht sind deine Leute ausgestiegen, vielleicht nicht. Du kannst aber auch ... Schau.« Er tunkte die Fingerspitze in seinen Becher und malte etwas unregelmäßig Gezacktes auf den Tisch. Den

Zacken gegenüber zog er eine gerade Linie fast senkrecht nach unten. »Die Küste ist schwierig – zu dieser Jahreszeit schwierige Winde, Strömungen, hundert Buchten und tausend Inseln. Deshalb liegen unsere Schiffe in Smyrna; deshalb sind wir durchs Land geritten. Wenn du schnell nach Süden reitest, dort, an die Küste« – er klopfte dort auf den Tisch, wo der lange gerade Strich endete –, »holst du wahrscheinlich das Schiff ein. Es wird überall in Häfen Zeit verlieren. Und wenn man dir in Smyrna oder einem anderen Hafen sagt, daß deine Leute nicht mehr an Bord sind, kannst du von dort aus die Küste hinaufreiten, ohne Makedonen zu begegnen.«

»Wie wollt ihr reiten? Ich habe mir Namen und Flüsse gemerkt.«

»Durch das Aisepostal nach Adramyttion, dann über die Berge nach Pergamon, von dort nach Elaia. Und weiter. Aber vielleicht sind deine Leute dann gerade in Elaia.«

»Wie weit ist das? Wie lange sind wir … seid ihr unterwegs bis dahin?«

»Ich habe das *wir* gehört.« Er lächelte; dann schloß er die Augen halb und sagte: »Fünfunddreißig Parasangen. Ungefähr.«

Fünfunddreißig mal siebentausend Schritte. »Zehn Tage?«

Er wiegte den Kopf. »Kommt hin. Am Fluß schaffen wir mehr, in den Bergen weniger. Ungefähr zehn Tage, ja.«

Am nächsten Morgen brachen sie auf: eine Karawane ohne Karren, mit Packpferden. Fünfzehn Händler, fünfzehn Diener oder Sklaven, vier bezahlte Bewaffnete und Tomyris. Am ersten Tag legten sie fast sechs Parasangen zurück, lagerten auf einem Hang am Ufer des Aisepos, teilten Wachen ein, wickelten sich in Decken und schliefen. Am Nachmittag des zweiten Tages verfinsterte sich der Himmel; es gelang ihnen eben noch, Zelte zu errichten, ehe der große Regen niederging. Tomyris hatte die erste Wache. Als sie den nächsten Wächter weckte und zu ihrem Zelt ging, begegnete sie Apollonios, der mit Wasser in den Haaren vom Fluß kam. Sie seufzte, streckte die Hand und nahm ihn mit in ihr Zelt.

Elf öde Tage und bewegte Nächte später erfuhr sie im Hafen von Elaia, das Schiff sei am Morgen ausgelaufen, mit Lysanias an Bord. Einige Tage darauf, in Smyrna, fand sie das Schiff, aber Lysanias war bei Sonnenaufgang mit einem anderen Segler abgefahren, der nach Rhodos und dann weiter nach Phönikien sollte.

Die Massalioten hatten ihre Waren an Bord der Schiffe gebracht. Noch war der Herbst nicht da, aber für alle, die die lange, lange Fahrt nach Westen heil überstehen wollten, wurde es Zeit.

»Kaum segeln, viel rudern, seltsame Strömungen«, sagte Apollonios. »Wenn wir Glück haben? Vierzig Tage und Nächte. Eher wohl zwei Monde. Hör zu, Kriegerin.« Er beugte sich vor, küßte ihre rechte Brust und schob die Hand zwischen ihre Schenkel. Es war stickig in dem kleinen Raum über der Schänke.

»Was du da tust, verstehe ich.« Sie tastete, schloß die Hand um sein Gemächt und spürte den Phallos wieder wachsen. »Aber ich höre nichts.«

»Willst du nicht mitkommen?«

»Ich habe dich genossen – jedes Mal«, sagte sie leise. »Und wie wir Steppenfrauen sagen: Für einen Mann bist du nicht schlecht.«

Apollonios lachte. »Dein Bein.«

Sie bewegte sich, beseitigte das Hindernis und seufzte, als er in sie eindrang. »Ich habe ein anderes Ziel«, murmelte sie.

»Ich weiß. Du hast es mir ja erzählt. Aber ...«

»Das Land der Kelten im Westen? Vielleicht, wenn ich alles erledigt habe.«

»Du weißt, wo du mich findest.« Sein Atem beschleunigte sich. »Aber mußt du nicht dieses Messer heimbringen? In die Steppe?«

»Nicht sicher« – sie keuchte –, »ob ich noch will. Weiter.«

»So?«

Am nächsten Tag verließen die Schiffe den Hafen. Tomyris empfand eine unbestimmte Traurigkeit, wußte aber, daß es nichts mit dem Abschied zu tun hatte. Apollonios war freundlich gewesen, ein erprobter und aufmerksamer Nachtgefährte, und ihn im fernen Westen besuchen – warum nicht?

Sie lief eine Weile ziellos durch die Gassen oberhalb des Hafens. Auf einem kleinen Platz mit Verkaufsständen und Schänken ließen die Düfte einer offenen Wurstbraterei ihren Magen knurren. Von der älteren Frau, die die Würste auf dem Rost wendete, erstand sie zwei, dazu einen Becher Wasser. Sie ließ ihr Münzen in die Hand gleiten. Die Frau hielt einen Moment Tomyris' Handgelenk fest.

»Deine Augen, dein Mund, Schwester«, sagte sie. »Möge dein Kind gesund sein.«

Tomyris nickte. Sie hatte Mühe, sich an einem Schrei zu hindern. Natürlich. Die unbestimmte Traurigkeit. Vor sechs Tagen hätte sie anfangen müssen zu bluten. Irgendwann mußte die Schwimmblase des Fischs verrutscht sein.

»Nein«, sagte sie mit zusammengebissenen Zähnen.

Die Frau musterte sie fragend.

»Gibt es hier Kräuterkundige, die mir helfen könnten?«

Die Frau seufzte, nannte einen Namen und beschrieb den Weg.

Als sie mit den Kräutern zur Schänke zurückkehrte, bat sie den Wirt um heißes Wasser und einen Topf und gab ihm zehn Drachmen.

»So viel? Ah.« Er preßte die Lippen zusammen und berührte ihre Hand. »Weiß dein Mann ...?«

»Er ist fort.«

»Ich werde gelegentlich nach dir schauen.«

»Und kümmere dich um die Pferde, bitte.«

Er nickte. Dann hatte er andere Dinge zu tun und schaute nicht zu, als sie die Kräuter in den Topf warf und mit kochendem Wasser übergoß. Sie wickelte sich Tuchfetzen um die Hände; dann trug sie den heißen Topf in ihr kleines, billiges Zimmer im Nebenhaus. Der Bottich war da, ebenso der Krug mit Wasser. Ein paar Tücher.

›Mohn‹, dachte sie. ›Gegen Schmerzen und für den Schlummer.‹ Aber sie hatte keinen Mohn finden können. Bestimmt gab es irgendwo jemanden, der Mohn hatte, aber sie mochte nicht länger suchen. Den Chiton behielt sie an, löste lediglich den Leibschurz. Als die Kräuterbrühe ein wenig abgekühlt war, tauchte sie den Tonbecher hinein und begann zu trinken.

Es war lang und qualvoll, als ob sich das Kind in ihr festklammerte. Tagelang war sie krank und danach zunächst zu schwach, als daß sie mehr als ein paar Schritte hätten tun können. Als sie sich erholt hatte, war es Herbst geworden; es gingen keine Schiffe mehr nach Phönikien.

»Winter in den Bergen?« sagte der Wirt, als sie bezahlt hatte und die Zügel der beiden Pferde in die Hand nahm. »Das kann hart werden.«

»Ich bin hart. Notfalls.«

Er zog die Oberlippe zwischen die Zähne.

»Manchmal auch nicht«, setzte sie hinzu.

»Ich wünsche dir gutes Reiten, Frau«, sagte er. »Was immer dein Ziel sein mag.«

»Tyros.«

»Ah.« Er runzelte die Stirn. »Durch den Winter? Vor dem Frühjahr wirst du nicht ankommen. Und wenn viel Schnee fällt, noch später.«

»Ich habe Zeit. Und ich danke dir für alles. Möge dein Geldbeutel immer gefüllt sein.«

»Fürwahr, ein guter Wunsch.«

Fünfhundert Parasangen, dachte sie, als sie Smyrna hinter sich ließ. Fünfhundertmal siebentausend Schritt. Berge, Wüsten, Pässe, verschneite Hochebenen. Reiten reiten reiten. Sie reckte die Arme in den Himmel, holte tief Luft und schrie auf Skythisch: »Gut reiten!« Ihr Herz wurde leicht, beide Pferde wieherten, und Tomyris blickte nicht zurück.

KAPITEL 13

Memphis

Er war groß, er war ein paar Augenblicke,
einen Lidschlag des Phönix lang euer Herrscher.
Balsam und Götterbilder, kostbare Tücher
gabt ihr ihm und die Myriaden von Steinen.
Die Jahrtausende werden sie überdauern,
während Menschen leben, lieben und leiden.
In der Pyramide liegt eine Leiche.
Langer Aufwand für einen kurzen Witz.

DYMAS

Abgesehen davon, daß sie immer wieder rudern mußten, war die Fahrt beschaulich. Es gab nicht viele größere Orte am östlichen Nilarm, lediglich ein paar Fischerdörfer und die wenigen Anlegestellen der Stapelplätze, zu denen die Bauern des Schwemmlands ihre Erzeugnisse brachten.

Bodbal lehnte an der Heckwand und schob das Steuerbordruder mit der Hüfte vielleicht eine Handbreit weiter in die Schiffsmitte. Sie glitten an einer Sandbank vorüber, auf der drei Krokodile dösten.

»Mücken«, sagte der Phöniker. Er wischte sich über das Gesicht. »Krokodile. Hitze. Bah. Warum hast du mich ausgesucht? Hättest du nicht den Kreter nehmen können? Flußschiffer, bah.« Er fuhr mit der Handfläche über die Kante der Bordwand.

»Ich wollte dir die Gelegenheit geben, etwas Neues zu sehen. Zu lernen.«

»Mücken, Mörder, Makedonen«, knurrte Bodbal. »Und Lügner. Ich glaube, du hast mich nur mitgenommen, weil du den Kreter schonen willst. Hast du mit ihm später furchtbare Dinge vor?«

Peukestas lachte. »Er wird sich wahrscheinlich langweilen, im Hafen und beim Herumfahren auf dem Meer. Ich sehe ihn beinahe vor mir, wie er sich bei Kallinikos ausweint und ihn bittet, uns nachreisen zu dürfen. Nichts mit Mükken, Mördern, Makedonen, sondern allenfalls, eh, Seewind, Salz und Spitzelfangen.«

Der eingeschlafene Nordwind wachte plötzlich wieder auf; das schlaffe Segel füllte sich. Auf Bodbals Ruf hin zogen die Ruderer die Riemen ein. Der Ägypter im Bug stieß einen schrillen Pfiff aus und deutete nach links; Bodbal steuerte weiter zur Flußmitte und hielt den Kurs, bis der Lotse den Arm sinken ließ.

»Wir sollten den Männern Essen ausgeben«, sagte der Phöniker. »Solange sie nicht wieder rudern müssen.«

Peukestas erteilte die nötigen Befehle. Die Küchensklaven liefen mit frischen Brotfladen und Schläuchen an den Ruderbänken entlang und füllten die Becher der Männer.

»Das Leben der Flußschiffer ist eine Mühsal«, sagte Bodbal. »Sandbänke. Rudern. Keine Sandbänke. Segeln. Dann wieder Sandbänke. Und …«

»Und geschwätzige Phöniker.«

»Du hast mich doch zum Reden mitgenommen.« Bodbal zwinkerte. »Und jetzt soll ich schweigen?«

»Solange du nicht vergißt, daß du kein Ägyptisch kannst, rede von mir aus.«

»Ah. Ja. Die beiden wirken aber ganz zutraulich.«

Peukestas hob die Schultern. »Zutraulich vielleicht, aber ob sie zuverlässig sind, muß sich noch zeigen.«

Ptolemaios hatte ihm die Auswahl der rudernden Krieger überlassen, und Peukestas hatte Bodbal angewiesen, geeignete Männer auszusuchen. Vierzig makedonische Krieger waren an Bord. Wenn gerudert werden mußte, waren zwanzig im Einsatz; auf diese Weise konnten sie notfalls längere Strekken ohne hilfreichen Wind zurücklegen und sich dabei abwechseln. Aber bisher hatten sie Glück gehabt. Mit wenigen

Unterbrechungen wehte ein kräftiger Nord- oder Nordostwind, der das leichte Boot gegen die träge Strömung trieb.

Außer Peukestas, Bodbal und den vierzig Mann waren noch vier Sklaven an Bord, zuständig für die Versorgung aus den Vorräten, die mehr als reichlich waren, verglichen jedenfalls mit der Speisung an Bord der Triere. Und Ptolemaios hatte ihnen zwei Ägypter mitgegeben: einen Lotsen und einen Übersetzer. Beide waren um die Vierzig, angeblich zuverlässig, und da ihre Namen für makedonische Münder ungeeignet waren, nannten sie sie Ramses und Ahmose, was die beiden grinsend hinnahmen.

Von den Aufträgen des Satrapen wußte vorläufig nur Peukestas. Eine versiegelte Rolle, deren Inhalt er nur teilweise kannte, sollte er in Memphis dem Herrn der dortigen Festung aushändigen, Ophellas, der schon in Asien zu Alexanders *hetairoi* gehört hatte. Für den zweiten Auftrag gab es nichts Schriftliches, und Ptolemaios hatte ihm einen Zeigefinger auf die Brust gesetzt, als er ihm die Einzelheiten nannte. Auf die Brust gesetzt, wieder zurückgezogen, dann gegen sein Brustbein gehämmert. Er bildete sich ein, an der Stelle immer noch den Druck zu verspüren.

»Es könnte die wichtigste Aufgabe deines Lebens sein, Junge«, hatte er gesagt. Gemurmelt, besser – sie hatten sich im Hafen von Pelusion nicht ganz außer Hörweite anderer Männer befunden.

»Ich bin geehrt, daß du mich wichtiger Aufgaben für würdig hältst.«

»Weniger würdig als fähig. Und vor allem geeignet.«

»Es wäre nicht schlecht, Herr, wenn ich den Phöniker mitnähme. Er versteht Ägyptisch.«

Ptolemaios hatte die Stirn gerunzelt. »Phöniker? Kannst du ihm vertrauen?«

»So viel oder wenig wie jedem anderen. Wem kann man schon vertrauen?«

»Mach, was du willst. Aber« – wieder der Zeigefinger – »sieh zu, daß die Ägypter nicht wissen, daß er sie versteht. Verstehst du? Man lebt länger, wenn man vor dem Einschlafen und beim Aufwachen einen Becher scharf gewürzten Mißtrauens leert.«

Also hatte Peukestas Bodbal angewiesen, kein Ägyptisch zu sprechen.

»Gibt es sowieso nicht«, hatte Bodbal gesagt.

»Wieso nicht?«

»Hör zu, befehlender Herr. Ein paar Dinge, Sprachbrokken, solltest du kennen, um die ärgsten Mißverständnisse zu vermeiden.«

»Ich lausche.«

»Nicht jetzt. Laß uns das unterwegs erledigen. Unauffällig. Erstens langweilen wir uns dann nicht so, und zweitens können wir dabei die beiden Ägypter um Hilfe für die unwissenden Nordmenschen bitten.«

Ramses und Ahmose beteiligten sich nur zu gern an den Unterhaltungen, auf dem Achterdeck, wenn es keinen geeigneten Lagerplatz gab, oder sonst am Feuer. Die Hoffnung, bei günstigem Wind auch nachts fahren zu können, hatte Peukestas schnell aufgegeben: zu viele Sandbänke und Untiefen, die man nur meiden konnte, wenn man sie zeitig sah. Die Ägypter lösten sich als Lotsen ab; nach ein paar Stunden angestrengten Starrens auf das Wasser und die Spiegelungen der Sonne brauchten die Augen Ruhe und Linderung.

Inzwischen hatte Peukestas erfahren, daß die Hauptstadt Memphis nicht Memphis hieß, der Nil nicht Nil, Ägypten nicht Ägypten, und daß überhaupt alles ganz anders sei.

»Hikupta«, sagte Bodbal.

Ramses schnalzte. Was er sagte, klang nicht ganz unähnlich, aber doch eher wie *hytkutptach*.

»Das ist der Name des großen Tempels des Gottes Ptah«, sagte Bodbal.

Ahmose schob das vor ihm liegende Scheit tiefer ins Feuer. »Sollen wir jetzt vielleicht bei jedem Namen eure Aussprache verbessern?«

»Laßt es einfach. Außer wenn es so falsch ist, daß man nicht weiß, was gemeint sein könnte.«

Ohne sicher zu sein, daß er alles wirklich verstanden hatte, verfügte Peukestas nun über einige – wahrscheinlich nutzlose – Kenntnisse. Aus dem Namen des Tempels in Memphis hatten vor Jahrhunderten die Assyrer, als sie das Land eroberten, einen Landesnamen gemacht – Hikupta/Ägypten. Aus Gründen, über die keiner an Bord etwas wußte, hatten sie ferner aus der Stadt Men-nofre Mimpi gemacht, und die Hellenen – als Händler wie als Söldner schon lange im Land – hatten alles noch weiter entstellt, und zwar …

»Gut, gut, gut.« Peukestas hob die Hände. »Also, Mennofre ist Mimpi ist Memphis, der Name des Tempels ist zum Namen des Landes geworden …«

»Und des Flusses«, sagte Ramses. »Die Hellenen haben den Jotru *aigyptos* genannt, wie das Land.«

»Jotru?«

»Manchmal wird der Fluß auch nach dem zuständigen Gott Hapi genannt.« Ahmose lächelte; das Feuer ließ seine Zähne aufblitzen.

Peukestas stöhnte. »Der Fluß heißt also Jotru oder Hapi? Und woher kommt der Name Nil?«

»Die Assyrer.« Bodbal gluckste. »Verstehst du, wie beleidigend es für unsere beiden Freunde sein muß, daß wir lauter Namen verwenden, die ihre alten Feinde erfunden haben?

Neqelu oder so ähnlich haben sie den Fluß genannt, das heißt großes Wasser, und daraus ist *neilos* geworden. Das Land heißt Tameri, und seine Bewohner heißen Romet, das bedeutet Menschen.«

»Du kennst dich gut aus«, sagte Ramses. »Bist du schon einmal bei uns gewesen? Kannst du am Ende sogar unsere Sprache?«

Bodbal schüttelte den Kopf. »Man schnappt als phönikischer Seemann dies und das auf. Nein, das ist meine erste Fahrt auf dem Jotru, Freunde, und von eurer Sprache weiß ich nichts. Nur ein paar Brocken, die wir dem befehlenden Herrn Peukestas beibringen sollten.«

Also forderten sie ihn auf, seine Zunge um fremdartige Laute zu wickeln, damit er notfalls »ich habe Hunger«, »was kostet ein Krug Bier«, »wie weit bis Memphis« oder »dein Gesicht gleicht dem After eines Schattenschakals« sagen konnte. Bei den Bezeichnungen männlicher und weiblicher Körperteile und den Wörtern für damit zu vollbringende Tätlichkeiten gab er schließlich auf.

»Ich glaube, ich werde mich an fremde Dirnen halten«, sagte er. »Wenn ich mich Ägypterinnen gegenüber zu äußern versuche, ist meine Zunge danach für nichts anderes mehr verwendbar.«

An einem der nächsten Abende erreichten sie eine kleine Stadt mit halb ausgebautem Hafen. Es gab dort einen makedonischen Verwalter, zuständig für das Eintreiben und Horten von Abgaben, und eine kleine Besatzung in einer Art Festung. Peukestas und die Ruderer verbrachten die Nacht mit den Kameraden. Die Ägypter zogen durch den Ort, um sich in einer ihnen gemäßen Art – von der Peukestas nichts wußte – zu vergnügen. Bodbal kam mit in die Festung, fühlte sich aber offenbar nicht recht wohl. Die Makedonen ließen ihn allzudeutlich spüren, daß er keiner von ihnen war.

»Sieh dich um«, sagte Peukestas leise, als Bodbal irgendwann aufstand und behauptete, er wolle noch einen Abendspaziergang machen. »Halt die Ohren auf – und vergiß nicht, daß du kein Ägyptisch kannst.«

»Wie könnte ich es vergessen? Andererseits« – er grinste matt –, »wie kann man etwas vergessen, was gar nicht da ist?«

Als sie morgens abgelegt hatten und beide Ägypter sich im Bug aufhielten, winkte Bodbal Peukestas zu sich. Sie standen neben dem rechten Ruder; das linke, gewöhnlich von einem der Krieger bedient, war unbemannt, da der Fluß zur Zeit keine großen Ansprüche an die Kunst des Steuerns stellte.

»Hast du über ein paar Dinge nachgedacht – Herr?« sagte der Phöniker.

»Ich denke dauernd über dies und das nach. Und frage mich, was du mir gerade wieder sagen willst.«

Bodbal wies mit dem Kinn auf die langsam vorübergleitende Landschaft. Felder, hier und da ein paar Palmen, an den Ufern Schilfgürtel, dahinter zahllose dunkle Punkte: Menschen, die arbeiteten, pflanzten, schleppten. »Ein reiches Land«, sagte der Phöniker. »Fruchtbares Schwemmland. Fette Böden, die reiche Erträge erbringen. Und trotzdem hungern die Menschen.«

»Ich weiß. Der Herr der Festung hat über die Versorgung geklagt. Auch unsere Kämpfer haben nicht viel zu essen.«

Bodbal schnalzte leise. »Die Leute ... ah, ich habe hier und da ein Bier getrunken und zugehört. Als sie wußten, daß ich kein Ägyptisch verstehe, haben sie mich und alle anderen fremden Schurken verflucht und so geredet, wie sie eben reden, wenn keiner sie belauscht.«

Peukestas nickte. »Und?«

»Wie war das vor zehn Jahren? Als du mit dem großen König hier entlanggezogen bist?«

»Sie haben uns begrüßt.« Peukestas runzelte die Stirn. »Glaube ich jedenfalls. Ich war damals noch zu jung, um alles zu begreifen.«

»Wer begreift schon alles. Aber warum haben sie euch begrüßt? Freundlich begrüßt?«

»Weil wir sie von den Persern befreit haben?«

»Das auch.«

»Nun sag's schon! Es ist zu früh am Tag für Ratespiele.«

»Zuerst die Assyrer«, sagte Bodbal. »Dann eigene Herrscher. Dann die Perser, dann wieder eigene, aber schon mit reichlich vermischtem Blut, dann noch einmal die Perser, jetzt ihr. Warum könnten sie euch wirklich begrüßt haben?«

Peukestas stöhnte. »Ich weiß es nicht. Weißt du es?«

»Ramses und Ahmose und ich, wir haben versucht, dir zwei oder drei Dinge beizubringen; ist nichts davon bei dir angekommen?«

»Doch. Ein halbes Dutzend Wörter.« Er lachte. »Und Beschimpfungen.«

»Das Land ist reich und fett. Und alt, Peukestas – sehr alt. Die hier haben schon Schriftzeichen auf Tempelwänden angebracht, als meine Vorfahren noch nicht wußten, was ein Haus ist. Und meine Vorfahren haben schon Häuser gebaut und Lieder gesungen, als deine Ahnen noch in irgendwelchen Tälern saßen und sich gefragt haben, ob die Welt hinter dem nächsten Hügel weitergeht.«

Peukestas hob die Schultern. »Das ist überall so. Immer war schon jemand da. Irgendwer ist immer älter. Und?«

»Euch haben sie vor zehn Jahren begrüßt, gefeiert haben sie euch, weil sie gemeint haben, ihr wärt anders. Anders als die Perser und die Assyrer. Alexander ist als neuer Herr des Großen Hauses gekommen …«

»Was ist das Große Haus?«

»Per-ao«, knurrte Bodbal. »Ihr habt daraus Pharao gemacht. Und Pyramide auch, glaube ich. Alexander, Sohn des Zeus Ammon, Verkörperung der Götter und der Geschichte. Assyrer und Perser haben erobert und zerstört, ohne … ohne Achtung. Alexander hat erobert, aber zugleich befreit, und er hat das Land und die Menschen und die Gebräuche geachtet. Er hat gewissermaßen ihre Kleidung angezogen und gesagt: Ich bin wie ihr.«

»Vielleicht war das klug.« Peukestas versuchte, am Stand der Sonne die Zeit abzuschätzen, ohne zu erblinden. »Vielleicht wäre es aber klug, die andere Ruderschicht aufzurufen.«

Bodbal nickte. »Ruderwechsel!« brüllte er.

Zu beiden Seiten stellte jeweils der zweite, vierte, sechste, achte und zehnte Mann das Rudern ein und stand auf. Als die Neuen die Plätze eingenommen hatten und das Boot vorantrieben, wechselten auch die übrigen.

»Vielleicht war es sogar klug von ihm, wiewohl abscheulich, in Asien selbst zum Asiaten zu werden«, sagte Peukestas. »Ohne die erfahrenen persischen Verwalter hätte er das Reich nicht leiten können, und ohne persische Krieger wohl auch nicht.«

»Das ist keine Frage der Klugheit, sondern der Not«, murmelte Bodbal. »Klug war es, Hellenen, Makedonen und Asiaten zu einen. Und ungeheuer dumm von den Satrapen, den Erben, die Vereinigung rückgängig zu machen und alle Asiaten wieder als minderwertige Untertanen und Barbaren zu behandeln.«

»Wenn ich dich recht verstehe, willst du mir sagen, daß wir in Ägypten alles falsch machen, oder?«

»Nicht nur in Ägypten, aber hier besonders. Kleomenes ... ah, was geschieht mit ihm?«

»Was wohl!«

Der Phöniker wackelte mit dem Kopf. »Er hat das Land ausgepreßt und die Krieger gegen Ptolemaios aufgewiegelt. Durch Bezahlung aufgewiegelt, wenn so etwas geht. Also läßt Ptolemaios ihn hinrichten ...«

Peukestas unterbrach ihn. »Er wird inzwischen die Männer, die Versammlung des Heers, aufgefordert haben, über Kleomenes zu urteilen. Und sie werden ihn ohne Zweifel mit ihren Speeren durchbohrt haben. Was sonst?«

»Und das Geld, das er gehortet hat?«

»Wird sinnvoll genutzt werden.«

»Nicht denen zurückgegeben, denen er es genommen hat?«

Peukestas überlegte; schließlich sagte er: »Das wäre ... unerhört.« Er lachte. »Welcher Herrscher hat je dem Volk etwas zurückgegeben, wenn er nicht dazu gezwungen war?«

»Wenn er klug ist ...« Bodbal summte leise vor sich hin.

»Was, wenn er klug ist? Und wen meinst du?«

»Den neuen Herrscher. Ptolemaios.«

»So weit ist es noch nicht. Er ist Satrap, aber Herrscher ist das Reich. Der König. Die Könige.«

Bodbal schnaubte. »Mögen die Götter dir deinen kindlichen Glauben erhalten. Das Reich ist ein Traum, die Könige sind ... einer ist schwachsinnig, sagt man, der andere ist ein Säugling. Das Reich? Ein Häppchen für Perdikkas, eines für Antipatros, einen Löffel Brei für die Großmutter, ein Häppchen für Ptolemaios. Und all die anderen. Nein, Ptolemaios ist der neue Herrscher in Ägypten. Und wenn er klug ist, wird er die Abgaben senken, damit die Leute wieder genug zu essen haben. Wenn er sehr klug ist, wird er sich irgendwann, bald, demnächst zum Pharao erklären und ägyptische Kleider anziehen und vielleicht einen ägyptischen Gott zu seinem Schutzherren ernennen.«

»Meinst du, er wäre klug genug?«

»Was dich angeht, ist er klug.«

Peukestas versuchte, im Gesicht des Phönikers zu lesen. Er hatte Spott erwartet, sah aber nur Ernsthaftigkeit. »Wie meinst du das?«

»Er wird dir wichtige Befehle mitgegeben haben. Von denen ich nichts wissen darf; das ist schon in Ordnung, ich bin ja nur ein blöder phönikischer Barbar. Aber dir ist klar, warum er dich nach Memphis schickt, ja?«

»Weil er mir vertraut.«

Bodbal lachte. »Armer Kleiner. Wenn er klug ist, vertraut er niemandem. Dir schon gar nicht. Er kennt dich ja überhaupt nicht. Nein, du kommst, wie bei der Gefangennahme von Kleomenes, von außerhalb. Bisher hat keiner dich bestechen können. Versuchen, dich zu kaufen – sie hätten es bestimmt getan, aber bis jetzt wissen die wichtigen Leute ja noch gar nicht, daß es dich überhaupt gibt. Du bist nicht Teil des Spiels, das sie seit Jahren hier spielen. Deshalb kannst du es für ihn beenden, ohne selbst etwas zu verlieren. Und wenn du dabei draufgehst, wenn wir alle dabei sterben und jemand das Boot versenkt oder uns an die Krokodile verfüttert, hat Ptolemaios nicht viel verloren.«

Peukestas schwieg. Er sagte sich, daß der Phöniker vermutlich recht hatte. Zumindest mit dem, was ihn betraf. Hinsichtlich der anderen Dinge …

»Also, Ptolemaios als Pharao?« sagte er.

»Wenn er klug ist.«

»Was gehört dazu? Die Abzeichen der Herrscher, ein Thron in Memphis, das Bekenntnis zu den alten Göttern, Achtung der einheimischen Gebräuche?«

Bodbal nickte. »Und er sollte Ägyptisch lernen. Wie du.«

»Die Eroberer erwarten gewöhnlich, daß die Eroberten ihre Sprache annehmen. Wir werden den Ägyptern die hellenische *koine* beibringen.«

»Und damit seid ihr für alles, was wirklich wichtig ist, auf solche wie mich angewiesen. Wieso glaubst du eigentlich, du könntest mir vertrauen?«

Peukestas lächelte und klopfte dem Steuermann auf die Schulter. »Wir sitzen im selben Boot.«

»Wir stehen.« Bodbal setzte ein schräges Grinsen auf. »Wenn ich mich setze, kann ich nicht mehr steuern.«

»Und weil das so ist, kann ich dir vertrauen. Du kannst nirgends hin, mein Freund. Die Ägypter würden dir ebensowenig trauen wie uns. Und außer uns gibt es nur noch die Leute von Kleomenes, und mit denen kannst du nicht mehr lange rechnen.«

»Makedonische Treue«, knurrte Bodbal. »Treue, Vertrauen, alles eine Frage der Nützlichkeit?«

»Ja. Außerdem habe ich dich ja ein bißchen kennengelernt, seit wir Athen verlassen haben. Ich bilde mir ein, dir trauen zu können.«

Bodbal seufzte. »Und ich dachte schon, du wärst erwachsen geworden. Aber gut. Sag, hat Ptolemaios nichts vom ägyptischen Widerstand gesagt?«

Peukestas zögerte; er fragte sich, wieviel er dem Phöniker wirklich sagen konnte. »Er hat dies und das angedeutet, aber irgendwie ... Ich fürchte, es fehlen die genauen Kenntnisse.«

»Dann nehme ich an, daß du sie beschaffen sollst.«

»Nein. Nicht ich – wir. Du vor allem.«

»Ha.« Bodbal bleckte die Zähne. »Dann soll ich also in Memphis wie gestern abend mit Ägyptern Bier trinken?

Sozusagen im Land versickern? Und dir berichten, was ich so höre?«

»Das wäre beinahe nett von dir.«

»Bah. Und was machst du inzwischen?«

»Ich werde mit den hohen Herren reden. Hören, was sie zu sagen haben.«

»Ich sehe schon, es wird vergnüglich. Und was, wenn die hohen Herren nicht viel von Ptolemaios halten? Und wenn ich nichts berichten kann, sondern morgens tot und entsprechend bekümmert irgendwo herumliege?«

»Dann, o kummervoller Leichnam, wird man uns wahrscheinlich gemeinsam verscharren.«

»Ach ja. Feine Aussichten. Wäre ich doch auf dem Wasser geblieben. Dem richtigen, nicht dieser Brühe.« Er spuckte über Bord.

Je näher sie Memphis kamen, desto dichter wurden die Bebauung der Ufer und der Verkehr auf dem Fluß. Eine halbe Tagereise unterhalb der Hauptstadt begegneten sie erstmals einem von Makedonen besetzten Wachboot. Der Nauarch – falls diese hehre Bezeichnung dem Führer eines derart kleinen Boots angemessen war – forderte sie zum Beidrehen auf und kam mit seinem Schiffchen längsseits.

»Wohin, Freunde, und woher?« rief er.

»Botschaften von Ptolemaios für Ophellas«, rief Peukestas dem anderen zu, der kaum älter war als er.

»Er wird sich freuen, etwas zu hören – wenn's besser ist als das, was es hier zu hören gibt.«

»Schlechte Nachrichten?«

Der junge Bootsführer schob den Helm weiter in den Nacken. »Wir sind nicht gerade belagert, aber ...« Er hob die Schultern.

»Wer belagert euch?«

»Ägypter, geführt von irgendeinem Priester. Mehr wissen wir nicht. Und solange wir nichts wissen, können wir auch nichts unternehmen.«

»Wie stark ist die Festung?«

»Halb so stark, wie sie sein sollte, und von denen, die da sind, kannst du noch mal die Hälfte abziehen.«

Peukestas lauschte auf den Tonfall; die Schiffe waren nun einander so nah, daß gewöhnliche Lautstärke für die Unterhaltung genügte. Gewöhnliche Lautstärke, die Stimmschattierungen erlaubte. Gebrüll, sagte er sich, ist ungeeignet für feinere Andeutungen.

»Verstehe ich dich richtig?« Auch er sprach nun leiser.

»Wie heißt du? Ich bin Leagros, Sohn des Learchos aus Beroia.«

»Peukestas, Sohn des Drakon aus Pella.«

Leagros' müdes Gesicht hellte sich auf. Er stützte sich auf die Bordwand und beugte sich vor. »*Der* Drakon, Freund des Königs und von Ptolemaios?«

»Ebendieser.«

»Dann ...« Er verstummte und warf einen Blick auf die Männer, die hinter ihm standen.

»Wer verwaltet Memphis?« sagte Peukestas.

»Speusippos für das Geld und Ophellas für das Heer.«

»Meine Nachrichten sind von Ptolemaios für Ophellas.«

»Ich höre es mit ... Vergnügen.« Das letzte Wort flüsterte er beinahe.

»Komm auf einen Schluck Wein herüber«, sagte Peukestas. Er gab den Sklaven einen Befehl.

»Wein?« Leagros stöhnte; es klang eher nach Wollust als nach Leid. »Seit Monden nichts als ägyptisches Bier. Ich komme.« Er stieg über die gegeneinanderknirschenden

Bordwände und durch die senkrecht gestellten Ruder. »Abfallen«, rief er den Männer seines Boots zu. »Haltet euch hinter uns. Zurück nach Memphis.«

Der Sklave brachte Becher und einen Krug mit verdünntem Wein. Peukestas goß ein und reichte Leagros eines der Gefäße. Der junge Mann trank, seufzte, trank abermals und wischte sich den Mund mit dem Handrücken.

»Mögen dich die Götter immer mit ausreichend Wein versorgen, Freund«, sagte er. »Und jetzt – was gibt es in Pelusion?«

»Unter uns?«

Leagros nickte.

»Wir haben Kleomenes. Ich nehme an, daß er inzwischen dank einiger Speerspitzen die Asphodelen des Hades mit seinem üblen Harn erquickt.«

Leagros sog Luft durch die Zähne. Ohne das Gesicht zu verziehen murmelte er: »Die beste Nachricht seit Monden. Fast besser als dein Wein, Bruder.«

»Wie viele deiner Männer ...?«

»Die Hälfte. Ungefähr.«

»Und die anderen?«

»Werden sich wahrscheinlich der Mehrheit anschließen. Sie haben Geld von Speusippos, das heißt Kleomenes, gekriegt. Eins zu eins würden sie vielleicht das Schwert ziehen, aber ... wie viele seid ihr? Vierzig? Fünfzig zu zehn, nein, da werden sie nicht kämpfen.«

»Dann laß uns dein Boot sichern.«

»Wie?«

»Hol sie wieder längsseits.«

Leagros blickte einen Moment zweifelnd; dann brüllte er seinen Leuten etwas zu.

Peukestas ging zu den zwanzig, die im Augenblick nicht zu rudern hatten. »Hört zu, Männer«, sagte er. »Wir werden gleich an Bord des Bötchens springen und dafür sorgen, daß die eine Hälfte der Leute, von Kleomenes bezahlt, keinen Schaden anrichtet. Ich nehme an, sie ergeben sich und kommen auf unsere Seite, aber seid vorsichtig.«

Die Makedonen nickten. Einige grinsten; einer von ihnen sagte: »Und wir dachten schon, hier wäre nichts los.«

Als das Boot knirschend längsseits kam, sprangen die Männer hinüber. Alles ging so schnell, daß keiner von Leagros' Leuten auch nur dazu gekommen wäre, eine Waffe zu ziehen. Leagros ging zwischen ihnen entlang und deutete nacheinander auf zehn der Männer. »Ihr – Waffen abgeben!«

»Was geschieht – Herr?« sagte einer von ihnen.

Leagros nickte Peukestas zu.

»Ich bringe Nachrichten von Ptolemaios für Ophellas«, sagte er. »Nicht so sehr für Speusippos.« Er bildete sich ein, hier und da ein Lächeln, ein Nicken, aber auch zwei oder drei finstere Mienen zu sehen. »Kleomenes ist gefangen und wahrscheinlich inzwischen hingerichtet.«

»Endlich«, sagte einer der Männer, denen Leagros die Waffen gelassen hatte. Die meisten der anderen murmelten etwas Zustimmendes.

»Ihr anderen – seid ihr Makedonen oder Söldner? Männer oder Lustknaben dessen, der Geld hat?«

Die Angeredeten wechselten Blicke. Einige starrten zu Boden. Einer hob die Hand.

»Was können … sollen wir tun?«

»Mitmachen oder ausscheiden. Wer aber jetzt sagt, er macht mit, und sich dann gegen uns stellt, wird hingerichtet.«

Leagros fuhr voraus. An Bord des Boots waren zehn seiner Leute und zehn der Männer von Peukestas. Die anderen zehn, die alle geschworen hatten, sich an Peukestas' Befehle zu halten, waren in die Mannschaft seines Boots eingegliedert und ruderten.

Leagros hatte die Lage in Memphis knapp geschildert. Von den etwa fünfzehntausend Makedonen, die die Hauptstadt und ihre Umgebung sichern sollten, befanden sich höchstens zweitausend in der Stadt, je zur Hälfte Leute von Speusippos und von Ophellas. Die übrigen hielten sich in zwei befestigten Lagern südlich der Stadt auf oder streiften auf der Suche nach Aufständischen durch den Gau.

In einer großen Stadt war ein Überfall wie bei der Ergreifung von Kleomenes natürlich ausgeschlossen. Memphis war verwinkelt, voll alter Gebäude und enger Gassen, und Peukestas erinnerte sich undeutlich daran, daß ihm die Stadt damals als uraltes, undurchdringliches Labyrinth erschienen war. Damals ... zehn Jahre her. Ein verlockendes Labyrinth voller Aufregungen und Verheißungen in einer Stadt, die den strahlenden jungen König, Gefäß des Ammon, als neuen Pharao und Befreier gefeiert hatte.

Heute war Memphis zweifellos ein düsteres, bedrohliches Labyrinth; Leagros hatte angedeutet, daß einzelne Makedonen dort verschwanden, daß man seit Monden die Stadt mehr oder minder sich selbst überließ. Man habe eine durch Mauern gesicherte Verbindung vom Hafen zum Palast, in dessen Flügeln Ophellas und Speusippos mit ihren Kämpfern wohnten, und eine einigermaßen sichere Verbindung zu den Lagern am südlichen Stadtrand.

Das Vorgehen, auf das sie sich geeinigt hatten, war eine Mischung aus tollkühner Verzweiflung und berechnendem Hoffen. Wenn fünfzehntausend Makedonen eine Million Ägypter, Hellenen, Kuschiten, Libyer, Araber – denn in Memphis gab es zahlreiche Angehörige aller Völker inner- und außerhalb der Oikumene – beherrschen konnten, mußte es möglich sein, mit dreißig Mann etwas in einem Palast auszurichten, in dem einige hundert Krieger einander belauerten.

Ein Wassertropfen fällt in eine der Schalen einer im Gleichgewicht befindlichen Waage und bringt alles zum Kippen. So etwa? Sie konnten nur hoffen. Oder zu Ptolemaios heimkehren und ihm sagen, die Befehle seien undurchführbar.

Zu alledem fragte sich Peukestas, wie er im Gewirr der feindlichen Riesenstadt jene drei Leute finden sollte, deren Namen ihm Ptolemaios genannt und die aufzuschreiben er ihm verboten hatte: einen Mann namens Tarqunna (er bildete sich ein, immer noch das kehlige Knacken des q-Lauts zu hören, tiefer im Hals als ein gewöhnliches k), eine Frau namens Larisa und einen Hermaphroditen namens Djedefre.

Mit einem lautlosen Seufzer verschob er diesen und weitere Gedanken auf später; er wandte sich an den Phöniker. »Wieviel Vorsprung hat Leagros jetzt?«

»Die Stunde ist voll.« Bodbal betrachtete ihn von der Seite. »Zweifel, Herr?«

Peukestas gab sich einen Ruck. »Ruder auf«, rief er. »Los. Nein, keine Zweifel.«

Bodbal lenkte das Schiff weiter in die Flußmitte, um den zahlreichen Kähnen an beiden Ufern auszuweichen. »Mangel an Zweifeln kann Überfluß an Dummheit sein.«

»Reichtum an Mängeln läßt mich hingegen an deiner Klugheit zweifeln.«

Bodbal lachte laut. »Du hast ja doch etwas gelernt! Aber wieso keine Zweifel?«

Peukestas verschränkte die Arme und blickte zum Bug, wo die beiden Ägypter Ausschau hielten. Vielleicht dösten sie aber auch im Stehen. »Zweifel sind nur dann hilfreich, »wenn es mehrere Möglichkeiten gibt«, sagte er. »Wir haben nur diese eine.«

Kurz vor Beginn der Abenddämmerung erreichten sie die nördlichen Vororte. Peukestas staunte immer noch über die Schnelligkeit, mit der es am Südrand des Meers und in den Ländern dahinter dunkel wurde; er empfand auch die ägyptische Dämmerung als hastig. Noch war es jedoch hell genug, um die gewaltigen Dämme zu sehen, die das Westufer vor den allfälligen Überschwemmungen schützen sollten. Er erinnerte sich, daß er vor zehn Jahren am Südrand der Stadt die Reste jener Anlagen bestaunt hatte, die ein Herrscher der Vorzeit einst anlegen ließ und die Assyrer, Perser und die Zeit zerstört hatten: Dämme, die zugleich Schutzmauern gegen Feinde waren; Kanäle, die bei der Nilschwemme das Wasser zu einem riesigen See weiter westlich leiten sollten; und die überwucherten Straßen und Mauerreste uralter Festungen. Wahrscheinlich hatten die Makedonen ihre befestigten Lager dort errichtet.

Bodbal steuerte das Schiff am Flußkai dorthin, wo im Licht mehrerer Fackeln das andere Boot zu sehen war. Die Ruder wurden eingezogen, einer der Ägypter im Bug und Peukestas im Heck warfen Männern auf dem Kai Seile zu. Als das Schiff vertäut war, tauchte Leagros aus der Finsternis eines Walldurchgangs auf.

»Alles ist vorbereitet«, sagte er. »Die Herren erwarten dich im Saal der Zwistigkeiten.«

»Heißt der wirklich so?« Peukestas trat einen Schritt zurück, um seine Männer aussteigen zu lassen. Sie waren bewaffnet, aber sie bildeten keine auffällige Marschgruppe.

Ein jüngerer Mann neben Leagros lachte. »Es ist der Beratungssaal im Palast«, sagte er. »Aber da gibt es schon lange keinen Rat mehr, nur Zwist.«

»Mein Bruder Leochares.« Leagros deutete mit dem Kinn auf den Jüngeren. »Und ehe du fragst, er gehört zu uns – zur gleichen Truppe.«

»Es gibt noch einen, Leonidas; der ist im Palast«, sagte Leochares.

»Learchos der Vater, Leagros, Leochares und Leonidas die Söhne?«

»Und Leandros; der ist in Pella geblieben. Können wir?«

Wie angewiesen schlenderten Peukestas' Kämpfer; in der Dunkelheit würde kaum jemand sie sehen, aber falls doch, sollte niemand sie für eine Gefahr halten.

Sie gingen am Fuß einer langen, offenbar erst vor kurzem hochgezogenen Mauer entlang. Oben bewegten sich in Abständen Wachtposten zwischen Fackeln, die auf Pfosten oder Lanzen befestigt waren.

»Dahinter?« Peukestas deutete auf die Mauer.

»Dahinter ist Ägypten«, sagte Leagros. »Die Nacht, die Schlangen und die Messer. Hier, diesseits der Mauer, sind wir in Makedonien.«

Der Weg zum Palast war nicht lang, kaum mehr als fünfhundert Schritte. Auch hier gab es eine neue Mauer; den Durchlaß – kaum als Tor zu bezeichnen – bewachten grimmig dreinblickende Hopliten. Im unebenen Hof dahinter nutzte Peukestas ein Stolpern, um sich noch einmal nach seinen Männern umzusehen. Sie waren vollzählig und schienen bereit zu sein. Das Portal, ein halberleuchteter Gang, dann der Saal. Er holte tief Luft und folgte Leagros hinein.

Drinnen gab es Fackeln und Öllampen, die auf zwei Gruppen von Tischen schienen. Rechts wie links saßen und standen jeweils um die fünfzig Männer, die meisten mit Messern, die zum Essen, aber auch zu anderem dienen mochten. Auf leicht erhöhten Sitzen am Kopfende der jeweiligen Gruppe, aber ein wenig entfernt, saßen die beiden Männer, die einander prächtig behindern, aber nicht völlig ausschalten konnten; links der für die Belange des Kriegs und der Ordnung in Stadt und Umgebung zuständige Stratege Ophellas, den Peukestas Jahre zuvor unter den *hetairoi* Alexanders gesehen hatte, eine dunkelhaarige Masse aus Muskeln und Macht, und rechts der für Geld und Gesetze zuständige Nomarch Speusippos, Gefolgsmann von Kleomenes. Peukestas hatte ihn noch nie getroffen und fand ihn auf den ersten Blick unangenehm: ein langer, kahler Mann mit Raubvogelantlitz.

Die Gespräche im Saal flauten ab; alle Augen richteten sich auf die Neuangekommenen. Leagros, einen halben Schritt hinter Peukestas, berührte seinen Arm und flüsterte:

»Leochares wartet auf dein Zeichen. Besser könnten sie nicht sitzen. Geh vorn in die Mitte, Herr.«

Peukestas biß die Zähne zusammen, zog die Rolle mit dem Siegel und den Befehlen von Ptolemaios aus dem Brustgewand und trat zwischen die erhöhten Sitze der beiden Befehlshaber. Er verneigte sich kurz nach beiden Seiten, wandte sich dann um und rief: »Die Botschaft des Ptolemaios!« Er hob die Rolle und wartete, bis außer dem Zischen der Fakkeln nichts mehr zu hören war.

»Ich bin Peukestas, Sohn des Drakon. Ich wurde angewiesen, diese versiegelte Rolle zu übergeben und vorher etwas zu sagen.«

»Sprich, aber sprich schnell«, sagte eine tiefe, knarrende Stimme hinter ihm. Die Stimme des Strategen Ophellas.

»Die Rolle enthält Anweisungen für die Neubesetzung einiger Ämter sowie weitere Befehle. Was …«

»Welche Ämter sollen das sein?« Die scharfe, näselnde Stimme des Nomarchen Speusippos.

»Was die Einzelheiten angeht, zunächst nur dies. Leochares!« Nachdem er den Namen gebrüllt hatte, wartete er zwei oder drei Lidschläge, bis die ersten seiner Männer am Saaleingang erschienen und dorthin gingen, wo die Gefolgsleute von Speusippos saßen.

»Dies ist das Wichtigste. Kleomenes hat das Land ausgepreßt und sich bereichert. Er wird abgeurteilt und hingerichtet. Alle, die mit ihm ...«

Er unterbrach sich. Waffen klirrten, empörte Stimmen wurden laut, irgendwo stieß jemand einen Schmerzensschrei aus. Leagros und zwei seiner Leute kamen schnell zu Peukestas, liefen aber an ihm vorbei und stellten sich neben Speusippos, der halb aufgestanden war.

»Für die Gesundheit ist es besser, sitzen zu bleiben«, sagte Leagros. »Sprich weiter, Peukestas.«

»Die Gefolgsleute von Kleomenes verlieren ihre Ämter und haben eine Untersuchung ihrer Taten zu erwarten. Der Nomarch Speusippos ist abgesetzt und sofort in den Kerker zu verbringen. Stratege!«

Die Leute des Speusippos waren entwaffnet. Peukestas sah, daß seine Männer am Saaleingang standen. Er wandte sich halb um und verneigte sich abermals knapp vor Ophellas.

Der Stratege hatte sich erhoben. »Sprich, Peukestas.«

»Die Botschaft des Satrapen.« Er reichte ihm die Rolle. »Ich wurde angewiesen, dafür zu sorgen, daß du sie ungestört lesen kannst. Ich glaube ...«

Ophellas nickte. »Ich auch.« Mit einem flüchtigen Lächeln nahm er die Rolle entgegen, zerbrach das Siegel aber noch nicht. »Lesen kann ich später. Wir sollten das hier schnell beenden.«

»Deine Befehle, Herr!«

Leagros, Leochares und Leonidas hatten aus Leuten, auf die sie sich verlassen konnten, eine Befehlskette gebildet. Lange vor Mitternacht kam Leonidas – der jüngste der drei, der aber seinen Brüdern überhaupt nicht ähnlich sah – in den Saal, baute sich vor Ophellas auf und schlug die rechte Hand an die Brust.

»Es hat ein paar kleinere Handgemenge gegeben, Herr«, sagte er.

»Wie klein?«

»Sieben Tote. Die anderen sind entwaffnet – hier im Palast. Meine Brüder und ich haben um Vergebung zu bitten.«

Ophellas blinzelte ins Licht der Öllampe, die vor ihm auf dem Tisch stand und eine Kante der Papyrosrolle beschwerte. »Ihr habt gehandelt, ohne Befehle von mir«, sagte er. »Ihr habt Vorgesetzte übergangen. Ihr habt Waffen gegen Makedonen gezogen. Ist es so?«

»So ist es.«

Ophellas blickte Peukestas an. »Ist es so?«

»Nicht ganz.«

»Doch, es ist so.« Der Stratege zwinkerte kaum merklich. »Ihr habt das getan, was nötig war. Ihr habt es auf Befehle von Peukestas hin getan, der nach den Anweisungen von Ptolemaios handelt. Ihr habt recht getan und Lob verdient. Wegtreten.«

»Was ist mit den Lagern?« sagte Peukestas.

Ophellas kaute auf der Unterlippe. »Ich habe zwei Leute losgeschickt. Boten. Keine Ahnung, ob sie bei Nacht heil durchkommen.«

»Ein Boot?«

»Schlecht. Das Lager näher am Fluß halten die Schufte.«

»Vielleicht ...« Peukestas verstummte und schaute in die Gesichter der anderen, die an dem langen Tisch saßen. Leagros war dabei; die übrigen genossen offenbar das Vertrauen des Strategen.

»Sprich.«

»Der Satrap hat ein paar Vorschläge gemacht«, sagte Peukestas langsam.

Ophellas klopfte auf den Papyros. »Da steht einiges, das stimmt. Was meinst du?«

»Ich dachte an die Erwürgung des Landes und der Leute. Ptolemaios hat angeordnet, denen, die hungern, einige der von Kleomenes gehüteten Getreidespeicher zu öffnen und für dieses Jahr die Abgaben zu senken.«

»Das Jahr ist fast vorbei.«

»Eben. Wenn du nun alle wichtigen Leute der Stadt versammelst, möglichst schon morgen, und ihnen das verkündest, haben wir mit ein wenig Glück morgen keinen Aufstand mehr, sondern einige hunderttausend Ägypter zwischen uns und den Lagern. Ägypter, die dann vielleicht *für* uns sind. Das könnte die Leute von Speusippos und Kleomenes zum Aufgaben bewegen.«

Hier und da sah er ein Nicken, andere blickten zweifelnd.

»Wir sollten es versuchen«, sagte Ophellas. »Dies und ein paar andere Dinge. Weißt du eigentlich, was Ptolemaios für dich verfügt hat?«

»Ich nehme an, daß ich, sobald hier alles wieder ruhig ist, nach Pelusion zurückfahren soll.«

Der Stratege grinste. »Er hat dir also nicht alles gesagt. Wappne dich, Sohn Drakons ... ah, wo steckt der alte Schurke eigentlich?«

»Ich weiß es nicht, Herr. Ich habe ihn seit Jahren nicht gesehen und hatte die Hoffnung, ihn hier in Ägypten zu finden.«

»Er war hier, in Memphis, gar nicht so lange her. Aber das beiseite. Hör zu, Peukestas – hört alle zu. Das sagt Ptolemaios: Wenn Memphis und der memphitische Gau befriedet sind, wird Ophellas mit den dann verfügbaren, also hier nicht mehr auf Dauer benötigten Truppen abmarschieren, um ... etwas anderes zu erledigen. Peukestas, Sohn des Drakon, wird sich bis dahin mit allem vertraut machen und das Amt des Strategen übernehmen, bis Ptolemaios ihn ersetzt. Und bis Ptolemaios einen neuen Nomarchen ernennt, arbeiten die unteren Amtsleute, soweit sie sich nichts haben zuschulden kommen lassen, weiter. Und bis zur Ernennung eines neuen Nomarchen leitet der Stratege auch diesen Bereich.«

Tarqunna. Larisa. Djedefre. Es gab mehr als genug anderes zu tun, aber die drei geheimnisvollen Namen beschäftigten Peukestas immer wieder. Mehr als Andeutungen hatte Ptolemaios nicht gemacht, offenbar nicht machen können. Sie wüßten etwas über den unauffindbaren ägyptischen Priester, der angeblich den Widerstand leitete. Der nicht mehr so offensichtlich war, nachdem Ophellas Getreide hatte ausgeben lassen und den Sprechern der Tempel und der Zünfte sowie den einheimischen Amtsleuten verkündete, es würden in diesem Jahr keine Abgaben mehr erhoben. Zunächst gab es keine weiteren Anschläge auf einzelne Makedonen, aber die Feindseligkeit blieb.

»Was erwartest du denn?« sagte Bodbal, als Peukestas ihn darauf ansprach. »Ihr habt euch jahrelang verhaßt gemacht. Meinst du, das verfliegt, wenn Ophellas einmal lächelt und mit dem Fächer wedelt?«

»Was können wir denn tun?«

Der Phöniker lächelte. »Das willst du bestimmt nicht von mir hören.«

»Doch.«

»Zieht ab.«

Am vierten Tag nach der Festsetzung von Speusippos und seinen wichtigsten Handlangern steckte jemand eines der makedonischen Wachschiffe am Kai in Brand. Fast gleichzeitig wurde eine Gruppe gut gepanzerter Reiter auf den Weg vom Palast zu den Lagern im Süden überfallen. Pfeile, Speere und Steine flogen hinter einer Mauer hervor; zwei Männer starben, drei wurden verletzt. Als die anderen den Hinterhalt auszuheben versuchten, war niemand mehr zu finden.

Ohne überfallen zu werden, erreichte abends eine Abordnung des Lagers der Kleomenes-Leute den Palast. Man sei bereit, einige Männer zur Aburteilung auszuliefern, wenn die übrigen weiter als ehrenhafte Krieger angesehen würden. Ophellas und sein Stab stimmten nach kurzer Beratung zu.

»Was die Lage nicht wesentlich verändert.« Peukestas goß Wein nach und sah zu, wie Bodbal das Öllämpchen auffüllte. Der Phöniker war tagsüber am Hafen gewesen, um ein paar kleine Arbeiten am Schiff vorzunehmen beziehungsweise zu beaufsichtigen, hatte den Brand des anderen Boots gesehen und eben davon erzählt.

»Was könnte die Lage schon bessern?« sagte er, mit einem Blinzeln. »Du lebst in einem Palast, hast genug zu essen und zu trinken, jetzt, da Speusippos nicht mehr auf den Vorräten sitzt, und du kannst zwar die Beschaffenheit der Welt nicht ändern, aber immerhin darfst du dich edelmütig fühlen, weil du mir gestattest, mein Lager in diesem Raum aufzuschlagen.«

»Trink und schweig.«

Sie tranken und schwiegen gründlich, wenn auch nur eine kurze Weile.

»Hast du etwas von unseren ägyptischen Freunden gehört?« sagte Peukestas dann.

»Beinahe.«

»Wie hört man etwas beinahe?«

Bodbal kramte in einer Stofftasche, die an seinem Gürtel hing, und zog einen Papyrosfetzen heraus. Er schob ihn Peukestas hin.

»Was ist das?«

»Hat heute ein Junge über die Bordwand flattern lassen. Als ich ihm eine Münze zuwerfen wollte, war er aber schon wieder fort.«

Peukestas nahm den Fetzen und betrachtete ihn, konnte aber den Kritzeleien nichts entnehmen. »Was steht da?«

»Habe ich dir nicht schon mal gesagt, du solltest ... Aber es hat ja doch keinen Sinn. Eine Mischung aus ägyptischen und phönikischen Zeichen. Sie sind irgendwo in der Stadt unterwegs, halten Augen und Ohren offen und haben offenbar nicht die Absicht, die Seiten zu wechseln.«

»Vielleicht kann man ihnen ja tatsächlich trauen.«

Bodbal hob den Becher und betrachtete Peukestas über den Rand hinweg. »Du klingst, als ob du etwas hättest, was du ihnen zutraulich sagen würdest, wenn sie dir ausreichend vertrauenswert erschienen.«

Peukestas rang mit sich, wie schon tagsüber und an den Vortagen. »Hör zu.« Er gab sich einen Ruck. »Ich habe hier drei Namen – drei Leute. Ich weiß nicht, was es mit ihnen auf sich hat.«

Der Phöniker nickte. »Bei wem weiß man das schon. Woher hast du die Namen, und was soll mit ihnen sein?«

»Die emsigen Beschaffer geheimer Kenntnisse«, murmelte Peukestas.

»Spitzel und Horcher; meinst du so was?«

»Mein Vater, Drakon, gehört schon seit einigen Jahrzehnten dazu.«

»Ich dachte, er hätte Zähne ausgerissen. Hat er das gemacht, um an geheime Nachrichten zu kommen? Aufwendige Form der Folter, finde ich.«

»Er ist Heiler. Eigentlich. Er hat immer gute Zähne gesammelt, Zähne von Toten, und daraus für Lebende neue Gebisse gemacht.«

Bodbal verzog das Gesicht. »Ich weiß nicht ... Den Kerl, dessen Zähne ich in den Mund nähme, möchte ich mir aber selber aussuchen.«

»Wenn du keine mehr hast und nicht mehr beißen kannst, bist du wahrscheinlich nicht mehr wählerisch. Vielleicht kommen deine letzten Zähne ja auch von einer schönen Frau. Also, die Nachrichten. Drakon gehörte zu denen, die schon für Philipp gearbeitet haben, danach für Alexander. Jetzt offenbar für Ptolemaios. Ich weiß nicht, ob die drei Namen von ihm stammen ...«

»Hör auf mit den Umwegen. Ptolemaios hat dir also drei Namen genannt? Und du sollst die Leute suchen, die sich hinter diesen Namen verstecken? Oder darin?«

Peukestas nickte.

»Oh, man hat es aber schwer mit mißtrauischen Makedonen. Aber was klage ich? Hab ich nicht selbst gesagt, du solltest mißtrauischer sein?«

»Ein Mann, Tarqunna«, sagte Peukestas. »Eine Frau, Larisa. Und ein Zwitter, Dejedefre.«

Bodbal klatschte in die Hände und grinste. »Ein Mann, eine Frau, ein Zwitter? Ich bin begeistert. Soll ich das an unsere beiden Ägypter weitergeben?«

»Und dich selbst umhören. Falls du die Gelegenheit dazu erhältst.«

»Warum wollt ihr eigentlich nicht einsehen, daß ihr nicht allein auf der Welt seid? Und daß es hilfreich wäre, andere Sprachen und Gebräuche zu kennen?«

»Was hat das jetzt damit zu tun?«

»Tarqunna.« Bodbal hatte offenbar keine Schwierigkeiten mit dem q. »Das ist ein etruskischer Name. Tarquinios, für Hellenen. Larisa? Ein Ort irgendwo in Hellas. Ich weiß nicht, ob jemand so heißt, aber sei's drum. Und Djedefre – hm. Hermaphrodit. Ägypter. Wahrscheinlich Priester.«

»Ah.« Peukestas war verblüfft, und offenbar gelang es ihm nicht, seine Gesichtszüge zu beherrschen, denn Bodbal lächelte spöttisch.

»Wie du siehst, helfen ein paar billige Kenntnisse dabei, den Kreis etwas einzuengen. Ich will ... ach, eigentlich will ich nicht. Diese Stadt ist ungesund für Leute, die vielleicht etwas mit euch zu tun haben. Aber wenn du ganz lieb bitte sagst, will ich versuchen, etwas herauszukriegen.«

»Edler Phöniker, Fürst aller Steuerleute – bitte!«

»Recht so.«

Zwei Tage blieb Bodbal verschwunden. Am Abend des dritten erschien er in Peukestas' Raum, abgerissen und nach Bier stinkend.

»Wein, Fürst«, sagte er. »Wasser. Und zwei Atemzüge Stille fürs Trinken.«

Peukestas schob ihm einen Becher und zwei Krüge hin.

Bodbal trank drei Becher nacheinander. Der erste enthielt etwa drei Viertel Wasser, der zweite die Hälfte, der dritte drei Viertel Wein. Dann seufzte er, rülpste, füllte den Becher zum vierten Mal, diesmal nur mit Wasser, und sagte: »Hundert Mann – wie schnell kannst du sie auftreiben?«

»Sofort. Notfalls. Was hast du herausbekommen?«

Bodbal rieb sich die Augen. »Eigentlich bin ich zu müde, aber ... Komm, treib die Krieger zusammen. Ich werde inzwischen deinen Bottich zu erheiternder Entleerung nutzen. Alles andere unterwegs.«

»Nichts da.« Peukestas hielt den Phöniker am verdreckten Ärmel des Chitons fest. »Wohin soll's gehen? Irgendwas muß ich Ophellas sagen.«

»Es geht zu einem der alten Tempel. Den des Ptah, nebenbei. Unter den Tempel, genauer. Wenn wir Glück haben, finden wir da ein paar von euren Leuten, die in den letzten Monden verschwunden sind. Und mit sehr viel Glück den Priester, der alles leitet.«

Ohne Fackeln und mit Waffen, die umwickelt waren, damit sie nicht klirrten, schlichen sie durch die nächtliche Stadt. Leise berichtete Bodbal von dem, was er in den vergangenen Tagen getan und herausgefunden hatte – leise und karg, ohne Ausschmückungen. Sie folgten einem Schatten, der vielleicht fünfzig Schritt vor ihnen durchs Dunkel huschte. Schatten im Schatten. Vor einem Haus, aus dem das Licht mehrerer Lampen fiel, wandte er sich halb um, und Peukestas sah, daß es sich um Ahmose handelte.

»Larisa ist tot«, murmelte Bodbal. »Eine alte Frau aus Epeiros. Vor drei Tagen halb verwest gefunden. Jemand hat ihr die Kehle geschlitzt. Tarqunna?« Er gluckste leise. »Zuerst konnte ich keine Etrusker finden, nur ein paar Römer. Händler. Einer von ihnen hat mich dann zu Tarqunna geführt. Ihr Götter, die Fremden in Memphis leben zum Teil sehr seltsam. Wußtest du, daß fast ein Fünftel, also um die zweihunderttausend Menschen in Memphis, keine Ägypter sind? Aus aller Welt – Händler, alte Söldner, Diebe, Räuber, Mörder. Und ihre Frauen.«

»Wußte ich nicht. Weiter!«

»Habe ich nicht gesagt, ihr wißt zu wenig? Wen fragst du, wenn du etwas wissen willst, was geheim ist?«

Peukestas stöhnte leise. »Wen denn?«

»Einen, der Grund hat, sowohl von dir als auch von deinen Feinden möglichst viel zu wissen.«

»Einen Athener? Einen Perser? Inder? Thraker? Nun sag's schon.«

Bodbal kicherte. »Dann hätten wir den Rest des Wegs nichts mehr zu reden.«

»Ist es noch weit?«

»Memphis ist groß.«

»Nicht so groß wie das Geschrei, das du ausstoßen wirst, wenn ich dich in kleine Scheiben schneide. Wenn du nicht endlich ...«

»Ist ja gut, Junge. Vergib – befehlender Herr! Also, der Römer hat mich zu diesem Etrusker gebracht, Tarqunna, der am Rand des Gerberviertels wohnt und mit Pisse handelt.«

»Ei.«

»Sein Haus ist außen eine Bruchbude, innen – ein Palast!« Bodbal schmatzte. »Stinkende Quellen des Reichtums ... Die beiden haben sich schnell und flüsternd unterhalten. Eh – der Name deines Vaters hat all diese Türen geöffnet, nebenbei.«

Peukestas schwieg.

»Ich habe nichts, na ja, nicht viel verstanden. Teils Hellenisch, teils Etruskisch, teils ein ziemlich rauhes Gebrabbel, wahrscheinlich Römisch. Ein Wort kam mehrmals vor, Karthago.«

»Was heißt das?«

»Das, o Peukestas, sagen die Römer offenbar, wenn sie Qart Hadascht meinen, die Neue Stadt im Westen – Karchedon.«

»Ah.« Plötzlich begriff Peukestas, worauf Bodbal die ganze Zeit angespielt hatte. »Das also hast du gemeint – einer, der Grund hat, sowohl von uns als auch von unseren Feinden alles zu wissen.«

»Karchedon«, murmelte der Phöniker. »Unsere lieben Verwandten im Westen. Die letzte große Macht, die euer Alexander unbedingt noch … Aber weiter.«

Peukestas knirschte einen Fluch.

»Was empört dich?«

»Meine Dummheit.«

»Ein beklagenswerter Dauerzustand – aber wieso jetzt?«

»Ich hätte es wissen … selbst darauf kommen müssen. Natürlich. Aristoteles hat es mir gesagt, ich habe es gelesen …«

Bodbal berührte seinen Arm. »Du kennst … du hast den großen Aristoteles gekannt?« Etwas wie Staunen und Achtung klang aus der Frage. Vielleicht, sagte sich Peukestas, hatte er dabei die Augen aufgerissen, aber es war zu dunkel, um das zu sehen.

»Ich war in seinen letzten Stunden bei ihm und habe vieles gehört. Gelesen. Erfahren. Später, Bodbal, später. Erinnere mich daran. Weiter!«

»Aristoteles …«, murmelte der Phöniker. Dann seufzte er. »Sogar Aristoteles mußte sterben. Ach, es ist ein Jammer.«

»Karchedon!«

»Die Karchedonier beobachten euch. Natürlich. Und eure Gegner. Deshalb wissen sie, daß der Hermaphrodit Djedefre die Götter und die Menschen des Nillandes gegen euch führen will. Tarqunna hat mich zu einem Karchedonier gebracht.«

»Wie heißt er? Wo …«

»Nichts da.« Bodbal klang plötzlich sehr scharf. »Ich weiß es nicht, kenne den Namen nicht, es war dunkel, keine Ahnung, wo er wohnt. Und wenn …«

»Gut, gut, ich verstehe. Sprich weiter.«

»Djedefres Leute haben Waffen gehortet. Und sie haben Ägypter unter Qualen getötet, weil die mit euch zusammengearbeitet haben. Sie haben Makedonen umgebracht. Und andere, die wichtiger sind und vielleicht später nützlich sein können, haben sie gefangen. Wahrscheinlich sind sie alle jetzt ... da vorn, in dem Tempel. Halt. Nicht so schnell. Es gibt Wachen.«

Am anderen Ende der Gasse, in die sie eben eingebogen waren, zeichnete sich gegen den Sternenhimmel das vorspringende Dach eines großen Gebäudes ab.

Peukestas beriet sich flüsternd mit seinen Unterführern; bei diesen waren Leochares und Leonidas, Leagros, den er gern mitgenommen hätte, hatte er in der Eile nicht finden können.

Bodbal löste sich von der Gruppe und machte ein paar Schritte, blieb dann stehen und redete zwischen zwei Häusern mit jenem Schatten, der Ahmose war.

»Unter dem Tempel?« sagte Leochares. Er wiegte den Kopf. »Für den Tempel gibt es sicher mehrere Eingänge, aber für die Unterwelt? Wahrscheinlich nur einen, und der ist ohne Zweifel bewacht.«

Bodbal kam zurück. Er hatte offenbar den letzten Satz gehört. »Es gibt einen zweiten Eingang«, sagte er. »Unter der Erde, vom Fluß her, irgendwo unter Gestrüpp und Trümmern am Deich. Der Ägypter zeigt es euch.«

Peukestas zögerte noch zwei oder drei Atemzüge lang. »Ihr zwei«, sagte er dann, an Leochares und Leonidas gewandt. »Ihr nehmt die Hälfte der Leute. Eh, wie weit ist es bis zu dem Flußeingang?«

Bodbal gluckste. »Manche Leute denken schneller als andere. Der Ägypter sagt, vierhundert Schritt bis zum Fluß, dann noch einmal hundert bis dort, wo der Gang beginnt. Wenn ihr euch trennt, soll einer hier bis fünfhundert zählen. Kennst du so hohe Zahlen?«

Leonidas knurrte etwas, dann sagte er: »Wenn wir die Leute teilen, bleiben uns hier fünfzig. Jeder hat zehn Finger, die kannst du einzeln küssen, Phöniker. Gut?«

»Trefflich.«

»Zählen«, sagte Peukestas. »Bei fünfhundert dringt ihr in den Tempel ein. Wenn es Wachen gibt, Widerstand, macht Geschrei und laßt die Waffen klirren.«

»Ich habe ein Kriegshorn«, sagte einer der Männer hinter Leochares.

»Dann blas hinein, wenn's losgeht. Mit Glück treffen wir uns bald in dieser Unterwelt.«

Leochares legte Peukestas eine Hand auf den Arm und drückte sanft. »Wenn nicht, sehen wir uns in der anderen.«

Schnell und fast lautlos liefen sie zum großen Deich, der die Stadt vor einer Überschwemmung schützen sollte. Der Fluß, der Deich, ein tiefer Graben, ein kleinerer Uferwall, dann die ersten Lager- und Wohnhäuser. An der Stadtseite des Grabens bewegte sich etwas: Ahmose schwenkte einen hellen Tuchfetzen.

Als sie begannen, Gestrüpp und Sand und lose Steine beiseite zu räumen, war Peukestas bei vierhundertfünfzig angekommen.

»Wartet noch«, sagte er. »Weiter drin, unter dem Tempel, ist der Gang bestimmt bewacht. Wenn's an der anderen Seite losgeht, ziehen sie da vielleicht die Wachen ab.«

Sie warteten. Plötzlich bohrte der schrille Ton des kleinen Kriegshorns ein Loch in die einmütige Stille der Nacht; gleichzeitig hörten sie fernes Geschrei und Klirren.

»Los!«

Sie drangen ein und kamen schnell voran; weit voraus gab es Licht, so daß sie wenigstens Umrisse erkennen konnten. Peukestas bemerkte, daß Bodbal neben ihm blieb.

»Was willst du hier?« sagte Peukestas leise. »Du hast doch keine Waffe.«

»Doch, einen Speer.« Bodbal fuchtelte damit. »Jemand muß dich beraten, Makedone. Daß du es den Ägyptern gegenüber nicht an der geziemenden Achtung fehlen läßt.«

»Ich glaube, du bist bloß neugierig. Alles andere sind dumme Ausreden.«

»Er lernt ja doch etwas!«

Einige der Männer waren vorausgeeilt. Plötzlich hörte Peukestas ein paar dumpfe Schläge, den Aufprall von Eisen auf Fleisch, zwei erstickte Schreie. Als er die Stelle erreichte, sah er im Lichtschein aus dem nun ganz nahen Saal unter dem Tempel zwei Ägypter in Blutlachen liegen, die Hände noch an den Speeren. Sie lagen vor einer Art Schwelle, über die ein gräßlicher Gestank schwappte, Ausdünstung eines furchtbaren Ungeheuers der Unterwelt, vor dem der Minotauros geflüchtet wäre: eine Mischung aus Kot und Blut, Eiter, schwärenden Wunden und Verwesung. Peukestas würgte den Brechreiz herunter und lief weiter. Gefangene, dachte er, Lebende und Tote. Erst die anderen, dann …

Mit dem Schwert in der Hand erreichte er den Saal, den zahllose Fackeln und Spiegelflächen erhellten. Aus dem Gang hinter ihm rannten Kämpfer und stürzten sich auf die wenigen Ägypter, die noch Widerstand leisteten. Am anderen Ende wurde noch heftig gekämpft, aber Leochares und seine Leute hatten bereits die letzten Stufen der Treppe erreicht, die aus dem Tempel herabführte. Neben sich bemerkte er eine huschende Bewegung; ein Speer flog und nagelte die Hand eines Mannes an eine große, dunkle Truhe.

»Das wollen wir doch nicht, oder?« sagte Bodbal.

»Ich wußte nicht, daß du mit einem Speer umgehen kannst.« Peukestas schob das Schwert in die Scheide. Die Ägypter waren tot oder entwaffnet. Leochares kam zu ihm; aus einer Schramme an der Wange rieselte Blut über den linken Mundwinkel, der sich zu einem Grinsen hob.

»Alles gesichert. Was jetzt?«

Peukestas wies mit dem Daumen hinter sich. »Da vorn, am Gang, ist ein Verlies. Es stinkt, aber ich nehme an, da leben noch welche.«

Leochares nickte. »Jungs, habt ihr harte Nasen?« Er winkte einige seiner Leute zusammen und verschwand mit ihnen im Gang zum Fluß.

Der Mann, dessen Hand Bodbal mit dem Speer wider weitere Versuchungen befestigt hatte, war fett, kahl und weißlich wie eine Made. Mit der linken versuchte er, den Speer aus der rechten Hand zu ziehen; dabei verdrehte er den Kopf, um Peukestas im Auge zu behalten. Einen halben Schritt rechts von ihm stand auf einem kleinen Sockel ein Flechtkorb.

Der Phöniker klackte mit der Zunge. »Siehst du, wie gut es ist, daß ich mitgekommen bin?«

»Ist es das, was ich denke?«

Bodbal hob die Schultern. »Wenn du Zweifel hast, kannst du ja tun, was er tun wollte. Steck die Hand in den Korb.«

»Ah nein. Ich hasse Schlangen.« Peukestas ging langsam zu dem fetten Mann, der ihm entgegenstarrte. Dunkle Augen, tief in den Höhlen, wie glimmende Holzkohlen, das Gesicht verzerrt von Schmerz und Haß.

»Vorsicht.« Bodbal hielt Peukestas am Arm zurück. »Er könnte noch etwas haben.«

»Was denn? Gift spucken?«

»So ähnlich. Besser ...« Er kniff die Augen zusammen. »Siehst du die Fingernägel?«

Peukestas näherte sich dem Ägypter so weit, daß er die Hand sehen konnte, ohne von ihr erreicht zu werden. Die Nägel waren verfärbt und spitz zugefeilt.

»Erinnert mich an etwas. Nach der Schlacht am Granikos gab es einen Perser mit giftigen Nägeln und Zähnen.« Mit einem schnellen Griff packte Peukestas das linke Handgelenk des Mannes, preßte es gegen die Truhe und sagte: »Wie sichern wir ihn?«

Bodbal bückte sich nach einem Speer, den einer der ägyptischen Kämpfer hatte fallen lassen. »So.« Er rammte ihn durch die linke Hand des Mannes in die Truhe. Als der Mund sich zu einem Schmerzensschrei öffnete, sah Peukestas, daß auch einige der Zähne spitz und verfärbt waren.

Peukestas befahl zwei Makedonen, den Mann aus sicherer Entfernung – »falls er Gift spuckt« – zu bewachen. Dann sah er sich in der großen Halle um.

An den Wänden standen Götterbilder, die meisten aus Stein, einige aus Holz: Schakal, Kuh, Falke, Krokodil und andere, die aus verschiedenen Wesen zusammengesetzt zu sein schienen. Bodbal blieb neben ihm und nannte die Namen der Gottheiten; von den meisten wußte Peukestas sie längst. Anubis, Horos, Hathor ... Es gab mehrere Altäre. Er untersuchte sie nicht alle, aber mindestens zwei waren blutbefleckt. Die Spuren auf dem hellen Stein vor dem großen Apis-Stier sahen frisch aus, feucht. Peukestas spürte wieder Brechreiz in sich aufsteigen und verzichtete darauf, die Feuchtigkeit mit dem Finger zu prüfen.

Die Makedonen trieben elf überlebende Ägypter in einer Saalecke zusammen und fesselten sie. Andere Männer schleppten die Toten zum Fuß der Treppe.

»Wie viele?«

»Neunzehn, Herr. Was machen wir mit ihnen?«

»Das sehen wir später. Und bei uns?«

Der Makedone hob die Schultern. »Ein paar Kratzer. Die waren zu überrascht, als daß ...«

Peukestas nickte. »Bewacht die Gefangenen. Ihr da, schnappt euch Fackeln, immer drei Mann und eine Fackel. Seht euch um, was es hier in den Nebenräumen noch alles gibt. Aber Vorsicht! Bestimmt gibt es Fallen. Vielleicht haben die ja noch mehr Schlangen und ein paar Krokodile eingebaut.«

Halblaute Rufe – Ekel, Entsetzen, Empörung – kamen aus dem Gang, wo Leochares und einige seiner Leute begonnen hatten, das stinkende Verlies zu sichten. Und zu räumen. Da zugleich die ersten Leute mit Fackeln aus Nebenhallen zurückkehrten und über Funde berichteten, kümmerte sich Peukestas nicht gleich um die anderen. Er sah, ohne genau hinzuschauen, daß Leochares beinahe grün im Gesicht war und daß Männer, die sich Tuchfetzen vor die Nase gebunden hatten, Körper in den Saal schleppten.

In Nebenräumen gab es Vorräte wie zur Absicherung gegen eine lange Belagerung; eine Gruppe berichtete von Gestellen mit Speeren und Schwertern, andere von aufgetürmten Rüstungen.

Nach einem stummen Blickwechsel mit Peukestas hatte sich Bodbal aufgemacht, um eine Halle zu betrachten, aus der ein Makedone mit einer goldenen Scheibe voller Goldmünzen aufgetaucht war.

Der Phöniker kam bald wieder zurück. »Wenn ich die Zeichen richtig verstehe, ist das da oben der neue Tempel des Ptah«, sagte er. »Aber hier unten, die Gewölbe und alles, das ist noch vom alten Tempel, den die Assyrer zerstört haben.

Vor, ah, vierhundert Jahren. Hikupta.« Er grinste und schnalzte mehrmals laut.

»Was erheitert dich?«

»Gold und Silber. Ein hübscher Anblick. Die haben hier mehrere tausend Talente aufgetürmt.« Er kniff die Augen zu Schlitzen. »Schätzungsweise ...« Er murmelte etwas, dann schüttelte er den Kopf. »Also, wenn ich mich nicht sehr irre, uh, was kriegt einer von euren Leuten? Eine Drachme am Tag?«

»Die einfachen Kämpfer, ja.«

»Wenn überhaupt bezahlt wird, wie? Also, hm, drei Jahre Sold für die fünfzehntausend Mann der Festung Memphis liegen da mindestens. Nicht schlecht, was?«

Leochares rief nach Peukestas. Das Gesicht des jungen Mannes war nicht mehr grün, aber das trocknende Blut aus der Wangenwunde hob sich immer noch sehr dunkel von der Haut ab.

»Ein paar leben«, sagte er mit belegter Stimme. Er deutete auf abgezehrte Körper, die seine Männer in der Halle auf Decken und Umhänge legten. »Ich weiß nicht, ob ich nicht lieber tot wäre.«

»Was habt ihr gefunden?«

Leochares schüttelte sich. »Die haben um die fünfzig Gefangene in diesem Loch gehalten. Keine Ahnung, wie lange. Vielleicht haben sie ihnen hin und wieder einen Schluck Wasser gegeben. Oder die, die noch leben, haben ... sonst was getrunken. Gah. Neun leben noch. Lebende Tote. Wenn man das so nennen kann.«

»Und ...« Peukestas sprach nicht weiter.

»Genau, und«, sagte Leochares. »Die haben die Leichen einfach liegen lassen. Lebende, Tote, Verwesende, Maden, Scheiße, alles, was du nicht wissen möchtest.«

»Wir haben Speere und Decken. Macht Tragen. Und schick ein paar Leute zu Ophellas. Wir brauchen mehr Männer – um das hier zu sichern. Das, und den Weg.«

Leochares runzelte die Stirn. »Ich weiß nicht, ob die da den Weg zum Palast überleben.«

»Dann soll Ophellas Heiler und Verbände und Wasser und alles Nötige schicken. Ist jemand dabei, der noch etwas sagen kann?«

»Versuch's mal. Ich kümmere mich um die Verbindung zum Palast.«

Skelette. Schwach atmende, verdreckte Skelette. Viele mit Wundbrand. Peukestas ging langsam an ihnen vorbei, ein Tuch vor die Nase gepreßt. Makedonische Krieger, irgendwann in den vergangenen Monden in der Stadt überfallen und entführt. Zwei alte Männer waren dabei, den Kleiderresten nach Ägypter – wahrscheinlich wichtige Leute, die mit den Besatzern zusammengearbeitet hatten. Peukestas bezweifelte, daß sie sich je erholen würden, und er sagte sich, daß er an ihrer Stelle um den gnädigen Lanzenstich bitten würde. Aber sie konnten nicht einmal bitten. Sechs Makedonen. Zwei Ägypter.

Und ein uralter Mann, das Skelett eines Greises. Peukestas starrte hinab, in das Gesicht, die Linien und Falten eines Totenschädels, an dem nur noch wenig Fleisch war. Plötzlich verschwammen die Züge vor seinen Augen. Peukestas wischte sich mit dem Handrücken die Tränen fort und kniete neben dem Skelett nieder. Mit den Fingerspitzen berührte er die Wangen. Die Haut einer uralten, morschen Frucht.

Der Greis atmete schwach. Aber er öffnete die Augen und blickte auf.

»Ich bin es, Vater«, sagte Peukestas rauh.

Bodbal hatte sie über die Bestattungsgebräuche der Ägypter belehrt. Gehirn und Gedärme, hatte er gesagt, sollten für die Anderwelt in besonderen Gefäßen vorbereitet werden. Vor den Augen von mehreren tausend Ägyptern wurde Djedefre an einen Pfahl gebunden. Drei Tage gründlicher und schmerzhafter Befragung hatten ihn nicht ganz umgebracht, so daß er noch schreien konnte, als man ihm den Bauch öffnete und die Gedärme herausriß. Er schrie, bis man ihm den Kopf abschlug. Die Gedärme wurden an Schweine verfüttert. Der Kopf, auf eine Lanze gesteckt, starrte blind auf den Platz vor dem Ptah-Tempel, bis er eines Morgens verschwunden war.

KAPITEL 14

Gute Gesellschaft

Ludermuse, hilf mir singen –
nicht vom Nabel eines Dichters,
nicht von Feuer, Blut und Kriegen,
Helden, Göttern und Altären,
ernsten Fürsten, hehren Frauen,
all dem öden Unsinn, sondern
von den ewig großen Dingen:
Hütten, Hunger, karge Ernten,
rauhe Hände bei der Arbeit,
Fisch und Wein und lose Lenden,
alte Lieder, neue Scherze
für die Männer, Frauen, Kinder.
Oder werde Knebel, Muse.

DYMAS

Kassandra fühlte sich wohl und zugleich seltsam in dem sauberen langärmeligen Chiton, den einer von Nearchos' Leuten ihr gegeben hatte. Leibschurz, Chiton, Umhang, Sandalen, alles aus den Beständen der Festung von Patara. Der Chiton war zu groß, aber nicht das war der Grund dafür, daß sie sich seltsam fühlte. Den Chiton hatte sie ein wenig geschürzt und mit einem dicken Seil – ebenfalls aus der Festung – hochgebunden. Sie dachte darüber nach, ob sie sich von dem Geld, das Nearchos verteilt hatte, eine Schärpe kaufen sollte.

Auf dem Weg zum Hafen zog sie den Umhang enger. Die warmen Spätwintertage waren über Nacht einem eisigen Vorfrühling gewichen, mit schneidendem Wind aus den Bergen. Die Schiffe im Hafenbecken tanzten und schwankten, und außerhalb des Beckens sah Kassandra Schaumkämme auf den Wellen.

Omphale saß auf einem Poller. In einer Hand hielt sie eine halbgegessene Wurst, in der anderen eine Lederflasche. Sie starrte blicklos aufs Meer und zuckte zusammen, als Kassandra ihre Schulter berührte.

»Träumst du?«

Omphale versuchte sich an einem kargen Lächeln, das nicht recht gelingen wollte. »Wasser«, sagte sie. »Und Feuer. Man kann die Zeit mißachten und sich verlieren. Wenn man sich gerade nicht finden will.«

»Rutsch mal.« Kassandra setzte sich neben sie. »Warum willst du dich verlieren? Jetzt, da man uns zu neuem Leben verholfen hat.«

Omphale wandte ihr das Gesicht zu. Zwei dicke Tränen bildeten sich in den Augen.

Kassandra überraschte sich bei der Frage, wie man die Bewegung dicker Tränen auf den Wangen nennen sollte – gleiten, rutschen, rollen? »Warum weinst du, Schwester?«

»Weil ich froh und unglücklich bin.« Sie wollte offenbar mit dem Handrücken die Wangen trocknen, entdeckte aber in der Hand die halbgegessene Wurst und biß hinein.

»Froh? Das verstehe ich. Aber wieso unglücklich?«

»Meine Kinder.«

Kassandra war erstaunt. »Du hast Kinder? Davon hast du nichts gesagt.«

»Ich wollte nicht an sie denken. Daran, daß sie vielleicht hungern und frieren. Deshalb habe ich nicht über sie geredet.«

»Wo sind sie? Wie viele?«

»Drei. Sechs, vier und zwei Jahre alt. Als mein ... als der Mann gestorben ist, bin ich mit ihnen von Mylasa nach Iasos gewandert, zu meinen Leuten. Dort sind sie jetzt. Aber mein Vater ...«

Sie sprach nicht weiter, und Kassandra nickte. Der Vater tot, der Mann tot, wen gab es noch, der die Kinder kleiden und ernähren konnte? ›Ich hätte gern Kinder, aber nicht jetzt‹, sagte sie sich. ›Jetzt bin ich froh, daß ich diesen Kummer nicht habe.‹

»Und du?« sagte Omphale.

»Ich weiß nicht.«

»Was weißt du nicht? Wie du dich fühlst? Wohin du übermorgen fahren willst?«

»Bei dem Wetter ... Laß uns abwarten, ob wir überhaupt fahren können.«

Omphale beendete die Wurst, nahm einen Schluck aus der Flasche und reichte sie Kassandra. »Trink. Ziemlich fetter Wein, aber gut gegen das Wetter.«

Kassandra trank einen Schluck. »Ei, fett, ja.« Sie gab ihr die Flasche zurück.

»Wie fühlst du dich?«

Sie zögerte. »Seltsam«, sagte sie dann.

Omphale hob einen Mundwinkel. »Seltsam? Wie seltsam? Fremd? Ohne ... ohne Richtung?«

»Das auch. Warum soll ich auf ein Schiff gehen, das mich irgendwo hinbringt, wo ich nicht sein will?«

»Dein Dorf, der Strand? Ah, ich vergaß – die Hütte gibt es nicht mehr, dein Vater, das Boot ... Und Milet?«

»Wozu?« Sie machte eine Halbkreisbewegung mit dem Arm, die Teile der Bucht und der Stadt einschloß. »Mit dem Geld von Nearchos könnte ich vielleicht ... Auch in Patara kann man als Dirne leben. Das Geld würde ausreichen, mich besser auszustatten. Männer gibt es überall reichlich, und mit etwas mehr Aufwand könnte ich an die besseren kommen, die reicheren. Von der Dirne zur *hetaira* ...«

»Wenn du das willst.« Es klang eher wie eine Frage als wie eine Bemerkung.

»Ich weiß nicht, was ich will.« Plötzlich machten ihre Zunge und ihre Wörter sich selbständig – nicht Kassandra, sondern etwas in ihr, irgendein *Es* redete. »Heute früh hatte ich einen Traum, weißt du. Nenn es Dank und Ausschweifung. Ich habe geträumt, wir beide hätten beschlossen, uns bei Dymas zu bedanken. Gründlich. Wir haben zusammen mit ihm die Nacht verbracht. Zu dritt.«

Omphale wandte das Gesicht ab, aber Kassandra sah noch den Beginn eines richtigen Lächelns.

»Es war anstrengend.« Sie gluckste. »Und es war gut. Im Traum. Es ist schön, nach den vielen schlimmen mal wieder einen angenehmen Traum zu haben.«

»Wir haben ihm doch alle gedankt«, sagte Omphale; sie klang versonnen. »Warum hat er das für uns getan?«

»Ich weiß es nicht.« Kassandra rieb ihre Schulter an der von Omphale. »Aber es war ein angenehmer Traum. Auch die Teile mit dir.«

Omphale wandte ihr wieder das Gesicht zu, lächelte und küßte sie auf die Wange. »Vielleicht. Ich weiß nicht. Mit einer Frau? Ich kenne es nicht. Ich weiß auch nicht, ob ich es kennen will. Aber Dymas ... Vielleicht hat er uns ja nur geholfen, weil er es konnte.«

»Wie meinst du das?«

»Ein großer, berühmter Kitharode, niedergeschlagen, verwundet und als Sklave behandelt. Ich weiß, wie ich mich gefühlt habe. Irgendwie ... aufgelöst? So, als ob ich nicht mehr ich wäre, als ob das alles einer anderen geschähe, die vorübergehend in meinem Körper wohnt. Vielleicht war das für ihn ähnlich. Daß er sich verloren, aufgelöst, verstreut gefühlt hat und etwas tun mußte, um wieder er selber zu werden. Seinen Namen, seinen Ruhm einsetzen. Sich selbst verwenden, um wieder er selbst zu sein. Ist so etwas möglich?«

Kassandra schwieg eine Weile. »Wir könnten ihn ja fragen«, sagte sie dann. Sie lachte. »Und dabei können wir ihn auch fragen, was er in der nächsten Nacht zu tun gedenkt.«

Omphale stand auf. »Alles, was du willst. Hier gesessen und aufs Meer geschaut haben wir lange genug.«

In der Festung sagte man, Dymas sei im Haus des Nearchos. Dort hörten sie, er habe sich in die Stadt begeben.

Schließlich fanden sie ihn vor einer Schänke am anderen Ende des Hafens, kaum zweihundert Schritt von dem Poller entfernt, auf dem sie so lange gesessen hatten.

Dymas hielt die Augen geschlossen und hatte den Rükken an die Hauswand gelehnt. Er saß an einem Tisch unter einem Dachvorsprung. Vor ihm lag eine Holzscheibe mit Brot- und Bratenresten, daneben standen ein Becher und zwei Krüge. Der Kopf des Sängers war nicht verbunden, aber im dunkelgrauen Kraushaar schien die überkrustete Wunde immer noch zu glimmen.

»Edler Herr Dymas«, sagte Omphale leise.

»Keine Sorge, ihr Anmutigen; ich schlafe nicht.« Dymas begrüßte sie mit einem Lächeln. »Wollt ihr euch zu mir setzen?« Mit der rechten Hand wies er auf ein paar Schemel an der Wand und am Nebentisch; die umwickelte linke ruhte auf dem Oberschenkel.

Kassandra ging in die Schänke und ließ sich vom Wirt zwei Becher geben. »Wein und Wasser habe ich eben aufgefüllt«, sagte der Mann. »Wenn du dich zu dem da draußen setzen willst.«

Sie nickte und ging zurück zu den anderen. Omphale hatte Schemel zurechtgeschoben und sich Dymas gegenübergesetzt.

»Was für einen Traum hatte Kassandra?« sagte er eben.

»O nein.« Kassandra warf Omphale einen vorwurfsvollen Blick zu und erhielt ein flüchtiges Lächeln als Antwort. »Dürfen wir uns aus den Krügen bedienen?«

»Nur, wenn ich von deinem Traum erfahre.«

Kassandra goß die drei Becher voll und setzte sich neben Omphale. »Wir haben uns gefragt, wie es dir geht. Und vor allem, warum du das für uns und die anderen getan hast.«

»Das hast du geträumt?«

»Ich weiß immer noch nicht, ob es nicht ... ob das, was du getan hast, nicht ein guter Traum nach mehreren bösen war. Und ob ich wach bin.«

Dymas blinzelte. »Der Traum, von dem du nicht reden magst, muß ja arg aufwendig gewesen sein.«

»Verwickelt«, sagte Omphale. »Und lustvoll.«

»Ach, einer von dieser Art? Die Götter, sagt man, sind manchmal besonders freigebig mit Träumen, wenn sie gerade nichts anderes zu tun haben.«

»Was hätten sie denn zu tun?« sagte Kassandra.

»Die Angelegenheiten der Menschen zu verwirren. Dabei können wir das allein schon gut genug. Die Götter, die es nicht gibt, brauchen wir dafür nicht.«

»Du glaubst nicht an die Götter?« Omphale klang erschrocken.

»Ich bin ihnen bisher nicht begegnet. Und für alles, was andere ihrem Wirken zugeschrieben haben, sind mir immer andere Erklärungen eingefallen.«

»Donner und Blitz? Taumel und Fluten?«

Er hob die Schultern. »Taumel? Das ist eine Empfindung. Ich habe Hunger, ich bin satt, ich empfinde Taumel. Fluten gibt es, weil es irgendwo geregnet hat. Donner und Blitz? Ich weiß es nicht. Vermutlich haben sie gewöhnliche Ursachen, die wir nur noch nicht kennen.«

»Warum hast du uns denn nun so geholfen?« sagte Kassandra.

»Ich weiß nicht. Es erschien mir richtig. Und – warum nicht, wenn es möglich ist? Und wenn es nichts kostet?«

»Omphale hatte eine andere Erklärung.«

Dymas blickte zwischen ihnen hin und her, mit einem kleinen Lächeln. »Also, du träumst, und Omphale hat Erklärungen? Wie sieht die Erklärung denn aus?«

Kassandra wiederholte, was Omphale zuvor gesagt hatte. Sie erwartete beinahe, daß Dymas darüber lachen würde, aber zu ihrer Überraschung blieb er ganz ernst.

»Kluge Omphale«, sagte er, als Kassandra fertig war. »Nicht schlecht. Kann sein.« Er legte die Hände um den Becher und drehte ihn auf dem Tisch. »Ehe mich die Seeräuber niedergeschlagen haben, war ich ... uneins.«

»Uneins?« Omphale öffnete die Augen ganz weit. »Wie meinst du das – uneins? Mit wem?«

»Mit mir. Ich bin gereist, habe gespielt und gesungen, habe Beifall und Geld bekommen. Zuletzt war ich in Salamis, auf der Insel der Aphrodite. Und plötzlich – war ich uneins; besser kann ich es nicht sagen. Es war alles zu leicht, zu bequem, zu einfach.« Er beugte sich vor. »Wißt ihr, es ist ungefähr so – man schaut auf das Meer, und das Meer ist ruhig und friedlich und sanft, es gibt genug Fisch, und irgendwann wünscht man sich Wellen und scharfen Wind und ... einfach etwas anderes.« Er lachte und fuhr sich mit der rechten Hand über die Kopfwunde. Dann legte er die verbundene Linke auf den Tisch. »Etwas anderes habe ich dann ja auch bekommen. Gründlich. Ihr habt mich gepflegt, ihr Milden, als ich nicht mehr uneins, sondern eigentlich überhaupt nicht war. Vielleicht hätte ich ohne euch nicht überlebt; deshalb schuldet ihr mir keinesfalls Dank. Wenn einer danken muß, dann ich.«

Omphale lächelte. Kassandra hob die Hände.

»Kein Dank«, sagte sie. »Du hättest sicher auch ohne uns überlebt. Bist du denn jetzt wieder eins?«

»Nicht ganz.«

»Ah. Dann ist Omphales Erklärung also ...«

»... zum Teil richtig. Ich wollte etwas anderes, habe es bekommen, es hat mir nicht gefallen. Dymas der Sklave hat mir auch nicht gefallen, also habe ich beschlossen, wieder Dymas der Kitharode zu sein und zuzulassen, daß mein Ruhm mich rettet. Euch und die anderen darin einzuschließen? Das war nichts, nur ein paar Worte, die keinen großen Dank verdienen. Aber« – er bewegte die Finger der Linken und schaute auf den Verband – »jetzt bin ich uneins mit meinem Ruhm. Es gibt den Ruhm des Kitharoden, sagen wir, des Kitharisten, denn singen könnte ich ja, aber nicht spielen. Es gibt den Ruhm, aber er steht neben mir, ich kann ihn nicht ausfüllen.« Er schüttelte den Kopf. »Ich weiß nicht, wie lange es dauert, bis die Hand heil ist und alle nötigen Dinge wieder verrichten kann. Jetzt, hier, an diesem Tisch, bin ich uneins, und ich bin zufrieden damit. Ich weiß nicht, ob ich mich wieder in den Ruhm hüllen oder etwas Neues beginnen soll. Mal sehen.«

»Wenn ich so etwas hätte«, sagte Kassandra langsam, »eine solche Fertigkeit, eine Kunst, eine Gabe, käme es mir wie eine Lästerung der Götter vor, sie nicht zu nutzen.«

»Du vergißt, daß es für mich die Götter nicht gibt. Laß mich also lästern.«

»Außerdem hast du gewisse Fertigkeiten.« Omphale zwinkerte ihr von der Seite zu. »Die sich dann auch in Träumen äußern.«

»Ah«, sagte Dymas. »Was war das nun für ein Traum?«

Omphale kicherte und wirkte plötzlich verlegen. Dann erzählte sie von Kassandras Morgentraum. »Und deshalb«, sagte sie zum Schluß, brach dann aber ab.

Dymas lachte. Er streckte beide Hände aus, zog mit einem leisen Wehlaut die linke zurück und sagte: »Eure Hände, ihr Ersprießlichen. Ich danke euch. Es wäre der Traum eines jungen Mannes; und der Angsttraum eines alten. Ach, Kinder, wie sollte ich denn mit einem greisen Phallos zwei Unvergleichlichen gerecht werden?«

»Du hast doch Hände«, sagte Omphale. »Na ja, eine Hand. Und den Mund. Und …«

Dymas griff nach dem Becher und hob ihn. »Es wäre – nein, es ist kostbarer als aller Beifall und alle Münzen. Ich habe keine Götter, aber ich trinke darauf, daß eure euch immer gnädig seien!«

Am nächsten Tag blieb es kalt; immerhin legte sich der Wind. Das Schiff, das die befreiten Gefangenen zu den Häfen und Stränden Kariens bringen sollte, wurde ausgerüstet und bereitgemacht. Abends gab es im größten Raum der Hafenfestung ein Fest mit Wein und Fisch und Braten, Musik und Tanz; es dauerte bis zum Morgen. In der Dämmerung gingen Omphale, Kassandra und Dymas zum Kai.

Omphale umarmte den Sänger, dann küßte sie Kassandra. »Wenn ihr je nach Mylasa oder Iasos kommt«, sagte sie. »Falls ich dann dort bin …« Sie brach ab und begann zu weinen. Dann wischte sie sich die Nase, lächelte beiden ein wenig verloren zu und ging an Bord.

»Was ist mit dir?« sagte Dymas, an Kassandra gewandt. »Reist du nicht mit?«

»Wohin? Wozu? Nein.«

»Was hast du vor?«

Sie seufzte. »Ich weiß es noch nicht. Vielleicht wäre Patara ein guter Ort für eine Dirne. Oder« – sie gluckste – »sogar eine *hetaira*.«

»Dann sei heute abend meine *hetaira*. Nearchos hat mich zu einem Fest geladen. Ich könnte es in deiner Gesellschaft mehr genießen.«

»Wird er mich denn einlassen?«

»Warum nicht?« sagte Dymas. »Wer Musiker und Schauspieler will, der will auch Dirnen.«

Sie schob ihren Arm unter seinen. Sie blieben auf dem Kai stehen, bis Omphale an Bord des sich entfernenden Schiffs nicht mehr zu erkennen war.

Nearchos war von seinen rätselhaften Angelegenheiten im Inneren des Landes zurückgekehrt. Er saß am oberen Ende der langen Tafel, wechselte hin und wieder ein paar Worte mit seiner Gemahlin, schwieg sonst und schaute fast verdrossen. Kassandra überlegte, ob sie der Grund dafür sein konnte, hielt es aber für unwahrscheinlich. Wenn sie sich nicht sehr irrte, ließen sich etliche hochrangige Männer der Stadt und der Festung von Frauen begleiten, die ihr Geld auf ähnliche Weise verdienten wie sie. Allenfalls teurer, sagte sie sich. Auch die Herrin des Hauses wirkte unbegeistert. Als einer der engsten Freunde und Gefährten Alexanders war Nearchos bei der Massenhochzeit in Susa mit Diotima vermählt worden, einer Tochter von Barsine und Mentor. Im von silbernen Spiegeln vermehrten Licht der großen Öllampen und der zahlreichen Fackeln betrachtete Kassandra sie – unauffällig, wie sie hoffte. Aber Diotima war eine schöne, anmutige Frau, auf die sich viele Blicke richteten, so daß die von Kassandra nicht stören konnten.

Da sie nicht alle Geschichten kannte, bat sie Dymas um Erhellung. Er runzelte kurz die Stirn.

»Ich will dich aber nicht belästigen«, flüsterte sie.

»Davon kann keine Rede sein. Ich überlege nur, wo ich anfangen soll.« Er trank aus dem Goldbecher, in dem kaum verdünnter Wein war – weit besser als der »fette« Trunk, den Omphale in ihrer Flasche gehabt hatte. »Artabazos«, sagte Dymas leise. »Fürst, aus uraltem persischen Geschlecht, war Satrap – ich glaube in Phrygien, bin aber nicht sicher. Er hatte Ärger mit Artaxerxes und mußte fliehen, hat sich ein paar Jahre in Pella aufgehalten, bei Philipp. Alexander war noch jung, und die Tochter des Persers, Barsine, muß für ihn damals so etwas wie eine ältere Schwester gewesen sein. Als Artaxerxes tot war und Dareios Großkönig, ist Artabazos wieder nach Asien gegangen. Er hat Barsine zuerst mit Mentor verheiratet – sagt dir der Name etwas?«

»Aus Rhodos. Satrap und Feldherr, nicht wahr?«

»Ja; vor allem wichtig als Führer der hellenischen Söldner des Großkönigs. Mentor und Barsine hatten ... ich glaube drei Töchter. Nach Mentors Tod hat sie, wie das so üblich ist, seinen Bruder Memnon geheiratet, der in der Schlacht am Granikos den Untergang der Perser hätte verhindern können, wenn sie auf ihn gehört hätten. Mit dem hatte Barsine einen Sohn. Memnon ist kurz darauf gefallen. Nach der Schlacht bei Issos sind Barsine und ihre Kinder, ich glaube in Damaskos, in die Hände der Makedonen geraten. Alexander, sagt man, hat sie sehr geliebt; ihm hat sie einen Sohn geboren, Herakles. Soweit ich weiß, leben die beiden heute in Pergamon. Also – da Diotima die Tochter einer Geliebten Alexanders ist, ist Nearchos durch die Vermählung mit ihr ein Verwandter des Königs geworden. Genügt dir das?«

Sie lachte leise und berührte seine Hand. »Ich danke dir, kluger Sänger. Ohne dich wäre ich verloren auf diesem Fest.«

Es war ein üppiges Fest für mehr als hundert Gäste. Es gab alte und junge Weine, die Säfte gepreßter Früchte, eiskaltes klares Quellwasser, das ein wenig auf der Zunge prikkelte, und für einige, die danach verlangten, gab es sogar Bier. Neben allerlei Gemüse – gekocht, gedünstet, eingelegt – und getrockneten Früchten wurden Fische aufgetragen. Ein ganzer Schwertfisch war dabei, Thunfisch, Barsche, Aale, dazu Krebsfleisch und Austern, Muscheln und andere Schalentiere. Danach schleppten Sklaven als Ganzes gebratene Hirsche und Wildschweine herein, Wachteln und Rebhühner, Tauben und Krammetsvögel. Auf einem kleinen hölzernen Podium spielten Musiker – Harfe, Aulos, Lyra, Kithara, Trommeln –, und irgendwann bat Nearchos Dymas darum, ein paar Verse vorzutragen – »wenn du denn schon nicht spielen und singen kannst«.

Dymas erhob sich und winkte den Musikern, mit denen er vorher kurz gesprochen hatte. Sie spielten einen fröhlich hüpfenden Tanz, aber leise genug, so daß die Stimme darüber schweben konnte.

Preisen wir den edlen Fürsten
und die anmutige Herrin,
die uns, was wir nicht verdienen,
mit den besten ihrer Schätze
füttern, tränken und verwöhnen
und am Ende gar noch wickeln.
Sind wir denn nicht ihre Kinder,
krähen auf dem Schoß, wenn's gut ist,
zetern, wenn ein kleiner Mangel
unsre eitlen Seelen wie ein
Krümel in der Windel kitzelt?
So vergessen wir bei Braten,
Fisch und Früchten, Wein und Wonne,
was der allergrößte Schatz ist
und die größte ihrer Gaben.
Licht und Lieder, Tanz und Trünke
und die übervollen Platten
und die Becher und die Krüge
sind nur schönes, reiches Beiwerk.
Laßt uns speisen, Freunde, laßt uns
trinken, reden und genießen,

aber laßt uns auch bedenken,
was uns bleibt, wenn alle Braten
aufgezehrt sind, alle Fische
fortgeschwommen, alle Weine
schaler Überdruß geworden
sind und alles Licht erloschen.
Möge es uns nie erreichen,
aber wenn's geschieht, dann werden
wir in kalten Nächten ohne
Feuer, ohne Wein und Braten
uns noch immer wärmen können
an des Fürsten und der Fürstin
größter Gabe: ihrer Freundschaft.

Als Dymas für den Beifall mit einer Verbeugung gedankt und sich gesetzt hatte, klatschte Nearchos in die Hände.

»Wir danken dem besten aller Kitharoden, den eine unglückliche Verletzung daran hindert, uns mit seiner wahren Kunst zu erfreuen. Dieser Mangel ist leider nicht das einzige, was als Schatten über dem Fest liegt.«

Er machte eine winzige Pause, musterte einige der Gäste mit merkwürdigem Nachdruck und fuhr dann fort:

»Wie einige von euch wissen, war ich von gestern bis heute mittag in den Bergen. An der Grenze, gewissermaßen, wo es keine Grenze geben sollte.«

Stille, die Kassandra beklemmend fand. Fast bang. Ein Mann stand auf und sagte mit einer Verbeugung:

»Mag der edle Nauarch uns die neuesten Nachrichten verkünden?«

»Ungern, meine Freunde. Das Heer von Eumenes, der mit Perdikkas und den vermeintlichen Königen verbündet ist, hat nicht nur, wie wir leider hören mußten, den großen Krateros geschlagen und ihn selbst getötet. Inzwischen haben sie fast alle Gebiete eingenommen, über die Antigonos als Satrap herrscht. Herrschen sollte. Er hat mehrere Schlachten verloren und befindet sich auf der Flucht. Perdikkas und Eumenes wollen seinen Kopf. Seinen, und die Köpfe all seiner Angehörigen.«

Hier und da wurden Rufe des Schreckens oder der Empörung laut. Kassandra sah sich um und stellte fest, daß die meisten Gäste betrübt und niedergeschlagen blickten, einige hingegen beinahe fröhlich.

»Ich weiß, daß unter euch, geschätzte Freunde und Gäste, manche einen schnellen Sieg von Eumenes und Perdikkas wünschen«, sagte Nearchos. »Ich bedaure das, aber natürlich mindert es nicht euren Wert und meine Achtung. Da wir aber gleich über einige Dinge reden müssen, die den Krieg und dessen Fortsetzung betreffen, möchte ich euch bitten, uns nun zu verlassen. Die Götter mögen euren Heimweg hüten.« Er nannte ein halbes Dutzend Namen. Männer standen auf, verneigten sich vor Nearchos und Diotima und verließen mit ihren Frauen – oder Gefährtinnen – den Saal.

Als wieder Ruhe herrschte, sprach Nearchos weiter. Er sagte, er habe in den vergangenen Tagen Truppen verlegen lassen und Festungen neu ausgerüstet. »Ich weiß aber nicht, wie lange wir gegen das immer weiter anwachsende Heer von Eumenes wenigstens unser kleines Lykien halten können. In drei Tagen wird Antigonos mit seiner Familie hier eintreffen, an Bord eines Schiffes gehen und sich zu Antipatros nach Makedonien begeben.«

Später verließ Dymas Kassandra für einige Zeit, da Nearchos ihn zu sich winkte. Als er zurückkehrte, begann sich die Festversammlung aufzulösen.

»Komm«, sagte er. »Laß uns gehen und noch ein wenig aufs Meer schauen.«

Der Hafen war ruhig, verlassen; nur an Bord einiger Kriegsschiffe gab es Lichter und Bewegung. Die Schänke, vor der sie am Vortag gesessen hatten, war leer, geschlossen; den Sternen nach, sagte Dymas, müsse die Mitternacht schon vorüber sein.

»Was wird jetzt?« sagte Kassandra. Sie fror ein wenig und schob ihren Arm unter seinen.

»Morgen geht ein Schiff, nein, mehrere – also, eine kleine Flotte geht nach Tyros. Ein paar Frachter, ein paar Kampfschiffe. Nearchos hat mir angeboten mitzufahren.«

»Nach Phönikien?«

Er schwieg einen Moment, dann sagte er leise: »Ich habe Antigonos lange nicht gesehen.« Lachend setzte er hinzu: »Er hat früher zwischendurch sein Glasauge herausgenommen und damit gespielt, und Philipp hat es manchmal in Wein getunkt. Ich weiß nicht, ob Antigonos das noch immer macht, oder ob der Einäugige als Satrap inzwischen zu, eh, edel dazu ist. Alt ist er sowieso. Wie ich auch, nur zehn Jahre älter. Ich würde ihn gern wiedersehen, aber ... ich mag nicht nach Makedonien reisen, und wenn morgen die Schiffe nach Tyros gehen, ist das wohl für mich vorläufig die letzte Möglichkeit.«

»Warum? Es gibt doch noch mehr Schiffe.«

»Die wird Nearchos alle brauchen. Für den Kampf. Und um andere in Sicherheit zu bringen. Antipatros in Makedonien, Lysimachos in Thrakien, Ptolemaios in Ägypten – und Nearchos auf dem Meer. Der Rest unserer Welt gehört Perdikkas.«

»Und?«

Dymas lachte gepreßt. »Ich weiß nicht, ob ich mich auf Eumenes verlassen kann; wir haben uns einmal gut verstanden. Aber sicher nicht auf Perdikkas ... in Babylon hat er vor drei Jahren meinen Tod beschlossen. Ich glaube, ich will es nicht so genau wissen.«

»Aber Tyros ist doch noch näher an Perdikkas, oder?«

»Der versucht seit einigen Monden, Ägypten einzunehmen, verblutet vor Pelusion und hat andere Sorgen. Die alten phönikischen Städte sind nach innen frei.« Er seufzte. »Ich führe jetzt lieber nach Karchedon oder meinetwegen Syrakus, aber von hier ... Vielleicht ergibt sich, wenn das Wetter besser wird, in Tyros eine Möglichkeit.«

Sie zögerte, holte Luft, öffnete den Mund, schloß ihn wieder. ›Es geht nicht‹, sagte sie sich. ›Nicht nach dem, was er gestern gesagt hat.‹

»Sprich, *hetaira*. Ich spüre, du willst etwas sagen.«

»Kannst ... magst du mich mitnehmen?« Als sie es gesagt hatte, kam es ihr unmöglich vor. Ungeheuerlich. Und ganz einfach. Sie blickte ihn von der Seite an, aber es war zu dunkel, und sie sah nicht viel.

Nur seine Augen. Das Weiße der Augen.

»In die Fremde?« sagte er.

»Ich könnte ... Ich will keine Last sein. Wenn du willst, verlasse ich dich in Tyros. Etwas Neues sehen. Und in Tyros gibt es sicher auch Arbeit für Dirnen.«

Er drehte sich halb zu ihr, hob die rechte Hand und legte sie an ihre Wange. »Als ich vorhin diese Verse abgesondert habe, war es so, als ob in mir getrennte Teile wieder verschmolzen wären.«

»Bist du wieder eins?«

»Nicht ganz. Fast. Aber genug.«

Sie lächelte, weil sie seine Antwort auf ihre nächste Frage bereits ahnte. Jedenfalls den Inhalt der Antwort. »Genug wofür?«

»Um es nachts und auf einer Reise nicht mit zweien, aber mit einer Frau aufzunehmen.«

›Sanft, gründlich, einfallsreich‹ – über diese und andere ähnliche Wörter dachte sie nach, als Dymas schlief und sie noch wach lag. ›Freundlich? Ja, vielleicht; freundlich, ohne Gier und ohne Glut. Man vertreibt einander angenehm die Zeit und kann sich danach, bald, demnächst in Freundschaft trennen.‹ Sie nahm an, daß Dymas es ebenso sah, aber er sprach nicht darüber. Am nächsten Tag und den folgenden, an Bord des Frachtschiffs – es war nicht voll beladen, so daß man ihnen im Frachtraum eine mit Decken ausgestattete Ecke anweisen konnte –, sprachen sie über vieles, aber nicht über die mehrmals wiederholte Freundlichkeit.

Dymas erzählte, als sie ihn darum bat, von Reisen und Ländern und Städten, den unterschiedlichen Gebräuchen, etwa denen in Tyros, wo man keine Schwierigkeiten damit hatte, Kriegsschiffe für Perdikkas zu stellen und zugleich Leute, die er als Feinde ansah, als Gäste zu behandeln.

»Meinst du, es gäbe in Tyros Platz für mich?«

Er nickte. »Ich glaube, für dich ist überall Platz. Du kannst aber, wenn du magst, noch ein wenig mit mir reisen.«

»Solange es uns gefällt?«

»Solange es für beide ein Vergnügen ist.« Er lachte.

»Wohin willst du von Tyros aus reisen?«

»Ich weiß es noch nicht. Vielleicht geht ein Schiff nach Westen, demnächst, wenn der Frühling richtig begonnen hat. Aber zuerst ...« Er hob die immer noch verbundene linke Hand. »Als freigelassener Beinahe-Sklave habe auch ich hundert Drachmen erhalten, wie du und die anderen. Das ist alles, was ich besitze.«

»Aber du mußt doch in all den Jahren gut verdient haben!«

»Und gut gelebt. Reisen kosten viel. Nicht immer kann man auf Anweisung eines Nearchos kostenlos ein Schiff benutzen.«

»Du mußt also, sobald die Hand wieder heil ist, zuerst Musik machen und Geld sammeln, ehe du reisen kannst?«

»So ist es, Gespielin. Und dann? Ich weiß es nicht. Noch nicht. Es wird davon abhängen, wo Perdikkas ist, wie der Krieg weitergeht. Die Kriege. Es gibt Gegenden, in denen ich nie war, aber solange dort gekämpft wird, sind sie schlecht für wehrlose Musiker.«

Eine halbe Tagereise vor der phönikischen Küste gerieten sie in einen Sturm, der die Schiffe auseinandertrieb. Der Frachter wurde nach Süden gejagt; immerhin gelang es dem erfahrenen Nauarchen und der Besatzung, das Schiff über Wasser zu halten.

Als der Sturm abflaute, waren sie außer Sichtweite des Landes. Der Nauarch beriet sich mit den Steuerleuten; sie gingen auf Ostkurs, und da der Wind plötzlich ganz aussetzte, mußten sie rudern. Am folgenden Tag sahen sie Land voraus. Und drei Trieren.

»Wer kann das sein?« sagte Dymas, der neben dem Nauarchen stand.

Kassandra konnte dessen Gesicht nicht sehen, entnahm aber dem Tonfall, daß er die Antwort wohl mit einem eher mürrischen Gesichtsausdruck gab.

»Tyrer, Sidonier, Philister, ich weiß nicht. Keine Ahnung, wie weit wir nach Süden geraten sind. Das Land da vorn – ich sehe noch zu wenig, aber es könnte irgendwo zwischen Ioppe und Askalon sein.«

»Die setzen sich in Bewegung.« Dymas deutete auf die Trieren.

»Ah.« Der Nauarch schwieg eine Weile; er schien die Schiffe zu beobachten. Dann sagte er mit vergrämter Stimme: »Sie kommen auf uns zu.«

Es waren Schiffe aus Tyros, und sie hatten makedonische Offiziere an Bord. Einer von ihnen hatte Dymas vor Jahren gehört und erkannte ihn. Er wußte auch, daß Perdikkas »wesentliche Personen« zu sehen wünschte und Anweisungen erteilt hatte, wie mit fremden Gesandten und Händlern zu verfahren sei.

Dymas galt nicht als Gesandter. Man brachte sie an Land. Die Ladung des Frachters wurde mit Beschlag belegt, Nauarch und Mannschaft sollten sich auf dem Landweg nach Tyros begeben, unter Bedeckung, und dort würde man über sie befinden. Das Schiff wurde an den Strand von Askalon gerudert und sollte die kleine Flotte verstärken, sobald neue Seeleute verfügbar waren. Kassandra und Dymas wurden zu einem Rastplatz für Karawanen gebracht, außerhalb der Stadt. Dort standen auch zwei Karren mit Käfigen.

»Was habt ihr mit uns vor?« sagte Dymas.

»Ihr werdet eine kleine Reise antreten«, sagte der Makedone. »Keine Sorge, ihr müßt nicht laufen – ihr werdet gefahren.« Er wies auf die Käfigwagen. »Morgen; es geht nach Pelusion, zu Perdikkas.«

Dymas verzog das Gesicht. »Laßt doch wenigstens die Frau gehen. Sie hat nichts mit alledem zu tun.«

»Sie ist bei dir, sie bleibt bei dir.«

Kassandra berührte Dymas am Arm. »Besser in guter Gesellschaft in schlechter Lage als umgekehrt«, sagte sie.

KAPITEL 15

Der Überfall

Kitzelt häufiger die Männer,
die nur immer ernst und steif sind
auf den Thronen, vor Altären
und beim Stapeln ihrer Münzen;
wenn der Schurz dann ganz durchtränkt ist,
weil sie nichts mehr halten können –
wer wird sie noch ehren, ihnen
bis zum herben Schluß gehorchen?
Kitzelt häufiger die Götter.

DYMAS

Nicht daß es hier je Winter würde«, sagte Drakon. »Manchmal sehne ich mich nach dem eisigen Wind in den Bergen hinter Pella. Trotzdem, es ist kalt.« Er zog die Decke enger um sich und nippte an dem Becher mit heißem Würzwein.

Bodbal beugte sich vor und goß nach; dann stellte er den Krug wieder vor die Feuerstelle.

»Und ich?« Peukestas zeigte seinen leeren Becher.

»Ich dachte, der edle Nomarch und Stratege müßte nüchtern bleiben«, sagte der Phöniker. Er langte nach dem Krug und füllte Peukestas' Becher auf. »Wegen all der Arbeit und der Pflichten und überhaupt und so.«

»Der edle Nomarch und Stratege«, sagte Drakon langsam, »wird morgen die Ämter des Nomarchen und des Strategen niederlegen.«

»Er wird – was?«

Peukestas setzte seinen Becher so hart auf den Tisch, daß etwas herausschwappte. »Ich weiß es seit drei Stunden, Vater. Außer mir weiß es keiner.« Er sog Luft durch die Schneidezähne. »Wieso weißt du es? Seit wann?«

Drakon zuckte mit den Schultern. »Wissen? Seit zwei Tagen. Erwarten? Seit drei Monden.«

Bodbal blickte zwischen den beiden hin und her, mit einem halben Lächeln. »Hättet ihr jetzt gern diesen Raum für euch? Für den liebevollen Austausch zwischen Vater und Sohn? Soll der blöde Phöniker euch ein Weilchen alleinlassen?«

»Der blöde Phöniker soll das Maul halten«, sagte Peukestas. »Drei Monde? Zwei Tage? Kannst du mir das erklären, Vater?«

Der große Raum im Ostflügel des Palasts war kalt; das Feuer auf dem gemauerten Sockel mochte ausreichen, sich die Finger zu verbrennen oder den Weinkrug zu erhitzen, aber es genügte nicht, die klamme Luft zu erwärmen. Vor der Tür, auf dem Gang, stand ein Posten. Peukestas hatte den Mann aufgefordert, sich warme Kleidung zu beschaffen. Aber echte Makedonen ... Er rümpfte die Nase.

»Vor drei Monden habe ich dem Satrapen einen Vorschlag gemacht«, sagte Drakon. »Wir haben zwei oder drei Briefe gewechselt. Du weißt schon, unter uns, geheime Kenntnisse, Nachrichten, die noch keine sind, so etwas. Und vor zwei Tagen hat er mir ausrichten lassen, ich solle mich für eine Reise fertigmachen.«

»Aber was hat das mit mir zu tun?«

»Du wirst mitreisen. Du bist sozusagen die Hauptperson. Inzwischen ist hier alles ruhig; deine beiden Nachfolger – ein Verwalter, ein Stratege – werden morgen eintreffen. Deine Leute sind gut genug, um sie auch ohne dich einzuarbeiten. Wie ich Ptolemaios geschrieben habe.«

»Alter *daimon*«, knurrte Peukestas. »Was hast du ... haben wir denn so Geheimes zu erledigen?«

»Wenn es mißlingt, wird keiner es je erfahren – wahrscheinlich. Wenn es gelingt, wird die halbe Oikumene vor Lachen brüllen.«

»Ah. Und die andere Hälfte?«

»Wird uns verfluchen.«

»Du magst mir nicht sagen, welche Hälfte welche ist, oder? Hab ich mir gedacht. Drei Monde?« Peukestas schloß die Augen. Es dauerte eine Weile, bis er sie wieder öffnete. »Die Nachrichten aus Asien?«, sagte er.

Drakon nickte.

Bodbal hob die Hand. »Um Vergebung, die edlen Herren – welche der vielen? Die über diese merkwürdige Skythin, die angeblich ...«

»Ach was. Nein, das Wunder des Eumenes, die Flucht des Einäugigen, das Ende des Kriegs.«

»Ach, ist der Krieg zu Ende?« Bodbal schnitt eine spöttische Fratze. »Perdikkas berennt Pelusion, die Leichenberge werden jeden Tag höher, und ihr sagt, der Krieg sei zu Ende?«

Peukestas musterte seinen Vater. Drakon hatte sich erholt – erstaunlich gut für einen von demnächst zweiundsechzig Jahren. Es war wieder Fleisch auf dem Skelett, sogar Muskeln; die schlotternden Hautfalten hatten sich gefüllt und geglättet, und die Augen blickten scharf und klug wie vor Jahren. Damals, als der Königsknabe Peukestas zum Krieger wurde und sich verletzte und nicht mit ins Innere Persiens ging, und bald danach kam die Meldung vom Tod des Arztes.

Noch immer wußte er nicht genau, was sich damals wirklich zugetragen hatte. Drakon hatte ein paar Andeutungen gemacht, die Peukestas nicht enträtseln konnte, weil ihm bestimmte Kenntnisse fehlten. Er war aber durchaus zufrieden damit, seinen totgeglaubten Vater wiedergefunden zu haben. Und mit ihm bei Würzwein am Feuer zu sitzen. In Memphis, wenn denn nicht in Pella.

Er schaute den Phöniker an, dann wieder Drakon, dachte an die Unheilsbotschaften – Herbst des Unheils, wenngleich die Nachrichten erst im Winter Memphis erreicht hatten. Vor drei Monden. Eumenes hatte Alexanders besten Strategen, Krateros, am Hellespont geschlagen. Krateros tot – irgendwie mochte Peukestas noch immer nicht glauben, daß der massige Mann, Krateros der Bär, überhaupt sterben konnte. Antipatros war in Pella, hielt Hellas, Makedonien und Thrakien; Antigonos der Einäugige, dessen Kopf Perdikkas und Eumenes verlangten, war mit der Familie zu Antipatros geflohen; der Kreter Nearchos hütete mit den Kampfschiffen und ein paar restlichen Truppen die Küste der ehemals großen Satrapien, jetzt auf einen Landstreifen und ein paar Inseln zusammengeschrumpft.

Und die Schiffe, nicht zu vergessen. Der Kreter war Alexanders bester Nauarch gewesen, kannte sich mit Wasser, Wind und Schiffen aus. Solange er das Meer beherrschte, war noch nicht alles verloren.

Aber fast. Von denen, die in den Krieg gezogen waren, war nur Ptolemaios übriggeblieben. Satrap von Ägypten und Arabien – nein, Arabien war verloren, die Küste jenseits von Pelusion; seit einem Jahr versuchte Perdikkas mit aller Macht, die Festung zu nehmen und den Nil zu überqueren. Er konnte sie nicht umgehen; wer nach Ägypten vorstoßen will, sagte sich Peukestas, darf kein ungeschlagenes feindliches Heer in seinem Rücken lassen. Bisher hatte er die Verteidigungsstellungen, von Ptolemaios jahrelang ausgebaut, nicht überwinden können. Im Frühjahr, hieß es, werde aus Indien ein Hilfsheer mit Kriegselefanten eintreffen; wer sollte ihm dann noch widerstehen?

Antipatros hatte einen Boten geschickt, zu Perdikkas, Friede angeboten und vielleicht noch mehr. Perdikkas, hieß es, hatte eingewilligt. Der Leichnam Alexanders auf goldenem Wagen in goldenem Sarg, tausendfach verziert und überreichlich ausgestattet ... eigentlich hatte der König in der Oase Siwah, in der Wüste zwischen Ägypten und dem Rest Libyens, beigesetzt werden wollen; vorher sollten ihn alle Städte und Lande sehen können. Nun hatte Perdikkas beschlossen, ihn als Zeichen des guten Willens und der Bereitschaft zum Frieden übers Meer nach Pella bringen zu lassen, in die Heimat, in die Obhut des alten Antipatros. Ptolemaios, Nearchos und seine Schiffe, sonst niemand mehr, der Perdikkas am Griff nach der ganzen Macht hindern konnte.

Peukestas beendete das längere Schweigen mit einer Frage, die ihm selbst beinahe wahnsinnig, zugleich aber sinnvoll vorkam. »Sollte man Perdikkas nicht einfach ... alles übergeben?«

Drakon schwieg. Er starrte vor sich hin. Auf seiner Stirn hatte sich eine senkrechte Falte gebildet.

Der Phöniker rieb sich das Gesicht. »Langsam. Von vorn, befehlender Herr Peukestas. Du willst sagen, daß all die Opfer und Leichen und Verstümmelten der letzten Jahre sinnlos waren? Daß man, eh, also ihr, daß ihr Perdikkas zum neuen Großkönig machen solltet?«

»Nicht Großkönig. Wir haben zwei Kleinkönige – Arridaios und Alexandros, den Sohn Roxanes.«

»Ach, es gäbe noch mehr.« Bodbal verdrehte die Augen. »Wo ist sie denn jetzt, Barsine, mit ihrem Sohn Herakles, Alexanders erstem Kind? Der müßte jetzt sechs sein, oder? Roxanes Kind ist zweieinhalb.«

»Bei den Beratungen in Babylon, nach Alexanders Tod ...«, sagte Drakon. »Damals hat es neben vielen unsinnigen auch zwei sinnvolle Vorschläge gegeben«

»Woher weißt du das?«

»Vergiß nicht, Sohn, ich habe lange zu den Kundschaftern gehört. Nicht nur zu den Heilern.« Er grinste flüchtig.

»Und Ptolemaios war ja dabei; er hat mir später einiges erzählt.«

»Welche Vorschläge waren denn für dich sinnvoll?«

»Der von Ptolemaios. Und der von Nearchos. Beide wurden abgelehnt. Der von Ptolemaios mit Empörung, der von Nearchos mit Hohngelächter.«

Peukestas hob die Schultern. »Ptolemaios ... hat er nicht vorgeschlagen, irgendwen, zum Beispiel Arridaios oder den da noch nicht geborenen Sohn von Roxane bloß zum König von Makedonien zu machen und das Reich gewissermaßen aufzulösen? Zu einem lockeren Bund von Satrapien ohne gemeinsamen Herrscher?«

Bodbal pfiff leise. »Ein kluger Vorschlag. Er hätte all das erspart ... na ja, ersparen können, was seitdem geschehen ist. Und was war der Vorschlag von Nearchos?«

»Herakles.«

»Barsines Sohn?«

Drakon nickte.

Peukestas begann zu kichern. »Also, das ...«

Bodbal betrachtete ihn ein paar Atemzüge lang beim Kichern, dann räusperte er sich. »Zu vernünftig für Makedonen, fürchte ich. Wenn du dich beruhigt hast, könntest du uns, also, jedenfalls mir, vielleicht sagen, was dich daran so erheitert? Alexanders ältester, damals ja sogar noch einziger Sohn als Nachfolger – warum nicht?«

»Alexander hat sich nicht mit Barsine vermählt, hat sie nie ... erhoben? Falls es das richtige Wort ist.« Peukestas blickte seinen Vater an. »Und dann ... ist sie Asiatin. Perserin. Der Sohn also, hätte Aristoteles gesagt, Halb-Barbar. Gilt auch für Roxanes Sohn, aber mit der hatte er sich vermählt.«

»Ah.« Bodbal lehnte sich zurück, drückte den Rücken durch und seufzte. »Natürlich. Nach Alexanders Tod wurde diese ganze Verschmelzung von Makedonien und Asien wieder aufgelöst, richtig? Die Ehen zwischen seinen Kriegern und Perserinnen, bei der Massenhochzeit in Susa gestiftet. Die gemischten Truppen. Alles. Seitdem ist es wieder, wie es vorher war. Persische Fürsten, des Lesens und Schreibens kundig, sind Barbaren, und jeder dreckige makedonische Bauernlümmel ist mehr wert als sie? Tja. Und ein guter phönikischer Steuermann, dessen Vorfahren schon Schiffe gebaut haben, als eure Ahnen aus den Lehmhöhlen krochen, kann kein makedonisches Schiff als Nauarch leiten.«

Peukestas hatte bei den Worten des Phönikers Haß oder Bitterkeit erwartet, aber der Tonfall war ironisch, das Gesicht eher erheitert. »Das scheint dich alles nicht zu verblüffen«, sagte er.

»Richtig, tut es nicht.«

»Warum nicht?«

Bodbal gluckste. »Wenn du es nicht von selber verstehst ... frag deinen Vater.«

»Als Eroberer sind wir nicht besser als die Perser oder Assyrer oder sonst jemand – nur ein bißchen dümmer«, sagte Drakon. »Es gab aber noch etwas, was in Babylon gegen den Vorschlag von Nearchos eingewendet wurde. Barsine, Tochter des persischen Fürsten Artabazos, ist von diesem mit dem Rhodier Mentor vermählt worden und nach dessen Tod mit seinem Bruder Memnon. Beide haben gegen uns gekämpft, von beiden hat sie Kinder. In dem allgemeinen Gelächter hat damals noch jemand, ich glaube, es war Laomedon, gefragt, was denn in einem solchen Fall mit den Kindern der Rhodier geschehen soll. Rhodier, die als Söldnerführer im Auftrag der Perser gegen uns angetreten sind.«

Peukestas leerte seinen Becher, nahm den Krug und goß nach. »Zurück zu Perdikkas«, sagte er. »Ich weiß nicht, wie er heute ist.«

»Macht und Wucht«, sagte Drakon. »Notfalls ein rasender Stier. Klug, aber ohne jede Feinheit.«

»Vielleicht genau das, was das Reich braucht?«

Drakon verzog das Gesicht. »Ein Reich, das nur dank eines Perdikkas fortbesteht, ist des Fortbestehens nicht wert. Perdikkas würde alle ägyptischen Götterbilder zertrümmern, alle persischen Fürsten entmannen, jeden *paradeisos* zum Acker machen und erst ruhen, wenn – wie hast du gesagt, Bodbal? Wenn makedonische Bauernlümmel das Maß aller Dinge sind. Nein.«

»Ich glaube auch nicht, daß Ptolemaios mitmachen würde.« Bodbal blickte plötzlich ungewohnt ernst. »Du weißt, Peukestas, dem einen ist der Krieg Vater aller Dinge, dem anderen Friede das höchste Gut. Aber – Friede um den Preis der Allmacht des Perdikkas? Ah. Nein. Außerdem würde er zweifellos zuallererst euch und Ptolemaios hinrichten lassen. Und noch ein paar andere.«

»Dich auch?«

Bodbal zuckte mit den Achseln. »Einen phönikischen Steuermann könnte er vielleicht brauchen. Ich werde ihn bei Gelegenheit fragen. Aber – das ist doch nicht wirklich dein Ernst, oder?«

»Was?«

»Die Kämpfe einzustellen und alles Perdikkas zu überlassen?«

Peukestas bleckte die Zähne. »Ich bin viel zu neugierig auf dieses geheimnisvolle Unterfangen, zu dem wir aufbrechen sollen. Und« – er blickte seinen Vater an – »nach all den Jahren der Trennung würde ich gern mal etwas mit dir zusammen erledigen. Und dabei sehen, wie gut der Zahnausreißer und Kundschafter wirklich ist.«

Wenige Parasangen oberhalb von Pelusion stockte der Schiffsverkehr. Am rechten Ufer lagen zahlreiche Boote, neben denen sich allerlei Nachschub für die Festung türmte: Vorräte, fertige Waffen, Metall für die Waffenschmiede, Holz für Lanzenschäfte und Palisaden, Leder, Zaumzeug, Steine in allen Größen für Katapulte ... Ein größerer Frachter ankerte quer im Strom; jemand an Bord gab ihnen Zeichen, daß sie nicht weiter flußab fahren sollten.

Peukestas betrachtete das Ufergelände jenseits der von einem Wall geschützten Straße. Hinter einem dünnen Schilfgürtel gab es ein paar eher zwergwüchsige Hügel, dann begann eine große Fläche teils salziger Sümpfe. Wo die Hügel flußab endeten, waren Verhaue und die Spitzen von Zelten zu sehen.

Sie verließen das Schiff und suchten sich einen Weg durch die aufgetürmten Güter. Peukestas wandte sich an einen der für den Abschnitt zuständigen Unterführer. Pferde gebe es nicht, sagte dieser, aber wenn sie sich in den Korb eines schnellen Kampfwagens zwängen wollten, könne er sie zur Festung und zum Satrapen bringen lassen.

Als sie die eigentliche Festung von Pelusion erreichten, ging nicht weit von ihnen ein unheimliches Jaulen los, dem ein Krachen folgte. Splitter und Sand flogen auf. Einer der Wächter am Tor der Festung spuckte aus. Mehr war ihm der fortgesetzte, bisher aber weitgehend wirkungslose Beschuß mit Katapulten nicht wert.

Zwei Bewaffnete brachten sie zu Ptolemaios, der sich auf einer durch Gerüste weiter erhöhten Aussichtsplattform befand. Er umarmte Drakon, nickte Peukestas und Bodbal zu und warf einen Blick in den Himmel.

»In drei Stunden geht die Sonne unter«, sagte er. »Vorher müßt ihr an Bord und weg sein. Tut mir leid, alter Freund, aber die zweifellos erheiternden und lehrreichen Geschichten, die du erzählen könntest, müssen warten, bis ... bis danach.«

Drakon hob die Brauen. »So schnell? So eilig?«

»Den letzten Nachrichten zufolge, ja.«

»Ich habe noch nichts Genaues gesagt.«

Ptolemaios setzte ein häßliches Grinsen auf. »Gut so. Wer geschnappt wird, kann nur dann etwas sagen, wenn er etwas weiß. Warte mit den Einzelheiten bis unmittelbar vor dem Einsatz.«

Peukestas trat an den Rand der Plattform und blickte über die Festung, die Stadt und die Wälle. Bis zum Horizont erstreckte sich das Lager von Perdikkas: Zelte, mehr Zelte, Hütten, Pferche, noch mehr Zelte. Das Land zwischen dem Lager und den Wällen Pelusions starrte von Türmen, Verhauen und Katapulten. An mehreren Stellen hatten sie künstliche Hügel aufgetürmt, um die großen Schleudern zu erhöhen und ihre Schußweite zu vergrößern.

Auf den Wällen ragten die Katapulte der Verteidiger auf. Zwischen den Türmen hatte man Netze gespannt, um Steine abzufangen und einen Sturmangriff zu erschweren. Peukestas drehte sich um und schaute auf den Nil und den Hafen. Dort überquerte die Brücke aus Kähnen den Fluß. Schiffe mit Katapulten lagen am Ufer. Er wandte sich wieder um und versuchte, die Zelte des feindlichen Lagers zu zählen. »Uh«, sagte er.

Ptolemaios folgte seinen Blicken. »Achtzigtausend oder mehr, wenn du das meinst. Seit einem halben Jahr wehren wir Angriffe ab, zerstören Schiffe, stecken Brücken in Brand, die sie weiter oberhalb über den Fluß werfen wollen ... Zur Zeit bauen sie so etwas wie rollende Berge, große Dinger aus Holz und Lehm. Und Zugvorrichtungen. Wenn alles fertig ist, werden sie es mit ihren Elefanten vor unsere Mauern schleppen. Deshalb die Eile. Viel Zeit haben wir nicht mehr.« Er wandte sich an einen der wartenden Unterführer. »Bring sie zu den Schiffen. Und sieh zu, daß sie alles bekommen, was sie noch brauchen.«

Der Mann schlug die rechte Faust gegen den Brustpanzer.

»Noch etwas?« Ptolemaios schien Drakons Gesicht mit Blicken umgraben zu wollen.

»Nichts, alter Freund. Vergib – edler Satrap.« Drakon deutete ein Lächeln an. »Wenn alles andere vorbereitet ist, sollten wir aufbrechen.«

Sie folgten dem Unterführer aus der Festung. Zwei schnelle Wagen brachten sie zum Hafen – Drakon und der Unterführer samt Fahrer in einem Korb, Peukestas und Bodbal im Korb des zweiten Wagens.

»Du mußt nicht, wenn du nicht willst«, sagte Peukestas plötzlich.

»Wer will schon, wenn er nicht muß?« Der Phöniker kicherte. »Als ob ich nicht viel zu neugierig wäre, nach dieser Heimlichtuerei! Außerdem – wer weiß schon, welchen Unfug ihr wieder anstellt, wenn nicht ein älterer Barbar auf euch aufpaßt?«

Drakon ging voraus an Bord eines leichten, schnellen Ruderers, der offenbar nur auf sie gewartet hatte und sofort ablegte. Der Nauarch begrüßte sie knapp und bat sie, sich im Bug aufzuhalten. Das kaum erhöhte Achterdeck war mit ihm, den beiden Steuerleuten, einem weiteren Mann und einem Haufen Signalwimpel bereits überfüllt.

»Ach ja«, sagte Drakon. Er schaute über die Bugwand ins Wasser, hob den Kopf, schien tief die Seeluft einzuatmen, wandte sich dann Peukestas zu und lächelte. »Das kann man erst dann genießen, wenn man so lange wie ich zwischen Mücken und Sümpfen und Steinhäusern und Lehmbauten gelebt hat.«

Peukestas wandte sich um, schaute dann wieder voraus. »Wir fahren ziemlich genau nach Norden.«

»Da liegt doch irgendwo Hellas.« Bodbal gluckste. »Was kann man denn in der Richtung innerhalb von vier Tagen ausrichten? Oder wollt ihr nur den wachsamen Augen von Perdikkas' Leuten entgehen?«

Drakon klopfte ihm auf die Schulter.

»Haben die denn keine Schiffe?« sagte Peukestas.

»Nearchos war so gut, das Meer ein wenig zu … fegen«, sagte Drakon. »Doch, die haben noch ein paar Schiffe, aber weiter östlich. Trotzdem – besser, man meidet die scharfen Augen.«

»Willst du uns noch immer nichts sagen?«

»Ah ah ah. Erst, wenn es kein Zurück mehr gibt und es gleich ist, ob man euch schnappt oder nicht.«

»Und wenn sie *dich* schnappen?«

Drakon seufzte leicht. »Damit muß man rechnen. Perdikkas hält mich zwar immer noch für tot, aber er kennt mich zu lange und zu gut, als daß er auf eine Unterhaltung verzichten würde, wenn er mich zu Gesicht bekommt. Ich hoffe, ich kann sie so lange hinauszögern, bis …« Er machte eine wischende Handbewegung.

Kurz vor Sonnenuntergang waren sie zwar noch nicht außer Sichtweite des Landes, aber doch so weit draußen, daß auch der wachsamste Späher keine Einzelheiten mehr hätte erkennen können. Der Nauarch ließ den Kurs ändern; nun hielten sie nach Osten. Die Besatzung konnte das Rudern einstellen, da ein kräftiger Westwind das Segel ausreichend füllte.

Einer der Unterführer des Schiffs ließ die Sklaven Wein, Wasser, Brot und Linsenmus ausgeben. Wie die anderen aß auch Peukestas und achtete nicht mehr auf das Meer, die Welt und die schnelle Dämmerung.

Plötzlich drehten sie bei. Inzwischen war es ganz dunkel. Peukestas stand auf und ging zur Bordwand. Querab voraus sah er mehrere Lampen und eine Fackel.

»Wir gehen gleich längsseits«, sagte der Unterführer, der mit einem Sklaven zu ihnen kam und Becher und Näpfe einsammelte. »Ihr solltet euch bereitmachen.«

»Wer ist das da drüben?« sagte Peukestas..

»Drei Trieren. Von der Flotte des Nearchos.«

Da das Meer recht ruhig war, ging das Umsteigen auf das höhere Schiff einigermaßen mühelos vor sich. Peukestas versuchte, im kargen Fackellicht die Männer zu zählen, die sich auf dem Oberdeck der Triere aufhielten. Offenbar hatte das Kriegsschiff neben der gewöhnlichen Mannschaft von hundertsiebzig rudernden Kriegern noch an die hundert zusätzliche Kämpfer an Bord.

»Bißchen eng«, sagte ein Mann, der sie zum Achterdeck führte. »Aber vielleicht könnt ihr ja da drin schlafen.« Er öffnete den kleinen Raum unter dem Steuerdeck, der gewöhnlich dem Nauarchen vorbehalten war.

»Seht zu, daß ihr die Augen ein wenig schließt«, sagte Drakon. »Ich auch. Und bitte nicht schnarchen.«

»Immer noch keine Auskünfte, Vater?«

Drakon schüttelte den Kopf. »Im Morgengrauen. Dann wirst du alles erfahren. Na ja, fast alles.«

Peukestas war sicher, daß er nicht würde schlafen können. Er versuchte, die Geschwindigkeit der Trieren, die Küste und die Zeit in Übereinstimmung zu bringen. Irgendwie kam er zu dem Schluß, daß ihr Ziel an der Küste in der

Nähe von Gaza liegen mußte. Er zerbrach sich den Kopf, kam aber zu keinem vernünftigen Vorschlag, was man dort, zwanzig Parasangen hinter dem Heer des Perdikkas, an wesentlichen Dingen sollte tun können.

Bodbal weckte ihn. Durch die Ritzen der Verschalung sikkerte graues Frühlicht. »Angeblich sind wir gleich da«, sagte der Phöniker. »Wo auch immer. Wozu auch immer.«

Peukestas sah sich nach Drakon um, aber der war nicht mehr im Raum. Er ging hinaus. Drakon stand neben dem Nauarchen am Fuß der kurzen Treppe; beide starrten – angestrengt, wie es aussah – über die linke Bordwand.

Peukestas trat zu ihnen. Und schnappte nach Luft.

An die drei Dutzend Trieren schaukelten auf der Dünung. Es mochten sogar mehr sein, aber noch war die Sonne nicht aufgegangen, über dem Meer lag eine zähe Dunstschicht, und die Masten und Umrisse weiter entfernter Schiffe waren nur zu ahnen.

Gleich neben ihnen lag ein umgebautes Lastschiff. Ein dickbäuchiges Ungetüm von Frachter mit seltsamen Aufbauten, Hebebäumen, Zugvorrichtungen. Peukestas schüttelte den Kopf. ›Vielleicht sollen wir ein paar der indischen Kriegselefanten entführen‹, dachte er. ›Aber wozu? Perdikkas hat doch schon einige hundert von den Tieren; ein paar weniger machen doch nicht viel aus.‹

»Es könnte einen Kampf geben«, sagte Drakon neben ihm. »Willst du vorher noch etwas essen?«

»Brot und Wasser«, sagte Peukestas. »Und einen Bottich zum Entleeren?«

»Der Sklave da zeigt dir, wo Bottiche sind.«

Peukestas folgte dem Mann. Als er wieder zu den anderen zurückkam, war es nicht wesentlich heller geworden. Gerade so viel, daß er nun dort, wohin der Bug des Schiffs zeigte, eine zusammenhängende dunkle Masse sehen konnte: Land.

»Gaza?« sagte er.

Bodbal stieß ihm den Ellenbogen in die Seite.

Drakon zwinkerte und nickte. »Gut berechnet, Sohn.«

»Und was gibt es hier?«

Drakon seufzte. »Geduld, Geduld. Wir wollen Perdikkas etwas wegnehmen, was ihm mehr als nur teuer ist. Wenn es gelingt, wird er rasen und vielleicht den Kopf verlieren. Wenn wir sehr viel Glück haben, werden ihn einige seiner Freunde verlassen.«

»Aber – was, bei allen Göttern?«

Drakon schüttelte den Kopf. »So wichtig, daß Ptolemaios es nur seinen besten Leuten anvertrauen mochte. Bei denen er sicher sein kann, daß sie nicht schwanken und auch im Chaos Umsicht bewahren. Es ist eine hohe Auszeichnung.«

»Die ich dir zu verdanken habe, oder?«

Drakon lächelte. »Ptolemaios hätte ja durchaus widersprechen können.«

Der Trierarch kam zu ihnen, deutete eine kleine Verbeugung vor Drakon an und sagte: »Herr, die feindlichen Schiffe sind weit genug weg, bis auf ein paar kleine Segler. Aber an Land gibt es Truppen.«

»Wie viele?«

»Wenn unsere Leute sich nicht irren, liegen mindestens fünfhundert Mann in der Festung.«

Drakon kaute einen Moment auf der Unterlippe. »Na schön«, sagte er dann. »Wir bleiben bei unserem Plan. Fünfhundert sichern den Strand, tausend müßten für den Überfall genügen.«

»Wie du meinst, Herr.«

Peukestas versuchte, in der Miene und im Tonfall des Trierarchen etwas wie Zweifel oder Widerspruch zu finden, aber der Mann schien mit Drakon einer Meinung zu sein.

Fast geräuschlos wurden die Ruder ausgefahren. Das Schiff setzte sich in Bewegung, ebenso die anderen, soweit Peukestas sie sehen konnte. Das Land kam näher. Im Morgendunst zeichneten sich Umrisse von Gebäuden ab.

»Die Festung«, sagte Drakon, wie beiläufig. »Aber was wir holen wollen, ist nicht da, sondern in einem Tempel.«

Peukestas stöhnte. »Wann willst du es mir endlich sagen?«

»Jetzt.«

Drakon sagte einen Satz. Bodbal grinste und murmelte: »Hab ich mir gedacht.«

Peukestas riß die Augen auf und starrte seinen Vater ungläubig an. Dann wollte er laut loslachen, als ihm die Ungeheuerlichkeit des Unternehmens aufging. Und die Wirkung, die es auf Perdikkas und seine Leute haben mußte.

»Lach nicht«, sagte Drakon. »Vielleicht müssen wir alle bald weinen. Lachen können wir, wenn alles gelungen ist.«

»Aber dann gründlich.«

Der umgebaute Frachter – nun wußte Peukestas, wozu das Schiff mit Hebebäumen und Zugmaschinen ausgerüstet war – schob sich halb auf den Strand. Die Trieren blieben ein paar Dutzend Schritt entfernt, dort, wo das Wasser noch tief genug für sie war. Überall sprangen Männer über Bord und hielten dabei die Waffen fest, um wenig Lärm zu machen.

Peukestas sah, wie von zwei Trieren, die sich hinter den Frachter gelegt hatten, dicke Taue geworfen und am Heck des Schiffs befestigt wurden. ›Schleppen‹, dachte er. ›Damit sie das Schiff freischleppen können, wenn die schwere Beute an Bord ist.‹ Dann war auch er im Wasser und dachte nur noch an die Aufgabe.

»Ich komme mit«, sagte Drakon, der neben ihm ans Land watete. »Wenn alles vorbereitet ist, geh ich zurück und übernehme den Befehl am Strand, damit der Rückzug gesichert ist. Klar?«

»Klar. Die anderen ...?«

»Wissen Bescheid. Sie wissen, daß du mit Ptolemaios' Stimme sprichst.« Er legte ihm eine Hand auf die Schulter und drückte. »Viel Glück, Sohn.«

Eine Gruppe von Unterführern erwartete sie. »Noch ist da drin alles ruhig«, sagte einer. »Auch in der Festung. Die schlafen ziemlich fest.«

»Wie kriegen wir das Tor auf?« Er deutete auf zwei Kriegergruppen mit Rammböcken. »Das da könnte reichen, ist aber laut. Von wegen wecken.«

Ein anderer Unterführer grinste. »Die Torwächter haben sehr viel Wein getrunken, mit ein wenig Mohn. Und ein paar Freunde deines Vaters werden das Tor von innen öffnen.«

Peukestas blickte Drakon an. »Hast du noch mehr Überraschungen?«

»Ich fürchte, das war jetzt die letzte. Alles andere müssen wir notfalls mit Gewalt machen.«

»Weißt du, wo sie die Ochsen unterbringen?«

»Natürlich. Können wir?«

Peukestas nickte. »Los.«

Das Tor war nur angelehnt; es quietschte, als sie es ganz öffneten. Aus einem Hinterhof an der nächsten Straße tauchte ein offenbar verschlafener Mann auf und sagte: »Was ...« Peukestas hörte das *bzzing* einer Bogensehne, sah den Pfeil in der Kehle des Mannes und winkte. Weiter.

Bis sie den Tempel des Zeus Ammon erreichten, hatte sich in der Stadt noch nichts geregt. »Die Götter sind mit uns«, sagte ein Unterführer neben Peukestas halblaut.

»Laß die Götter schlafen.« Peukestas sah die Männer verschwinden, die sich um die Zugochsen zu kümmern hatten. Er blickte sich noch einmal um. Von den tausend, die mitgekommen waren, hielten sich an die fünfhundert in der Nähe des Tors, am Weg zur Festung auf. Die übrigen sicherten die Straße, die Tore großer Häuser, die Einmündungen von Gassen.

Drakon schnalzte leise. »Bisher war alles zu gut, zu leicht«, murmelte er. »Einen Blick auf das Ding, dann verziehe ich mich zum Strand.«

Peukestas nickte. Er ließ dem Vater den Vortritt. Bodbal zögerte zunächst, folgte ihm dann aber doch.

Sie brachen die Tore zum Hof des Tempels auf und überwältigten die wenigen Kämpfer, die dort schlummerten. Keine Wachen – wer sollte es denn wagen, sich an dem geheiligten Gegenstand zu vergreifen? Das Morgenlicht fiel auf den goldenen Wagen, der mitten im Hof stand. Und auf dem Wagen das kostbare Gefäß, Altar, Truhe, Gruft in einem: Gold, hier und da verziert mit Einlegearbeiten aus Elefantenzähnen, mit umlaufenden, getriebenen Bildern, die eine Geschichte von Helden und Göttern erzählten, mit den Bildern fremder Pflanzen und noch fremderer Vögel, deren Krallen Silber und deren Augen indische Edelsteine waren. Und in dem Behältnis der balsamierte Leichnam Alexanders. Von Babylon durch viele Städte und Lande Asiens gezogen, unter der Aufsicht von Philippos Arridaios, zum Staunen der Menschen. Nach Siwah, in die Oase des Ammon, der auch Zeus ist, sollte er gebracht werden. Aber Siwah gehört zu Ägypten, sagte sich Peukestas, als er da staunend und ungläubig stand. Auch jetzt, vor dem goldenen Sarg, mochte er nicht glauben, daß der Plan tatsächlich aufgehen könnte, den sein Vater und Ptolemaios ausgeheckt hatten.

Ptolemaios, Satrap von Ägypten, in dessen Machtbereich Perdikkas keinesfalls den Leichnam gelangen lassen würde. Ptolemaios, neben Nearchos der letzte Gegner, der Perdikkas am Griff nach der ganzen Macht hindern konnte.

Arridaios mochte in der Festung ruhen; die meisten Männer des bewaffneten Geleits waren heimgekehrt; von den zahlreichen Deichseln mit Jochen für vierundsechzig Maultiere war nur eine mit Jochen für vier Ochsen geblieben, um nicht die Beförderung über See allzubeschwerlich zu machen. Perdikkas wollte den Leichnam nach Pella bringen lassen – in ein paar Tagen, wenn nach der Tagundnachtgleiche des Frühjahrs das Meer wieder für lange Fahrten sicher wäre. Und Alexanders Schwester Kleopatra, Tochter von Philipp und Olympias sowie Witwe des Alexandros von Epeiros, sollte sich mit Perdikkas vermählen, hieß es – sobald der Leichnam in Pella war, sobald Perdikkas gegen Ptolemaios gesiegt hatte.

Herr aller Reichsteile, Gemahl der leiblichen Schwester des göttlichen Alexander.

Und Drakon hatte den Pflock gefunden, wie Alexander damals in Gordion – ein kleiner Pflock, aus einem Gemenge herauszuziehen, und alles konnte – mochte – sollte sich lösen.

Peukestas stand immer noch da und starrte. Der goldene Baldachin über dem Sarg färbte sich rötlich. Sonnenaufgang. Drakon stieß ihn an und sagte: »Nicht träumen! Wir sehen uns später.«

Lärm. Das Schnaufen der schweren Zugochsen, die aus den Ställen zum Hof des Tempels getrieben wurden. Stimmen. Dann ein lauter, quäkender Ton aus einer Signaltrompete. In den oberen Stockwerken umliegender Häuser wurden Fensterläden geöffnet. Noch ein Signalton. Und weit weg das Klirren von Metall. Waffen, die aus Scheiden gezogen wurden und gegeneinanderprallten.

Es dauerte unendlich lange, die Ochsen einzuschirren. Am Ende der Straße wurde bereits gekämpft, aber noch hielten seine Leute alles frei. Langsam setzte sich der Wagen in Bewegung. Geschrei, Befehle, ein schriller Todesschrei, ein Schwarm von Pfeilen. Peukestas riß den Schild hoch und sah zwei seiner Männer fallen. »Weiter, schneller!« brüllte er.

Truppen aus der Festung von Gaza versuchten, aus Nebenstraßen zum Tor zu gelangen. Peukestas blieb neben dem Wagen und stieg kurz auf den Sarg, um einen besseren Überblick zu bekommen. Mit Gebärden – Befehle konnte niemand mehr hören – schickte er zwei Gruppen vom Ende des Zugs nach vorn, um Stellen vor Gassenmündungen zu verstärken, an denen die Leute aus der Festung durchzubrechen drohten. Irgendwie gelang es seinen Männern, die Ochsen, die immer wieder stehenbleiben wollten, weiterzutreiben.

Endlich kamen sie zum Tor. Langsam quälte sich der schwere Wagen hindurch, hinaus. Auf dem Weg zum Strand wurde gekämpft, aber es sah so aus, als ob Drakon und seine Leute den Fluchtweg offenhalten konnten. Peukestas sah, daß von den Trieren vor der Küste noch mehr Kämpfer an Land wateten, um die Reihen zu verstärken. Auf der Mauer und den angrenzenden Häusern tauchten Bogenschützen und Schleuderer auf.

»Weiter!« brüllte Peukestas. Er sprang vom Wagen und lief zurück durchs Tor. Noch mehr als zweihundert seiner Männer waren in Gefechte verwickelt, ließen sich langsam zum Tor drängen. Er zog das Schwert, stürzte sich an einer Stelle, die nachzugeben schien, ins Gemenge, wehrte Hiebe und Stiche ab, tötete einen Gegner, verwundete einen zweiten, ließ sich mit den anderen zum Tor zurückfallen, sah, daß alle, die noch lebten, den Weg hinaus schaffen würden.

Dann krachte ein Stein gegen seinen Helm, schob ihn weit auf den Hinterkopf. Ein zweiter Stein traf ihn oberhalb der Schläfe. Peukestas wankte, sah sich von Beinen umgeben, von haarigen Beinen, schmutzigen Füßen, wunderte sich über den Geschmack des Staubs. Dann wurde alles schwarz.

KAPITEL 16

Waffenbrüder

Tauch die Lanze des Ares
in die schwarze Amphore
jäte deine Gedanken
wirf sie hoch in den Mondwind
dann stich zu und vergiß nicht
deine Brust oder meine.

DYMAS

Je weiter sie nach Syrien kam, desto weniger Leute hatten von einer skythischen Drachenreiterin gehört. Vorsichtshalber blieb sie beim Namen Rhoio und der Geschichte der baktrischen Händlerwitwe. Einen halben Mond lang begleitete sie eine Karawane, die Nachschub an Holz und Erzen für die Waffenschmiede im Belagerungsheer des Perdikkas beförderte. Bei Sidon wuchs der Zug: Kamelreiter schlossen sich ihnen an, die ebenfalls nach Pelusion wollten, um dort zu kämpfen, und weitere Händler mit Lasttieren und Karren, auf denen Seile der sidonischen Tauschläger sowie Wein und Getreide zu Perdikkas gebracht werden sollten.

Auf einem großen Rastplatz außerhalb von Tyros wollte sie die Karawane verlassen und in der Stadt nach Lysanias oder Nachrichten über ihn suchen. Sie hatte aber noch nicht mit dem für die bewaffneten Wächter zuständigen Händler sprechen und ihr Geld einfordern können, als aus der Stadt einige Makedonen mit Sklaven und Packtieren zu ihnen stießen. Der Mann, der auf die Packen und Ballen, die Tiere und die Sklaven zu achten hatte, sah aus wie ein im Krieg ergrauter Kämpfer; als er an dem Feuer vorüberging, an dem sie hockte, Kräutersud trank und auf den anderen Händler wartete, rief sie ihn an.

»Kräutersud, Schwertbruder? Und Nachrichten?«

Der Makedone stutzte und betrachtete sie mißtrauisch. Dann nickte er und hockte sich neben ihr auf die Fersen.

»Woher?« sagte er. »Ah, laß mich raten. Solche wie dich habe ich weit im Osten gesehen. Was bist du – Amazone? Sogderin? Skythin?«

»Warst du mit Alexander in den Bergen und der Steppe?«

Er seufzte und blies über den Napf mit heißem Sud, den sie ihm gereicht hatte. »Als ich noch jünger und stärker war und ein Krieger«, sagte er. »Die Berge, die den Himmel halten und daran hindern, uns auf den Kopf zu fallen. Das andere Meer, das aus Gras. Ah, die alten Tage. Heute – aber ich will nicht von Packeseln reden und unbepackten edlen Eseln, denen ich gehorchen muß. Zeig mir dein Schwert.«

Sie reichte es ihm. Er zog es aus der Scheide, fuhr mit dem Daumen, dann dem Daumennagel über die Schneide, nickte und gab es ihr zurück. »Du und deinesgleichen, ihr könnt damit umgehen, wie ich wohl weiß. Soll ich dir meine Narben zeigen?«

Sie lachte. »Ich fürchte mich vor dem, was ich sonst noch sehen könnte.«

»Ach was, seit wann sind Skythinnen so furchtsam?«

»Wie kommst du auf Skythin?«

Er zwinkerte. »Ich habe deine Brüder und Schwestern gesehen und getötet. Wie sie viele meiner Brüder getötet haben. Das ergibt eine gewisse Verwandtschaft, und … man kennt einander.«

»Marakanda?« Sie sah ihn forschend an.

»Marakanda? Die Steinstadt, die ihr Samar Qand nennt?« Er schloß einen Moment die Augen, als wolle er sich in die Ferne und in Zeiten zurückträumen, da er jünger war. Dumpf sagte er: »Ich war dort, als der König in Wein und Wut seinen Lebensretter getötet hat, Kleitos den Schwarzen. Und ein Jahr darauf, als wir die Stadt ein zweites Mal erobert haben.« Er öffnete die Augen wieder. »Wie heißt du, Schwester?«

Sie zögerte, dann sagte sie leise: »Hier heiße ich Rhoio und bin die Witwe eines baktrischen Händlers. Unter uns, Bruder, heiße ich Tomyris und – du hast recht, ich bin Skythin. Dein Name?« Während sie dies sagte, zerriß sie einen Brotfladen, streute Salz über beide Hälften und reichte ihm eine.

»Brot und Salz?« Er grinste. »Rhoiotomyris, ich kenne die Gepflogenheiten. Wir sind verwandt.« Er biß ins Brot, kaute, schluckte. »Ich bin Emes«, sagte er dann. »Alter Hoplit; mit Philipp und Parmenion habe ich gekämpft, dann mit Alexander. Chaironeia, Granikos, Issos, Ägypten, Gaugamela, Baktrien, Sogdien, Indien, die gedrosische Wüste. Dann bin ich mit den Alten unter Krateros zurück nach Makedonien marschiert. Aber ... was soll ein alter Krieger im Frieden? Jetzt bin ich wieder hier, um ein paar Söhnen edler Väter den Arsch zu wischen und das Gepäck zu stapeln. Aber« – er beugte sich vor und starrte ihr in die Augen – »ich bin nicht zu alt für Lügengeschichten. Zum Beispiel solche über skythische Kriegerinnen auf feuerspeienden Pferden, Schwester.«

Sie nickte. »Taub bist du auch nicht, sonst hättest du solche Lügen nicht hören können.«

»Sind es denn Lügen?«

»Wenn ich mit dem Diener makedonischer Fürstlein rede, sind es Lügen. Wenn ich mit einem alten Waffenbruder rede, ist es vielleicht anders.«

»Fast alles ist anders. Immer.« Er grinste.

»Dann erzähl du mir doch eine andere Lügengeschichte. Wenn du sie kennst.«

»Ich will es versuchen.«

»Samar Qand. Die zweite Eroberung. Ein Unterführer, *hetairos,* glaube ich, namens Lysanias.«

Emes runzelte die Stirn und spuckte aus. »Es gab den großen makedonischen Sturm«, knurrte er. »Viele Stürme – sie hießen Parmenion, Kleitos, Koinos. Und es gab … Fürze. Wie Lysanias. Warum fragst du nach ihm?«

»Ich suche ihn.«

»Diesen Furz?«

Sie nickte und verbiß sich ein Lächeln.

»Er ist nicht weit von hier«, sagte Emes. »Man könnte ihn beinahe noch riechen.«

»Wo ist er?«

Er kniff die Augen zusammen. »Sag mir, was du von ihm willst. Vielleicht sage ich dir dann, was ich weiß.«

Sie zögerte kaum einen Lidschlag lang. »Ich will ihn töten«, sagte sie halblaut.

»Er ist unterwegs zu Perdikkas, der vor Pelusion …«

»Ich weiß. Seit wann?«

»Vier, fünf Tage vielleicht. Ich habe ihn in Tyros noch gesehen.«

»Er dich auch?«

»Parmenion und Alexander haben solche wie mich gesehen, aber doch nicht Lysanias.«

»Willst du nicht wissen, warum ich ihn töten will?«

Emes schüttelte den Kopf. »Dafür ist jeder Grund gut. Sogar kein Grund würde ausreichen.«

»Und du wirst mich nicht daran hindern?«

»Wie könnte ich?« Er wies mit dem Daumen hinter sich, vermutlich dorthin, wo er die Sklaven und die Packen verlassen hatte. »Zwei von den kleinen Herren reiten nach Babylon, darunter der, der mich gemietet hat. Die anderen reiten mit der Karawane nach Pelusion. Ich nicht – Babylon.«

Tomyris überlegte. »Kannst du mir etwas raten, für das Lager bei Pelusion?« sagte sie dann. »Und – wieso ist Lysanias jetzt erst aufgebrochen? Er muß doch längst …«

Emes hob die Hand. »Ssst.« Er lauschte. »Ich glaube, mein edles Herrlein ruft nach mir. Weißt du, wer die Argyraspiden sind?« Er stand langsam auf, ächzte und gab ihr den geleerten Napf.

»Die mit silbernen Schilden? Nein.«

»Ein paar harte Jungs, waren mit in Indien. Frag nach Timoleon. Der ist auch mit den anderen Alten ausgemustert worden, aber sofort wieder nach Syrien gegangen. Wahrscheinlich …« Er kratzte sich den Kopf. »Antigenes war der Taxiarch. Ich glaube, er befehligt die alten Jungs und ein paar Neue immer noch. Oder wieder. Bei Pelusion. Grüß Timoleon von mir. Und Lysanias war schon im Winter bei Perdikkas, hat wohl in Tyros noch neue Nachrichten erwartet oder geholt. Leb wohl, Schwester – und mögen die Götter dir günstig sein!«

Außerhalb von Askalon kamen zwei Käfigkarren mit Bedeckung zur Karawane, dazu weitere Packtiere und Waren. Dies wiederholte sich einen Tag später bei Gaza, nur waren es diesmal sieben Käfigwagen und keine Güter.

Als sie Pelusion erreichten, begann bereits die Abenddämmerung. Tomyris hatte sich schon am Vortag vom zuständigen Händler auszahlen lassen – »Die Eile, Herr? Sobald wir das Lager erreichen, braucht ihr mich nicht mehr und ich will etwas anderes suchen.« – und war schließlich vorausgeritten. Im Heerlager, das eine riesige, unüberschaubare Stadt war, hörte sie hundert verschiedene Sprachen und sah zahllose Arten von Kleidung, Rüstung, Waffen und Gesichtern. Sie sagte sich, daß sie hier nicht auffallen würde; wer wollte denn in einem solchen Gewirr wissen, zu welcher Truppe jemand gehörte und ob es nicht doch irgendwo eine Gruppe Amazonen gab?

Die ersten, die sie nach Antigenes und den Argyraspiden fragte, verstanden entweder kein Hellenisch oder wußten nichts. Der vierte spuckte aus, als sie die Einheit erwähnte, und deutete nach vorn, zur Lagermitte. »Die Schweine?« sagte er. »Die sind nah bei Perdikkas. Aber hüte dich, sie fressen Frauen roh.«

Weiter in der Lagermitte wurde das Gedränge immer größer. Offenbar hatte es schwere Kämpfe vor der Stadt gegeben; in langen Zügen wurden Verwundete zu Verbandsplätzen geschleppt. Sie fand eine Gruppe baktrischer Kameltreiber, mit denen sie ein paar Worte in ihrer Sprache wechselte und die sich bereiterklärten, gegen kleine Münzen ihre beiden Pferde bis zum Morgen zu versorgen und zu bewachen.

Zu Fuß kam sie nun besser voran. Und sie fand die Argyraspiden, oder jedenfalls einige von ihnen – ergraute Kämpfer mit versilberten Schilden. Offenbar hatten die Männer schon gegessen; sie machten jedenfalls keine Anstalten, sich auf sie zu stürzen.

»He, Skythin«, sagte einer. »Wo kommst du her? Sind noch mehr von euch da?«

»Weiter hinten, gerade angekommen. Ich suche Timoleon«, sagte sie.

»Der da vorn.« Der Mann wies auf einen Riesen, der an einem Pfosten lehnte und im Stehen an etwas nagte, was ein Hühnerbein sein mochte.

Als sie ihn erreicht hatte, sagte sie halblaut, im Lärm des Lagers gerade noch vernehmbar: »Großer Timoleon, der alte Emes entbietet Grüße.«

Der Riese wandte sich ihr zu, ließ den abgenagten Knochen fallen und wischte sich den Mund mit dem Handrükken. Als er die Hand sinken ließ, war der Mund ein einziges breites Grinsen. »Emes? Wer bist du, Frau, und wo hast du ihn gesehen?«

Leise und schnell berichtete sie; dann sagte sie: »Emes hat mir geraten, deine Hilfe zu suchen.«

»Was brauchst du?« Mit kurzer Verzögerung setzte er hinzu: »Schwester.«

»Lysanias.«

Er grunzte. »Was willst du denn mit *so* einem?«

»Nichts. Er hat meinem Vater etwas genommen. Ich will es mir holen.«

»Dein Vater? Skythe, was? Abgenommen – war wohl in Marakanda, wie? Lange her. Ah. Dieser Dolch, den er manchmal trägt wie eine einsame Frau einen Holzphallos?«

Sie lächelte; dann beschrieb sie das Messer der Könige.

»Das stimmt, so sieht das Spielzeug aus. Trägt er aber nicht immer, nur zu besonderen Gelegenheiten. Liegt wahrscheinlich in seinem Zelt.«

»Kannst du mir das Zelt zeigen?«

Timoleon kniff ein Auge zu. »Zelt zeigen und danach von nichts wissen? Na schön. Komm mit.«

Natürlich wußte er nicht, wo das Zelt des Lysanias stand – kein Wunder, sagte sie sich, in einem Heerlager von fast hunderttausend Mann. Aber Timoleon wußte, wen er fragen mußte, und da man ihn kannte, erhielt er sofort Auskunft. Offenbar wunderte sich niemand darüber, daß der Argyraspide mit einer Asiatin durchs Lager lief.

Das Zelt des Lysanias war unbewacht. Timoleon sah sich um. »Soll ich ein paar Atemzüge lang einfach ganz unbeteiligt und zufällig vor dem Eingang stehen?« sagte er.

»Das wäre besonders freundlich, Bruder.«

Er nickte. »Beeil dich.«

Sie duckte sich und lief ins Zelt. Es war fast dunkel, aber daran hatten ihre Augen sich schnell gewöhnt. Sie sah sich um, tastete hier und da und fand eine kleine Truhe mit Eisenbeschlägen, die Münzen enthielt. Und dahinter lag, mit einem Leinenband umwickelt, in der uralten silbernen Scheide der Dolch. Das Messer der Könige. An der Querstange zwischen Griff und Klinge fand sie – halb gesehen, halb ertastet – den Adlerkopf, der zur einen, den Pferdekopf, der zur anderen Seite blickte.

Sie nahm die Waffe in die Hand und prüfte die Klinge. Alles war glatt, gepflegt, kein Rost, Schneide und Spitze waren scharf. Sie schob das Messer zurück in die Scheide und steckte diese in den Gürtel.

Timoleon stand breitbeinig vorm Zelt und pfiff durch die Zähne. »Na?«

»Ja.«

»Gut. Noch etwas?«

»Wo finde ich Lysanias selbst?«

»Willst du ... ah, ich will es nicht wissen. Ich will nichts wissen, was so einen ... Es ist gleich. Er wird jetzt oder bald bei Perdikkas sein, im großen Zelt.«

»Ich danke dir, Bruder.«

Timoleon bewegte die Hand, als wolle er Fliegen verscheuchen. »Ich wünsche dir Glück. Wozu auch immer.«

Ungehindert kam sie in die Nähe des Feldherrnzelts. Der Platz davor war mit Fackeln ausgeleuchtet; vor dem Eingang standen Wächter. Eine Gruppe von Männern kam näher; einige schwiegen, einige stritten. Der massige Mann in der Mitte mußte Perdikkas sein; jedenfalls hatte man ihn ihr so beschrieben. Lysanias war bei ihnen.

Während sie noch dastand und überlegte, wurden zwei Gefangene – ein Mann, eine Frau, beide mit gefesselten Händen – zum Zelt gebracht, gleich darauf ein ebenfalls gefesselter einzelner Mann. Tomyris duckte sich in die Schatten und zog sich langsam von der erhellten Fläche zurück. Gebückt, fast kriechend gelangte sie an die Rückseite des Zelts. Dort gab es eine lockere Stoffbahn, wahrscheinlich ein zweiter Zugang für Diener oder Sklaven. Sie ging noch ein paar Schritte weiter, dann kniete sie nieder, zog ihr eigenes Messer und schlitzte das Zelt knapp über dem Boden auf.

Sie sah sich noch einmal um. Niemand beobachtete sie. Sie holte tief Luft und kroch ins Zelt.

KAPITEL 17

Das Zelt des Perdikkas

Wenn die Wunden vernarbt,
die Schreie verstummt sind,
werden wir uns
für die Niedertracht rächen
mit der übelsten Schmähung:
dich zu vergessen.

DYMAS

Peukestas lag zwischen schmierigen Decken. Er roch Kot und Harn und Schweiß. Mühsam richtete er sich auf, kippte aber gleich wieder zur Seite. Die Feuerräder in seinem Kopf drehten sich, kreiselten langsam aus.

Beim dritten Versuch gelang es ihm, aufrecht sitzen zu bleiben. Jemand stützte ihn, hielt ihm eine Kelle an den Mund. Gierig trank er. Das Wasser schmeckte wie der Straßenstaub.

»Wo ...« krächzte er.

»Auf dem Weg zu Perdikkas«, sagte ein Mann neben ihm, wahrscheinlich der, der ihn gestützt und ihm zu trinken gegeben hatte.

Peukestas sah sich um. Er und zehn, nein, elf andere saßen, hockten oder lagen in einem Käfig, der auf einem Wagen stand. Sie fuhren durch eine Ebene. Links Sand, Dünen, rechts, vielleicht zweihundert Schritt entfernt, das Meer. In Ufernähe fuhren ein paar Schiffe offenbar in die gleiche Richtung, nach Westen: Trieren.

»Sind das unsere?«

Der Mann neben ihm schüttelte den Kopf. »Schiffe aus Tyros«, sagte er. »Gehören zu Perdikkas.«

»Wie lange war ich weg?«

»Gestern morgen haben wir den Sarg gestohlen.« Der Mann grinste. »Wohl das letzte, was wir je tun werden, Herr. Aber es war göttlich.«

Peukestas versuchte, die Geschwindigkeit der Wagen zu schätzen. Vier Tage, höchstens, dachte er. »Wann sind wir in Gaza aufgebrochen?«

»Gestern morgen. Gleich nachdem alles vorüber war.«

»Die haben's aber eilig, wie? Wahrscheinlich weiß Perdikkas schon Bescheid, die haben sicher ein paar schnelle Reiter geschickt. Morgen abend könnten wir da sein.«

Der Mann nickte und ließ die Mundwinkel sacken. »Bis dahin hat er Zeit genug, sich für uns was besonders Nettes auszudenken.«

Der Karrenzug wurde von Reitern, Fußkämpfern, Sichelwagen und etwa achtzig Elefanten begleitet. Peukestas zählte neun Karren. Niemand wußte, wie viele nach dem Überfall gefallen oder in Gefangenschaft geraten waren. Wenn in jedem Karren zehn oder zwölf Leute steckten ...

»So viele sind es nicht, jedenfalls nicht von uns«, sagte einer der anderen. »Die haben wahrscheinlich noch ein paar andere Gefangene, die nichts mit Gaza zu tun hatten. Und, wer weiß, ein paar nette Tiere, mit denen Perdikkas sich gern unterhalten würde. Löwen?«

Löwen brüllen hin und wieder, sagte sich Peukestas. Bisher hatte er kein Löwengebrüll gehört. Wie auch immer, er sah keine Möglichkeit, mehr in Erfahrung zu bringen. Und erst recht keine Möglichkeit zur Flucht. Die Gitterstäbe des Käfigs waren dick und im Karrenboden gründlich befestigt. Oder im Käfigboden; von innen ließ sich nicht feststellen, ob man einen Käfig auf einen Karren gewuchtet hatte oder ob der ganze Karren Käfig war.

In der Abenddämmerung wirkte das Heerlager des Perdikkas wie eine ausgedehnte Riesenstadt. Weit voraus, eher zu ahnen als zu sehen, schwebten die Umrisse der Festung Pelusion, die

Peukestas lieber von der anderen Seite gesehen hätte. Aber das war müßig. Während sie auf der alten Küstenstraße durchs Lager fuhren, versuchte er, sich für alle Fälle möglichst viel einzuprägen. Nicht daß er sich große Hoffnungen gemacht hätte, aber es war eine Möglichkeit, nicht an das zu denken, was Perdikkas und seine Folterer für ihn und die anderen vorbereiteten.

Er sah Inder, die sich um ihre Elefanten kümmerten, und arabische Kamelreiter. Babylonische Fußsoldaten, persische Reiter, hellenische Söldner, Makedonen, Syrer, alle unterschiedlich gerüstet und gewandet. Achtzigtausend, hatte Ptolemaios geschätzt; Peukestas nahm an, daß es noch einige mehr waren. Wer sollte dieses Aufgebot je besiegen? Wie lange konnte Pelusion noch gehalten werden? Gegen Perdikkas, Freund und Gefährte Alexanders und nicht der schlechteste seiner Heerführer?

Die Karren wurden auf einen Platz vor einem großen Zelt gefahren. Das größte, das er bisher gesehen hatte – es mußte das Feldherrnzelt sein. Jemand ging an den Wagen vorbei und verteilte Brot und schales Wasser.

»Was jetzt?« sagte einer.

»Ein warmes Bad, frische Kleidung und eine Dirne, die außer einem freundlichen Lächeln nichts trägt«, sagte ein anderer.

Sie alle waren verdreckt und stanken – nach Schweiß und den eigenen und fremden Ausscheidungen. Der eine Bottich, den es im Käfig gab, fiel bei Bodenunebenheiten manchmal um, paßte nicht durch die Stäbe, und auch nachts, wenn der Zug rastete, hatten sie den Käfig nicht verlassen dürfen.

»Mir würde schon ein schneller Speerstich reichen«, murmelte der Jüngste.

»Ah, vielleicht gönnen sie uns das«, sagte der erste. Er blickte Peukestas an. Oder eher an ihm vorbei. »Aber für dich, Herr«, sagte er und sprach nicht weiter.

Ein Unterführer mit sechs Hopliten ging an den Wagen entlang und sprach mit den Aufsehern und einem der Offiziere, die den Zug begleitet hatten. Mehrere in der beginnenden, dunstigen Nacht nicht deutlich sichtbare Gestalten wurden aus einem der Käfige geholt und zum großen Zelt gebracht. Sie bewegten sich, als seien mindestens ihre Hände gefesselt, aber auch dessen konnte Peukestas sich nicht sicher sein.

Der Unterführer kam vom Zelt zurück und blieb neben dem Karren stehen. »Ist er hier? Peukestas, Sohn des Drakon und Räuber des Sargs?«

»Ja, Herr«, sagte einer der Aufseher.

»Holt ihn raus. Und fesselt ihm die Hände.«

»Er ... er stinkt, wie die anderen.«

Der Unterführer lachte. »Perdikkas hat eine feine Nase. Das wird seine Laune aufbessern. Hat er nötig.«

Der Aufseher bewegte einen vom Käfig aus nicht zu erreichenden Riegel, entfernte zwei Gitterstäbe an der rechten Seite und deutete auf Peukestas.

Als er den Käfig verlassen hatte, wurden ihm die Hände vor dem Bauch zusammengebunden; jemand stieß ihn hin zum Zelt. Er hörte noch, wie hinter ihm die Stäbe wieder einrasteten und einer seiner Männer rief: »Die Götter mit dir, Herr.« Er atmete tief durch – Luft, die nach den tausend Dünsten des Lagers roch, nach Feuern und Tieren und Waffen und Menschen, aber nicht nach dem Harn, Kot und Schweiß eingesperrter Männer.

Zwei Wachen standen vor dem Zelteingang. Einer von ihnen schob eine hängende Zeltbahn beiseite und deutete mit dem Kopf ins Innere. Peukestas nickte und sagte: »Wohin denn auch sonst, Freund?«

Der Wächter grinste. »Nicht viel Auswahl, was? Nur Mut. Wir müssen alle sterben.«

Das Innere des Zelts – etwa zehnmal fünfzehn Schritt groß und fast zwei Mann hoch – war von Öllampen erhellt. Mit einer gewissen Gehässigkeit rieb Peukestas die verdreckten Füße an den dicken Teppichen, die den Boden bedeckten. In der Zeltmitte hatte man einen Teppich halb eingerollt und zwei Lanzen in den Boden gerammt, an denen die beiden anderen Gefangenen, die vorhin hergebracht worden waren, mit Seilen um den Hals festgebunden waren. Eine junge Frau und ein älterer Mann, wie er sah. Einer der Männer des Unterführers pflanzte eine dritte Lanze neben die beiden und band Peukestas ebenso fest. Er konnte atmen und die Füße so weit bewegen, daß er einen guten Stand hatte, mehr nicht.

»Wer seid ihr?«, sagte er. »Welche Art Unfug habt ihr angerichtet, daß Perdikkas sich mit euch vergnügen will?« Dabei wandte er den Kopf so weit nach links, daß er die anderen sehen konnte, und zugleich bemerkte er die kostbaren Truhen, die silbernen Schilde und Rüstungsteile, den Tisch mit Krügen und Bechern, das breite hohe Lager, offenbar aus aufeinandergeschichteten Teppichen. Daß er keine krummen Messer, Bohrer, Zangen oder andere Folterwerkzeuge sah, verblüffte ihn nicht – welcher Herr eines prachtvollen Zelts mag sich denn eine so kostbare Umgebung besudeln lassen?

»Die da ist …« Der ältere Mann unterbrach sich. »Halt.«

Draußen waren Schritte zu hören. Und Stimmen, viele Stimmen. Einige klangen erregt, andere beschwichtigend, aber da alle durcheinanderredeten, konnte Peukestas nichts verstehen. Auch nach acht Jahren erkannte er die harte, tiefe Stimme von Perdikkas sofort.

»Peithon, sag das noch einmal!«

»Zum dritten Mal, Perdikkas. Der Versuch, weiter oberhalb den Nil zu überqueren, hat uns mehr als tausend Mann gekostet. Wie viele heute beim gescheiterten Sturm auf die Festung gefallen sind, weiß ich nicht. Und jetzt, da wir außerdem auch noch Alexanders Leichnam verloren haben, wollen die Männer nicht ...«

»Ach, wollen sie nicht? Nicht was? Kämpfen?«

»Ich habe einen Beschluß der Unterführer bekommen.«

Perdikkas lachte. »Beschluß? Unterführer? Hol ihn her; das muß ich sehen. Ihr anderen, los, ins Zelt.«

Niemand schien ihn gehört zu haben; die Gespräche und das Gemurmel dauerten an.

»Hört auf mit dem Geschwätz!«

Einige verstummten, zwei oder drei redeten weiter. Eine andere Stimme sagte: »Außerdem ist ein Gesandter aus Karchedon eingetroffen, Herr.«

»Karchedon? Was wollen die denn jetzt und hier? Kennen wir ihn?«

»Nein, Herr. Und wenn du mich fragst, er klingt eher wie ein Tyrer oder Sidonier.«

»Alles das gleiche Geschmeiß. Westphöniker, Ostphöniker, meinethalben Mondphöniker. Bringt ihn her. Und kommt ins Zelt.«

»Alle?«

»Alle. Ich habe keine Lust, nach diesem Unheilstag noch lange mit euch hier herumzustehen. Los, hinein. Ah, nein, Lysanias – dein Schwert gibst du hier ab. In meinem Zelt trägt keiner eine Waffe. Außer mir.«

Offenbar war nicht nur ein einzelnes Schwert abzugeben, dem vielfachen Klirren nach. Die Zeltbahn des Eingangs öffnete sich. Perdikkas kam herein, dann sein Bruder Alketas, dann weitere, deren Gesichter Peukestas alle kannte – hohe Offiziere schon unter Alexander, ehemalige *hetairoi* des Königs und jetzt im Stab von Perdikkas. Er sah den Arzt Philippos, die Strategen Amyntas, Herakleides und Hegesippos, Laomedon, Satrap von Syrien, Arkesilaos, Satrap von Mesopotamien, Philotas, Satrap von Kilikien, Seleukos, seit einiger Zeit Führer der Hetairenreiter. Der einzige, den er nicht kannte, mußte jener von Perdikkas mit Worten entwaffnete Lysanias sein. Und die Anwesenheit dreier Satrapen ließ ihn jäh die Größe des Heers begreifen – sie alle waren zweifellos an der Spitze von Truppenverbänden aus ihren Satrapien angekommen. Ob Ptolemaios das wußte? Vor dem Aufbruch nach Gaza hatten sie allerdings nicht die Zeit für gründliche Erörterungen gehabt.

Perdikkas ging zum Tisch mit den Bechern und Krügen. Er klatschte in die Hände; Sklaven tauchten aus schattigen Zeltecken auf, huschten beinahe geduckt umher, Schatten aus Schatten, gossen Becher voll, reichten sie mit Verbeugungen den makedonischen Führern.

Perdikkas leerte den Becher, ließ ihn abermals füllen, trank einen weiteren Schluck; erst dann drehte er sich zu den Gefangenen an ihren Lanzenschäften um.

»Ehe wir von den Fehlschlägen und dem Versagen reden, und ehe uns Philippos durch die Zahlen unserer Toten und Verwundeten erheitert, wollen wir sehen, wen uns die Gezeiten des Zufalls ins Zelt gespült haben«, sagte er mit finsterer Miene. Er trat näher, kniff die Augen zusammen und rümpfte die Nase. »Gestank haben sie mehr als reichlich mitgebracht. Philippos, sag mir, ist es gesund, so zu stinken?«

Der Arzt hob die Schultern. »Wem es gefällt, der mag es erdulden. Je mehr du dich davor ekelst, Herr, desto schneller wird dir schlecht.«

Einige der anderen begannen leise miteinander zu reden. Perdikkas bedachte den Arzt mit einer Grimasse. Er betrachtete die Frau, den Mann in der Mitte, Peukestas, wieder den Mann. Dann schien er zu stutzen. Er stemmte die linke Faust in die Hüfte und begann zu lachen.

»Unter dem Dreck hätte ich dich beinahe nicht erkannt. Hast du dich nicht mehr gewaschen, seit Ptolemaios dich in Babylon hat entwischen lassen?«

»Doch, aber in den letzten Tagen haben deine Knechte mich daran gehindert.«

Peukestas musterte den Mann von der Seite. Etwas an dem Gesicht kam ihm bekannt vor, trotz strähniger Haare und verkrusteten Barts. Und die kräftige, tragende Stimme – konnte das …

»Freunde«, sagte Perdikkas. »Oder Zeterer, wie auch immer – darf ich euch, soweit ihr ihn nicht ohnehin kennt, mit dem großen Dymas von Herakleia bekanntmachen?«

Das Gemurmel der anderen endete; einige traten näher, starrten, schüttelten den Kopf oder verzogen das Gesicht. Laomedon hob die Brauen.

»Für den größten Kitharoden der Oikumene ist das nicht der geeignete Platz, Perdikkas«, sagte er. »Du solltest ihn baden, in Seide hüllen und ihm einen Ehrensitz anbieten. Und wer sind die anderen? Dich« – er trat vor Peukestas und blickte ihm ins Gesicht –, »dich kenn ich, aber woher?«

»Langsam«, sagte Perdikkas. »Eins nach dem anderen. Dymas – woher kommst du? Und wer ist die Frau?«

»Eine Freundin. Sie heißt Kassandra. Wir hatten das Glück, auf einem Schiff nach Tyros unterwegs zu sein, als deine emsigen Freunde es überfallen und uns zu diesem ehrenden Empfang in deinem Zelt eingeladen haben. Allerdings läßt deine Gastfreundschaft neuerdings zu wünschen übrig.«

»Es war ein Schiff von Nearchos«, sagte Perdikkas. »Jeder, der auf Schiffen meines Feindes reist, ist mein Feind. So einfach.«

»Es ging gerade kein anderes Schiff nach Tyros. Und seit wann sind deine einst klugen Gedanken so einfältig?«

Perdikkas lächelte. Es war jedoch ein Lächeln, das aus sehr viel Zahn und sehr wenig Wärme bestand. Er stellte den Becher ab und zog ein Messer aus dem Gürtel.

»Kassandra, wie?« sagte er. »Verkünderin des Unheils. Freundin des Sängers. Schmutzig bist du.« Er hob das Messer, durchtrennte ihre Halsfessel und schlitzte den Chiton von oben bis unten auf. »Sogar unter diesen Fetzen. Aber nach einem Kampf ... Mach dich bereit. Vielleicht lasse ich Dymas dabei zusehen. Wenn er dann noch sehen kann.«

Er wandte sich ab und legte die Klinge an Dymas' Kehle. »Und du«, knurrte er. »Es sind schon viele für weniger freche Reden gestorben, Sänger. Soll ich dir die Kehle schlitzen? Oder die Fesseln?«

Seleukos faßte nach Perdikkas' Handgelenk. »Du hast es nicht nötig, dich zum Schatten des Herostratos zu gesellen, indem du etwas Kostbares vernichtest«, sagte er. »Laß uns lieber endlich darüber reden, wie wir aus dieser unsäglichen Lage herauskommen.«

»Unsägliche Lage?« Perdikkas fuhr herum und richtete das Messer auf Seleukos, wie einen kurzen Speer. »Welche Lage meinst du? Und geh vorsichtig mit deinen Worten um.«

»Im Kriegsrat konnten Makedoniens Männer mit dem König immer von gleich zu gleich reden«, sagte Laomedon. »Bist du jetzt mehr und erhabener, als Alexander es je war?«

»Was wollt ihr?« Perdikkas brüllte nicht, aber viel fehlte nicht daran.

»Was Lysanias uns von Eumenes ausgerichtet hat«, sagte Arkesilaos. »Und von Antipatros. Worüber wir seit Tagen mit dir zu reden versuchen, Perdikkas. Dieser Krieg muß enden; es ist Wahnsinn. Heute sind wieder tausend gute Männer sinnlos verblutet.«

»Noch bin ich Herr im eigenen Zelt«, schrie Perdikkas; er fuchtelte mit dem Messer. »Und Herr des großen Heers da draußen. Antipatros ist ein sabbernder Greis, und Eumenes ist ein fetter Hellene. Mehr nicht. Was habe ich mit denen zu schaffen?«

»Antipatros ist der Herr von Hellas, Makedonien und Thrakien«, sagte Laomedon. »Eumenes hat Krateros besiegt und getötet und hält all die Satrapien bis auf die von Philotas und einen Küstenzipfel, den Nearchos mit der Flotte behauptet. Was du mit ihnen zu schaffen hast? Bevor du dich zum Herrn der Welt machen kannst, mußt du mit ihnen fertig werden. Und mit uns.«

»Mit euch?« Perdikkas hob die Oberlippe. Als er höhnisch »mit euch?« wiederholte, klang es wie das Knurren eines Bluthunds.

»Mit uns.« Seleukos richtete sich hoch auf und starrte in Perdikkas' Gesicht. »Seit einem Jahr berennen wir jetzt Pelusion, und alles, was dabei herausgekommen ist, sind zwanzigtausend Leichen. Wir wollen dieses schlimme Spiel beenden. Vor allem jetzt, da Ptolemaios die eine besondere Leiche hat, die du hüten wolltest. Nicht daß sie mir so wichtig wäre.«

Ungläubig und atemlos folgte Peukestas den Reden. Wenn er sich nicht täuschte, war niemand im Zelt auf Perdikkas' Seite. Ausgenommen vielleicht dessen Bruder Alketas, der aber bisher keinen Versuch unternommen hatte, Perdikkas zu unterstützen.

»Leichen?« sagte Perdikkas. Plötzlich klang es ganz ruhig. »Laßt uns doch, ehe wir da weitermachen, von der einen Leiche reden. Und von dem hier.« Mit dem Messer deutete er auf Peukestas.

»Lenk nicht ab«, sagte Laomedon. »Aber – na gut, wer ist der da? Ich habe ihn schon einmal gesehen.«

»Da war er jünger, wie wir alle.« Perdikkas verzog das Gesicht. »Königsknabe. Und ihr alle, meine geschätzten Freunde, kennt seinen Vater. Das da ist Peukestas der Leichendieb. Peukestas, der den Sarg des Königs mit dem Leichnam des Königs in Gaza überfallen und entwendet hat. Peukestas, Sohn des Zahnausreißers und geheimen Kundschafters Drakon.«

Stille. Alle starrten ihn an. Peukestas glaubte, hier und da so etwas wie Anerkennung zu sehen.

In die Stille klang, fast erschreckend laut, die Stimme des Unterführers, der die Zeltbahn am Eingang hob und sagte: »Herr, hier ist der Karchedonier.«

Mühsam gelang es Peukestas, sich zu beherrschen. Bodbal kam ins Zelt. Er trug einen spitzen karchedonischen Hut und eine Art Reiseumhang, und wenn Peukestas sich nicht irrte, bestand dieser aus unendlich teurer Seide.

Er verbeugte sich. »Edler Perdikkas, Fürst der Krieger«, sagte er mit öliger Stimme. »Und ihr anderen edlen Herren – der Rat der Stadt Qart Hadascht, die ihr Karchedon zu nennen beliebt, sendet Grüße. Und – ich bringe auch eine Botschaft des Satrapen von Ägypten.«

»Ptolemaios?« sagte Alketas. »Wieso ...«

»Was will Karchedon? Und was habt ihr mit Ptolemaios zu schaffen?« sagte Philotas.

»Karchedon leidet daran, daß der Krieg den Handel stört.« Bodbal verneigte sich abermals. »Und Ptolemaios schlägt einen Waffenstillstand und Verhandlungen vor, da keiner gewinnen kann.«

Perdikkas machte eine Bewegung, als ob er einen lästigen Gegenstand von sich schleuderte. »Sei still jetzt«, knurrte er. »Wir haben erst noch etwas anderes zu klären. Was machen wir mit dem Leichendieb? Dem Leichendieb und Königschänder Peukestas?«

»Ich frage mich eher, was wir mit dem Waffenstillstand machen«, sagte Laomedon. »Gibt es Bedingungen?«

Bodbal öffnete den Mund, aber Perdikkas brüllte dazwischen: »Es gibt weder Bedingungen noch einen Waffenstillstand! Der hier …«

Seleukos unterbrach ihn; seine Stimme war schneidend. »Ich habe keine Lust, über den König und den Sarg zu reden, Perdikkas. Kriegsrat unter gleichen, wie es in Makedonien immer üblich war! Ptolemaios …«

»Es gibt keinen Kriegsrat unter gleichen«, schrie Perdikkas. »Nicht jetzt, nicht hier, nicht mit mir!«

Aus den Schatten hinter den Makedonen, die alle auf Perdikkas starrten, tauchte eine dunkle, schlanke Gestalt auf, huschte durch den Raum, stand plötzlich hinter Lysanias, grub die linke Hand in sein Haar, riß ihm den Kopf in den Nacken und setzte ihm eine Klinge an den Hals. Philippos schien es aus den Augenwinkeln bemerkt zu haben, drehte sich um und sagte: »Was …?«

»Stör mich nicht«, schrie Perdikkas. »Du mit deinem *was*. Auch kein *wer* oder *wo*.«

»Da ist«, sagte Alketas.

»Ich bin Tomyris, Fürstin der Skythen nördlich der Stadt Samar Qand, die ihr Marakanda nennt«, sagte die schlanke

Gestalt. Peukestas konnte ihr Gesicht nicht sehen, da Lysanias es verdeckte. Der Mann, den Antipatros und wohl auch Eumenes als Boten gesandt hatten, hielt sich starr; nur seine Augen schienen zu zucken.

»Was soll das jetzt?« Perdikkas hatte sich halb umgedreht und hob sein Messer. »Niemand außer mir hat hier eine Waffe zu haben.«

»Dies ist keine Waffe«, sagte Tomyris. »Das Königsmesser der Skythen. Lysanias hat es meinem Vater abgenommen und ihn getötet – damals, als ihr Kleitos betrauert habt. Ich bin gekommen, um es zurückzuholen und meinen Vater zu rächen. Lysanias, bereite dich ...«

Lysanias versuchte sich loszureißen. Die Klinge leckte einen roten Halbkreis um seinen Hals. Ein dunkler Springquell entstand, verfärbte zwei Gesichter und einige Kleidungsstücke der Umstehenden und begann, einen kostbaren Teppich zu sättigen.

»Die Waffe!« röhrte Perdikkas.

»Frau, gib Seleukos das Messer!« schrie Dymas.

Tomyris mochte schon länger im Zelt gewesen sein und gelauscht haben. Jedenfalls zögerte sie keinen Atemzug lang. Sie ließ Lysanias los und warf Seleukos das Messer zu. Gleichzeitig sprang Laomedon vor, schien sich auf Perdikkas stürzen zu wollen, blieb an einer Verwerfung des Teppichs hängen und taumelte vornüber.

Kassandra hatte die ganze Zeit an ihrer Lanze gelehnt. Als Laomedon fiel, beugte sie sich vor, zu Perdikkas, packte dessen rechte Hand und hielt sie fest. Seleukos fing die skythische Königswaffe auf, betrachtete sie einen Moment wie versonnen, schwankte, machte einen Schritt hin zu Perdikkas, stieß ihm das Messer in den Leib, zog es heraus und stach ihm in den Hals.

Amyntas und Arkesilaos bauten sich nach kurzem Blickwechsel neben Bodbal auf, der immer noch halb im Eingang stand. Der Unterführer steckte den Kopf ins Zelt, hustete und sagte: »Ist ...«

Laomedon war eben wieder auf die Beine gekommen. Er wandte sich um und brüllte: »Raus. Wir rufen dich, wenn wir etwas brauchen.«

Bodbal, Amyntas und Arkesilaos versperrten dem Unterführer die Sicht; der Mann verschwand, ohne daß er viel hätte erblicken können.

Alketas stand neben dem gestürzten Perdikkas, der sich nicht mehr regte, und starrte hinab auf die Leiche seines Bruders.

Laomedon hielt das Messer hoch, das er Perdikkas abgenommen hatte. Er war bleich, schien aber ganz ruhig zu atmen. »Alketas«, sagte er. »Du auch – oder?«

Alketas schüttelte den Kopf und riß sich vom Anblick des toten Bruders los. »Ich ...« Er räusperte sich. »Er war. Ach. Irgendwie muß dieser Irrsinn enden. Ich bin dabei.«

Seleukos bückte sich und wischte die blutige Klinge des alten Messers an Perdikkas' Chiton ab. Er richtete sich wieder auf und hielt die Waffe hoch. »Schöne Arbeit«, sagte er mit heiserer Stimme. »Der Griff, meine ich, nicht ...«

Philippos hob eine Hand. »Jungs, jetzt, da ihr unter euch seid, unter gleichen – da solltet ihr die wichtigsten Unterstrategen versammeln. Wenn ich als bloßer Hellene das sagen darf. Nach dem, was ich in den letzten Tagen und Monden gehört habe, wird keiner laut klagen. Die meisten werden es billigen. Aber was jetzt?«

Seleukos und Laomedon blickten einander an. »Einig – Bruder?« sagte Laomedon.

Seleukos nickte.

Ohne daß sie sich merkbar bewegt hätte, stand Tomyris plötzlich neben ihm und streckte die Hand aus. »Wenn ihr das Messer der Könige nicht mehr braucht …«

»Um uns loszuschneiden, genügt das von Perdikkas«, sagte Dymas.

»Und vielleicht sollten wir nun über die Bedingungen des edlen Ptolemaios reden.« Bodbal verzog keine Miene, als er dies sagte, aber Peukestas bildete sich ein, so etwas wie erheiterte Befriedigung zu sehen.

Ein weiterer Mann trat plötzlich ins Zelt. In der Hand hielt er einen gerollten Papyros. Er schien mit einem Blick zu erfassen, was sich ereignet hatte, und blieb wie erstarrt stehen.

»Schön, daß du da bist«, sagte Laomedon. »Dann können wir sagen, auch Peithon sei dabeigewesen.«

KAPITEL 18

Männer der Nacht III

Blutend brach der Minotauros zusammen
und kam zu sich im Labyrinth des Theseus.
Götter träumen die Welt, wir träumen die Götter –
was, wenn irgendwann alle Schläfer erwachen?

DYMAS

Verzierungen? Das Geschmeide schöner Frauen? Aber schöne Frauen *sind* Geschmeide und Zier! Wenn ihr jedoch unbedingt wollt ... Münzen für Wörter, Wörter für Geschmeide? Dann sei es.

Vielleicht jedoch ein wenig anders, als ihr es euch gedacht habt. Denn wisset, o ihr lustvoll Lauschenden, wahres Geschmeide ist kaum zu beschreiben. Soll ich denn sagen, die Fürstin habe einen Scheffel Gold in Form von Rebhuhneiern am Halse getragen, dazu einen hufnageldicken Goldring mit einem grünen Stein, gearbeitet wie ein Auerochsenauge? Seht ihr – nein, ihr seht es nicht hinter euren Augen. Nur der kann ein Auerochsenauge in sich erblicken, der es schon einmal außerhalb seiner selbst erblickt hat. Denn wie mancher Weise sagt, ist erkennen erinnern, und um eine Neuigkeit begreifen zu können, muß man sie zuvor vergessen haben.

Nikaia, Tochter des Antipatros und von diesem mit Perdikkas vermählt, wünschte sich von ihrem Gemahl die goldene Nachbildung eines Elefantenhodens – habt ihr schon einmal ...? Nein, nicht wahr? Nikaia sollte den Frieden und ein Bündnis zwischen Vater und Gemahl bewirken, und ich hörte, Perdikkas habe ob ihres Wunsches lediglich grimmig gelacht und gesagt, bei dieser Vermählung gehe es um Staatsgeschäfte, nicht um Hoden; so ähnlich soll auch Lysimachos geredet habe, dem sie nach dem Tode des Perdikkas anvermählt wurde.

Ich weiß nicht, welche geschmeidigen Wünsche des Antipatros Tochter Phila, nacheinander Gattin von Balakros, von Krateros und von Demetrios Poliorketes, diesen gegenüber geäußert hat, und auch die Anforderungen von Eurydike an Ptolemaios sind mir unbekannt – aber er war, sagt man, großzügig, wenn er es sich leisten konnte, und er mußte wahrlich großzügig sein, wenn eine Geschichte stimmt, die man am Nil erzählt. Die hagere Tochter des Antipatros, sagt man nämlich, habe ihre Brüste hinter üppig verzierten halben Straußeneiern verborgen, und Ptolemaios habe die zwischen Schalen und Fleisch verbleibenden mächtigen Hohlräume mit Goldstaub gefüllt.

Als Eurydikes Nichte Berenike die dritte Frau des Ptolemaios wurde, soll sie sich zur Vermählung ein lebendiges Einhorn und das tödliche, zur Sicherheit mit Goldstaub überzogene Auge eines Basilisken gewünscht haben. Vom Einhorn ist nichts bekannt, und wer würde mir denn glauben, wenn ich etwa erzählte, es habe sich nachts aus den Palastgärten von Memphis entfernt, um nach einem langen Zwiegespräch mit der Sphinx unauffindbar Unterschlupf in einer Pyramide zu suchen? Niemand würde es mir glauben, fürchte ich; so geht es jenen, die der starren Wahrheit den Vorzug vor geschmeidigen Lügen geben.

Das Auge des Basilisken hingegen, mit Goldstaub überzogen und von einem Kranz kleiner Rubine eingefaßt, hat Berenike eine kurze Zeit als Diadem auf dem Kopf getragen, auf ihren nachtschwarzen Haaren. Es wurde jedoch immer schwerer und begann, ätzende Tränen zu weinen, die den Goldstaub aufzulösen drohten. Man kann es immer noch betrachten, denn als Berenike es ablegte, weil es sie zu arg drückte und außerdem seltsame Geräusche hervorbrachte, ließ Ptolemaios es für die Ewigkeit sichtbar und unsichtbar zugleich aufbewahren.

Wie etwas zugleich sichtbar und unsichtbar sein kann, möchtet ihr wissen? Ich will es euch sagen, euch, die ihr am Randsaum der Nacht zupft und meine Worte zu Lichtschlieren verwandelt, die euch später das Erinnern erhellen können. Aber dazu müssen wir von Münzen sprechen – und vom Sarg des großen Königs. Münzen, die ihr abzugeben wünscht, damit sie euch nicht länger quälen, und Alexanders unvergleichlicher Sarg.

Wer ihn nicht gesehen hat, dem kann auch eine ausschweifende Beschreibung nur eine Ahnung vermitteln: Blick durch Nebel, Lauschen durch Lärm. Dennoch will ich versuchen, euch zu einem kargen Anteil an jenem Entzücken zu verhelfen, das nicht wenige Betrachter in Verzückung versetzte, aus der sie nur mühsam zurückfanden in die Welt der zerbrochenen Pflüge und geborstenen Krüge.

Feinsinnige Kunstwerker hatten einen dem Leichnam des Königs angemessenen goldenen Sarg von getriebener Arbeit verfertigt, und der um den Körper verbliebene Raum wurde ganz mit Kräutern und Duftstoffen ausgefüllt, die lieblichsten Wohlgeruch verbreiteten, wie man ihn Alexanders Atem nachsagte, und die zugleich zur Erhaltung der Leiche dienten. Auf den Sarg wurde ein goldener Deckel gesetzt, welcher so genau anschloß, daß der obere Rand sich innerhalb des Sarges befand. Darüber breitete man eine prächtige, goldgestickte Purpurdecke, und zur Seite legte man die Waffen des Dahingeschiedenen, um sich durch diesen Anblick die Taten, welche er verrichtet, wieder ganz zu vergegenwärtigen.

Nicht viele von euch, o ihr duldsam Lauschenden, werden jemals eine Purpurdecke gesehen haben; das ist bedauerlich. Vermutlich haben noch weniger von euch jemals eine Purpurdecke gerochen; das ist der Erbauung zuträglich und dem Genießen förderlich, denn die Absonderungen der zertretenen tyrischen Schnecken stinken so entsetzlich, daß die im Sarg geborgenen Düfte selbst bei entferntem Deckel ... Aber ich sehe, ihr kennt derlei; daher will ich nun vom Wagen sprechen, der den Sarg aufnehmen sollte.

Über dem Behältnis des Königs wölbte sich ein goldener Himmel, der mit Edelsteinen schuppenförmig besetzt, acht Ellen breit und zwölf Ellen lang war. Unter diesem Dach stand ein viereckiger goldener Thron, welcher die ganze Breite einnahm. Die Rücken von Bockhirschen bildeten die Lehnen des Throns; da aber niemand je einen solchen Tragelaphen gesehen hat, mag es sich bei den wunderlichen Tieren auch um Einhörner oder heruntergekommene Hippogryphen gehandelt haben. Vorn an den Lehnen befanden sich die Köpfe mit ihren in sich verdrehten Hörnern. Diese trugen goldene Ringe, zwei Spannen weit, in denen ein prächtiger, aus künstlichen Blumen von allerlei Farben gewundener Kranz hing. Oben an den Ecken des Throns war eine netzförmige Fransenkette befestigt, mit großen Schellen, so daß man in weiter Entfernung das Geläute des herannahenden Wagens hören konnte.

An den Ecken des Thronhimmels stand auf jeder Seite eine goldene Siegesgöttin mit einer Trophäe. Der Himmel ruhte auf einer Reihe goldener Säulen. Innerhalb der Säulenreihe war ein goldenes Netz mit fingerdicken Fäden gespannt, welches vier an den Wänden aufgestellte Gemälde verband.

Auf dem ersten dieser Gemälde sah man einen Wagen mit durchbrochener Arbeit, auf welchem Alexander saß, mit einem prächtigen Zepter in der Hand; um den König stand eine Gruppe bewaffneter Makedonen und eine andere von persischen Würdenträgern, vor diesen Bewaffnete. Das zweite enthielt die auch noch zum Gefolge des Königs gehörigen Elefanten, zur Schlacht gerüstet; vorn saßen auf ihnen Inder und hinten Makedonen mit ihren gewöhnlichen Rüstungen. Das dritte zeigte Reiterscharen, wie zu Beginn einer Schlacht geordnet. Das vierte Gemälde prangte mit Schiffen, zu einer Seeschlacht bereit.

Am Eingang unter dem Thronhimmel erwiderten goldene Löwen die Blicke der Betrachtenden. Je zwei Säulen waren durch einen goldenen Kranz von Bärenklau verbunden, der sich von den Knäufen an allmählich senkte. Über dem Thronhimmel und gerade über der Mitte hing eine Purpurdecke, eingefaßt von einem großen goldenen Olivenkranz. Wenn auf diesen die Sonnenstrahlen fielen, entstand ein blendender Widerschein aus waberndem Licht, so daß es aus weiter Ferne aussah wie das Leuchten von Blitzen.

Das Gestell unter dem Thronhimmel hatte zwei Achsen, an denen sich vier Räder aus Himmelseisen drehten. Sie waren auf der Seite und an den Speichen vergoldet. Was von den Achsen hervorragte, war aus Gold gearbeitet und stellte Löwenköpfe dar, die mit den Zähnen einen Jagdspieß hielten. Die Mitte der Achse war durch Schwungfedern mit der Mitte des Thronhimmels verbunden, der so gegen das Rütteln bei Stößen des Wagens auf unebenen Wegen geschützt wurde. Der Wagen hatte vier Deichseln; an jeder waren vier Joche hintereinander angebracht, und an jedem Joch zogen vier Maultiere nebeneinander, so daß es im Ganzen vierundsechzig Maultiere waren, und zwar von trefflicher Stärke und Größe. Jedes war mit einem vergoldeten Kranz geschmückt und hatte an den Backen goldene Schellen hängen, am Hals aber eine Kette aus Edelsteinen.

So prächtig war der Wagen also ausgerüstet, und in den Städten und Landen, durch die er fuhr, zog er viele Zuschauer herbei. Philippos Arridaios, Alexanders Halbbruder und nach ihm Halbkönig, hatte die oberste Aufsicht und geleitete den Zug mit Reitern, Streitwagen und Fußkämpfern, bis – nun ja, bis es zu einem Wechsel in der Obhut kam.

Wie ihr wißt, befinden sich der Sarg und der Wagen, wiewohl ohne Deichseln, inzwischen in Memphis, und sollte die vom großen König entworfene Stadt Alexandria jemals fertiggestellt werden, wird man ihn vielleicht dorthin verbringen. Ob nun aber in Memphis oder an einem anderen Ort – wer das Wagnis eingehen will, mag nach dem Auge des Basilisken suchen, das, sichtbar und unsichtbar zugleich, sich am Sarg oder am Wagen befindet.

Wo? Das, o ihr Neugierigen, weiß niemand. Ich habe ja schon gesagt, daß Tränen den Goldstaub gelöst haben, so daß der immer noch todbringende Blick des Basilisken abermals gehemmt werden mußte. Man hat, wie es heißt, das Auge – kaum größer als ein Taubenei – mit einer Schicht reinen Goldes überzogen und eingebaut. Vielleicht ist es nun Auge eines der Tiere, deren Bilder den Sarg schmücken, oder ein anderer Körperteil etwa eines Elefanten auf den Wagenwänden. Wer von euch kühn genug ist, mag die lange Reise antreten und suchen.

Aber der Blick des Auges, wenn man es denn freilegen könnte, wäre wieder tödlich; ebenso die Lanzen der Wächter, die eine Beschädigung des Heiligtums zu verhindern haben. Wer also zu diesem Unterfangen aufbrechen will, möge mir zuvor seine Münzen geben, als Lohn für eine Geschichte – und weil er sie später nicht mehr brauchen wird.

KAPITEL 19

Menschen und Mücken

Greiser Sommer vergeht,
der junge Herbst spannt am Himmel
Wolkenfäden – zieh los,
sie ziehen dich zwischen die Winde,
neben die Wellen, ins Meer.
Dein Reisemantel, dein Segel –
Alles war reichlich. Genug.
Und dein Ziel ist der Aufbruch.

DYMAS

D*ie den Schwertarm des Perdikkas lähmte.* Es war ein unhandlicher Name, zu lang, zu verwickelt, zu …

»Zu groß für mich«, murmelte sie, als sie das Tuscheln der Frauen am Tor hörte. Es war gewissermaßen ein ehrendes Tuscheln, Achtung und Staunen, Bewunderung und sicherlich eine Art Zuneigung. Zuneigung von Fremden. Aber hier war alles fremd. Und irgendwie war alles zu groß. Sie ging vor den so lange berannten Wällen nach Norden, zum Meer, in der Hoffnung auf klare Sicht und Wind, der die Luft und die Gedanken reinigen konnte.

Zu groß, zu eng, zu ehrend, zu fremd, zu viele Menschen, zu viele Mücken, zu stickig. Dymas könnte vielleicht ein Lied über Menschen und Mücken daraus machen. Singen, jetzt, da seine linke Hand heil war. Die linke Hand, die jene Fremde aus den Steppen Asiens nun wahrscheinlich streichelte.

Dies war gut so. Sie mochte Tomyris, bewunderte sie ob der Zielstrebigkeit und Härte, mit der sie den langen Weg der Rache gegangen war.

Gut so. Nur von allem zuviel. Zu viele Krieger, zu viele Pferde, zu viele Tote. Die unendliche Zeltstadt der Belagerer begann sich aufzulösen, aber es würde noch viele Tage dauern, bis die letzten Truppen aufbrachen. Die Straße nach Norden konnte gar nicht alle auf einmal aufnehmen; sie würde verstopft sein, einen Mond lang oder länger.

Der Weg führte durch die Sümpfe, aufgeschüttet und mit Brettern befestigt. Sie hatte einen Fächer mitgenommen, um die Mücken fortzuwedeln; sie ging schneller, um ans Meer zu kommen, und vielleicht konnte sie schneller gehen, als die Mücken flogen. Kein Wunder, dachte sie, daß in den Monden des Kriegs niemand versucht hatte, durch die Sümpfe zum Nordrand von Pelusion zu gelangen. Sinnlos, weil auch im Norden die Stadt gut befestigt war, und lästig – wenn man unter den Klingen oder Steinen der Verteidiger sterben sollte, mußte man sich nicht auch noch vorher den Mücken zum Opfer darbringen.

Sie erreichte die niedrige Dünenkette zwischen Sümpfen und Strand. Links von ihr, zwei-, dreihundert Schritt entfernt, lag die Mündung des Nils. Dort hatte man einen kleinen Turm errichtet, der wie so vieles in diesem fremden Land uralt sein mochte. Sie sah zwei Gestalten auf dem Turm, und als sie sie – oder jedenfalls eine von ihnen – zu erkennen glaubte, schlug ihr Herz ein wenig schneller.

Sie hielt sich rechts, ging weg von der Mündung und dem Turm. Der Strand war nicht allzubreit, nur ein paar Dutzend Schritte bis zum Wasser. Das Meer war ruhig – eine beinahe glatte Fläche, hier und da von Booten gefurcht, sonst von Schiffen gesprenkelt. Sie begann zu zählen; bei hundert hörte sie auf. Schiffe, die im Hafen von Pelusion Krieger aufnahmen, die bis vor wenigen Tagen noch die Wälle berannt hatten; oder die Nachschub brachten, der nun, da der Krieg vorbei war, nicht mehr gebraucht wurde. Boten, zweifellos; wahrscheinlich wußte inzwischen der Alte in Pella, wie Ptolemaios Antipatros nannte, daß der härteste Gegner nicht mehr lebte, daß die anderen mit Ptolemaios vorläufige Verträge aushandelten. Vielleicht hatte die Nachricht auch Eumenes erreicht, Perdikkas' mächtigen

Gefolgsmann, der nun wohl die Angriffe auf die letzten von Antigonos und Nearchos gehaltenen Landstreifen einstellen würde.

Jemand hatte abends, als Ptolemaios und Thais auf der großen Palastterrasse zu Braten und Wein luden – und Musik des genesenden Dymas –, irgendeinen Ort in Syrien erwähnt. Triparadeisos – sie wußte nicht, wo der Ort lag, nur daß es sich um einen ehemaligen Jagdgarten der persischen Großkönige handeln mußte – einen dreifachen *paradeisos*. Dort, so hatte Peithon gesagt, wären alle ungefähr gleich weit von ihren Satrapien entfernt und könnten in Ruhe verhandeln. Vielleicht würde sogar Antipatros selbst kommen, statt nur Bevollmächtigte zu schicken.

Sie hatte es gehört, aber es berührte sie nicht. Ihre Gedanken waren mit anderem beschäftigt gewesen. Mit Thais, beispielsweise. Sie mochte die Geliebte von Ptolemaios. Geliebte. Er hatte sich nie mit ihr vermählt; sie tat so, als sei es ihr recht. Eine ehemalige Dirne aus Athen, die einen Teil des asiatischen Feldzugs mitgemacht hatte. Sie war beim Brand von Persepolis zugegen gewesen und hatte Ptolemaios inzwischen drei Kinder geboren, die Söhne Leontiskos und Lagos, die Tochter Eirene. Eine schwere, üppige Frau, immer noch schön, zweifellos immer noch hitzig, erfahren sowieso – und freundlich. Zu ihr, Kassandra – Dirne zu Dirne, ältere zu jüngerer Zunftschwester. Aber irgendwie … vielleicht tat sie Thais unrecht; sie hatte jedoch das Gefühl, daß in der Freundlichkeit auch ein wenig von etwas anderem steckte – Herablassung? Bedauern? Als ob sie dächte, aber nicht sagen wollte: ›Siehst du, was aus einer Dirne werden kann? Aber nicht aus jeder.‹

Sie bückte sich, löste die Riemen der Sandalen, streifte sie ab und ging ins Wasser. Bis zu den Knöcheln, zu den Knien.

Ein gutes Gefühl. Nicht so unglaublich und köstlich wie jenes heiße Bad, das erste nach der Seereise und dem Käfig und dem Feldherrnzelt des Perdikkas. Aber gut. Der sanfte Wind kam von Westen. Oder Nordwesten, denn er barg nichts von den vielen Sorten Gestank der Stadt im Südwesten und der Nilmündung genau westlich von ihr. Nicht dorthin schauen, zu den Gestalten auf dem Turm. Der einen Gestalt.

Und, bei allen Göttern, nicht an die Nächte des Taumels denken. Ganz anders als die gelassenen, angenehmen Nächte mit Dymas, sondern ... ›Denk an etwas anderes, dummes Geschöpf. An Bodbal vielleicht?‹

Sie kicherte unwillkürlich. Es war schwer, an etwas nicht zu denken, aber Bodbal war eine gute Wahl, wenn man ausweichen wollte. Sie fand den Phöniker witzig und in jeder Beziehung erstaunlich. Ptolemaios hatte überall seine Leute, natürlich auch in Perdikkas' Lager; deshalb wußten sie in Pelusion, daß ...

Sie stöhnte. Spielten ihre Gedanken ihr diesen Streich? Nicht an Peukestas denken, sondern lieber an Bodbal – Gedanken, die unweigerlich zu Peukestas zurückführten.

»Wer ist auf diesen Einfall gekommen?«

»Welchen? Daß ich ein Karchedonier sein könnte?«

»Ja.«

»Ach, befehlender Herr Peukestas, wer denn wohl? Ich natürlich. Weil ihr Makedonen zu dumm seid und zu eingebildet, um euch um andere zu kümmern. Wer von euch kann schon genug Phönikisch, um den Tonfall eines Tyrers von dem eines Karchedoniers zu unterscheiden?«

»War Ptolemaios denn eingeweiht?«

»Natürlich. Er hat gelacht und gesagt: ›Wenn du den Jungen unbedingt da rausholen willst, versuch's.‹«

»Und mein Vater?«

»Dein Vater, der edle Zahnausreißer und kluge Denker geheimnisvoller Gedanken …«

»Weiter!«

»Drakon hat Ptolemaios am Arm gepackt und gesagt, daß das nur sinnvoll ist, wenn ich gewisse Vollmachten erhalte. Ptolemaios hat gezetert – er gibt einem blöden Phöniker keine Vollmachten, so etwas. Dann hat Drakon etwas geflüstert, was ich nicht verstehen konnte, und Ptolemaios hat eine Weile geschwiegen und schließlich gesagt: ›Na gut, soll er. Was soll er aushandeln können?‹«

»Wollte Ptolemaios dich wirklich einen Waffenstillstand aushandeln lassen?«

»Drakon. Nicht Ptolemaios. Drakon hat gesagt, wenn die mir irgendwas glauben, muß es schon was Großes sein. Niemand ist bereit, etwas Kleines zu glauben. Ptolemaios schickt einen Tyrer? Bringt ihn um. Da kommt ein Karchedonier? Mal sehen, was er zu bieten hat. So etwa.«

»Hast du geglaubt, daß …«

»Befehlender Herr – nein. Aber ich dachte, jemand sollte es versuchen. Und die anderen …«

»Wie viele waren es?«

»Drei Dutzend, Herr. Von den Besten. Langsam, über viele Stunden ins Lager gesickert, und sie waren in der Nähe des Zelts. Wenn ich geschrien hätte, hätten sie die paar Wachen niedergemacht und versucht, uns herauszuhauen.«

»Du hast dein Leben aufs Spiel gesetzt, meinetwegen? Womit habe ich das verdient, mein Freund?«

»Seit wann kann ein Makedone einen Phöniker als Freund betrachten?«

So. Oder so ähnlich. Der gefesselte Peukestas. Der gefesselte Dymas. Perdikkas’ Messer an ihrem Hals, am Seil, an ihren Brüsten. Und Tomyris und …

Sie hatte sich gefragt, warum Dymas im Augenblick der Entscheidung gerufen hatte, Tomyris solle Seleukos das Messer geben. Warum Tomyris dem Unbekannten, der da gefesselt stand, gehorcht, warum Seleukos zugestoßen hatte. Erst als Dymas mit der Erklärung begann, war ihr bewußt geworden, welche Stimme er verwendet hatte.

»Anmutige, du vergißt, daß ich seit Jahrzehnten um mein Leben singe. Um Brot, um Münzen, um ein Nachtlager, um die Neigung einer schönen Frau. Es gibt eine Stimme, mit der ich Wein verlange. Eine, mit der ich einen Nauarchen dazu bewege, mich nicht auszupeitschen, sondern Nearchos rufen zu lassen. Eine, mit der ich dich in der Nacht streichle. Eine, mit der ich manchmal jemanden dazu bringen kann, etwas Unerhörtes zu tun. Und ein paar andere.«

»Jetzt, da du es sagst … Aber wieso Seleukos?«

»Es mußte einer von ihnen sein. Von den Strategen und Satrapen. Wenn … sagen wir, ich hätte die Hände frei gehabt und den Stich ausgeführt. Oder Tomyris, oder ein Sklave, du, sonst jemand. Wer auch immer es getan hätte, wäre von den anderen zerrissen worden, und wahrscheinlich hätten sie dem Heer gegenüber gesagt: ›Perdikkas, unser geliebter Führer, wurde tückisch ermordet; laßt uns seine Arbeit fortführen und vollenden.‹ Nein, Kassandra, es mußte einer von ihnen sein; einer, dem hinterher genug Macht und Ansehen bleiben, um diesen Unsinn zu beenden. Und uns freizulassen – diesem wunderlichen karchedonischen Scheingesandten auszuhändigen.«

»Und das alles hast du in diesen wenigen Atemzügen im Zelt gedacht?«

»Nicht schwer. Wenn man daran gewöhnt ist.«

»Wie meinst du das, gewöhnt? Daran, gefesselt in einem Strategenzelt zu stehen und …«

»Es ist wie das Fügen, das Verfugen eines Lieds oder eines langen Gedichts. Die Teile müssen zueinander passen. Seleukos war der Vers oder der Teil der Melodie, der alles ergänzte.«

»Und er stand am nächsten bei Perdikkas.«

»Kluge Kassandra – das auch.«

Kluge Kassandra? Sie watete ein paar Schritte weiter nach rechts, nach Osten, und lächelte dabei. Dann dachte sie an Dymas, die Freundschaft, die Freundlichkeit. Wie oft mochte es das zwischen Männern und Frauen geben? War es nicht vielleicht seltener, teurer, kostbarer als Glut, Leidenschaft? Liebe? Was immer das neben schlüpfrigem Keuchen und blutigem Gebären und den Mühen von zehntausend Tagen war.

Aber was zog eine herbe, erprobte Kriegerin aus der fernen Steppe zu diesem Mann, der doppelt so alt war? Der Ruhm des Kitharoden, der manche andere Frau anziehen würde, konnte es nicht sein, denn Tomyris hatte nie von Dymas gehört und bis vor ein paar Tagen nicht gewußt, was ein Kitharode war.

Die gelassene Freundlichkeit? Aber von der hatte sie bisher wohl kaum etwas gesehen, hatte sie allenfalls ahnen können. Und vor drohender Sklaverei bewahrt hatte er sie auch nicht. Was also ...

»Ich fürchte, sie denkt heftig.«

Es war die Stimme von Drakon. Als sie sich zu ihm umdrehte, sah sie, daß er lächelte, und Peukestas, einen Schritt hinter ihm, lächelte ebenfalls.

»Zwei fröhliche Männer am Meer«, sagte sie. »Das ist so selten, daß einem dabei alle anderen Gedanken entgleiten wie junge Fische.«

»Darf man wissen, welche Fischsorten du eben gedacht hast?«

»Steppenfischsorten.« Sie lachte. »Ich habe mich gefragt, was Tomyris und Dymas zusammenbringt.«

Peukestas faßte nach ihrer Hand und drückte sie. »Was Frauen und Männer gewöhnlich zusammenbringt«, sagte er. »Nur mehr davon. Oder anderes.«

»Sie hat einen langen Weg zurückgelegt.« Drakon schaute aufs Meer hinaus. »Wie sollte sie da mit einem Mann zufrieden sein, dessen Weg nicht ebensolang war?«

»Genügt das?« sagte Kassandra.

»Kann sein.« Drakon warf ihr einen Blick zu, dann Peukestas, dann lächelte er wieder und betrachtete das Meer. »Es gibt da noch etwas.«

»Was denn, Vater?« Peukestas nahm nun auch ihre andere Hand und zwang sie – sanft, aber kräftig –, sich ihm ganz zuzuwenden. Sein Mund war ganz nah vor ihrem. Sie schloß die Augen.

»Musik und miteinander verfugte Wörter«, sagte Drakon. »Dort, wo sie herkommt, ist es die Aufgabe der Priester, der Magierinnen, die Welt zu sprechen, die Götter zu singen und das Gedächtnis des Volks in Versen zu überliefern.«

»Sind denn Priesterinnen und Magier nicht unberührbar?«, sagte sie leise. »Heilig? Dort, in der Steppe?«

»Dymas ganz sicher nicht«, sagte Drakon.

»Wie du weißt«, murmelte Peukestas. »Küß mich.«

»Hier?«

»Überall.«

»Ich sage euch Billigung.« Drakons Stimme entfernte sich langsam; seine Schritte ließen das Wasser schmatzen und platschen. »Aber habt ihr keinen behaglicheren Ort dafür?«

Tomyris legte die Hand an den Griff des Königsmessers. Jemand nicht weit von ihr lachte und sagte: »Fürstin der

Steppe und des Todes, welche Kehle begehrst du heute abend zu schlitzen?«

Sie hob den Blick vom Tisch, vom Becher, und sah, daß Laomedon sie betrachtete. ›Satrap von Syrien‹, dachte sie. ›Ich muß sie auseinanderhalten. Die Satrapen von was? Kilikien, das ist Philotas, und Arkesilaos von Mesopotamien sind schon mit ihren Truppen aufgebrochen. Laomedon. Und der andere, der als letzter ins Feldherrnzelt gekommen ist, Satrap von ... Medien, richtig, Peithon heißt er. Er hat das gerade gesagt.‹ Sie blickte zu ihm hinüber und sah, daß er durchaus freundlich lächelte.

»Keine, Herr«, sagte sie. »Alle, die hier versammelt sind, haben so schöne Hälse, daß es ein Jammer wäre.«

»Was wirst du nun tun? Jetzt, da dein Ziel erreicht ist?« Bodbal, der links von ihr saß, hob den Becher. »Ich trinke übrigens nachträglich darauf, daß du dein Ziel erreicht haben mögest. Ohne dich säßen wir nicht hier – *so.*«

»Vergeßt nicht Kassandra.« Dymas spielte mit den Metallkappen, die er wie Hüte auf die Finger der Linken steckte, um die Töne, die er mit der rechten Hand anschlug, sauberer klingen zu lassen. »Laßt uns auch trinken auf *Die den Schwertarm des Perdikkas lähmte.*«

Thais wandte sich an Ptolemaios, der eben flüsternd etwas mit Drakon beredete. »Gebieter, hörst du? Männer trinken auf das Wohl von Frauen. Und du?«

Ptolemaios grinste. »Du weißt doch, was mir beim Gedanken an dein Wohl einfällt. Reiz mich nicht; hier ist nicht der Ort noch die Zeit.«

Tomyris ließ den Dolchgriff los und schloß die Hand um ihren Becher. ›Damals, als ich aufgebrochen bin, und auch danach, beim ehrwürdigen Zirduduq in Samar Qand, hätte ich mir diesen Kreis nicht vorstellen können‹, dachte sie.

›Fürsten, Feldherren und Frauen. Gestern die blanken Klingen, heute Wein und Witze. Und ich dabei.‹

»Ich weiß es nicht«, sagte sie zu Bodbal.

»Du hast das Messer«, sagte der Phöniker; er zwinkerte. »Willst du es nicht nutzen, um den Pflock zurechtzuschneiden, der für dich und deine Nachkommen das Zelt der Steppenfürsten aufrecht hält?«

»Ei«, sagte Drakon. »Welch ein Satz. Welch kühne Vermengung ungebührlicher ... nein, welch ungebührliche Vermengung kühner Vorstellungen.«

»Ich weiß es nicht«, wiederholte sie. »Vielleicht weiß ich es morgen. Muß ich es denn heute abend schon wissen, ihr Mächtigen?« Nacheinander sah sie Ptolemaios, Laomedon, Peithon und Seleukos an, der seit einiger Zeit geschwiegen hatte.

»Warum fragst du die Mächtigen?« sagte Kassandra. »Wissen nicht vielleicht die Ohnmächtigen ebensoviel?«

»Nicht über Macht, wie sie erworben und wie sie verteidigt wird.« Drakon nickte ihr zu und lächelte. »Kluge Steppenfürstin, du fragst die Richtigen. Aber sie werden nicht antworten können.«

»Können schon«, sagte Peithon. »Ich weiß nicht, ob ich heute abend will.«

Seleukos beugte sich vor, um nach seinem Becher zu greifen. »Ein Stich zur rechten Zeit ... Eine Antwort zur rechten Zeit. Wenn die Frage da ist, wird die Antwort kommen. Aber hier steht kein Perdikkas, der noch heute abend ... beantwortet werden müßte.«

Die anderen redeten über den Krieg und sein Ende, die Schwierigkeiten, den Abzug der Hunderttausend sinnvoll durchzuführen, die Nachrichten von Ophellas (den sie nicht kannte), der Kyrene (wo immer das sein mochte) für Ptolemaios hatte erobern sollen und nun schrieb, er wolle es behalten und als eigenständiger Satrap anerkannt werden; sie sprachen von der molossischen Hexe (das war, wie sie inzwischen wußte, Alexanders Mutter Olympias), von Roxane und ihrem Sohn, von Arridaios, der gar nicht schwachsinnig sei … Und davon, daß Antipatros im Vorjahr angeregt hatte, Ptolemaios solle sich mit seiner Tochter Eurydike vermählen, was Thais zu einer längeren Spottrede über »ein Gerippe im Bett« nutzte.

Ihre Gedanken schweiften ab. Das Messer der Könige. Sie hatte es gefunden, gewonnen, errungen, wie auch immer man es nennen wollte. Nun sollte sie so schnell wie möglich damit heimkehren, die Stämme in der Steppe am Jaxartes einigen, sich zur Fürstin machen, wie es ihr nach Blut und Recht und Messer zustand.

Sie hatte sich so vieles nicht vorstellen können. Die Ungeheuerlichkeit der Welt, die Enge der Menschen, die Weite des Meers, all die Flüsse und Berge und Städte. Nun konnte sie sich nicht vorstellen, all das wieder aufzugeben und heimzukehren. Nur wegen eines Messers. Nur um Fürstin zu sein.

Vielleicht war es ihr vorbestimmt. Vielleicht auch nicht. Und wenn, sagte sie sich, war sie ohnehin machtlos. Wie in jenem anderen Fall. Wie andere.

Ein alter Mann. Ein Mann, der jung wurde, wenn er seine heile Hand verwendete und Musik machte, wie sie sie nie gehört hatte. Musik, und Wörter.

Abends, nach dem Tod des Perdikkas, dem Tod des Lysanias, dem Feldherrnzelt, den Gesichtern … am gleichen Abend noch hatten die Strategen sie und Peukestas, Kassandra und Dymas zum Tor gebracht und Bodbal vorausgeschickt, um Ptolemaios noch an diesem Abend zu sprechen.

Sie hatte ihre Pferde holen wollen, aber man versprach, sie am nächsten Tag zur Festung zu bringen, und man hielt Wort. Ptolemaios und Drakon hatten mit Peithon, Seleukos, Laomedon und den anderen Satrapen gesprochen, Vereinbarungen getroffen, noch in der Nacht den Waffenstillstand verkündet. Und sie und die eben noch Gefangenen wurden in den Palast gebracht, Teil der eigentlichen Festung von Pelusion, und ins üppige, weitläufige Bad. Man legte frische Gewänder zurecht, Sklaven halfen – ungewohnt für Tomyris – beim Reinigen und Ölen und Salben. Sie hatte bemerkt, daß Kassandra Peukestas betrachtete und Peukestas Kassandra, beide mit beinahe gefräßigen Augen, aber so, als gäbe es da noch etwas.

Frauen und Männer gemeinsam im Bad ... Aber sie hatte so viel gesehen, daß sie sich nicht einmal wunderte. Zumal ihre Gedanken mit zwei anderen Verwunderungen befaßt waren. Der Verwunderung, plötzlich zu schweben, in den Himmel über der Steppe (oder wenigstens gegen das Dach des Badehauses) schreien zu wollen, daß sie die Rache vollendet und das Messer errungen hatte. Triumph? So oder so ähnlich nannten die Hellenen offenbar dieses Gefühl, das für ein paar Atemzüge, die Stunden dauern konnten, einen Menschen den Göttern ähnlich machte.

Sie stand dort nackt und ließ sich von weichen Fingern salben. Und Dymas, nackt, vom Schmutz der Gefangenschaft nicht gereinigt, sondern eher entblößt, stand fast gegenüber, nicht weit entfernt. Ein alter Mann, hatte sie zuvor gedacht, ein schwacher Mann, kein Priester, nur Musiker, was immer das hier bedeuten mag. Einer, der Töne machte und deshalb keine Kraft brauchte. Sie sah einen Mann mit grauem Haupt- und Körperhaar, der schlank und kräftig geblieben war, der Muskeln hatte. Und Narben. Nicht nur in der linken Hand, die ihm – das hatte Kassandra halb unter Wasser berichtet – von einem Seeräuber mit dem Schwert durchbohrt worden war. Narben, alte Narben, die von alten Kämpfen und zähem Überleben zeugten.

Und während sie sich fragte, ob das göttliche Schweben des Triumphs dazu führte, daß sie sein Gesicht sah, wie sie es sah, und wieso ihr Blut, das der Reiterin und Kriegerin, die sich ihre Männer selbst aussuchte, plötzlich zu sieden begann, spürte sie seine Blicke, die nicht bohrten und rissen, sondern streichelten, o ja, an den richtigen Stellen streichelten, und sie hörte seine Stimme. Es war nicht die aus dem Zelt, die sie gezwungen hatte, dem Satrapen Seleukos das Messer zuzuwerfen; es war auch nicht die, mit der er in den letzten Stunden Dinge wie »ich habe Hunger« gesagt hatte. Es war einfach die einzige Stimme, die in diesem Moment sagen durfte: »Du bist schön, Tomyris.« Die dies *so* sagen durfte, konnte, mußte. Ehe er ein Trockentuch als Schurz nahm, sah sie, wie sich sein Phallos aufrichtete; ehe sie die Hand ausstreckte, um ihm das Tuch zu nehmen, spürte sie, wie sie zwischen den Lenden feucht wurde. Triumph, sagte sie sich, dann Gier. Und Staunen. Sanfte Gier und wildes Staunen.

Peithon riß sie aus dem Erinnern zurück. »Wenn du nicht sofort heimreiten willst, Fürstin, sollte doch das Messer der Könige heimkehren, nicht wahr? Ich könnte dir einen Vorschlag machen.«

Mühsam sammelte sie ihre Gedanken. »Was für einen Vorschlag?«

»Gib es mir. Ich schwöre heilige Eide, daß ich es achten und bewahren werde. Ich gebe es meinem Nachbarn Philippos, und der …«

»Wer ist Philippos? Wieso Nachbar?«

»Ich bin Satrap von Medien. Philippos ist der Satrap von Baktrien und Sogdien. Marakanda gehört zu seiner Satrapie. Er wird es deinen Leuten übergeben. Feierlich, verspreche ich.«

Tomyris war überrascht. Damit hatte sie nicht gerechnet. Eine Karawane konnte verlorengehen, ein Bote vom Pferd fallen, aber die Satrapen des großen Reichs ... Sie sah, wie Drakon kaum merklich den Kopf schüttelte, und neben sich hörte sie Dymas scharf einatmen.

»Ich danke für dies Angebot, Herr von Medien«, sagte sie. »Inzwischen kenne ich aber die Makedonen zu gut.«

»Was meinst du?« Peithon sah sie ernst an, aber sie glaubte, ein winziges Zucken um die Augen wahrzunehmen.

»Ich meine, daß dein Nachbar Philippos mit dem Messer zu meinem Volk reiten und in einer feierlichen Rede dort verkünden wird, als Besitzer des Messers sei er nun König der Skythen und folglich mein Volk Teil des Reichs und seiner Satrapie.«

Als ringsum einige schnaubten, andere – Drakon vor allem – zu grinsen begannen und Dymas die Hand auf ihren Oberschenkel legte und sanft drückte, wußte sie, daß sie das Richtige gesagt hatte. Peithon hob den Becher und murmelte etwas von allzu klugen Frauen, ehe er trank. Danach grinste auch er.

»Kluge Frau«, sagte Dymas neben ihr halblaut. »Wenn du aber nicht sofort heimkehren willst – magst du vielleicht ein wenig reisen? Länder und Städte sehen und Musik hören? Mit oder ohne Messer?«

Sie legte ihre Hand auf seine. »Wo ich herkomme, stellt die Frau solche Fragen.«

Er lachte. »Ich bin zu alt, um die Reihenfolge der Fragen wichtiger zu finden als die Antworten.«

»Dann laß uns Antworten suchen. Demnächst.«

›Und irgendwann werde ich es ihm sagen‹, dachte sie. ›Nicht gleich. Peukestas und Kassandra müssen einander auch noch etwas sagen, aber das werden sie morgen, spätestens übermorgen tun.‹

Ohne wirklich hinzuhören, bemerkte sie, daß Laomedon lange und gründlich und gluckernd trank. Dann knallte er den Becher auf den Tisch und sagte mit schwerer Zunge: »Freunde, Brüder, Makedonen – es ist vorbei, und ich bin froh darüber.«

Andere stimmten zu, man trank; als es leiser wurde, sagte Dymas ohne Schärfe, aber mit Nachdruck:

»Ich habe es dir schon in Babylon gesagt, Laomedon. Das war erst der Anfang. Es wird weitergehen, bis keiner von uns hier noch lebt. Und auch danach.«

›Ob er recht hat?‹ dachte sie. ›Und ob man in der Steppe davon erfährt?‹

Dann dachte sie wieder an etwas Ungesagtes, das noch zu sagen war. Peukestas hatte mit Drakon geredet, leise zwar, aber sie war in der Nähe gewesen und hatte es gehört, ohne zu lauschen.

»Nach Alexanders Tod, als Eumenes mich und fünfhundert andere zu Antipatros geschickt hat, sind wir in Milet auf drei Schiffe verteilt worden«, hatte Peukestas gesagt. »In der Nacht davor ... Es war dunkel, ich konnte das Gesicht nicht genau erkennen, aber ... Also, ich war bei einer jungen Dirne, Vater, und nie habe ich mich so gut gefühlt. Es war ... sanftes Feuer, von dem ich nie genug bekommen kann. Oft habe ich mir gewünscht, ich könnte noch einmal dahin. Es ist drei Jahre her, es war dunkel, aber ... sie hatte Ähnlichkeit mit Kassandra.«

»Frag sie«, hatte Drakon gesagt. »Nicht gleich. Warte ein Weilchen. Ich glaube, sie mag dich. Dann will sie wahrscheinlich nicht mit sich früher oder einer anderen verglichen werden. Noch nicht.«

Und schon im Bad hatte sie bemerkt, daß Kassandra immer wieder mit einem seltsamen Ausdruck auf Peukestas blickte. »Er gefällt dir, oder, Schwester? Soll ich dir ein paar Steppenratschläge geben?«

Kassandra hatte gelächelt. »Danke; notfalls frage ich. Aber er erinnert mich …« Und es war dunkel gewesen, in Milet, ein Soldat auf dem Weg zu Antipatros, und morgens hatte sie geweint.

›Sie werden sich austauschen‹, dachte Tomyris. ›Irgendwann. Bald. Wie ich Drakon kenne, wird er sie sanft dorthin lenken. Aber wie sage ich Dymas, der nicht an Götter und Vorzeichen glaubt, daß eine alte Frau in Samar Qand aus der Asche eines Kamelknochens und meinem Hauch sein Gesicht geformt hat?‹

Sie fühlte Dymas' Hand immer noch auf dem Oberschenkel und sagte sich, daß sie jetzt gern mit ihm und der Hand und anderem allein wäre. Ein paar Tage noch. Und ein paar Nächte. Bis sie sich zu fragen begönne, ob nicht der Auftrag ihres Volkes wichtiger sei als die eigene Neigung. Und ob ihre Gefühle echt seien oder lediglich bewirkt von der Erinnerung an längst verwehte Knochenasche. Sie leerte den Becher und blickte hinauf zwischen die Sterne. Etwas wie ein kalter Hauch streifte sie, und ihre Nackenhaare stellten sich auf.

Glossar

Arami: Aramäer bzw. Aramäisch (Verkehrssprache des Pers. Reichs).

Argyraspide: »Silberschilde«, maked. Elitetruppe.

Aulos: Flöte, in der Antike meist als Doppelaulos, wobei eine Flöte die Melodie, die andere einen Bordunton spielt.

Chiton: »Unterkleid, Hemd, Gewand«, der gemeinmediterrane Leibrock (bei den Römern Tunika), ursprünglich wohl phönikisch; von Männern meist kurz (Oberschenkel), von Frauen meist lang getragen; kurze Ärmel und verschiedene Formen des Gürtens.

Drachme: zunächst Massemaß, daraus Münze, regional und zeitlich unterschiedlich. Die athenische Drachme (zu 6 Obolen zu 8 Chalkoi) bestand aus ca. 4,4 g Silber und entsprach einem Sechstausendstel eines Talents (ca. 26,2 kg). Die ursprüngliche Unterteilung des babylonischen Massemaßes Talent (1 Talent = 60 Minen, 1 Mine = 60 Schekel) wurde in Griechenland teilweise dezimalisiert: 100 Drachmen = 1 Mine, 60 Minen = 1 Talent. Mine und Talent sind jedoch keine Münzwerte, sondern nur Rechnungs- und Masseeinheiten. Drachmen wurden zu unterschiedlichen Zeiten auch als Vielfaches geprägt: Zwei- (Didrachmen), Vier- (Tetradrachmen), auch Zehndrachmenstücke (Dekadrachmen) mit entsprechend höherem Gewicht und Feingehalt. Lange Zeit war 1 Drachme der Basissold für Soldaten, der Tageslohn eines qualifizierten Handwerkers etc.

Euthytonos: Pfeilgeschütz.

Euxeinisches Meer: das Schwarze Meer.

Hegemon: »Führer, Feldherr, Fürst, Gebieter«.

hetairos: »Freund, Gefährte, Kamerad«; *hetaira* ist all dies weiblich sowie später auch »Dirne, Buhlerin«. In Makedonien war der König eine Art *primus inter pares*, die übrigen Fürsten nicht Untertanen, sondern Gefährten, aus denen sich Offizierskorps und Reiterei (Hetairenreiter), aber auch die höheren Verwaltungsämter rekrutierten. Besonders bevorzugte *hetairoi* Philipps oder Alexanders wurden zum *somatophylax* (»Leibwächter«) ernannt.

Hypaspist: s. Truppenteile.

Jaxartes: asiat. Fluß, Syrdarja.

Karchedon: griech. Name von Karthago, phön. Qart Hadascht, »neue Stadt«.

Kataphrakten: schwere gepanzerte Kavallerie.

Kinnamon bzw. *Kinnamomon:* Zimt.

Kithara: Saiteninstrument mit großem Schallkasten und bis zu elf Saiten; *Kitharist* ist der Musiker, der die Kithara spielt, *Kitharode* jener, der sie zur eigenen Gesangsbegleitung verwendet.

koine eirene: »allgemeiner Friede«.

Kyanos: gr. blau, »Lapislazuli«, aus assyr. *uqnu* (vgl. Zyanid, »Blausäure« etc.).

Lykabettos: athen. Stadtberg.

Lykeion: Akademie des Aristoteles (vgl. »Lyzeum«).

Lyra: Leier.

Medimnos: »Scheffel«, ca. 52 l, unterteilt in 48 *choinikes* à 1,08 l.

Nauarch: Kapitän.

Nomarch: Gauverwalter, Gouverneur.

Oxos: asiat. Fluß, Amudarja.

Paradeisos: Palastgarten, Wildpark.

Parasange: ca. 5,5 km.

Pharos: Insel vor Alexandria, auf der später der berühmte Leuchtturm (frz. *phare*) errichtet wurde.

Propontis: Marmarameer.

Satrap: pers. Provinzverwalter.

Satrapie: pers. Provinz.

Stadion: ca. 180 m.

Tadmor: alter Name von Palmyra.

Trierarch: Kapitän einer Triere.

Triere: Kriegsschiff mit drei Ruderdecks.

Truppenteile, Ränge etc.: sehr unsicher, da von den antiken Autoren nie genau definiert. Basiseinheit scheint die Reihe von 16 (ursprünglich wohl 10) Kämpfern gewesen zu sein, geführt von einem Dekadarchen (»Herr von Zehn«, Zehnerschaftsführer). Bei der Reiterei gab es die vermutlich 16 x 16 Mann umfassende Ile (etwa Schwadron) sowie Unterteilungen (Halb-Ile etc.); ähnliche kleinere Gruppierungen dürfte es auch beim Fußvolk gegeben haben. Die nächste größere Einheit, Pentekosiarchie (»Fünfhundertschaft«) unter einem Pentekosiarchen, bestand aus 32 x 16 Mann, war also eine Fünfhundertzwölfschaft.

Unter Philipp und Alexander bestand das makedonische Kernheer im wesentlichen aus folgenden Teilen: a) der Phalanx der »normalen« Fußtruppen, schwere Hopliten, ausgerüstet mit Schwert, kleinem Schild und der bis zu 6 m langen Sarisse, gegliedert in 6 Taxeis, wobei jede Taxis (oft nach Gebieten rekrutiert) aus 3 Pentekosiarchien bestand, also 6 x 3 x 512, zusammen 9216 Mann, dazu Offiziere, Stäbe, Melder, Troß etc.; b) der »Garde« der Hypaspisten, 3 Taxeis zu je 2 Pentekosiarchien, zusammen 3072 Mann, ausgerüstet mit größerem Schild, Schwert und kurzem Stoßspeer (Xyston), die im Gegensatz zur defensiven Phalanx meist offensive Aufgaben hatten, ebenso wie c) die Hetairenreiterei, ursprünglich aus vom König belehnten Adligen, berittene »Gefährten«. Unter Philipp waren es etwa 800 Mann, von Alexander später verdoppelt; ihre Bewaffnung bestand aus Schwert und Xyston. Daneben gab es zahlreiche spezialisierte Truppenteile – Belagerer, Leichtbewaffnete, Aufklärer, »Gebirgsjäger« –, z. T. rekrutiert aus unterworfenen oder tributpflichtigen Stämmen mit besonderen Kampftraditionen. Einigermaßen undurchschaubar sind die von Alexander in den letzten Jahren vorgenommenen Neugliederungen; es scheint sich um die Bildung von straffer organisierten, selbständigen, z. T. auch gemischten Verbänden gehandelt zu haben, wahrscheinlich als Fünfhundert- und Tausendschaften, letztere bei den Reitern Hipparchie, bei den Fußkämpfern Chiliarchie genannt. Allerdings taucht der Rang eines Chiliarchen mehrfach auf – einmal als »Tausendschaftsführer«, dann aber auch als Bezeichnung/Ehrentitel für Perdikkas im Sinn eines Oberbefehlshabers.

Die wichtigsten Personen

Mit vorangestelltem Asterisk (*) markierte Personen sind erfunden, die übrigen historisch gesichert, wenn auch nicht in jeder Einzelheit ihres Verhaltens im Roman. Die meisten Lebensdaten sind Mutmaßungen, da die antiken Autoren nur selten präzise Altersangaben machen.

ADA: Fürstin, Satrapin von Karien, »adoptierte« Alexander den Großen, errichtete ihrem Bruder/Gemahl Maussollos ein prunkvolles Grabmal, das »Mausoleum« von Halikarnassos.

AGATHOKLES: Politiker und Stratege (ca. 360–289), seit 316 Tyrann von Syrakus, führte langen verlustreichen Krieg gegen Karthago, suchte sich zum Herrscher aller Westgriechen zu machen.

ALKETAS: Bruder von Perdikkas (ca. 355–319).

ANTIGONOS: genannt Monophthalmos, »der Einäugige«, hoher maked. Offizier unter Philipp und Alexander, ca. 382–301. Seit 334 Satrap von Groß-Phrygien; nach Alexanders Tod während der Diadochenkriege zeitweilig »König von Asien«.

ANTIPATROS: maked. Feldherr und Politiker, neben Parmenion wichtigster Helfer und Freund Philipps, unter Alexander Statthalter für Europa; ca. 400–319.

*APOLLONIOS: Kaufmann aus Massalia.

ARISTOTELES: der Philosoph, Sohn des früheren Leibarztes von Philipps Vater Amyntas, später von Philipp als Lehrer nach Mieza/Makedonien geholt und dort Erzieher Alexanders (etwa 342–340), danach in Athen; ca. 384–322.

Arridaios: oder Arrhidaios, Alexanders schwachsinniger Halbbruder, Sohn Philipps und der Thessalierin Philinna, 358–317; 322 von der maked. Heeresversammlung als Philippos III. Arridaios zum Teil-König gemacht, 317 von Olympias ermordet.

Artabazos: persischer Fürst, ca. 387–325, bekleidete hohe zivile und militärische Ränge, lehnte sich ca. 350 als Satrap gegen Artaxerxes III. auf und verbrachte einige Jahre in Pella; Vater von Barsine.

Attalos: vornehmer junger Makedone, Freund Alexanders, dem er angeblich wie ein Zwilling glich; nahm am Asienzug als Offizier teil (328 Taxiarch, in Indien Trierarch der Flotte). Er war mit Perdikkas' Schwester vermählt; über sein Ende ist nichts bekannt.

Barsine: Tochter von Artabazos, mit diesem ca. 350–348 in Pella, später vermählt mit dem Söldnerführer Mentor, nach dessen Tod mit seinem Bruder Memnon, nach dessen Tod einige Zeit Geliebte Alexanders, dem sie spätestens 328/27 einen Sohn Herakles gebar. 309 zusammen mit ihm von Polyperchon umgebracht.

*Bodbal: phönikischer Steuermann.

Demades: athen. Politiker, Gegner von Demosthenes, Makedonenfreund, ca. 380–319.

Demaratos: Kaufherr aus Korinth, Gastfreund Philipps, später auch Alexanders, ca. 400–327.

Demosthenes: athen. Politiker, Makedonenfeind, berühmter Redner; ca. 382–322.

*Drakon: maked. Arzt.

*Dymas: fahrender Sänger und Musiker.

*Emes: maked. Hoplit.

Eumenes: Grieche aus Kardia, schon unter Philipp als Verwaltungsmann in Pella, mit Alexander befreundet; ca. 362–316. Verwaltete unter Alexander die »Königlichen Tagebücher« und sonstige Hof-Aufzeichnungen; nach Alexanders Tod anfangs einer der mächtigsten Diadochen in Asien.

Hamilkar: karthag. Kaufherr und Politiker, laut Arrian zuletzt bei Alexander in Babylon; im Roman *Leiter des karthag. Geheimdienstes.

HEPHAISTION: Alexanders Alter ego, vornehmer Makedone, in den letzten Jahren 2. Mann des Heers, 324 in Ekbatana gestorben.

HEROSTRATOS: ionischer Hirte, zündete 356 »um unsterblichen Ruhm zu erringen« den Tempel der Artemis in Ephesos an.

*KALLINIKOS: maked. Trierarch.

KALLISTHENES: Autor und Historiograph, Neffe von Aristoteles, ca. 370–327.

*KASSANDRA: Tochter eines karischen Fischers, Dirne in Milet.

KASSANDROS: Sohn von Antipatros, ca. 356–297; nach dem Tod seines Vaters einer der wichtigsten und mächtigsten Diadochen.

KLEITOS: genannt »der Schwarze«, hoher maked. Offizier unter Philipp und Alexander, Bruder von Alexanders Amme Lanike, ca. 367 bis 328. Seit 330 zusammen mit Hephaistion Führer der Hetairenreiter; im Streit von Alexander ermordet.

KLEOMENES: seit 332 von Alexander eingesetzter Nomarch (Zivilverwalter) in Ägypten, häufte durch Ausbeutung und Korruption ein Vermögen von ca. 8000 Talenten an, 321 von Ptolemaios hingerichtet.

KLEOPATRA: a) Alexanders Schwester, mit Alexandros von Epeiros vermählt, 353–309; auf Befehl des Antigonos ermordet, als sie sich mit Ptolemaios vermählen wollte; b) Nichte von Attalos, letzte (7.) Frau Philipps, hieß ursprünglich wohl Eurydike; ca. 354 bis 336.

KOINOS: hoher maked. Offizier unter Philipp und Alexander, Taxiarch; erzwang als Sprecher der meuternden Truppen die Umkehr in Indien und starb wenige Tage später (ca. 362–325).

KRATEROS: Freund Alexanders, mit ihm in Mieza erzogen; beim Asienzug von Anfang an Taxiarch, später Oberbefehlshaber nach Alexander, zuletzt von diesem als Stratege für Europa vorgesehen; fiel im 1. Diadochenkrieg (ca. 358–321).

LAOMEDON: vornehmer Hellene mit maked. Bürgerrecht, Bruder von Erigyios, Freund Alexanders, mit diesem von Philipp verbannt. Auf dem Asienzug zuständig für die »kriegsgefangenen Barbaren«, Stabsoffizier; nach Alexanders Tod Satrap von Syrien, 319 von Ptolemaios gefangen. Über sein Ende ist nichts bekannt.

Leonnatos: Freund Alexanders, mit ihm in Mieza erzogen; hoher Offizier während des Asienzugs, nach Alexanders Tod Satrap des nördlichen (Hellespontischen) Phrygien, 322 bei Krannon gefallen.

*Lysandros: maked. Offizier unter Eumenes.

*Lysanias: maked. Offizier, Räuber des skyth. Königsdolchs.

Lysimachos: *hetairos* Alexanders, Stabsoffizier, in den letzten Jahren immer in Alexanders Nähe, nach dessen Tod einer der mächtigsten Diadochen, beherrschte zeitweilig Teile Makedoniens und Kleinasiens sowie Thrakien, fiel 80jährig gegen Seleukos (ca. 361 bis 281).

Meleagros: Jugendfreund Alexanders, mit ihm in Mieza erzogen; Offizier (Taxiarch); ca. 356–323.

Memnon: rhodischer Söldnerführer in pers. Diensten, ca. 380–333.

*Menedoros: Aufseher der Bauarbeiten in Alexandria.

Mentor: Bruder Memnons, ebenfalls Söldnerführer, ca. 390–340.

Nearchos: Kreter, Jugendfreund Alexanders, unter diesem zunächst Satrap von Lykien und Pamphylien, dann Kommandeur der indischen Flotte; nach Alexanders Tod wieder Satrap, später mit Antigonos verbündet, nach 314 nicht mehr erwähnt.

Neoptolemos: Satrap von Armenien, von Eumenes besiegt und getötet.

Nikanor: Stief-, später Schwiegersohn von Aristoteles, mit Alexander befreundet.

Olympias: Mutter Alexanders des Großen (ca. 375–316).

Ophellas: Offizier schon unter Alexander, dann bei Ptolemaios, zunächst dessen Statthalter, dann »Fürst« von Kyrene, 309 von Agathokles bei Karthago ermordet.

*Pandios: Flottenführer, Untergebener von Nearchos.

Parmenion: maked. Fürst, wichtigster Stratege Philipps und Alexanders, ca. 400–330; nach der Hinrichtung seines Sohnes Philotas in Alexanders Auftrag ermordet.

Perdikkas: Jugendfreund Alexanders, mit diesem in Mieza erzogen; auf dem Asienzug von Anfang an Taxiarch, später nach Alexander, Hephaistion und Krateros höchster Mann des Heers.

Bei Alexanders Tod übernahm er dessen Siegelring; sein Versuch, das Reich (und seine eigene Macht) zu konsolidieren, löste den 1. Diadochenkrieg aus. 320 wurde er von eigenen Leuten am Nil ermordet.

*PEUKESTAS: junger Makedone, Sohn Drakons, befragt den sterbenden Aristoteles und übernimmt Aufträge von Antipatros und Ptolemaios.

PHILIPPOS: Arzt, Freund Alexanders, später sein Leibarzt.

POLYPERCHON: maked. Offizier, führte seit ca. 333 eine Taxis; 324 zusammen mit Krateros als Kommandeur der Veteranen nach Europa geschickt. Über seine Rolle in den Diadochenkriegen vgl. Chronologie.

PROTEAS: Sohn Lanikes, Neffe von Kleitos, mit Alexander befreundet und in Mieza erzogen; bemerkenswerter Trinker. Ende 334 von Alexander zu Antipatros geschickt, von diesem als Flottenkommandeur verwendet, ab 332 wieder bei Alexander.

PTOLEMAIOS: Sohn von Lagos, Jugendfreund Alexanders und mit ihm zusammen verbannt. Seit ca. 330 hoher Offizier; nach Alexanders Tod erhielt er Ägypten, das die von ihm begründete Dynastie bis 30 v. Chr. beherrschte. Lebenszeit ca. 356–282.

PYTHIAS: a) Aristoteles' Frau; b) Aristoteles' Tochter, später vermählt mit Nikanor.

ROXANE: baktrische Fürstentochter, geb. ca. 345, seit 327 mit Alexander vermählt, dem sie postum einen Sohn (Alexander IV.) gebar. Nach Alexanders Tod brachte sie vermutlich eigenhändig seine zweite Gemahlin Stateira um. Ca. 310 ließ Kassandros sie und den zwölfjährigen Thronfolger töten.

SELEUKOS: Jugendfreund Alexanders, mit ihm in Mieza erzogen und von Anfang an Offizier beim Asienzug; später Begründer der Seleukidendynastie, ermordet 281/280. Zu seiner Rolle in den Diadochenkriegen vgl. *Chronologie*.

THAIS: athenische Hetäre, Geliebte von Ptolemaios, dem sie drei Kinder gebar.

*TOMYRIS: skythische Fürstentochter.

*ZIRDUDUQ: alter Skythe in Samarkand, Onkel von *Tomyris.

Chronologie

ca. 1100–700 v. Chr. Herausbildung der griech. Städte und Siedlungsgebiete (Athen, Sparta, Korinth, Theben; Attika, Boiotien, Thessalien etc.); griech. Besiedlung des westlichen Kleinasien; Griechen übernehmen Seefahrt, Handel und Schrift von den Phönikern.

ca. 750 Homer.

750–550 Griech. Kolonisation von der Krim bis zur Provence, Gründungen u. a. in Südfrankreich (Massalia/Marseille, Nikaia/Nizza), Unteritalien (Kyme/Cumae, Rhegion/Reggio, Kroton/Crotone, Taras/Tarent), Sizilien (Syrakosai/Syrakus, Katane/Catania, Zankle/Messana/Messina, Akragas/Agrigent), Nordafrika (Kyrene), Ägypten (Naukratis, Rhakotis) usw.

592 Griech. Söldner in Ägypten.

ca. 540 Ende der griech. Expansion im Westen nach Seesieg der verbündeten Karthager und Etrusker gegen Griechen vor Korsika, wenig später karthag. Siege in Westsizilien und westlicher Kyrenaika: Festlegung der Einfluß- und Siedlungsgrenzen. Gleichzeitig Ende der Expansion nach Osten, als ab 546 Kleinasien unter persische Hoheit gerät.

530 f. Perser erobern Ägypten; Perserreich vom Indus bis zum Nil und Bosporos.

521 Beginn der Regierung von Dareios I.

513 Skythen-Feldzug der Perser zur Donau; Thrakien wird pers. Satrapie; Dareios schickt Gesandte bzw. Aufklärer nach Griechenland und Unteritalien.

500 Beginn des »ionischen Aufstands« der kleinasiatischen Griechen gegen Perser; Athen und Eretreia stellen Schiffe, Sparta verweigert Hilfe.

493 Endgültige Niederlage der Aufständischen, Wiederherstellung der persischen Herrschaft, Dareios' Feldherr und Schwiegersohn Mardonios überschreitet den Hellespont,

sichert Thrakien; Makedonien unter Alexandros I. (ca. 498 bis 454) pers. Vasallenstaat.

491 Pers. Gesandte fordern symbolische Unterwerfung der Griechen; Athen und Sparta lehnen ab, Ermordung der Gesandten.

490 Pers. »Straffeldzug«, Eroberung der Inseln; Sieg der Athener unter Miltiades bei Marathon, Beginn des Aufstiegs von Athen zur zweiten Macht neben Sparta. Boiotier besiegen Thessalier und vertreiben sie aus Mittelgriechenland.

487 Seekrieg Athen–Aigina.

485 Dareios I. stirbt; Nachfolger Xerxes rüstet für Rachefeldzug (Brückenbau über Dardanellen, Anlegung von Depots in Thrakien etc.).

482 Flottenbauprogramm von Themistokles in Athen.

480 Persischer Angriff; Zug des Xerxes durch Thrakien und Makedonien; Makedonen müssen Heeresfolge leisten. Einnahme der Thermopylen, Besetzung und Verwüstung von Boiotien und Attika, Zerstörung Athens. Griech. Seesieg bei Salamis, gleichzeitig Sieg der Westgriechen (Syrakus, Akragas) auf Sizilien gegen Karthager.

479 Zweite Besetzung Athens; Griechen lehnen Mardonios' Friedensbedingungen ab, Sieg der verbündeten Griechen bei Plataiai (Boiotien), Flottenunternehmen gegen Kleinasien mit Erstürmung des pers. Schiffslagers.

478 Flotte befreit Griechenstädte auf Zypern, Einnahme von Sestos und Byzantion, Öffnung der Handelswege zu den Getreideländern am Schwarzen Meer.

477 Aufforderung der Ionier an Athen, kleinasiatische Griechen gegen Persien zu schützen; Gründung des Attischen Seebunds (Inseln und Kleinasien unter Athens Hegemonie; Bundesgenossen stellen Schiffe oder zahlen Tribut), Athen wird stärkste Wirtschaftsmacht. – Im Westen drängt Hieron von Syrakus (478–467) Etrusker zurück, dehnt sein Reich auf Unteritalien aus, herrscht mittels Geheimpolizei.

471 Themistokles verbannt, flieht nach Persien.

470 Als Folge der Kriege zwischen Syrakus und Etruskern verliert Athen Absatzmärkte im Westen, Preissturz bei attischer Keramik etc.

469 f. Offensive Weiterführung des Kriegs gegen Persien, Anschluß weiterer Städte Kleinasiens an den Attischen Seebund. Spannungen zwischen Sparta und Athen wegen athenischen Machtzuwachses.

466 Spartaner siegen gegen Argos und Tegea, festigen ihre Hegemonie auf der Peloponnes.

465–463 Athener belagern vom Seebund abgefallene Insel Thasos, nehmen sie ein und annektieren thasische Besitzungen in Thrakien. Xerxes stirbt, Nachfolger wird sein Sohn Artaxerxes I. (bis 424).

464 Aufstand in Messenien gegen Sparta; Athen sendet Hilfsheer für Spartaner, das 462 von Sparta zurückgewiesen wird.

461 Athen kündigt Bund mit Sparta, verbündet sich mit Argos; Korinth und Aigina bilden Koalition mit Sparta. Neuorientierung der athenischen Außenpolitik unter Perikles mit doppeltem Ziel: Fortführung des Perserkriegs, Schwächung Spartas.

460 König Inaros (Libyer) versucht in Ägypten Aufstand gegen persische Herrschaft, Athen schickt Hilfsflotte.

459 Kapitulation der Messener gegen Sparta; Athens Flottenpräsenz im Golf von Korinth stört die korinthische Stellung im sizilisch-italischen Getreidehandel.

457 Sparta interveniert in Mittelgriechenland, um Thebens Hegemonie in Boiotien gegen Athen zu stützen; Kämpfe zwischen Thebanern und Spartanern einer-, Athenern andererseits.

456 Aigina kapituliert nach dreijähriger Belagerung vor der athenischen Flotte; Piräus übernimmt Aiginas Handel und wird größter Umschlaghafen der hellenischen Welt. Athenische Flotte in Ägypten von Persern blockiert.

455 Athener zerstören spartanische Werften in Gytheion, Höhepunkt der Macht Athens.

454 Zusammenbruch des ägyptischen Aufstands gegen Persien; athenische Flotte im Nildelta vernichtet. – In Makedonien Beginn der Herrschaft Perdikkas' II. (bis 413), der die Landgewinne und Machtposition seines Vorgängers Alexandros I. nicht halten kann und immer weiter in die griechischen Konflikte einbezogen wird.

453 Athenischer Flottenzug unter Perikles zum Golf von Korinth, Anschluß der Achaier, Ausdehnung der Macht- und Wirtschaftsinteressen Athens nach Westen durch Verträge mit sizilischen Städten. Vereinbarung eines fünfjährigen Waffenstillstands zwischen Sparta und Athen. – Vereinigung der nichtgriechischen Sikuler auf Sizilien zum Kampf gegen sizilische Griechen.

450 Fortsetzung des Seekriegs gegen Persien, athenische Flotte siegt bei Salamis/Zypern.

449 Friedensvertrag zwischen Persien und Athen; kleinasiatische Griechenstädte erhalten Autonomie innerhalb des persischen Reichs, Athen respektiert persisch-phönikische Handelssphäre im Ostmittelmeer und mischt sich nicht mehr in Ägypten ein. Athen ist damit neben Persien und Karthago dritte Großmacht im Mittelmeer.

448 Gesamtgriechische Friedenskonferenz in Athen kommt nicht zustande wegen Widerstands von Sparta. Krieg der delphischen Amphiktyonie gegen Phoker um Unabhängigkeit des Heiligtums (2. Heiliger Krieg).

447 Erhebung in Mittelgriechenland gegen Athen; Boiotien, Phokis, Lokris nach Sieg bei Koroneia unabhängig.

446 Megara und Euboia fallen von Athen ab, Euboia wird zurückerobert. Friede zwischen Athen und Sparta auf der Basis des jeweiligen Besitzstands.

445 Athen gibt nach Friedensschluß Westexpansion auf und orientiert sich nach dem thrakisch-pontischen Norden mit

Gründung von Kolonien und zunehmender Intervention in Thrakien und Makedonien.

440 Krieg zwischen Tarent und Thurioi in Süditalien; Samos fällt vom Seebund ab.

439 Samos von Athen erobert.

438 Innere Kämpfe in Epidamnos (illyrische Küste), Streit zwischen Korinth und Korkyra um Intervention.

433 Hilfsgesuch von Korkyra an Athen wegen korinthischer Rüstung; Athen nimmt gegen Korinth und Sparta gerichtete Westpolitik wieder auf, entsendet Hilfsflotte.

432 Poteidaia (korinthische Kolonie auf der Chalkidike) fällt vom Seebund ab, von Athen belagert. Handelssperre Athens gegen das mit Sparta verbündete Megara. Sparta fordert ultimativ Aufhebung der Sperre, Freigabe Poteidaias und Aiginas, volle Autonomie der Mitglieder des Seebunds. Athen lehnt ab. Kriegsbeschluß Spartas.

431 Beginn des Peloponnesischen Kriegs; Sparta verbündet sich mit peloponnesischen, mittelgriechischen, sizilischen Staaten, Athen mit Makedonien und Thrakien. Archidamos II. von Sparta verwüstet Attika, Thebaner überfallen das mit Athen verbündete Plataiai, Plünderungszug der athenischen Flotte gegen Aigina und die Peloponnes.

430 Archidamos wieder in Attika, Flottenzug der Athener unter Perikles zur Peloponnes. Pest in Athen führt zu Friedensgesuch, das Sparta ablehnt.

429 Poteidaia kapituliert vor den Athenern; Archidamos belagert Plataiai; Athener von Olynthiern auf der Chalkidike geschlagen. Flottensieg der Athener bei Naupaktos gegen Peloponnesier. Thraker fallen in Makedonien ein.

428 Lesbos fällt vom Seebund ab, Athener belagern Mytilene; Archidamos wieder in Attika.

427 Lesbos von den Athenern, Plataiai von den Spartanern eingenommen. Bürgerkrieg auf Korkyra, beendet durch Eingreifen der athenischen Flotte; Koalitionskrieg auf Sizilien, Intervention der Athener auch dort. Tod von Archidamos.

426 Athenische Feldzüge in Aitolien und Akarnanien.

425 Agis II. von Sparta fällt in Attika ein; athenische Siege gegen Spartaner und Korinther.

424 Athenische Erfolge in Akarnanien und auf der Peloponnes; Heeresreform des Brasidas in Sparta, Vorstoß von Brasidas gegen Athens Verbündete im Norden, Makedonien unterstützt Sparta. Niederlage der Athener gegen Boiotier. In Sizilien Bündnis der dortigen Städte gegen athenische Einmischung, Abzug der athenischen Flotte. Tod von Artaxerxes I., sein Nachfolger Dareios II. (bis 404) erneuert Frieden mit Athen.

423 Erfolge von Brasidas im Norden.

422 Neues Bündnis zwischen Athen und Makedonien.

421 Friedensschluß zwischen Athen und Sparta, nicht anerkannt durch Spartas Bundesgenossen Korinth, Megara und Theben; dies führt zu einem Bündnis Athens mit Sparta und einem Bündnis der Peloponnesier mit Argos. Neue Spannungen zwischen Athen und Sparta wegen unvollständiger Erfüllung der Friedensbedingungen.

420 Bündnis Spartas mit Boiotien; Bündnis Athens mit Argos, Mantineia, Elis; Elis schließt Spartaner von den Olympischen Spielen aus.

419 Athen unterstützt Angriff von Argos gegen Epidauros.

418 Spartaner unter Agis II. besiegen Argiver und Athener bei Mantineia, Wiederherstellung von Spartas Hegemonie auf der Peloponnes.

416 Athenischer Flottenzug gegen die spartafreundliche Insel Melos. Hilfsgesuch von Segesta (Sizilien) an Athen gegen Selinus und Syrakus.

415–413 Sizilischer Feldzug der Athener mit 260 Schiffen und 25 000 Mann.

414 Belagerung von Syrakus; Sparta entsendet Hilfsheer.

413 Athenische Niederlage vor Syrakus, Kapitulation. In Makedonien Regierungsantritt von Archelaos I. (bis 399), der nach 40jährigem Niedergang die Königsmacht wieder

stärkt, das Heer reformiert und einen Hofkreis griechischer Kulturträger sammelt; zeitweilig halten sich Euripides, Thukydides, der Maler Zeuxis, der Musiker Timotheos u. a. in Pella auf. – Dekeleia in Attika von Spartanern besetzt, Wiederausbruch des Kriegs.

412 Vertrag zwischen Sparta und Persien gegen Athen, persische Hilfsgelder und Flottenunterstützung für Sparta.

411 Athen verliert Euboia; Seesieg der Spartaner vor Eretreia, Seesieg der Athener am Hellespont.

410 Athenischer Seesieg vor Kyzikos (Propontis) schwächt Sparta und ermöglicht wieder Getreidehandel mit Schwarzmeer-Kolonien Athens. – Auf Sizilien wenden sich die nichtgriechischen Elymer aus Segesta um Hilfe an Karthago.

409 Erfolge der Athener unter Alkibiades im Norden, der Spartaner auf der Peloponnes. – Karthager, Elymer und Sikuler greifen sizilische Griechen an, Zerstörung von Selinus und Himera.

408 Einnahme von Byzantion, Chalkedon u. a. durch Alkibiades; spartan. Flottenführer Lysandros befreundet sich mit pers. Prinzen Kyros und erhält wieder Gelder für Sparta. – Stellungskrieg und Rüstungen auf Sizilien.

407 Seesieg der Spartaner gegen die Athener vor der kleinasiatischen Küste.

406 Athenische Flotte im Hafen von Mytilene eingeschlossen. In Athen Einschmelzung von Weihgeschenken, Flottenbau, Bewaffnung von Sklaven und Greisen, Bündnisverhandlungen mit Karthago. – Karthager erobern Akragas; in Syrakus wird Dionysios zum allein bevollmächtigten Feldherrn gewählt. – Seesieg der Athener südlich von Lesbos; die siegreichen Strategen in Athen wegen versäumter Bergung schiffbrüchiger Seeleute hingerichtet.

405 Lysandros stellt mit persischem Geld spartanische Flotte wieder her, Seesieg gegen Athener im Hellespont (3000 Gefangene getötet), Blockade des Piräus, Hungersnot in Athen. – Dionysios, gestützt auf Söldnerheer, macht sich

zum Tyrannen von Syrakus; Karthager erobern Gela und Kamarina. Friedensschluß zwischen Karthago und Syrakus unter Anerkennung des neuen Status quo.

404 Athen kapituliert; Korinth und Theben fordern völlige Zerstörung der Stadt, von Sparta abgelehnt. Auf Samos kultische Verehrung des Spartaners Lysandros (erste Vergöttlichung eines Griechen zu Lebzeiten). – Tod von Dareios II., Nachfolger Artaxerxes II. Mnemon (bis 358). Ägypten fällt unter Amyrtaios II. von Persien ab und bleibt bis 342 unabhängig. – Beginn der jahrzehntelangen spartanischen Vormacht in Griechenland. In Syrakus Beginn der Herrschaft von Dionysios I. mit Hilfe von Leibgarde und Geheimpolizei, Befestigungen, Aufrüstung (Verstärkung der Flotte auf 300 Schiffe), Enteignung von Großgrundbesitzern, Einführung einer Vermögenssteuer etc.

402–400 Krieg Sparta–Elis; Elier zum Eintritt in den Peloponnesischen Bund Spartas gezwungen.

401 In Persien Erhebung des Kyros gegen Artaxerxes II. mit Hilfe griechischer Söldner. Nach Kyros' Tod in der Schlacht bei Kunaxa/Euphrat Rückmarsch *(Anabasis)* der griech. Söldner unter Xenophon zum Schwarzen Meer.

400 Satrap Tissaphernes rüstet zur erneuten Unterwerfung der kleinasiatischen Griechen; Sparta verspricht ihnen Hilfe. Beginn des spartanisch-persischen Kriegs (bis 386) mit ersten Feldzügen in Kleinasien.

399 Nach dem Tod von Archelaos Niedergang Makedoniens unter mehreren rasch aufeinanderfolgenden schwachen Königen. In Sparta Beginn der Herrschaft von König Agesilaos (bis 360). In Athen wird Sokrates wegen Gottlosigkeit und Jugendverführung zum Tode verurteilt.

398 Der athen. Stratege Konon tritt in persische Dienste und erhält Befehl über pers. Flotte.

397 Dionysios erklärt Karthago den Krieg; Eroberung von Eryx und Motye. Karthager gründen Lilybaion (Marsala) als neuen Stützpunkt und starten Gegenangriff.

396 Karthager erobern Motye und Eryx zurück, belagern Syrakus, Ausbruch einer Seuche im Belagerungsheer. – Kleinasienfeldzug des Spartaners Agesilaos.

395 Spartanischer Sieg bei Sardes gegen Perser. Persische Hilfsgelder an griechische Staaten zur Finanzierung eines Aufstands gegen Sparta. Bündnis zwischen Boiotien, Athen, Korinth, Argos, Euboia, Lokris und Akarnanien gegen Sparta mit Bundesrat in Korinth.

394 Agesilaos bricht Offensive in Kleinasien ab; spart. Sieg bei Korinth gegen die Verbündeten. Im Sommer Seesieg der Perser bei Knidos, Untergang der spart. Flotte, Ende der spart. Seeherrschaft in der Ägäis. Perser sichern kleinasiatischen Griechen Autonomie zu.

393 Pers. Flotte verwüstet Spartas Küsten; Wiederaufbau der athen. Befestigungsanlagen mit persischem Geld; Erneuerung des Attischen Seebunds. – Amyntas III., König von Makedonien (bis 370), versucht sein geschwächtes Reich durch wechselnde Bündnisse zusammenzuhalten.

392 Friede zwischen Syrakus und Karthago mit karthag. Gebietsverlusten; Athener ernennen Dionysios ehrenhalber zum Archon von Sizilien. – Sparta bietet Frieden an gegen Abtretung bzw. Aufgabe aller kleinasiatischen Griechenstädte und schlägt allgemeinen Frieden *(koine eirene)* mit Autonomie aller Staaten vor; Athen lehnt ab. Athenisch-spartanische Kämpfe um den Hafen Lechaion bei Korinth.

391 Beginn der Expansion von Syrakus, Übergriffe nach Süditalien. Neuer spart. Feldzug in Kleinasien; Athens Flottenpolitik führt zu Spannungen mit Persien.

389 Athen. Flottenzüge; Bosporus und kleinasiatische Inseln zurückerobert; Athen unterstützt Aufstand auf Zypern gegen Persien.

388 Dionysios erobert Unteritalien; Platon besucht Syrakus.

387 Annäherung Sparta–Persien als Folge der athen. Politik, Sperrung des Hellesponts durch spart.-pers. Flotte. – Rom von Kelten erobert.

386 Bündnis zwischen Dionysios und italischen Kelten. – Annahme des von Persien und Sparta ausgehandelten »Königsfriedens«: Griechen in Kleinasien gehören zu Persien, alle anderen griech. Staaten sind autonom, Athens Bündnisverträge werden aufgelöst. Herstellung der Hegemonie Spartas unter persischer Militärgarantie.

385 Dionysios gründet Kolonien an der Adria. – Beginn der gewaltsamen Hegemoniepolitik Spartas in Griechenland. Athenische Söldner unterstützen Ägypten gegen pers. Wiedereroberungsversuch.

384 Flottenzug des Dionysios gegen Etrurien, Anlage eines Hafens in Korsika. Unteritalische Griechenstädte suchen Bündnis mit Karthago gegen Syrakus.

383 Athen. Söldner unterstützen Odrysenkönig Kotys bei Eroberung von ganz Thrakien; makedonische Gebietsverluste.

382–374 Krieg des Dionysios gegen Karthager und südital. Griechen. Beginn des Olynthischen Kriegs: Angriff der Spartaner gegen Chalkidike, Olynth unterworfen und zur Heeresfolge gezwungen. Besetzung der Burg von Theben (Kadmeia) durch Spartaner.

379 Erhebung Thebens gegen Sparta, Bündnis Thebens mit Athen, thebanische Hegemonie in Boiotien. Dionysios erobert Kroton.

378 Zweiter Attischer Seebund, gegen Sparta, unter Wahrung der Bedingungen (Autonomie etc.) des Königsfriedens. Erfolgloser Zug der Spartaner gegen Theben.

377 Maussollos, Satrap von Karien, macht sich unter pers. Oberhoheit selbständig, Hauptstadt Halikarnassos.

376 Athen. Flotte siegt bei Naxos gegen Spartaner, Erneuerung der athen. Seeherrschaft, Wiederherstellung des Chalkidischen Bunds mit Olynth.

375 Weiterer Seesieg der Athener gegen Sparta, Bündnis Athens mit Makedonien, Niederlage der Spartaner in Boiotien gegen Theben. Dionysios besiegt Karthager in Westsizilien.

374 Karthager siegen bei Kronion/Nordsizilien, Friede mit karth. Gebietsgewinnen. – Erneuerung des Königsfriedens, Sparta erkennt Athens Seegeltung an.

373 Thebaner zerstören Plataiai. Perser greifen mit griech. Söldnern Ägypten an, werden von Ägyptern und griech. Söldnern zurückgeschlagen.

372 Athenische Flotte besetzt Korkyra und Kephallenia, Ende der spart. Seemacht auch im Westen. Einigung Thessaliens unter dem Tyrannen Jason von Pherai, Aufrüstung, Plan eines Kriegs gegen Persien.

371 Zusammenbruch der Hegemonie Spartas, spart. Hilfsgesuch an Persien, Annäherung Athen–Sparta auf der Basis des Königsfriedens, Ausschluß der Thebaner unter Epameinondas wegen Verletzung der Autonomie boiotischer Städte. Spartanischer Kriegszug gegen Theben endet mit schwerer Niederlage gegen Epameinondas. Neue Bündnisse Athens gegen Theben. Einführung des Ammonskults in Athen, Gleichsetzung Ammons mit Zeus.

370 Erhebung Arkadiens gegen Sparta; Peloponnes-Zug des Epameinondas beendet Spartas Großmachtstellung. Jason von Pherai ermordet; Ermordung von Amyntas III. von Makedonien, Nachfolger sein Sohn Alexandros II.

369 Bündnis Sparta–Athen, Sperrung des Isthmos; Epameinondas durchbricht Sperre und zieht erneut in die Peloponnes. Thebaner Pelopidas interveniert in Thessalien, Makedonen besetzen Larisa.

368 Letzter Karthagerkrieg des Dionysios, ohne Gebietsveränderungen. Dionysios und seine Söhne erhalten durch Ehrenbeschluß athenisches Bürgerrecht. Bündnis des Dionysios mit Athen. – Ptolemaios von Aloros, Schwiegersohn von Amyntas III., läßt dessen Sohn Alexandros II. ermorden und regiert, mit der Witwe Eurydike, als Vormund für Alexandros' jüngeren Bruder Perdikkas. Der dritte Sohn von Amyntas, Philipp, wird als Geisel nach Theben gebracht.

367 Tod des Dionysios. Epameinondas zieht nach Thessalien (befreit den vom Tyrannen Alexandros von Pherai festgesetzten Pelopidas) und auf die Peloponnes, Anschluß Achaias an Theben. Pelopidas und der Spartaner Antalkidas verhandeln gleichzeitig mit Artaxerxes II. in Susa (»Wettkriechen der Griechen«); pers. Friedensdekret zugunsten Thebens, Selbstmord Antalkidas'.

365 Weitere Expansion Thebens, Widerstand Athens. Epameinondas läßt durch karthagischen Baumeister Nobas Flotte bauen. Der Spartanerkönig Agesilaos dient Persern als Söldnerführer und erhält Geld für Sparta. Ermordung des Ptolemaios von Aloros; Perdikkas III., König von Makedonien, holt Philipp aus Theben heim.

364 Flottenzug des Epameinondas, Anschluß von Byzantion, Chios, Rhodos an Theben; Anschluß von Pydna, Methone und Poteidaia an Athen; Pelopidas siegt und fällt gegen Alexandros von Pherai, Boiotier beherrschen Thessalien.

362 Satrapen-Aufstand gegen Artaxerxes II. Letzter Zug des Epameinondas in die Peloponnes, Sieg und Tod in der Schlacht bei Mantineia gegen Athener und Spartaner. Friedensschluß auf der Basis des Status quo.

361 Agesilaos von Sparta als Söldnerführer in ägyptischen Diensten gegen Persien. Alexandros von Pherai besiegt athen. Flotte.

360 Perdikkas III. besetzt Amphipolis; thrakische Expansion unter Kotys auf Kosten athenischer Besitzungen. Tod des Molosserkönigs Neoptolemos in Epeiros, Regentschaft seines Bruders Arybbas als Vormund für Neoptolemos' Sohn Alexandros.

359 Perdikkas III. fällt gegen Illyrer; Thronwirren in Makedonien; Perdikkas' Bruder Philipp II. setzt sich gegen mehrere von Athen, Thrakien und Gebietsfürsten unterstützte Prätendenten durch, regiert zunächst als Vormund für Perdikkas' Sohn Amyntas IV. Tod Artaxerxes' II., Nachfolger sein Sohn Artaxerxes III. Ochos.

358 Alexandros von Pherai ermordet. Philipp II. und sein Stratege Parmenion besiegen Paionen und Illyrer; Philipp unterstützt Larisa gegen Pherai (Thessalien).

357 Dionysios II. von Syrakus (seit 367) von seinem Schwager Dion mit Hilfe der Karthager abgesetzt, Alleinherrschaft Dions mit Versuch einer Durchführung von Platons Staatstheorie. – Philipp II. vermählt sich mit Olympias, Tochter des Neoptolemos von Epeiros. Eroberung von Amphipolis. – Beginn des athenischen Bundesgenossenkriegs; wegen athen. Hegemoniepolitik fallen Chios, Rhodos, Kos und Byzantion vom Seebund ab und verbünden sich mit Maussollos von Karien.

356 Niederlage der athen. Flotte bei Embata. Philipp erobert athen. Küstenstädte im Norden (Poteidaia, Pydna); Alexander III. (der Große) geboren; Philipp besetzt thasische Stadt Krenides, Umbenennung in Philippoi. – Phoker werden auf Betreiben Thebens in Delphi wegen Kultfrevels angeklagt und verbünden sich mit Sparta. Besetzung Delphis, Aufstellung eines Söldnerheers aus Mitteln des delphischen Tempelschatzes; 3. Heiliger Krieg.

355 Niederlage der Phoker gegen Boiotier und Thessalier. Philipp nimmt Königstitel an. Ende des athen. Bundesgenossenkriegs, Athen erkennt Unabhängigkeit der Abtrünnigen an.

354 Angriffskrieg der Phoker unter Onomarchos, Besetzung der Thermopylen. Eubulos, Leiter des Finanzwesens in Athen, reformiert und saniert athen. Staatskasse; Beginn der polit. Karriere des Demosthenes.

353 Onomarchos besetzt Orte in Boiotien und besiegt Philipp in Thessalien.

352 Philipp schlägt Phoker in Südthessalien, Onomarchos fällt. Vertreibung des Tyrannen Lykophron von Pherai, Wiederherstellung alter Stadtrechte in Thessalien durch Philipp. Vorstoß Philipps gegen Phoker nach Süden löst Panik in Griechenland aus; Athener und Peloponnesier besetzen

Thermopylen. Philipp zieht ab. Alexandros, Thronfolger in Epeiros (Bruder der Olympias), zur Erziehung an den Hof nach Pella geholt.

351 Weitere Kämpfe zwischen Phokern und Boiotiern. Philipp schließt Bündnisse mit Thrakien und Byzantion.

350 Hermias, Schüler Platons und Freund von Aristoteles, wird als persischer Satrap Tyrann von Atarneus und Assos.

349 Philipp unterwirft chalkidische Städte, bedroht Olynth. Bündnis Athen–Olynth, erste Rede von Demosthenes gegen Philipp.

348 Olynth erobert und zerstört, Euboia fällt von Athen ab. Erfolglose athen. Feldzüge für Olynth und gegen Euboia.

347 Boiotier besetzen Abai in Phokis. Tod Platons; Aristoteles geht an den Hof von Hermias und vermählt sich mit dessen Nichte Pythias. Dionysios II. wieder in Syrakus.

346 Erfolge von Philipps Zermürbungstaktik: Phoker zum Frieden gezwungen, Ende des 3. Heiligen Kriegs, Thermopylen an Philipp übergeben, Delphi wieder unabhängig, Phokis zur Rückzahlung des geplünderten Tempelschatzes verpflichtet, Philipp an Stelle von Phokis in den Amphiktyonen-Rat aufgenommen. »Philokrates-Friede« zwischen Philipp und Athen auf der Basis des Status quo, in Athen verfochten von Philokrates, Eubulos und Aischines, gegen Demosthenes und Hypereides.

345 Beginn der langjährigen Agitation von Demosthenes gegen Makedonien. Artaxerxes III. Ochos erneuert Persiens Großmachtstellung, wirft mit Hilfe griech. Söldner unter Memnon und Mentor Aufstände in Kleinasien, Zypern, später Phönikien nieder.

344 Neuer Zug Philipps gegen Illyrer; Philipp zum Archon des Thessalischen Bunds gewählt. Korinth entsendet Söldnerheer unter Timoleon nach Syrakus zur Beseitigung der Tyrannis. Karthager versuchen Blockade; Dionysios ergibt sich und wird nach Korinth verbannt.

343 Philipp erkennt Messenien und Arkadien als selbständig gegenüber Sparta an; Euboia von Parmenion besetzt; in Athen Philokrates auf Antrag von Hypereides verurteilt. Vertrag Philipps mit Artaxerxes: Makedonien verzichtet auf Eingriffe in Kleinasien, Persien überläßt Makedonien Griechenland, Aufhebung der pers. Garantien des Königsfriedens.

342 Timoleon besiegt Karthager bei Segesta, karthag. Gegenoffensive. Rückeroberung Ägyptens durch Perser. Philipp setzt Arybbas als Regent von Epeiros ab und dessen Neffen, seinen Schwager Alexandros, als König ein. Geheimvertrag mit Hermias von Atarneus; Aristoteles kommt als Erzieher nach Mieza/Makedonien. Spartas König Archidamos III. geht als Söldnerführer nach Italien.

341 Athener nehmen Oreos/Euboia ein und gründen proathenischen Städtebund auf Euboia; Kriegsreden von Demosthenes gegen Philipp. Hermias wird nach Verrat des Geheimvertrags gefangengenommen und hingerichtet; Hymnos von Aristoteles auf Hermias.

340 Demosthenes erreicht Hellenischen Bund gegen Philipp; Makedonen belagern Perinthos und Byzantion und kapern athenische Getreideschiffe. Athen erklärt den Krieg.

339 Timoleon/Syrakus und Karthago schließen Frieden bei unverändertem Besitzstand. Athen schickt Flotten nach Perinthos und Byzantion, Philipp zieht ab und unterwirft Thrakien bis zur Donaumündung. Auf Betreiben Philipps beschließt Delphi 4. Heiligen Krieg wegen Kultfrevels, diesmal gegen Amphissa und Ostlokris; Thebaner besetzen Thermopylen. Philipp wird zum Feldherrn der delphischen Amphiktyonie berufen, umgeht Thermopylen und besetzt Elateia in Phokis; Panik in Athen.

338 Nach Bündnis zwischen Theben und Athen weicht Philipp westlich aus und besetzt Amphissa, Delphi, Naupaktos; Archidamos von Sparta fällt in Italien. August: Schlacht bei Chaironeia/Boiotien, Makedonen schlagen

verbündete Athener, Thebaner und Boiotier. Theben besetzt; Alexander als Philipps Gesandter verhandelt in Athen, schonender Friede: Auflösung des Seebunds, Wahrung der athen. Autonomie, Athen behält Heer und Flotte. Zug Philipps durch die Peloponnes bis Gytheion; im Winter Gründung des Korinthischen Bunds mit ewigem Bündnisvertrag zur Wahrung des allgemeinen Friedens bei innerer Autonomie aller Staaten; Philipp bevollmächtigter Bundesfeldherr. Griechen (außer Sparta) garantieren Heeresfolge bei Rachefeldzug gegen Persien. Artaxerxes III. stirbt, Nachfolger Arses.

337 Korinthischer Bund beschließt Straf- bzw. Rachefeldzug gegen Persien wegen Zerstörung von Athen und Schändung griech. Heiligtümer (480/79), Philipp wird mit der Führung des Kriegs beauftragt. Vermählung Philipps mit Kleopatra, Nichte des Gebietsfürsten Attalos (Schwiegersohn von Parmenion); Attalos ficht Alexanders Thronfolgerecht an, Zwist zwischen Alexander und Philipp. Alexander verbannt, geht nicht zur bereits aus dem Land gewiesenen Olympias nach Epeiros, sondern in die illyrische Einöde. Entsendung eines makedonischen Teilheers unter Parmenion und Attalos nach Kleinasien.

336 Persische Truppen unter Mentor und Memnon drängen Makedonen von Ephesos und Milet zurück bis an den Hellespont. Philipp vermählt seine Tochter Kleopatra mit Alexandros von Epeiros; bei der Hochzeitsfeier in Aigai wird Philipp ermordet. Thronwirren in Makedonien. Alexander III. der Große setzt sich durch, läßt Rivalen und Gegner hinrichten bzw. ermorden, kommt durch schnellen Zug nach Griechenland einer Erhebung zuvor, wird in Thessalien, Delphi und Korinth als Nachfolger Philipps in den jeweiligen Ämtern bestätigt. – Dareios III. Kodomannos (bis 330) nach Ermordung von Arses neuer König von Persien.

335 Balkanfeldzug Alexanders zur Sicherung der Grenzen, Unterwerfung der thrakischen Triballer, Überschreitung der

Donau, Sieg gegen die Geten, anschließend Niederwerfung eines Aufstands in Illyrien. In Athen erhält Demosthenes persische Hilfsgelder gegen Makedonien; Erhebung in Theben, Athen und der Peloponnes. Alexander gelangt in Eilmärschen von Illyrien nach Boiotien, Theben verweigert Kapitulation, wird erobert und zerstört. Athen erklärt seine Ergebenheit, verweigert aber Auslieferung des Demosthenes.

334 Alexander überschreitet ohne pers. Widerstand den Hellespont; Beginn seines Asienzugs mit makedonischem Heer, kleinen griechischen Bündniskontingenten, Söldnern und Flotte (ca. 160 Schiffe, davon 20 von Athen gestellt). Sieg am Granikos über pers. Westheer, anschließend Eroberung weiter Teile Kleinasiens. – Sein Schwager und Onkel Alexandros von Epeiros, Bruder der Olympias, setzt nach Italien über, wo er Tarent (im Bündnis mit Rom) gegen unteritalische Stämme unterstützt.

333 Söldnerführer Memnon wird pers. Oberbefehlshaber im Westen, gewinnt Inseln und Teile der Küste zurück, plant Offensive gegen Griechenland und Makedonien; athenische Gesandtschaft bei Dareios. Memnon stirbt während der Belagerung von Mytilene an einer rätselhaften Krankheit. Alexander erobert kleinasiatisches Hinterland, löst Knoten von Gordion, Vorstoß südlich ans Meer, im November Schlacht bei Issos mit Sieg über Dareios' Hauptheer.

332 Eroberung Phönikiens, Parmenion erbeutet Dareios' Kriegsschatz in Damaskus. Im August wird Tyros nach siebenmonatiger Belagerung zerstört. Alexander lehnt Dareios' Friedensangebot (Bündnis und Abtretung der Länder westlich des Euphrats) ab, erobert Gaza und stößt nach Ägypten vor, wird im November in Memphis als Pharao und Sohn Ammons anerkannt.

331 Gründung von Alexandria; Zug zum Ammonstempel von Siwah; Verwaltungsreform in Ägypten; Aufbruch nach

Mesopotamien. Dort Anfang Oktober Sieg bei Gaugamela gegen vielfache pers. Übermacht. Einzug in Babylon; im Dezember Besetzung der pers. Hauptstadt Susa. – Erhebung Spartas unter König Agis III; auf Drängen von Demosthenes beteiligt sich Athen nicht am Aufstand gegen Makedonien. Nach anfänglichen Siegen unterliegt Agis bei Megalopolis gegen Antipatros und fällt. – Alexandros von Epeiros wird bei Bruttium/Italien ermordet.

330 Eroberung der persischen Kernlande, Plünderung und Brandschatzung von Persepolis. In Ekbatana beendet Alexander den panhellenischen Rachefeldzug, entläßt griechische Kontingente; Parmenion bleibt mit einem Teil des Heers zur Sicherung der Verbindungen in Ekbatana zurück; Alexander verfolgt den fliehenden Dareios. Dieser wird (Juli) von Bessos gefangengenommen und ermordet. Bessos macht sich zum Großkönig als Artaxerxes IV.; ebenso Anspruch Alexanders auf Rechtsnachfolge. Alexander übernimmt Siegel und Diadem des Großkönigs und läßt Dareios feierlich bestatten. Opposition des makedonischen Offiziersadels gegen Orientalisierung wird niedergeschlagen; Philotas (Führer der Hetairenreiterei) wegen angeblicher Verschwörung hingerichtet, sein Vater Parmenion ermordet. Unterwerfung des iranischen Nordostens.

329 Hungersnot in Griechenland, Beginn der Inflation nach Ausmünzung des pers. Goldschatzes; Alexander läßt Getreide nach Griechenland und Makedonien liefern. Er überschreitet den Hindukusch nach Norden; Widerstand der Ostiranier unter Bessos, der von Ptolemaios gefangen und als Usurpator hingerichtet wird. Vorstoß nach Norden bis zum heutigen Samarkand (Marakanda); Aufstand der Sogder unter Spitamenes, der im Winter Marakanda besetzt.

328 Heeresreform; Einstellung persischer Mannschaften; Neugliederung des Heers in selbständige kleinere Einheiten. Krateros wehrt Vorstoß von Spitamenes ab, makedonische

Offensive nach Norden. In Marakanda tötet Alexander im Streit seinen Lebensretter Kleitos. Im Winter wird Spitamenes von Skythen ermordet, Zusammenbruch der Erhebung.

327 Unterwerfung des östlichen Sogdien; Alexander vermählt sich mit Fürstentochter Roxane, versucht persisches Hofzeremoniell einzuführen und bricht Widerstand durch Terror (u. a. Hinrichtung von Aristoteles' Neffe Kallisthenes). Aufbruch von Baktrien nach Indien.

326 Alexander überschreitet Indus, Vorstoß nach Osten; im Juni Sieg am Hydaspes (Jhelum) gegen König Poros; Bau einer Indusflotte, Unterwerfung des Punjab. Am Hyphasis (Bias) Meuterei des durch Strapazen und Monsun erschöpften Heers, Umkehr.

325 Unterwerfung der Indus-Ebene, Kampf mit indischen Mallern, lebensgefährliche Verwundung Alexanders. Sicherung der Indusmündung durch Festungsbau, Rückkehr nach Westen in drei Gruppen: Flotte unter Nearchos, nördliche Heeresabteilung unter Krateros über gangbare Straßen, südliche Gruppe unter Alexander durch die gedrosische Wüste. Von Alexanders Heeresgruppe überlebt etwa ein Drittel.

324 Alexander erreicht persische Kernlande, Nearchos' Flotte die Tigrismündung. Hinrichtung unbotmäßiger Satrapen; Schatzmeister Harpalos, Jugendfreund Alexanders, flieht mit Söldnern und 5000 Talenten von Babylon nach Athen. Massenhochzeit von Susa zur Verschmelzung von Makedonen und Persern, Neugliederung des Heers durch Aufstellung persischer Einheiten. Alexander erläßt Amnestiebefehl für Griechenland und erzwingt Rückkehr aller Verbannten (außer Thebanern). In Opis/Tigris meutern makedonische Veteranen gegen ihre Entlassung; Alexander verkündet Gleichstellung von Makedonen und Persern und verlangt Eintracht und Gemeinschaft. Folgenlose Aussöhnung mit den Veteranen, die – 11 000 Mann – unter Krateros nach Makedonien heimgeschickt werden.

Krateros soll Antipatros als Statthalter für Europa ablösen; Antipatros »zum Rapport bestellt« nach Babylon, wohin er jedoch aus »Altersgründen« nicht reist. Hephaistion stirbt in Ekbatana.

323 Alexanders Rückkehr nach Babylon, Hafen- und Flottenbau, Vorbereitung eines Zugs um Arabien mit anschließendem Westfeldzug gegen Karthago und bis nach Gibraltar. Am 29. Mai erkrankt Alexander nach Gelage; am 31. Mai setzt er den Beginn des Arabienzugs für 4. Juni fest; sein Zustand verschlechtert sich. Am 10. Juni (28. Daisios des maked. Kalenders) stirbt er mit nicht ganz 33 Jahren in Babylon.

Makedonische Heeresversammlung in Babylon regelt Nachfolge wie folgt: Alexander IV., nach Alexanders Tod geborener Sohn Roxanes, und Arridaios, Alexanders Halbbruder, als Philippos III. Arridaios werden gleichberechtigte Könige. Bis zur Volljährigkeit des ersteren Gewaltenteilung und Leitung der Reichsteile durch »vormundschaftliche« Statthalter: Perdikkas als Oberbefehlshaber in Asien, Krateros als Heerführer und »Vorsteher des Königtums« in Asien, Antipatros als Stratege von Makedonien und Griechenland, Lysimachos für Thrakien, Antigonos der Einäugige für Phrygien und Lykien, Eumenes für Kappadokien, Ptolemaios für Ägypten, weitere Sonderstellungen für Seleukos, Kassandros (Sohn von Antipatros), Leonnatos, Peithon etc. Alexanders Arabien- und Westfeldzug werden ebenso kassiert wie die Gleichberechtigung der Orientalen.

Unter dem Einfluß von Hypereides und Demosthenes erklärt Athen den Korinthischen Bund für aufgelöst und ersetzt ihn durch Bündnisse gegen Makedonien; Aufstellung eines Söldnerheers unter Leosthenes. Bei den Thermopylen zwingt Leosthenes Antipatros zum Rückzug in die Stadt Lamia, wo die Makedonen eingeschlossen werden. Thessalien und Peloponnes schließen sich Athen an. Aristoteles verläßt Athen, um einer Anklage wegen »makedonischer Gesinnung« zu entgehen, und begibt sich nach Chalkis/Euboia.

322 Leosthenes fällt vor Lamia, Antiphilos wird sein Nachfolger. Leonnatos (Satrap des Hellespontischen Phrygien) unternimmt Hilfszug für Antipatros, Belagerung von Lamia beendet. Antiphilos drängt Antipatros nach Norden; Leonnatos fällt. Im Sommer Niederlage der athenischen Flotte gegen Makedonen bei Amorgos; Ende der Seemacht Athen. Krateros kehrt mit Alexanders Veteranen aus Asien zurück; Antipatros und Krateros siegen bei Krannon/Thessalien über griechisches Bundesheer. Athen kapituliert vor Antipatros, Demokratie und griech. Bund aufgelöst, makedonische Besatzung im Piräus. Hypereides wird hingerichtet, Demosthenes flieht und begeht Selbstmord. Aristoteles stirbt in Chalkis. – Politische Intervention von Korinth und Karthago beendet »Demokratenherrschaft« in Syrakus. – 1. Diadochenkrieg (bis 319): Bündnis zwischen Antigonos, Antipatros, Krateros, Ptolemaios, Lysimachos gegen den nach Alleinherrschaft und Reichseinheit strebenden Perdikkas; diesen unterstützen Eumenes, Peithon, Seleukos, Olympias.

321 In Kleinasien siegt Eumenes gegen Krateros und Antipatros, Krateros fällt. Danach erobert Eumenes große Teile von Antigonos' Satrapien. Perdikkas greift Ägypten an, belagert Pelusion. Ptolemaios' Feldherr Ophellas besetzt Kyrene; Karthager verlegen Grenzbesatzung zurück und schaffen »Pufferzone« an der östlichen Syrte.

320 Nach Niederlagen gegen Eumenes flieht Antigonos zu Antipatros nach Makedonien. Verhandlungen zwischen Antipatros und Perdikkas; dieser will Alexanders Leiche, die in der Ammonsoase bestattet werden sollte, zu Antipatros nach Pella bringen lassen; Ptolemaios »konfisziert« sie, setzt sie in Memphis bei, später in Alexandria. Perdikkas kann gegen Ptolemaios die Grenzfestung Pelusion

nicht einnehmen, wird nach gescheitertem Nilübergang und Niederlage von Peithon und Seleukos ermordet. Bei Triparadeisos (Syrien) Neuverteilung der Macht unter den Verbündeten: Antipatros Reichsverweser, sein Sohn Kassandros und Antigonos Heerführer in Asien, Seleukos Statthalter in Babylonien, Peithon erhält die östlichen Satrapien. Einigung mit Ptolemaios, der Ägypten, Kyrene »und was er Richtung Sonnenuntergang als speererworbenes Land hinzugewinnen werde« behalten soll. Karthager verlegen Grenze gegen Kyrene/Ägypten ca. 200 km nach Westen zurück.

Antigonos überwirft sich mit seinem Stellvertreter Kassandros und strebt Herrschaft in Asien an, schlägt Eumenes in Kappadokien und schließt ihn in der Festung Nora ein. Ptolemaios beginnt Verwaltungsreform in Ägypten und gründet synkretistischen Staatskult des Gottes Serapis (Osiris und Apis).

319 Tod von Antipatros, der nicht seinen Sohn Kassandros, sondern Alexanders alten Taxiarchen Polyperchon zum Nachfolger, Kassandros zu dessen Stellvertreter ernennt. Kassandros läßt den athenischen Politiker Demades wegen alter Verbindungen zu Perdikkas hinrichten; Perdikkas' Bruder Alketas in Pisidien von Antigonos geschlagen. Ptolemaios besetzt Syrien und Phönikien. Olympias wieder in Pella. – Beginn des 2. Diadochenkriegs (bis 316): Antigonos und Kassandros erkennen Polyperchon nicht an; dieser verkündet im Namen von Philippos Arridaios die Freiheit aller Griechenstädte und zieht makedonische Besatzungen ab. Olympias unterstützt ihn. Polyperchon ernennt Eumenes zum Strategen von Asien. – Auf Sizilien Putschversuch des Strategen Agathokles, der Syrakus belagert; karthagische Intervention.

318 Agathokles beendet Belagerung, vorläufige Einigung zwischen ihm und Karthago sowie syrakusischen Oligarchen. – Eumenes verliert Kleinasien und Syrien an Antigonos, den

Seleukos und Ptolemaios unterstützen. Antigonos stellt Kassandros Flotte zur Verfügung; Kassandros besetzt den Piräus. Polyperchon setzt sich auf der Peloponnes durch, gleichzeitig wird jedoch seine Flotte bei Byzantion von Antigonos vernichtet.

317 Kassandros besetzt Athen, ernennt Demetrios von Phaleron zum Haupt eines oligarchischen Systems. Im Namen ihres Mannes Philippos Arridaios erklärt Eurydike (Enkelin Philipps) Polyperchon für abgesetzt und überträgt Kassandros die Reichsverweserschaft sowie Antigonos den Oberbefehl in Asien. Bürgerkrieg in Makedonien: Kassandros/Arridaios/Eurydike gegen Polyperchon/Olympias/Roxane/Alexander IV. Zunächst Erfolge von Polyperchon und Olympias, die Philippos Arridaios und Eurydike umbringen läßt. In Babylon Vereinigung von Antigonos, Seleukos und Peithon gegen Eumenes, unentschiedene Schlacht in Medien. – In Syrakus erfolgreicher Putsch von Agathokles.

316 Agathokles beginnt mit Aufrüstung und Expansion auf Sizilien, belagert Messana (Messina), bricht die Belagerung jedoch nach karthagischer Intervention ab. – Antigonos siegt bei Susa über Eumenes und läßt ihn hinrichten; Seleukos, von Antigonos bedrängt, flieht zu Ptolemaios. Kassandros setzt sich in Makedonien durch, Hinrichtung der Olympias; Roxane und Alexander IV. »in Gewahrsam«. Antigonos inoffiziell »König von Asien«.

315 Beginn des 3. Diadochenkriegs (bis 311), »völkerrechtliches« Ende des einheitlichen Alexanderreichs durch Übergang von persönlichen zu zwischenstaatlichen Bündnissen. Kassandros, Lysimachos, Ptolemaios und Seleukos verbünden sich gegen Antigonos, der Syrien besetzt und Polyperchon zum Strategen der Peloponnes macht; dafür tritt Polyperchon ihm die de facto bei Kassandros liegende Reichsverweserschaft ab. Polyperchons Sohn Alexandros geht zu Kassandros über und wird von diesem zum Strategen

der Peloponnes gemacht, gegen seinen Vater. Antigonos baut weitere Flotte und gründet Bund der Inselbewohner.

314 Kassandros besiegt die mit Antigonos verbündeten Aitoler, dehnt Makedonien bis zur Adria aus.

313 Antigonos erobert Kleinasien; Aufstand in Thrakien gegen Lysimachos. Ophellas, Statthalter von Ptolemaios in Kyrene, macht sich selbständig. Lysimachos setzt sich gegen Odrysen und Thraker durch.

312 Antigonos beauftragt seinen Sohn Demetrios mit Kriegsführung gegen Ptolemaios; Demetrios erobert Syrien und Phönikien zurück, wird dann bei Gaza von Ptolemaios besiegt. Ptolemaios besetzt erneut Syrien; mit seiner Unterstützung gewinnt Seleukos Babylonien zurück – Beginn der Zeitrechnung der späteren seleukidischen Dynastie. Antigonos und Demetrios beginnen Gegenangriff, drängen Ptolemaios nach Ägypten zurück.

311 Demetrios erobert Babylon; Verständigungsfriede auf der Basis des Status quo: Kassandros erhält Makedonien bis zur Volljährigkeit Alexanders IV., Lysimachos behält Thrakien, Ptolemaios Ägypten, Antigonos Asien, Seleukos wird ausgeschlossen. Alexander IV. bleibt in Gewahrsam bei Kassandros. Anerkennung der Unabhängigkeit der griechischen Städte, kein neuer Reichsverweser. – Agathokles beginnt auf Sizilien Krieg gegen Karthager.

310 Karthagischer Gegenangriff; Agathokles verliert alle eroberten Gebiete, wird in Syrakus eingeschlossen und startet Verzweiflungsunternehmen: Einschiffung des Heers, Überfahrt nach Afrika, Belagerung von Karthago, erster Sieg bei Tynes (Tunis). – De facto existieren nun fünf Monarchien im ehemaligen Alexanderreich: Seleukos in Babylonien (»Ausschluß« beim Friedensvertrag berührte seine tatsächliche Position nicht), Antigonos im übrigen Asien, Ptolemaios in Ägypten, Lysimachos in Thrakien, Kassandros in Makedonien. Um den (bei Volljährigkeit von Alexanders Sohn) drohenden Machtverlust zu verhin-

dern, ermordet Kassandros Roxane und den zwölfjährigen Alexander IV. Seleukos gibt Babylon als Hauptstadt auf und gründet Seleukeia am Tigris. Ptolemaios besetzt Zypern und macht seinen Bruder Menelaos zum Statthalter.

309 Polyperchon erhebt Herakles, Sohn Alexanders von Barsine, bei Volljährigkeit zum Thronfolger; Kassandros bietet Polyperchon Beteiligung an der Herrschaft und die Strategie der Peloponnes an. Daraufhin läßt Polyperchon Herakles und Barsine töten. Damit ist das makedonische Königshaus in der männlichen Linie ausgerottet. Ptolemaios greift Kleinasien an, will sich mit Alexanders Schwester Kleopatra vermählen, um legitime Dynastie zu gründen. Antigonos läßt Kleopatra in Sardes ermorden. – Zur Unterstützung von Agathokles zieht Ophellas von Kyrene gegen Karthago, wird dort in seinem Lager auf Geheiß des Agathokles (und wahrscheinlich auf Betreiben von Ptolemaios) ermordet.

308 Freundschaftsvertrag zwischen Kassandros und Ptolemaios; Ptolemaios interveniert in Griechenland, besetzt Sikyon und Korinth, erneuert den Korinthischen Bund. Rückeroberung von Kyrene durch Ptolemaios.

307 Antigonos' Sohn Demetrios besetzt Athen, vertreibt maked. Besatzung, Wiederherstellung der Demokratie. Pyrrhos, Sohn eines illyrischen Königs, wird Herrscher von Epeiros und macht sich unabhängig von Kassandros. – Karthager besiegen Agathokles, der mit den Resten seines Heers nach Syrakus heimkehrt.

306 Demetrios erobert Zypern, bedroht Ägypten von See her; Antigonos' Feldzug scheitert nach Niederlage gegen Ptolemaios im Nildelta.

305 Nach Antigonos nehmen nun auch Ptolemaios, Kassandros, Lysimachos und Seleukos Königstitel an. Vergebliche Belagerung des ptolemaischen Rhodos durch Demetrios. Seleukos unterwirft Baktrien und tritt indische Satrapien an den Maurya-Herrscher Chandragupta ab.

304 Kassandros belagert Athen, wird von Demetrios aus Mittelgriechenland verdrängt; Friede zwischen Rhodos und Antigonos/Demetrios.

303 Erfolge von Demetrios gegen Polyperchon auf der Peloponnes. Pyrrhos von Epeiros verbündet sich mit Demetrios.

302 Antigonos und Demetrios erneuern den Korinthischen Bund und vereinbaren einen allgemeinen Frieden sowie letztlich gegen Kassandros gerichtete Bündnisse. Kassandros bringt ein Gegenbündnis mit Ptolemaios, Seleukos und Lysimachos zustande – 4. Diadochenkrieg. Kassandros geht in Thessalien gegen Demetrios vor, Lysimachos in Kleinasien gegen Antigonos.

301 Demetrios räumt Griechenland, um seinem Vater zu Hilfe zu kommen. Schlacht bei Ipsos/Phrygien: Lysimachos und Seleukos (mit indischen Kriegselefanten) siegen, Antigonos fällt, Demetrios flieht nach Ephesos. Endgültige Aufteilung des Reichs, nicht jedoch Ende der Diadochenkriege. In den folgenden Jahrzehnten entsteht eine Vielzahl kleinerer Fürstentümer in Kleinasien (Pontos, Bithynien, Pergamon, Kappadokien etc.), daneben die hellenistischen Großmächte mit wechselnden Grenzen und fortdauernden Auseinandersetzungen (5. Diadochenkrieg 288–286, 6. Diadochenkrieg 282–281, zahlreiche Auseinandersetzungen um Syrien, Griechenland usw.), vor allem das Reich der Seleukiden (311/281–63 v. Chr., umfassend etwa Babylonien, Persien, Nordsyrien, östliches Kleinasien), das der Ptolemaier (320–30 v. Chr., Ägypten, Kyrenaika, Sinai, Teile Palästinas), das der Antigoniden (Antigonos Gonatas, Enkel von A. Monophthalmos, wurde nach seinem Sieg über vordringende Kelten 276 als König von Makedonien anerkannt; 167 v. Chr. gelangte Makedonien unter röm. Verwaltung). Die ca. 300 v. Chr. Lysimachos unterstehenden Gebiete wurden teils von Makedonien übernommen, teils wurden daraus die oben genannten kleineren Fürstentümer.

Zum Hintergrund

Wichtigste Quelle für die Diadochenzeit ist das Geschichtswerk des Diodoros/Diodorus Siculus, 1. Jh. v. Chr., das jedoch in vielen Einzelheiten von der modernen Forschung bezweifelt bzw. korrigiert wird (vor allem Bengtsson, Bosworth, Demandt, Droysen, Green, Seibert). So verzeichnet Diodor den Tod von Neoptolemos und Krateros in der gleichen Schlacht gegen Eumenes; generell geht man heute von zwei Schlachten aus, zwischen denen mindestens ein Jahr lag. Was Alexanders Sarg angeht, hat es Diodor zufolge eine ehrenvolle und friedliche Übergabe an den hierzu mit einem Heer nach Syrien vorgerückten Ptolemaios gegeben – unwahrscheinlich mitten im 1. Diadochenkrieg; von der geplanten Überführung des Sargs nach Pella weiß Diodor nichts. Zum Tod des Perdikkas berichtet Diodor, dieser habe die Belagerung von Pelusion abgebrochen und sei in ein paar Nachtmärschen, unterbrochen durch einen gescheiterten ersten Versuch, den Nil zu überqueren, nach Memphis gezogen, wo er endgültig scheiterte: Seine schwimmenden Soldaten ertranken im Hochwasser des Flusses. Mit der nötigen Truppenstärke samt Proviant, Material und sonstigem Troß wäre die Strecke (über 200 km) schwerlich in ein paar Nachtmärschen zurückzulegen; ferner hätte ein erfahrener Mann wie Perdikkas sich wohl kaum von der starken Festung Pelusion Rückweg und ggf. Nachschub abschneiden lassen und für einen wirklichen Angriff auf Memphis wohl auch Boote, Belagerungsmaschinen etc. mitgenommen. Hier und in einigen anderen Fällen habe ich mich auf die moderne Forschung sowie ein Mindestmaß an Logik gestützt. Gewisse andere Freiheiten etwa in der Zeichnung der historischen Personen gehorchen den Bedingungen des Romans.

15°
30°
45°
30°
15°
15°
30°
Massalia
ETRUSKER
Kyrnos
Rom
Sardo
Taras
ILLYRIEN
EPEIROS
MAKEDONIEN
Pella
Methone
Dodona
Beroia
HELLAS
THRAKIEN
Hellespont
Propontis
Kyzikos
Troja
Adramyttion
Pergamon
Mytilene
Elaia
Smyrna
Ankyra
Gordion
Euxeinisches Meer
S
Trape
KAPPADOKIEN
ARM
PHRYGIEN
Samos
Ephesos
Sardes
Milet
Iasos
Mylasa
KARIEN
PISIDIEN
PAMPHYLIEN
KILIKIEN
Issos
MES
Halikarnassos
Patara
LYKIEN
Rhodos
Lilybaion
Akragas
Heraklela
Syrakus
Karchedon
Megalopolis
Pylos
Athen
Sparta
Gytheion
Kap Tainaron
Melos
Kreta
Itanos
Kypros
Salamis
Emesa
Tadmor
Beryttos
Triparadeisos
Sidon
Tyros
Damaskos
SYRIEN
Sabrata
LIBYEN
Kyrene
Alexandria
Paraitonion
Kanopos
Askalon
Gaza
Pelusion
Memphis
Siwah
ÄGYPTEN
Theben
Nördlicher Wendekreis

45°
60°
75°
HEN
SKYTHEN
Hyrkanisches Meer
Jaxartes
Oxus
SOGDIEN
Samar Qand
EN
Gaugamela
BAKTRIEN
MEDIEN
Tigris
Ekbatana
IEN
Euphrat
Babylon
Susa
PERSIEN
45°
30°
Nördlicher Wendekreis
15°
0
250
500
750
1000 km
45°
60°
75°